I0735161

Lord Vengativo

SERIE
LORES MALDITOS 6

SYDNEY JANE BAILY

cat whisker press
Boston

cat whisker press, Boston, MA
1º Edición Impresa en español
Copyright © 2022 Sydney Jane Baily
Traductora: Helena Ramos

ISBN: 978-1-957421-11-7

Título original: Lord Wrath
©2020 Sydney Jane Baily

Gracias por comprar esta novela

Dedicatoria

A las lectoras que han seguido y leído toda esta serie de hombres adorables y a las mujeres inteligentes y apasionadas que se enamoraron de ellos.
Se lo agradezco de todo corazón.

Agradecimientos

Como siempre, ofrezco mi más profunda gratitud a mi madre, Beryl Jean Baily, por su apoyo constante y su amor inquebrantable. Debo reconocer el ambiente que creó en nuestro hogar, que fomentó mi lectura a una edad temprana, con viajes semanales a la biblioteca y libros como regalo de cumpleaños y Navidades. Muchos de ellos siguen siendo mis favoritos.

Al leer tantas historias, desde muy pronto sentí el deseo de escribir las mías. Mi madre me hace trabajar al máximo nivel para que esté orgullosa de mí. *De nuevo, ¡gracias, mamá!*

Prólogo

1852, Whitechapel Road, East End de Londres

—Has venido —dijo su atormentador, con un tono de alegría.

¡Como si ella hubiera podido elegir! Como si tuviese otra opción. Él se había vuelto más insistente y amenazante en las últimas dos semanas.

—¿Qué quiere de mí? —exigió Sophía, deseando no haber actuado esta vez de forma tan impetuosa. No había dudado en dejar a su cochero en la puerta de Burlington Arcade y llamar a un carruaje de alquiler para que nadie supiera su destino.

La dirección que no había reconocido resultó ser un lugar miserable. Un letrero torcido anunciaba The Pig and Whistle. Cuando el coche de alquiler se alejó a toda velocidad, dejándola allí, no tuvo más remedio que entrar.

El interior era, si cabe, peor que el exterior. Una sala con una barra a lo largo del lado izquierdo y un puñado de mesas pegajosas conformaban la sucia taberna. Los pocos clientes que había estaban vestidos con harapos. Todos miraron con la boca abierta a la elegante joven que estaba en medio de ellos, iluminada por la luz que se había filtrado de la calle.

Cuando ella se dio la vuelta para huir, él salió de las sombras y le hizo señas para que le siguiera arriba. Al dudar, él le prometió que un coche de caballos la llevaría con rapidez a casa después de hablar. Si no la hubiera sorprendido en una situación comprometida en Francia, ella no le habría dado ni un instante de su tiempo.

¿Cómo pudo ser tan descuidada?

Mientras vivía con los amigos de su madre, se había alojado en su lujosa, aunque pequeña, casa de París, que no les permitía mucha privacidad. La habían sorprendido en flagrante delito de la manera más estúpida.

Después de regresar de su año en el extranjero, un poco más sabia y cínica, con un pulido y magnífico acento, había esperado dejar atrás ciertas indiscreciones.

Sin embargo, de vuelta a Londres, el tirano la había abordado alegando que solo quería su silencio respecto a sus asuntos privados. Para ella, no eran más que palabras jactanciosas relacionadas con el primo francés de él, las cuales ella había escuchado sin entender su significado. Solo sabía que los hombres se habían reído y habían brindado por un golpe inminente con un buen Burdeos. Parecía que todo eso había pasado hacía una eternidad.

Al igual que su propia imprudencia en París.

Recientemente, los comentarios extraños de su perseguidor la habían asustado. Él había jurado revelar sin piedad su comportamiento salvaje a sus padres, a menos que ella le hiciera un favor. Ella no podía imaginar qué podía hacer por él, pero al parecer había llegado el momento de averiguarlo.

Al seguir a su chantajista a la sórdida habitación del piso superior, Sophía se volvió hacia él y jadeó.

Capítulo 1

1852, Mayfair, Londres

Lord Owen Burnley se paseaba por su estudio. Cuando llegó a su escritorio por tercera vez, hizo que todos los objetos de la superficie cayeran al suelo con un movimiento del brazo. Hacía un día que él y su amigo Whitely habían encontrado el cuerpo sin vida de su hermana, tras una frenética búsqueda. Solo hacía veinticuatro horas que la habían estrangulado.

Owen se quedó mirando a la nada.

Dos días antes, él podría haber hablado con Sophía, haberle hecho una pregunta, haberle tocado su bonito pelo y haberle sonreído. Pero ya nunca lo haría. Alguien había estrangulado a su hermana y había dejado la soga alrededor de su pálido cuello. Sus ojos habían permanecido abiertos.

—*¡Aahh!* —aulló Owen. Se le retorcieron las tripas al imaginar el miedo y el dolor de ella en esos últimos momentos, hasta que él también apenas podía respirar. ¡Y sus padres! ¡Dios mío, sus padres estaban devastados!

Su madre se había desmayado al recibir la noticia y se había echado en la cama, mientras su médico le administraba láudano cada vez que estaba a punto de tomar plena conciencia de la muerte de su única hija. Y su padre parecía... destrozado. El conde había envejecido una década en el lapso de unos minutos. Adoraba a su pequeña, la había enviado a Francia cuando ella pidió pasar un año allí y, tras su regreso a Londres, la había preparado para su primera Temporada con nuevos vestidos y las mayores expectativas.

Todo ello se había desvanecido con el último aliento de Sophía.

Apretando las manos en un puño, Owen cerró los ojos, invocando su hermoso rostro.

—Juro que te haré justicia.

Descubriría al asesino de su hermana.

Y luego lo mataría con sus propias manos.

❖

LADY ADELIA SMYTHE ENTRÓ en la casa de su familia en Hyde Park Street, cerró la puerta con suavidad y se apoyó en ella. Cerró los ojos con alivio por estar una vez más en su propia casa, y se quedó allí durante unos segundos mientras respiraba el familiar aroma del aceite de limón para los muebles. Había cosas que nunca cambiarían. Y eso le gustaba. Demasiadas cosas sí que cambiaban, con rapidez y no para bien. Su hermano era la principal constante en su mundo. Y el abrillantador de limón.

Los pasos anunciaban otra constante. Sintió que el suelo temblaba y escuchó los sonidos entrecortados, abriendo los ojos ante la precipitada aparición del mayordomo. Sabía que el señor Lockley deseaba haber estado allí para abrirle la puerta, pero, por desgracia, ella solía anticiparse. Cuando ella salía a un evento social, lo que no era muy frecuente, volvía cuando menos se la esperaba, por lo general, mucho antes de que este terminase.

Si tenía suerte...

Hoy había sido un partido de croquet en la finca de lady Turbity, a una milla de la ciudad. La anciana seguía invitando a Adelia en amable recuerdo de la madre de esta, que había sido amiga de lady Turbity cuando eran jóvenes. La condesa también esperaba hacer de casamentera poniendo a Adelia en un grupo con dos solteros, lord Roleston y lord Whitely.

La cuarta integrante, la señorita Darrow, era unos años más joven que Adelia y mucho más sociable, y había cautivado por completo a lord Roleston. Al igual que Adelia, Lord Whitely solo estaba allí por gentileza de la anfitriona, quien lo había invitado para sustituir al buen amigo de este, lord Burnley, el cual todos sabían que había sufrido una muerte en su familia hacía poco. Y Adelia había hecho un número par.

Debido al duelo de su amigo, lord Whitely estaba distraído y callado, sin interés en coquetear. Todo lo que Adelia tenía que hacer era mantener la cabeza baja y esperar que nadie le hablara. Resultó que era una estupenda jugadora de croquet. Después de todo, ¿no debería ser ese el objetivo?

Cuando el partido hubo terminado y los demás se dirigieron al interior para comer, beber y continuar con la temida socialización, Adelia se había escapado. Había hecho su parte al asegurar que nadie se quedara sin pareja, y no podía obligarse a hacer más.

—Por favor, sirva el té en el salón, señor Lockley —le dijo a su mayordomo—. ¿Está mi hermano en casa?

—No, señorita. No se le espera hasta la cena.

A diferencia de ella, si Thomas salía, rara vez regresaba antes de tiempo, alborotando la casa. ¡Pobre señor Lockley! Probablemente había estado con los pies en alto en su salón privado de la planta inferior mientras disfrutaba de su propia taza de té.

—Si hace pasar a Meg con la bandeja, no necesitaré nada más de usted hasta la cena —le aseguró ella al mayordomo, quien asintió, tomó los guantes de Adelia, su sombrero y su chal, y luego desapareció.

El evento había acabado. Adelia quería silbar una melodía feliz, pero no podía hacerlo. En su lugar, dio unos saltitos al cruzar el vestíbulo de baldosas para entrar en el salón, de tranquilos colores verde y crema. En unos minutos, Betsy trajo el té, pero también llevaba el correo en la bandeja. Y parecían... ¡invitaciones! ¡Maldita sea!

Un escalofrío de temor recorrió la columna vertebral de Adelia, que ignoró los gruesos sobres, algunos ligeramente tintados, otros perfumados, y todos con sus círculos de lacre estampados con el imponente sello de un aristócrata.

En cuanto Thomas regresara, tendrían que charlar sobre cómo podría ella empezar a rechazarlos con amabilidad.

Sí, era la hija de un conde y tenía responsabilidades sociales.

Sin embargo, a Adelia le parecía que, dado que sus padres habían fallecido, debía tener permiso para no asistir a las veladas inútiles después de haberlas soportado durante cuatro años. Le pediría a su hermano que la dejara retirarse y convertirse en su inquilina permanente. Si fuera capaz, se ofrecería como su anfitriona hasta que él se casara. Sin embargo, al ser la mujer más torpe e inepta de toda la alta sociedad de Londres, esa posición era un imposible para ella. Por eso, aunque Thomas había seguido instándola a hacer un arreglo matrimonial, como también había hecho su padre antes de morir un año y medio antes, su hermano nunca la había obligado a ser la anfitriona de un evento en su casa. Él era demasiado amable para eso.

Dos años más joven que ella, Thomas había asumido el condado de los Smythe y, como había sido educado para el cargo, estaba gestionando más que adecuadamente el negocio familiar, por lo que ella podía ver. Tenían un gestor de envíos que garantizaba que el carbón llegara a los almacenes de los grandes muelles para los barcos de vapor y a las estaciones de tren para las locomotoras. Además, empleaban a un supervisor de mano de obra que mantenía contentos a los mineros, y el contable de su padre, el señor Arnold, gestionaba los libros de contabilidad, como siempre había hecho.

Thomas también tenía buenos amigos en su empresa minera, el principal de ellos era Víctor Beaumont. El hombre había sido especialmente útil cuando Thomas tomó el relevo de su padre, ya que el señor Beaumont era también el ingeniero jefe de su empresa.

Todo lo que Thomas tenía que hacer era mantener su dulce naturaleza intacta y, algún día, encontrar una esposa.

Adelia quería que su hermano fuera feliz. Sin embargo, confiaba en que él esperase a cumplir treinta años antes de casarse con la mujer que sería la nueva condesa de Dunford, dueña de su propia casa y de su finca.

La sola idea hizo que Adelia entrara en una espiral de dudas y ansiedad. ¿Querría la nueva esposa a una cuñada rondando por ahí? Era poco probable.

Adelia sacó una carpeta de cuero de un cajón del aparador y un paquete de papel casi vacío. De debajo del sofá, sacó su escritorio portátil de palisandro. Se sentó en un sillón con orejas, colocó el escritorio sobre su regazo y abrió la tapa para tener un espacio de trabajo ordenado y compacto: la herramienta para crear su única esperanza de futuro, su escritura.

Ya tenía dos novelas terminadas, y la historia actual sobre los aldeanos de su finca en High Wycombe estaba en su última cuarta parte. De joven, después de encerrarse en su habitación, lejos de los fuertes gritos de su padre, Adelia había leído vorazmente cualquier libro al que pudiera acceder. Todavía lo hacía, aunque con mucha más libertad para elegir. Cuando descubrió que tenía facilidad para contar historias, empezó a gastar su asignación en libros, papel y las mejores plumas de acero de Perry & Co.

No compartía sus garabatos con nadie, ni siquiera con Thomas. Y siempre que podía escaparse de un salón de baile, de una cena, o de un torneo de croquet como el de hoy, volvía de inmediato a escribir. Solo su criada personal, Penny, conocía la pasión secreta de su ama, y tenía la amabilidad de recoger las páginas en un fardo ordenado si Adelia se quedaba dormida escribiendo.

Así, mientras esperaba a Thomas, solía ponerse a escribir. Le resultaba fácil. Tenía muchas historias, la mayoría de ellas de dramas humanos, recogidas de sus años como la muchacha invisible en los actos sociales. La gente se acercaba a ella y le contaba historias espantosamente personales de romances y engaños. Siempre que Adelia permaneciera en silencio y con la cabeza inclinada hacia el lado de su oído bueno, podía captar casi todo lo que se decía.

Y aunque nadie había leído sus historias, imaginaba que serían entretenidas, al estilo rústico de George Sand, conocida como la francesa Dudevant. Adelia había devorado todas sus novelas de los últimos veinte años, y esperaba estar haciendo honor al género con sus propios escritos.

Golpeó el papel con la pluma, releyó los últimos párrafos y comenzó a escribir.

Horas más tarde, con el té olvidado ya frío, oyó a Thomas regresar. El estómago de Adelia gruñó mientras ella ordenaba las páginas para deslizarlas después dentro de la carpeta de cuero.

«Pronto necesitaré más papel», pensó, guardando todo lenta y despreocupadamente bajo la silla, al mismo tiempo que su hermano entraba en el salón. Era extraño que él nunca le preguntara en qué estaba trabajando, quizá asumiendo que estaba escribiendo insulsas cartas a unas amigas huidizas que en realidad no tenía.

Él cruzó la habitación cuando ella se puso de pie y se abrazaron. Adelia pudo oler un poco de brandy en su aliento. Suspiró.

—¿Por qué el suspiro, Dilly?

—Estuviste bebiendo —dijo ella, aún aliviada de que no fuera whisky o ginebra.

Él sonrió y negó con la cabeza.

—He estado en White's, hablando de negocios con Víctor. Naturalmente, hemos tomado brandy.

—Espero que haya sido una buena reunión —dijo ella, pero no le dejó responder—. Estoy hambrienta. ¿Estás listo para cenar?

Adelia miró las invitaciones, las cogió y precedió a Thomas al comedor, decorado con un bonito papel pintado a rayas azules y plateadas. A veces seguía pareciendo extraño que solo estuvieran ellos dos. En su más tierna infancia, habían tenido otra hermana, Frances, que había fallecido a causa de una enfermedad que la consumió. Había comenzado como una pequeña tos, la cual acabó con la vida de la esquelética niña de tres años. Poco después, la madre de Adelia falleció al dar a luz, junto con el bebé.

Su padre cambió a peor. Lord Richard Smythe siempre había sido ruidoso, brusco y a menudo de mano dura cuando no se le obedecía con rapidez. Sin la naturaleza templada de su madre para calmarlo, él se había vuelto cada vez más violento. Por desgracia, la naturaleza tímida de Adelia y su tartamudez infantil le molestaban mucho. Si no fuera por la mayor altura y tamaño de Thomas, por no hablar de su abnegada protección, ella estaba segura de que habría sufrido heridas mucho peores de las que sufrió.

Con el tiempo, había superado el tartamudeo por orden de su padre, y solo habían hecho falta unas cuantas palizas dolorosas para que ella se diera cuenta de que, si hablaba despacio y en voz baja, podía controlar la aflicción. Así, cuando salió a la sociedad, ya no tenía el impedimento del habla, excepto, para su vergüenza, cuando estaba muy nerviosa o demasiado cansada para pensar con claridad. En la medida de lo posible, apenas hablaba, al menos, no con quienes no la conocían.

Pero nunca había sido capaz de modificar su incómoda timidez, y temía casi todas las salidas. Lo único bueno de tener una mejilla magullada o un brazo dolorido era que la excusaban de las reuniones sociales hasta que se curara.

Y entonces, casi dos años antes, el conde cayó enfermo de lo que parecía ser una pirosis, seguida de un ataque de púrpura. Tras un largo y prolongado declive de seis meses, un día se agarró el pecho y murió.

El médico dijo que tenía una inflamación del corazón, pero ella y Thomas pudieron comprobar que cuanto más se agitaba su padre, más importantes eran sus síntomas.

—Creo que el mundo llevó a la muerte a nuestro padre —dijo Thomas después del funeral.

Por eso, cuando su hermano empezó a pasar tiempo en el club de pugilistas del West End de Teavey, a ella le preocupaba que su hermano pudiera sufrir problemas de salud similares por un exceso de bilis y agresividad.

—Todo lo contrario —le dijo él—. Cuando le doy un puñetazo a un hombre y él me devuelve el golpe, sudamos como el diablo, nos duelen los músculos y luego terminamos. Nos damos la mano antes y después, y cuando salgo de Teavey's, me siento libre de preocupaciones.

Adelia colocó las invitaciones en el borde de su lado de la mesa, sobre el intrincado paño de encaje.

—¿El negocio va bien? —preguntó.

—Parece que sí. Víctor me ha dicho que tiene una manera de mejorar la productividad. Sin embargo, al hablar con el señor Arnold, me informó de que los beneficios han aumentado este trimestre. Por lo tanto, le dije a Víctor que mantuviera el rumbo por el momento. —Él hizo una pausa y ladeó la cabeza—. Hoy ha preguntado por ti.

A Adelia se le encogió el estómago y miró fijamente su sopa.

—¿Lo hizo?

No había nada malo en el ingeniero, excepto que era un hombre y un extraño. Ella no quería que su hermano pensara que conseguiría algo si él intentaba juntarla con Víctor Beaumont.

—Así es. Quería saber si habías formado algún vínculo esta Temporada —añadió Thomas.

Adelia frunció los labios.

—Eso parece bastante personal —dijo ella después de una pausa—, quizá inapropiado.

—No, en absoluto. Se preocupa por esta familia. Y podría llegar a preocuparse por ti de una manera particular.

Adelia estaba en lo cierto. Thomas estaría encantado de que ella mostrara alguna inclinación hacia el hombre que era tan importante para su empresa.

Su padre, en cambio, nunca habría considerado la idea, ya que el señor Beaumont era decididamente de clase media. Pero su hermano era partidario de las nuevas ideas de romper las barreras y mezclar las clases.

Adelia pensaba que era algo bueno cuando lo consideraba, pero no quería que las ideas radicales de su hermano la involucraran. Ya era bastante malo que tuviera que disuadir a cualquier noble interesado, bien con su risa falsa de rebuzno o ignorándolos por completo estudiando el papel pintado. Ambas tácticas funcionaban bien, sobre todo, la risa ruidosa.

Sin embargo, si ahora tenía que preocuparse también de disuadir a todos los demás hombres de Londres, a los banqueros e ingenieros, a los abogados y a los corredores de bolsa, tendría que quedarse en casa para siempre. La idea era demasiado agotadora.

Los hombres eran criaturas insistentes y aterradoras, capaces de atacar en un instante. Su hermano era una excepción, pero incluso él podía ser demasiado insistente a veces.

—No deseo que se preocupe de mí en absoluto —dijo ella como pudo.

—Dilly —comenzó él—, sé que eres un ratón tímido, pero estás destinada a casarte y tener hijos. ¿No crees que va en contra de Dios y de la naturaleza que no hagas ninguna de las dos cosas?

Ella suspiró.

—Preferiría seguir viviendo aquí contigo. Y te agradecería que me permitieras no continuar con más eventos sociales en esta Temporada. Es decir, a menos que yo desee hacerlo.

Thomas frunció el ceño.

A ella no le resultaba para nada molesto pedirle permiso, a pesar de que él era más joven. Él siempre había cuidado de ella, y ahora era el cabeza de familia. Lo que él dijera sería la ley. Por lo tanto, contuvo la respiración.

—Por tu propio bien, no puedo aceptarlo —declaró Thomas—. Todavía no. ¿Y si te quedas en casa y echas de menos al hombre que estaba destinado a ser tu marido?

Adelia dejó caer las manos en su regazo y apretó la servilleta.

—No quiero un marido.

—No sabes lo que estás diciendo. ¿Qué pasa con el amor y los bebés?

—¡¿Amor?! —exclamó ella, mirando fijamente a su hermano, preguntándose cómo podía ser tan idealista—. ¿De verdad crees que encontraré el deseo de mi corazón en un salón de baile, bailando con un hombre que garabateó su nombre al azar en mi carné? Las posibilidades son tan escasas como que me encuentre con un soberano de oro en la calle. —Sacudió la cabeza—. ¿Cómo te ha funcionado eso a ti?

Para su sorpresa, él se ruborizó ligeramente.

¡Oh!

—¿Has encontrado a alguien, Thomas?

—No —respondió este tras una pausa—. En realidad, había una dama en la que podría haberme interesado. —Se encogió de hombros—. Pero antes de poder tener un primer baile con ella, se hizo imposible.

—No lo entiendo. ¿Por qué imposible? ¿Se comprometió con otro?

Él negó con la cabeza, agitando su cabello castaño.

—Ella murió.

Adelia jadeó. Este año habían ocurrido muy pocas muertes en la alta sociedad. Lady Sarah Cantor había sido atropellada por un carruaje en la oscuridad después de un baile el mes anterior, pero ya estaba comprometida. Y, por suerte, no se habían producido brotes graves de cólera o gripe. Solo quedaba...

—¿Lady Sophía Burnley?

Thomas asintió con una expresión de pesar.

—Apenas tuve la oportunidad de hablar con ella, y pensé que la próxima vez entablaríamos una conversación más larga. Pero no habrá próxima vez. Una terrible vergüenza. —Se encogió de hombros—. En cualquier caso, aunque no puedo estar seguro, querida hermana, cualquiera de nosotros puede encontrar el amor, y en cualquier momento, además. Podría ocurrirte en un baile. Sin embargo, es incuestionable que eso no pasará si te quedas dentro de esta casa.

Él señaló el montón de sobres que había sobre la mesa.

—Veamos qué invitaciones y nuevas oportunidades le han llegado a la encantadora lady Adelia Smythe, ¿de acuerdo?

Capítulo 2

Owen golpeó con la mano el escritorio del detective, haciendo que todo lo que había sobre él se moviera.

—¡No es suficiente!

El policía se levantó de su silla. El sargento detective William Garrard parecía dispuesto a echar al vizconde de su despacho, sin importar las consecuencias.

—Le agradeceré que se calme, lord Burnley, y que tome asiento. Interrogar a los testigos de la muerte de su hermana...

—¡Su asesinato!

El hombre se le quedó mirando un momento.

—Interrogar a la gente para determinar si alguien vio algo es la mejor manera de hacerlo.

—Eso no parece ser eficaz ni rápido. Creo que sus agentes están dando tumbos en la oscuridad, esperando ingenuamente que alguien les entregue la respuesta en bandeja de plata. Y cuantos más días pasen desde el crimen, menos probable será que el asesino siga en la zona o que alguien recuerde algo útil.

El detective hizo una pausa.

—Por desgracia, milord, tenemos varios asesinatos de los que ocuparnos, además del de su hermana. Los apuñalamientos, envenenamientos y otros sucesos nefastos ocurren casi a diario.

Owen sintió que la sangre se le congelaba en la cara.

—¿Está diciendo que mi hermana es solo una de las muchas víctimas a las que ustedes son demasiado incompetentes para hacer justicia?

—Estoy diciendo que estamos trabajando en ello, milord. Y le aseguro que no hay un cuerpo de hombres mejor seleccionado y entrenado, o mejor dirigido y eficaz que las fuerzas de la Policía Metropolitana y de la Ciudad de Londres.

Owen, frustrado, quiso golpear la pared con el puño, pero se contuvo.

—Mi hermana no era una de las putas del East End, que supongo que son las víctimas habituales de tan enfermiza violencia. Ella es... era una dama. La hija de un conde. ¿No justifica eso un tratamiento especial?

—Todas las víctimas eran especiales para alguien —dijo Garrard—. O casi todas, al menos. Sea como fuere, en respuesta a su pregunta, milord, sí, el asesinato de lady Sophía merece, de hecho, una atención especial. Por un lado, se ha mantenido alejado de los periódicos. En segundo lugar, tengo dos agentes uniformados en el caso. Pero no hay evidencia dejada por el asesino, excepto una cuerda, y una bastante ordinaria, debo decirle. Quizá la utilizó para no tener que tocar a su hermana. Probablemente, ella no pudo acercarse lo suficiente como para arañarle, aunque se hubiera quitado los guantes.

—¡Cosa que no hizo! —afirmó Owen, sintiendo que, incluso después de su muerte, debía defender su reputación.

Para empezar, no podía entender por qué Sophía estaba en un lugar tan bajo y mezquino, llevando un vestido de día, apropiado para visitar a los amigos o ir de compras. De hecho, así era como había empezado su jornada. Pero era tarde cuando la encontraron, ya estaba oscuro y había una desagradable humedad en el aire, para la que su ligero chal habría sido insuficiente, si hubiera tenido la intención de salir por la noche, lo cual era obvio que no fue el caso.

Su amigo, George Whitely, de camino al Carlton Club, pasó por casualidad por la casa de los padres de Burnley, en Berkeley Square. La costumbre de Owen de almorzar los viernes con su madre, su padre y su hermana, era bien conocida por sus amigos. George esperaba que Owen lo acompañara al club de Pall Mall después de comer.

En la calle, sin embargo, Whitely se había encontrado con el cochero de Burnley, en un estado angustioso. El hombre había dejado a lady Sophía en el Burlington Arcade de Piccadilly, en donde este la vio entrar antes de marcharse. Ella le había indicado que regresara a recogerla en dos horas.

«Volví y esperé otra hora más, milord», había explicado el conductor. «Entonces empecé a recorrer el edificio, buscando en las tiendas a lady Sophía. Es una zona extensa, como ya sabe».

Antes de que Owen y Whitely pudieran salir a buscarla, la criada que la había acompañado regresó a casa. Desconcertada porque su joven ama había salido corriendo de un comercio, desapareciendo tan rápido que no pudo alcanzarla, Abigail había buscado en cada tienda de la planta principal y había llamado a algunas de las puertas de la segunda, aunque no todas estaban abiertas al público. A medida que pasaba el tiempo, le aterrorizaba que la culparan de haber perdido a su ama. Al fin, la muchacha se había dirigido a su casa a pie.

El padre de Owen, el conde de Bromshire, se había dirigido directamente a la comisaría de policía para declarar a su hija desaparecida y que los detectives pudieran iniciar su búsqueda. Mientras tanto, Owen y Whitely llevaron a la criada con ellos para que esta les mostrara el lugar exacto en el que Sophía había desaparecido: justo delante de una pequeña tienda que vendía perfumes del extranjero, junto con agua de tocador y aceite de lavanda más baratos fabricados en Inglaterra.

Owen recordó una conversación mantenida con su hermana sobre su perfume preferido unos días antes. Él había entrado en su alcoba y la había sorprendido sosteniendo un frasco a la luz.

—Casi se me ha acabado, querido hermano —dijo Sophía.

—¿Te traigo uno nuevo cuando salga? Si me anotas el nombre, lo haré.

Pero ella negó con la cabeza, y le dijo:

—Entré en la casa de perfumes de M. Lubin cuando vivía en París. Y mi perfume favorito, La Rose d'Amour, solo está disponible en una tienda de Londres. Mientras todo el mundo va a Floris, en Jermyn Street, a comprar el mismo almizcle picante, yo voy a Piccadilly. Me encargaré yo misma. Es divertido oler las otras fragancias».

—Aunque acabes comprando la misma —bromeó Owen.

—Incluso así —aceptó ella.

Con la ayuda de la dependienta, Owen había recordado el nombre del perfume francés, y él y Whitely fueron al mostrador correspondiente. La empleada se acordaba muy bien de la joven de pelo rubio que le pidió ese perfume en particular unas horas antes. Owen lo había olido para asegurarse de que era el aroma de Sophía.

—Lo compró, señores —dijo la dependienta, alisando su delantal—, y estaba a punto de abandonar el mostrador cuando se le acercó un chico. Un joven desaliñado. Le entregó una nota.

—¿Parecía ella conocer al muchacho? —preguntó Owen, y fue entonces cuando sintió el primer pinchazo de presentimiento.

—No, milord. No lo creo. Leyó la nota y frunció el ceño —dijo la chica—. Luego ella guardó el frasco de perfume en su ridículo. Mientras lo hacía, el chico salió corriendo y lady Sophía se apresuró a seguirlo.

—Esto no nos dice nada —murmuró George.

—Antes ha dicho que ella leyó la nota. Supongo que no la dejó aquí. —Owen estaba convencido en aquel momento de que la respuesta sería un rotundo no.

Se había equivocado. La vendedora había dicho que su hermana sí la había dejado allí. Para su total asombro, ella se agachó y la recuperó del cubo de basura que había detrás del mostrador.

Él le arrebató el pequeño trozo de la mano extendida. Una dirección y la orden de «¡Ven!» estaban escritas con una letra clara.

Él y Whitely habían ido de inmediato al desagradable pub de Whitechapel Road. Pero llegaron demasiado tarde.

Ahora, Owen sacó esa nota de su bolsillo.

—Creo que nunca le mostré esto, detective. —Y le entregó el trozo de papel al hombre, aunque todavía algo reacio a soltarlo, sabiendo que Sophía lo había tocado por última vez y que sus ojos lo habían contemplado. —Pero ese trozo de papel había conducido a su asesinato—. Puede quedárselo —dijo Owen. Había estudiado la escritura hasta poder reproducirla él mismo en caso de necesidad.

El sargento Garrard asintió.

Owen volvió a pasearse arriba y abajo.

—En cualquier caso —dijo este—, esto no sirve de nada. Ya sabíamos dónde la habían asesinado.

—En realidad, milord, sí nos sirve. —El detective siguió mirando la nota—. Nos dice que no fue asesinada al azar. Fue un asesinato premeditado en un lugar acordado. También significa que ya no necesito centrarme en la gentuza de Stepping, Aldgate y Wapping. Puedo descartar a los carteristas y a los ladrones comunes, a los canallas de poca monta que se aprovechan de los débiles en las callejas más pobres de Whitechapel Road.

Owen se quedó quieto y le miró.

—No lo entiendo.

—El papel es grueso y perfectamente uniforme, milord. Mejor que cualquier cosa que se pueda encontrar en manos de un habitante del East End. Además, la tinta es oscura. No está aguada. Por lo tanto, fue escrita por una persona de calidad, tal vez incluso de la nobleza, alguien a quien no le preocupa agotar sus provisiones de tinta y comprar más.

Garrard sostuvo la nota a la luz que entraba por una ventana de cuatro cristales detrás de su escritorio.

—Una marca de agua: *J D* y una corona.

Owen se dio cuenta de que nunca había pensado en una nota o papel de carta desde el punto de vista de la clase.

—Si se hubiera escrito con lápiz —continuó el detective, pero Owen dejó de escuchar.

—¿Una persona de calidad? —preguntó este.

Eso trajo a colación la otra prueba que Owen había encontrado. En la mano de Sophía había un pañuelo, muy blanco y limpio, apenas perfumado con una fragancia que definitivamente no era La Rose d'Amour, sino más bien como jabón de lavandería. No había reconocido el encaje ni el dibujo, un yunque en una de sus esquinas. Él se lo había quitado antes de que llegara la policía para llevarse el cuerpo de su hermana a la morgue de la ciudad.

—¿Hay algo más, lord Burnley?

El detective era inteligente. Si podía ayudar de alguna manera, Owen no quería obstaculizar sus esfuerzos. Sacó el pañuelo de su bolsillo.

—Mi hermana tenía esto en la mano.

Garrard alzó las cejas, sorprendido.

—Debería habérmelo dado de inmediato.

—En realidad, no se lo estoy dando ahora. Solo se lo estoy mostrando. Es más probable que yo encuentre a su dueño al moverme entre la alta sociedad, a que usted lo haga por medio de una investigación.

El detective consideró las palabras de Owen y asintió.

—Muy bien. Déjeme verlo.

De mala gana, Owen se lo entregó. Garrard lo estudió a fondo, antes de sentarse y coger un papel y un lápiz. Hizo un tosco dibujo del patrón del pañuelo.

—Es inusual —dijo Owen.

—Estoy de acuerdo. No es un simple monograma que pueda identificar a su propietario.

Aun así, era mejor que nada, y Owen agradeció en silencio a su hermana pequeña por haberlo conservado de alguna manera. Owen le tendió la mano y el detective se lo devolvió.

—¿Hay algo más? —preguntó Garrard.

—Supongo que la vendedora de la tienda podría dar una descripción del pilluelo que le dio a mi hermana la nota que la atrajo a la muerte.

El detective negó con la cabeza.

—Ya he intentado esa vía, milord. Al parecer, es como cualquier otro golfillo de edad indeterminada. Pelo trigueño, desnutrido, ropa mugrienta. —Se encogió de hombros—. Podría encontrar más fácilmente una aguja en un pajar.

Owen se marchó, sintiéndose desesperado, excepto por algo que Whitely había dicho al mirar el pañuelo.

—ASISTE A TODOS LOS eventos de la Temporada —le dijo George—. Mantén los ojos abiertos en busca de un pañuelo similar. Yo haré lo mismo.

Su otro buen amigo no pudo ser de ayuda. Lord Christopher Westing tenía una visión muy limitada, solo distinguía formas sombrías, en el mejor de los casos. Y él y su esposa, lady Jane, apenas se aventuraban a salir a causa de su nuevo bebé. Lo mejor que podía hacer Owen era volver a la sociedad y buscar un pañuelo de bolsillo.

Más allá de eso, tenía una pista que seguir. Después de dejar atrás Scotland Yard, Owen le pidió a su cochero que se dirigiese a la zona menos acomodada más allá de Hyde Park. Los D'Anville, que no eran conocidos ni ricos, tenían allí una casa. Cuando Owen había estado mirando el pañuelo la noche anterior, le vino a la mente el corpulento hijo de la familia.

Owen golpeó la puerta antes de darse cuenta de lo que estaba haciendo. Retiró la mano y pulsó el timbre. Medio minuto después, la puerta se abrió.

—¿Sí? —preguntó un mayordomo.

Owen puso su tarjeta de visita en la mano del hombre.

—Deseo ver a lord D'Anville.

—Por supuesto, milord. ¿A cuál?

—Cualquiera servirá.

El mayordomo no levantó una ceja. Simplemente dio un paso atrás y dejó entrar a Owen.

—Por favor, milord, ¿podría esperar en el salón delantero?

El mayordomo lo condujo a un pequeño salón y luego partió en busca de su señor. Mientras esperaba a algún miembro de la familia D'Anville, Owen inspeccionó la estancia, tratando de determinar algo sobre ellos. Los cuadros eran paisajes poco llamativos, y los pocos libros expuestos eran tomos polvorientos y aburridos de las obras de Eurípides y de la *Historia de la decadencia y caída del Imperio Romano* de Gibbon en seis volúmenes, que parecían estar allí solo para ser exhibidos.

Sin embargo, justo cuando oyó pasos, vio un volumen con un título en francés, *Julie ou La Nouvelle Héloïse*, en la mesita junto al sofá.

Deslizándolo hacia él, observó la novela epistolar de Rousseau sobre los amantes apasionados y la cogió. Alguien había estado leyendo en francés. Un escalofrío le recorrió la espalda. De hecho, pensó que había visto el mismo libro en manos de su hermana no hacía mucho tiempo.

Ojeando las cartas ficticias entre los dos personajes principales, Owen se preguntó si podría tratarse de una conexión.

—Buenos días, lord Burnley.

Este se giró ante el saludo, mientras sujetaba el libro que trataba sobre la rehabilitación de una mujer caída en desgracia.

El anciano lord D'Anville le miró a los ojos. Owen no pudo encontrar en su interior la manera de responder a esas sutilezas. Ningún día era un buen día en la actualidad, por lo que no podía imaginarse volver a los salones de baile o a los comedores de Londres sin sentirse físicamente enfermo.

Al final, asintió con la cabeza.

—Lamento la muerte de su hermana —dijo directamente el caballero mayor, haciendo que Owen se sintiera expuesto. No quería que un extraño hablara de Sophía, cuando ella ya no estaba para hablar por sí misma. Sin embargo, esa era la razón por la que había venido hasta aquí.

—¿Conocía a mi hermana?

—En absoluto —dijo el hombre, pareciendo sorprendido por la pregunta.

¿Qué esperaba Owen? ¿Una confesión instantánea? De todos modos, era poco probable que Sophía se relacionara con el padre.

—Tiene un hijo, ¿no es así?

—Lo tengo. —D'Anville estaba empezando a fruncir el ceño, probablemente no estaba acostumbrado a ser interrogado en su propia casa.

—Debo hablar con él —dijo Owen con sequedad.

—No estoy seguro de que esté en casa —respondió D'Anville con cautela—. ¿Puedo preguntar de qué se trata?

—De su amistad con mi hermana. —El detective tenía razón en cuanto al privilegio de la privacidad en cuanto a la forma de su muerte: su espantoso asesinato no había aparecido en los periódicos para entretenimiento de la gente. Si los D'Anville no sabían nada, excepto que Sophía había muerto, entonces, estos deberían ser totalmente abiertos y comunicativos.

El hombre dudó.

—No creo que tuvieran una amistad. Nunca le he oído mencionarla.

—Sin embargo, deseo hablar con él. —Owen sabía que su tono se había endurecido, pero no pudo evitarlo.

—Muy bien. —D'Anville tocó el timbre y, cuando apareció el mayordomo, le ordenó que llamara a su hijo.

—Así que estaba en casa y usted lo sabía —conjeturó Owen, haciendo que la boca del padre se apretase en una línea.

—Nunca se es demasiado precavido —dijo el anciano—. ¿Le apetece una copa?

—No —espetó Owen, incapaz de reunir la más mínima cortesía para darle las gracias.

—Puede sentarse —le ofreció el anciano cuando unos pasos en el vestíbulo anunciaron la entrada del D'Anville más joven.

Owen le tomó la medida enseguida, un joven blando, con sobrepeso, mimado, en absoluto alguien que pudiera interesar a su hermana románticamente. Sophía había señalado una vez en el periódico a un pugilista de renombre, musculoso y en forma, y había dicho que era de lo más atractivo. Este hombre era todo lo contrario.

Sin embargo, eso podía significar una atención despreciada, un amor no correspondido y emociones acaloradas.

—Buenos días —dijo el joven D'Anville, sonando igual que su padre.

De nuevo, Owen asintió en respuesta.

—¿Conocía usted a mi hermana, lady Sophía Burnley?

—Sí —dijo D'Anville, sorprendiendo a Owen.

—¿La conocías? —intervino el padre del primero, también sorprendido.

—¿Cuándo la vio por última vez? —le preguntó Owen, sin rodeos.

El más joven frunció el ceño.

—¿Por qué?

—Porque deseo saberlo. —Owen no pudo evitar la amenaza en su tono.

El joven D'Anville palideció.

—En un baile, supongo.

—¿Qué baile?

El hombre tragó saliva, miró a su padre y se encogió de hombros.

—Hace dos semanas, quizá.

Owen trató de recordar un baile celebrado dos semanas atrás. Normalmente, él solía acompañar a Sophía.

—¿Cuál? ¿El de los Cragmores? ¿Los Pelhams? ¿Qué vestido llevaba ella? ¿De qué hablaron? ¿Con quién bailó mi hermana?

D'Anville dio un paso atrás ante este aluvión de preguntas, y entonces habló el padre de este.

—Un momento, ¿a qué viene todo esto?

—Mi hermana se vio envuelta en un juego sucio. Estoy tratando de determinar si su hijo tuvo algo que ver.

—Eso es ridículo —dijo el mayor de los D'Anville.

—¿Lo es? —preguntó Owen. Se volvió hacia el hombre más joven—. *¿Parlez-vous Francais?* —Posiblemente Sophía disfrutaba de la compañía de este papanatas porque podía conversar en francés con ella.

—No —dijo.

—Entonces, ¿quién estaba leyendo esto? —Owen escupió las palabras mientras sostenía la novela de Rousseau frente a él, viendo cómo el joven D'Anville se sonrojaba sobre su carnosa papada.

—Es de mi mujer —respondió el padre—. No es de su incumbencia lo que cualquiera de nosotros lea en esta casa. Quiero que se vaya de inmediato.

—Cuando consiga algunas respuestas de su hijo. Si conociera a mi hermana, él podría saber algo que pudiera ayudarme.

—No puedo ayudarle —dijo el hombre más joven.

Owen lo vio todo rojo. ¿Estaba D'Anville jugando con él?

En un instante, lo agarró por el cuello y lo empujó hacia atrás, hasta que la cabeza de D'Anville se estrelló contra la pared.

—Puede ayudarme, y lo hará —gruñó Owen, mientras el mayor de los D'Anville empezaba a gritar. Sin duda, estaba tirando de la campana infernal para pedir ayuda.

—Mentí —resolló el joven, sin aliento.

—¡Suéltelo! —dijo el padre, detrás de él.

De repente, el mayordomo entró en la habitación y puso sus manos sobre los hombros de Owen, pero este continuó sujetando a D'Anville.

—¿Sobre qué ha mentido?

—No la conocía. —El hombre más joven levantó la mano y agarró las dos muñecas de Owen, tratando de apartarlas de su cuello—. ¡Por favor! No la conocía.

Al sentir que el mayordomo tiraba de él, y que el joven D'Anville, rojo y sudoroso, suplicaba por poder respirar, Owen lo soltó y retrocedió.

—¡Fuera! —gritó el mayor de los D'Anville—. Le voy a denunciar a la policía.

Owen puso los ojos en blanco. No podía pensar en ninguna amenaza que tuviera algún peso para él. Lo peor ya le había ocurrido a su familia.

—¿Tiene un pañuelo? —exigió.

Los ojos del joven D'Anville se abrieron de par en par. Asintió con la cabeza.

—Milord —dijo el mayordomo—, debe acompañarme.

Ignorándolo, Owen mantuvo los ojos fijos en el hombre que tenía delante.

—¿Lleva uno encima?

De nuevo, D'Anville asintió.

—Déjeme verlo de inmediato.

Mientras observaba a Owen como si estuviera loco, el joven D'Anville sacó un pañuelo blanco.

Owen se lo arrebató de las manos. No tenía encaje, y solo presentaba una simple *D* bordada en una esquina.

—¿No debería ser una *A*? —preguntó Owen.

El silencio respondió a su pregunta.

«Gente ignorante», pensó. La *D* no era más que «de» en francés. ¿Por qué elegirían un monograma que representara la letra *D*, en lugar de su apellido, Anville?

Gruñó y quiso darle un puñetazo al hombre por la estupidez de su familia. Si hubiera habido un yunque en su pañuelo, Owen habría convertido la cara del joven en carne picada.

—¿Por qué dijo que conocía a mi hermana?

—Está muerta —dijo él—. Ella no podría desmentirlo.

Owen sacudió la cabeza sin comprender.

—No conozco a mucha gente —murmuró D'Anville—. Decir que conocía a su hermana elevaría mi posición.

Owen retrocedió. ¿Este hombre utilizaría el estatus en la alta sociedad de una chica muerta, para mejorar el suyo propio? ¡Qué repulsivo!

Cedió a su deseo y golpeó al joven D'Anville directamente en la cara, saboreando la mirada de sorpresa cuando la sangre comenzó a fluir de su nariz. Al instante, los gritos de indignación se sucedieron por parte del mayor de los D'Anville.

Antes de que el mayordomo pudiera volver a hablar, Owen pasó por su lado hasta llegar a la puerta, donde dejó caer el pañuelo ofensivo mientras se marchaba.

Capítulo 3

El hermano de Adelia no estaba cerrado del todo a la idea de que ella se retirara de la sociedad, pero tampoco le había dado permiso para hacerlo. Al menos, no de inmediato.

«Termina la Temporada, Dilly —le había dicho—. Luego, ya veremos».

Ella podría hacerlo y con gracia, también. Además, podría añadir algunas historias más a las que tenía en su cabeza. Uno nunca sabía cuándo una joven supuestamente correcta iba a hablar demasiado alto en un salón de baile ruidoso sobre su aventura con el jardinero o el lacayo de sus padres.

Así pues, ella y Thomas entraron juntos en la mansión de lord y lady Walthrops, situada en la esquina de Edgeware Road. Como acompañante, Thomas era fácil. Se dedicaba a sus asuntos y, basándose en el aburrido historial de Adelia de no hacer nada en absoluto, la dejaba a su aire. Como de costumbre, ella rodeó a la multitud, escondió su muñeca con el carné de baile en los pliegues de su vestido, y buscó un sitio discreto junto a la pared, lejos de los refrescos. A menudo, la zona detrás de los músicos era un buen lugar para mantenerla aislada por completo.

Esta noche eso no era posible, dada la ubicación de los músicos, así que se instaló cerca de las puertas francesas que daban a los jardines. Dependiendo de la promiscuidad de los invitados, esta podía ser una zona muy concurrida, pero las parejas solían entrar y salir lo más rápido posible para que nadie notara que no se quedaban allí, y de esa forma no veían a Adelia.

Tarareó para sí misma cuando empezó la música, e incluso se permitió un pequeño golpeteo con los pies, pero no miró por encima de los bailarines. Eso le llevaba a la posibilidad de hacer contacto visual, y entonces, alguien sentía, invariablemente, que debía venir a hablar con ella. Por piedad, suponía Adelia. Ofrecerles su perfil era la mejor manera de evitar la conversación, y ella podía mantener su oído bueno hacia la sala.

De vez en cuando, a pesar de esta postura tan desagradable, acababa teniendo que esquivar a algún joven. Al fin y al cabo, era la hija de un conde, y tampoco carecía de dinero. Y otros caballeros, los que no necesitaban su dote, probablemente asumían que le estaban haciendo un favor cortés a Adelia al prestarle su atención especial. Así, había bailado con casi todo el mundo que era alguien en el transcurso de sus últimas cuatro temporadas.

Por lo general, solo lo hacía una vez. Luego emitía su habitual y horrenda carcajada, lo que bastaba para ahuyentarlos. Si no, tropezaba ella misma o les hacía tropezar a ellos durante el baile o al salir de la pista después. Si todo lo demás fallaba, se giraba hacia el papel pintado e ignoraba sus intentos de conversación.

En realidad, esa era su treta favorita, ya que era totalmente pasiva por su parte. No tenía que ver sus expresiones de asombro ni sentir la incomodidad del momento. A veces, su cara estaba tan cerca de la pared que sus ojos se cruzaban.

Suspiró. ¿Cuántos minutos habían pasado? ¿Cuántas horas faltaban para que su hermano se cansara de buscar el amor y la llevara a casa? Se centró en la historia que tenía en mente y pensó en su última novela sin inmutarse, hasta que escuchó un rugido de indignación.

Al mirar hacia la pista de baile, vio que la gente se apartaba como si un caballo y un carruaje atravesaran la sala. Cuando la última pareja se retiró, Adelia pudo ver al rubio y atractivo lord Owen Burnley arrastrando a un hombre por la manga de su abrigo.

—Me va a responder —declaró lord Burnley, quien, para asombro de Adelia, venía en su dirección. Todas las miradas se volvieron hacia su pequeño sector de la sala mientras su paz se rompía.

No reconocía a la víctima de lord Burnley, la cual solo podía etiquetarse como tal, ya que el hombre parecía haber sido atacado. Su chaqueta estaba arrugada, su pañuelo, torcido, y su cabello estaba despeinado. Era un joven lord en su primera temporada. Este miró a Adelia mientras Burnley lo arrastraba para salir por las puertas francesas.

¡Caramba! ¿Qué fue todo eso?

Al igual que en Londres, por la mañana todo el mundo estaría comentando el extraño suceso mientras comía huevos y tocino. Sin embargo, los que estaban en la pista de baile fingieron ignorar el incidente y volvieron a bailar. En cuanto al resto de los invitados, los abanicos se levantaron y los cuchicheos comenzaron de inmediato.

Adelia frunció el ceño. A nadie se le ocurriría salir detrás de la pareja para ver lo que estaba ocurriendo, por si se veían arrastrados de algún modo a una situación indecorosa. Tampoco nadie se involucraría para ofrecer ayuda, a pesar de que lord Burnley tenía una expresión feroz y parecía que iba a hacer daño físico a su cautivo.

De repente, apareció lord Whitely. Parecía tener prisa, y Adelia imaginó que había estado en la esquina más alejada de la sala o tal vez en otra parte del edificio. Después de haber oído el jaleo, probablemente le habían dicho que era su amigo quien lo había provocado.

Por lo general, los dos vizcondes eran uña y carne, cortejaban a las mujeres y a menudo llevaban cada uno a una bonita joven afuera, aunque de una manera mucho más suave de como acababa de ocurrir. Solían formar un trío atractivo, pero el tercero del grupo, lord Westing, había sufrido un terrible accidente un par de años antes y se había quedado ciego. Eso no había presagiado el fin de la vida de lord Westing, por lo demás, dichosa. El marqués se casó con una mujer muy admirada, lady Jane Chatley, se estableció y formó una familia. Los dos solteros se quedaron solos en los eventos de la Temporada, a veces de forma desenfadada.

Adelia había observado a lord Burnley más que a ningún otro caballero, pues le parecía bastante guapo. Además, nunca había visto al apuesto vizconde comportarse de forma tan extraña y violenta.

Lord Whitely se detuvo con gesto de duda a unos metros de Adelia y sus miradas se encontraron. Ella señaló hacia las puertas francesas que estaban a su lado. ¿Qué otra cosa podía hacer? Asintiendo, él se apresuró a salir.

Adelia esperó hasta que todos los ojos dejaron de mirar en su dirección. Entonces, con sus habituales movimientos discretos, lo siguió lentamente. ¿Por qué no? Esto era mucho más interesante que todo lo que ocurría en el interior.

No fue difícil encontrar a los tres hombres. Lord Burnley se había llevado al otro caballero detrás de una serie de setos que formaban un pequeño laberinto. Adelia podía situarse con facilidad al otro lado de los setos y escucharlo todo.

«Una práctica espantosa», se dijo a sí misma, aunque ya era una costumbre para ella. En el futuro, se esforzaría por no hacerlo.

—Déjalo ir —dijo lord Whitely—. Vas a hacerle daño, y su padre es...

—Me importa una higa quién sea su maldito padre —gruñó lord Burnley—. Farrier, escuche, lo han visto hablando con Sophía recientemente, y un herrero usa un yunque.

Adelia trató de encontrarle sentido a la conversación.

—¡Está loco! —respondió lord Farrier, cuyo padre era, de hecho, un importante miembro del Parlamento. Incluso Adelia había oído hablar de él.

—¡Déjeme ver su pañuelo, maldita sea! —exigió lord Burnley—. Si me lo hubiera enseñado cuando se lo pedí, esto se habría acabado. ¡A menos que sea un asqueroso cerdo asesino!

—¡Owen! —Lord Whitely sonaba agitado.

—Se lo he dicho. No llevo ninguno encima —protestó lord Farrier.

—¿Qué clase de caballero es usted? —preguntó lord Burnley—. Todos tenemos pañuelos, igual que todos tenemos camisas y pantalones.

—De la clase que, hace unos minutos, le dio el último a una joven que derramó su limonada.

—¡Pruébelo! Lléveme hasta ella y muéstreme el pañuelo —repitió lord Burnley.

—¿Se explicará si lo hago? —preguntó lord Farrier.

Ignorando la pregunta, lord Burnley insistió.

—Llévame hasta ella, si es que dicha dama existe, o le romperé la nariz y le haré escupir todos los dientes.

Adelia retrocedió en silencio ante la violenta imagen. Pero durante la pausa, se dio cuenta de que debía moverse, y con rapidez, para esconderse o retirarse. En cualquier momento saldrían de detrás del seto.

—Si lo hago, ¿se comportará civilizadamente? —preguntó lord Farrier—. Y quíteme las manos de encima, o acabaremos intercambiando puñetazos.

Adelia regresó a los escalones y se giró como si acabara de salir, justo cuando los tres hombres aparecieron por la abertura del laberinto. Se olvidó de volver la cabeza a otro lado y su mirada se fijó en la de lord Burnley, haciéndola jadear ante la furia que había en la expresión de este. A continuación, los tres hombres pasaron por su lado.

En el último instante, oyó que se dirigía a ella lord Whitely, con quien había jugado al croquet unos días antes en casa de lady Turbity.

—¿Lady Adelia?

Ella se volvió y asintió.

—¿Va usted sin compañía? —le preguntó él.

De nuevo, Adelia se limitó a asentir, sabiendo que su voz podría salir en un chillido o no salir en absoluto.

—¡Entonces será mejor que entre o busque una chaperona[1]! —declaró lord Burnley en voz alta—. Las damas no deben estar solas en público.

Ella sintió que se quedaba con la boca abierta. En esencia, eso era cierto, pero al escucharlo así, sonaba absurdo. Después de todo, había una sala llena de gente a escasos metros.

Adelia señaló por encima de los hombros de los hombres, pero al echar un vistazo al jardín, se dio cuenta de que nadie más, hasta el momento, había salido, ni siquiera para un beso robado.

—Vendrá con nosotros —ordenó lord Burnley en un tono que no admitía discusión—. Enseguida. —La miró con impaciencia.

Ella suspiró, pero se dio la vuelta y los siguió. Al subir los escalones, los hombres se separaron para dejarla pasar, y Adelia dedicó una mirada comprensiva a lord Farrier.

---

[1] Persona que acompaña a una pareja o a una joven para vigilar su comportamiento.

Cuando lord Whitely abrió una de las puertas, ella los precedió al interior.

Como si todos los invitados hubieran estado esperando su regreso, lo cual, por supuesto, era cierto, todas las cabezas se volvieron hacia ellos para verlos reaparecer en el salón de baile. Parecía que incluso la música se desvanecía ligeramente, y los bailarines vacilaban en sus pasos.

—¿Dónde está su chaperona? —le preguntó lord Burnley.

Pero Adelia no podía hablar. No podía respirar con tanta gente mirando en su dirección. Parpadeó, sintiendo que sus mejillas se calentaban por la vergüenza.

—Le he hecho una pregunta, lady... Adelia, ¿verdad? —dijo él con brusquedad—. ¿A qué está jugando?

Ella deseó poder llegar a la pared y apoyarse en ella.

—Yo... —comenzó a decir, pero parecía que aún no podía llevar suficiente aire a sus pulmones—. Yo... —susurró mientras aparecían manchas frente a sus ojos y un zumbido llenaba sus oídos. Tuvo que sentarse.

Demasiado tarde. El salón de baile se disolvió en una oscuridad vertiginosa.

⁕

OWEN APENAS LLEGÓ A tiempo, pero logró atrapar a lady Adelia justo antes de que esta se desplomara sobre el parqué. Por el rabillo del ojo, Owen vio a Farrier escabullirse. ¡Maldito!

Si el hombre creía que no iba a perseguirlo hasta el fin del mundo para ver su pañuelo, estaba muy equivocado. Sin embargo, por el momento, Owen tenía literalmente las manos ocupadas.

Levantando a Adelia, dio unos pasos hacia adelante y miró a su alrededor. Todos murmuraban y cuchicheaban. Suspiró. ¿Tenía ella familia allí? ¿Quizá una madre negligente sentada en una de las mesas?

—Whitely —dijo él en voz baja—. ¿A quién pertenece esta dama?

—Es la hija del conde de Dunford.

Owen frunció el ceño.

—Está muerto, ¿no?

—Sí, hace aproximadamente un año. Jugué al croquet con ella hace poco, el día que completé el cuarteto de lady Turbity en tu lugar. —George hizo una pausa—. La verdad es que ese día no era mucho más entretenida que ahora —añadió—. Y hablaba casi tan poco.

Owen dio otros pasos y se dirigió a la zona de refrescos. Tal vez podría echarle un poco de limonada fría en la cara y reanimarla.

Al mirar su carga, observó que era una cosa pálida y bonita, con el pelo castaño claro y las pestañas un poco más oscuras, al igual que las cejas. La acomodó en sus brazos y ella se giró ligeramente, apoyando su mejilla en su pecho. La había visto en muchos eventos y estaba seguro de haber bailado con ella una o dos veces. Sin embargo, no recordaba que hubiesen bailado juntos.

De todas las mujeres con las que había flirteado a lo largo de los años o con las que había creado un vínculo que terminaba una semana después, ¿por qué nunca había tenido un escarceo con esta? Desde luego, era bastante atractiva, con curvas de sobra, por lo que pudo ver. Incluso entonces, podría mirar por debajo de su escote y ver unos senos bien formados.

Si quisiera hacerlo.

Naturalmente, no era el caso.

—¿Qué diablos hago con ella? —refunfuñó.

Las bebidas aún no estaban colocadas, así que cruzaron el ancho de la sala, cuando Adelia se revolvió.

—*Mmm...* —murmuró.

—Muévanse —ordenó él a un joven caballero y a una dama sentados en las únicas sillas cercanas. Al oír su tono, se levantaron de un salto.

En ese momento, Owen oyó la voz de un hombre cercano que gritaba:

—¡Dilly!

Owen la acomodó en la silla mientras sus párpados se abrían. Durante una fracción de segundo, ella le miró a los ojos, y él sintió su mirada verde como la llama de una vela que le hacía chisporrotear. ¿Qué demonios...?

Dio un paso atrás mientras Adelia miraba a su alrededor.

—Thomas —dijo ella, en voz demasiado baja para que nadie más que Owen pudiera oírla.

¿Thomas? Entonces, Owen cayó en la cuenta: lord Thomas Smythe, actual conde de Dunford y cabeza de la familia minera rival. Conocía poco al joven y apenas había hablado con él. Cuando se habían encontrado ocasionalmente en su club de pugilistas, se concentraban en darse puñetazos sin apenas conversar entre ellos, como era habitual.

El conde se apresuró a avanzar y se arrodilló frente a lady Adelia, tomando su mano.

—¿Estás bien?

Ella asintió, y Owen se sintió aliviado al ver que el color volvía a sus mejillas, como rosas pálidas contra una paleta cremosa.

¿Qué tonterías estaba él pensando?

—Su hermana estaba deambulando sin supervisión. Y luego se desmayó —le dijo Owen al conde, sin poder evitar la burla en su voz—. Si usted es su chaperón, está haciendo un trabajo pésimo.

El joven lord lo miró, y Owen tuvo que reconocerlo. Smythe parecía tranquilo y sosegado, y consiguió lanzarle una mirada que casi hizo callar a Owen.

Excepto que mientras él había estado haciendo de niñera de la preocupante hermana de este hombre, ¡su presa se había escapado!

—Si puede ocuparse de sus responsabilidades a partir de ahora —continuó Owen—, tengo asuntos más importantes que atender.

Con esa grosera afirmación, de la que se arrepintió al instante a pesar de ser la verdad, Owen saludó con la cabeza al conde y a su hermana, captando la mirada perpleja del joven y la mortificación en los ojos verdes de la dama.

Ella tiró de la mano de su hermano, y él acercó su oreja a sus labios. Owen observó fascinado cómo ella le susurraba. Asintiendo, lord Smythe la puso de pie.

—Gracias, milord —dijo Smythe con rigidez, y luego se marchó con Adelia, dejando a Owen allí plantado.

Este se volvió para encontrar a Whitely observando toda la escena.

—¡Ya basta de perder el tiempo! ¿Por dónde se fue Farrier? —exigió Owen.

—«Asuntos más importantes» —se quejó Thomas cuando estaban sentados en su carruaje y se dirigían a casa—. ¡Qué descaro el de ese pomposo imbécil!

Adelia había pensado lo mismo, pero eso sonaba tan ingrato que tuvo que defender a su salvador.

—Lord Burnley evitó que me desplomara en el suelo delante de todos.

—Podría haber sido infinitamente más amable al respecto —señaló Thomas—. Y él no sabía si yo estaba cerca o respondía a la llamada de la naturaleza en el pasillo. Obviamente, si hubiera estado allí mismo, yo te habría auxiliado.

Adelia sonrió para sí. Su hermano siempre había tenido una vejiga más bien pequeña, y por eso, con toda probabilidad, había ido a vaciarla al cuarto de retiro de caballeros. Solo un hermano y una hermana podían discutir esas cosas, pensó ella. Un momento después, recordó la terrible pérdida de los Burnley. El vizconde no podría volver a tener una conversación tonta con su hermana.

—Recuerdas lo que le ha ocurrido recientemente a la familia de lord Burnley, Thomas. Esa joven con la que no tuviste la oportunidad de bailar, como dijiste, era su querida hermana. ¿Te sentirías muy contento si yo acabara de morir? Sé que estarías inmerso en un profundo luto si la situación fuera a la inversa.

Una mirada fugaz y malhumorada cruzó el rostro de Thomas. Luego, su expresión se suavizó.

—Tienes razón. Francamente, no saldría en absoluto si te hubiera pasado algo. Creo que él debería haberse quedado en casa, ya que es evidente que no es apto para la sociedad educada en estos momentos.

—No parecía haber ido allí por el baile. ¿Estabas en la sala cuando él arrastró a lord Farrier al jardín trasero para interrogarlo?

—No. No estaba. ¿Interrogarlo sobre qué?

—Un pañuelo… —murmuró Adelia.

Su hermano frunció el ceño.

—Como he dicho, Burnley debería quedarse en casa detrás de las colgaduras de crepé negro y hacer un favor a todos. Al menos durante un tiempo. Es casi indecente.

Ella asintió, pero su corazón estaba con el vizconde que la había salvado de caer al suelo. Parecía muy enfadado, quizá por la injusticia de la vida.

—¿De qué murió lady Sophía? —preguntó Adelia.

Thomas miró por la ventana.

—¿Quién sabe?

A LA MAÑANA SIGUIENTE, Adelia salió temprano en su carruaje con Penny, su criada, para ir a su papelería favorita de Oxford Street.

La campana tintineó sobre la puerta al entrar.

—Buenos días, lady Adelia —dijo la esposa del dueño.

—Buenos días, señora Schnell. —Adelia echó un vistazo a la tienda. Por lo demás, estaba vacía a esa hora, que era justo como Adelia la prefería.

—¿Ya se le ha acabado el papel? —preguntó la mujer de mejillas redondas, con cara de asombro.

—Casi. Voy a comprar más para cuando ocurra lo inevitable dentro de un día más o menos. Y me preguntaba si tiene plumillas nuevas.

La mujer sacó una bandeja de detrás del mostrador mientras la campana volvía a tintinear.

—Pruebe las que quiera, *mi*lady.

Una familia ruidosa había entrado en la tienda, lo que hizo que Adelia intentara encogerse de tamaño como siempre hacía. Miró por encima del hombro hacia Penny, que esperaba paciente junto a la puerta. Su criada le dedicó una sonrisa alentadora y ella se relajó. Solo eran una madre y tres niños, que pedían lápices de colores y cuadernos de dibujo.

Adelia se dio el gusto de sumergir los lápices en la tinta de prueba y garabatear en la hoja superior de una pila de papel de baja calidad. En realidad no necesitaba otra pluma, pero le encantaba la sensación de suavidad de una nueva. A la larga, desgastaría la punta metálica de su bolígrafo Perry, pero, por ahora, era como un viejo amigo del que no podía separarse.

Sintiéndose un poco culpable por haber gastado tanta tinta de la papelería, decidió comprar otro bote como mínimo.

Después de que la familia hiciera sus compras y se marchara, se volvió para localizar a la señora Schnell justo cuando la puerta se abrió de nuevo.

Con el acompañamiento del tintineo de la campana, entró lord Owen Burnley.

Capítulo 4

Adelia vaciló cuando el alto y apuesto vizconde se detuvo al verla. Su rostro fruncido se suavizó poco a poco hasta convertirse en algo parecido a la cortesía.

—Buenos días, lady Adelia.

Ella asintió, sabiendo que si intentaba devolverle el saludo, se le atascaría en la garganta. Siempre necesitaba un momento para prepararse para la interacción con los hombres. Y con este en concreto, aún más. Sus ojos azules, que la habían abrasado la noche anterior, eran los más bonitos que había visto en un caballero. Y admiró mucho el dorado lino de su cabello, que sobresalía por debajo de su sombrero de copa, mucho más atractivo que el marrón apagado de ella.

—Enseguida estoy con usted, milord —le dijo la señora Schnell—. ¿Desea algo más, *mi*lady?

Adelia quiso pedir la tinta, pero su voz la había abandonado, así que negó con la cabeza.

Lord Burnley se acercó, sacó algo de su bolsillo y lo soltó con fuerza sobre el mostrador, haciendo que Adelia diera un salto.

Mientras la señora Schnell anotaba su compra en el libro de cuentas, la cual se liquidaría a final de mes, Adelia no pudo evitar echar un vistazo a lo que lord Burnley había depositado con tanta violencia: un trozo de papel, en blanco salvo por las letras *J* y *D* y una corona esbozada a lápiz. Las marcas le resultaron familiares.

Levantó la vista hacia él y encontró su intensa mirada sobre ella. Entonces, lord Burnley enarcó una ceja.

—¿Viene aquí a menudo, lady Adelia?

Al darse cuenta de que él estaba muy cerca, sin dejarle el espacio necesario, ella se apartó.

¿Cuál había sido su pregunta? Ah, sí.

Adelia asintió con la cabeza.

—Su señoría está aquí todo el tiempo —le explicó a lord Burnley la señora Schnell, y Adelia sintió que sus mejillas se ruborizaron ante la inesperada discusión de sus hábitos personales.

—Supongo que es usted una devota del papel y la pluma —dijo él—. Por lo tanto, ¿puedo suponer que escribe muchas cartas?

No era de su incumbencia, pero la tenía paralizada con esos ojos penetrantes, así que ella volvió a asentir.

—Aquí tiene, milady —dijo la señora Schnell, deslizando el paquete con el papel hacia Adelia, quien miró hacia abajo y observó la marca de agua poco perceptible, pero evidente cuando se sabía de su existencia.

Se giró hacia lord Burnley, que también miró el papel. Este se sobresaltó visiblemente, al parecer, al ver la marca. Sin previo aviso, alargó la mano y le quitó a Adelia el paquete justo cuando ella lo estaba cogiendo. Quedó atrapada en la incómoda situación de que ambos sostuvieran un borde opuesto.

—Tengo más de esos, milord—dijo la señora Schnell en el tenso silencio.

Lord Burnley siguió sosteniéndolo, mirando la hoja superior, así que Adelia lo soltó. Él levantó la hoja, la observó y luego se volvió hacia los escaparates de la tienda.

Adelia pudo ver con toda claridad la corona y las iniciales del fabricante del papel.

—¿Es un papel muy común? —preguntó lord Burnley, dando la espalda tanto a Adelia como a la tendera.

Ellas intercambiaron miradas interrogativas antes de que la señora Schnell respondiera.

—Es bastante popular, milord. Lo produce John Dickinson, en su fábrica de papel de Apsley. ¿Le gustaría comprar un paquete? También puedo hacer que le pongan un monograma si lo desea.

Él se dio la vuelta y miró fijamente a Adelia, haciendo que ella se calmara. A continuación, lord Burnley miró a la señora Schnell.

—¿Lleva usted una lista de las personas que compran este papel en particular?

—¿Se refiere al papel Dickinson?

—Sí. Precisamente —dijo él en tono cortante—. Cualquier papel con esta marca de agua.

—Llevo libros de cuentas en los que apunto lo que se compra.

Adelia echó un vistazo al que estaba abierto sobre el mostrador, y bajo «Smythe, Ly. Adelia», pudo ver una larga lista de suministros comprados, incluyendo las palabras «papel, J.D.» en muchas ocasiones.

—Pero no soy la única tienda de Londres que lo vende, milord —añadió la señora Schnell.

Él suspiró, sonando cansado, y su rostro pareció por un momento mucho más viejo que los treinta años que Adelia suponía que él tenía.

Por fin, lord Burnley le devolvió el paquete de papel a Adelia, quien se lo metió bajo el brazo.

—No obstante —le dijo él a la señora Schnell—, me gustaría saber aprender los nombres de todos los que usan este papel. —Sus dedos se aferraron al mostrador—. Si me hace una lista de todos los clientes que lo han comprado en los últimos seis meses, le pagaré lo que me pida.

El rostro de la señora Schnell se puso blanco. Tras unos segundos de reflexión, dijo:

—Le cobraré dos horas de trabajo como si estuviera preparando algo para la imprenta.

Él asintió.

—¿Va a hacer lo mismo en todas las papelerías de por aquí?

Al principio, Adelia pensó que él no iba a responder a la descarada pregunta de la señora Schnell.

—Sí —dijo lord Burnley tras una breve pausa.

Adelia se moría por saber el motivo. Era de lo más excéntrico. ¡Primero, el altercado sobre el pañuelo, y ahora esto! Si hubiera sido cualquier otra mujer, dejaría que su curiosidad se sobrepusiera a su cortesía y le preguntaría audazmente por sus dos extrañas búsquedas. Sin embargo, no pudo.

Adelia le dio las gracias a la señora Schnell y pasó junto a lord Burnley después de asentir con la cabeza.

—Parece que escribe usted muchas cartas —le dijo lord Burnley, haciendo una vez más la suposición incorrecta.

Adelia no habría respondido si él no hubiera preguntado además:

—¿Hay otras personas en su casa que escriban mucho? ¿Su hermano, tal vez?

Ella se detuvo en la puerta y se volvió. Cada vez era más y más extraño.

—No. Lord Smythe no es de los que escriben cartas.

Lord Burnley no dijo nada, aunque sus ojos se entrecerraron de forma amenazadora.

Ella esperaba que hubieran terminado, pero su mirada la recorrió de pies a cabeza y sus mejillas se sonrojaron ante su mirada. ¡Qué mortificante! ¡Que se ruborizara por la mirada superficial de un hombre, como si fuera una debutante!

Al haber perdido hacía tiempo la esperanza de superar su timidez, Adelia deseó poder desaparecer por completo a través de las tablas del suelo. Ante esa imposibilidad, giró sobre sus talones y se marchó. Su excursión, normalmente agradable, estaba casi arruinada.

OWEN LA VIO PARTIR, sintiéndose más malhumorado en el momento en que abandonaba la tienda. Intentar encontrar al asesino de Sophía era un asunto solitario y triste. Y cuando se dio cuenta de que una persona normal, como la tranquila y modesta lady Adelia, podía comprar un paquete del mismo papel que él buscaba, además de otras damas y caballeros de Londres, comprendió la frustrante inutilidad de su búsqueda.

¿Qué opción tenía?

Su madre seguía tan angustiada que ya no podía actuar con normalidad. Su padre, en lugar de ocuparse de los asuntos de la minería del carbón o del Parlamento, rondaba la sede de la Policía Municipal en Whitehall casi tanto como Owen. La cremación y el funeral habían sido privados, y guardaban las cenizas de Sophía hasta que volvieran a la casa de campo de Burnley, en el sur de Gales. La enterrarían en el cementerio familiar, junto a los abuelos y hermanos que no habían sobrevivido a la infancia.

Seguía pareciendo totalmente imposible que su hermana se hubiera ido.

De repente, no quería estar solo. Owen asintió a la tendera, que sin duda lo creía un lunático, y después se apresuró a salir tras lady Adelia. Ella estaba a media manzana de distancia, con una criada a sus espaldas en la que él no había reparado antes.

¿Qué pretendía?

Una vez más, le impulsó la idea irracional de que era mejor estar en su compañía que con ninguna, así que acortó la distancia y la llamó por su nombre.

—Lady Adelia. —Su tono fue quizá un poco brusco, pero su estado de ánimo era de una furia sombría casi todo el tiempo. Era demasiado tarde para usar una voz más suave.

La joven se giró y sus preciosos ojos verdes se abrieron de par en par al ver que él la seguía.

A la luz del día, su pelo era de un agradable tono marrón caramelo, que le recordaba a las crines de uno de sus caballos favoritos. Y llevaba un alegre sombrero de terciopelo azul, lo que le daba un aspecto agradable, mucho más que su forma de ser.

Su criada también se giró. De hecho, todos los que estaban en la acera a su alrededor también le miraron antes de seguir adelante. Le dieron ganas de ladrar a cada uno de ellos para que se ocuparan de sus asuntos.

Lady Adelia permaneció inmóvil, esperando una explicación. Y no tenía una buena a mano. Había sido espontáneo al llamarla por su nombre, y ciertamente impetuoso.

—¿Puedo acompañarla? —Las palabras se le escaparon.

Lady Adelia lo miró con una expresión de puro horror.

—Yo... yo... —se interrumpió, negando con la cabeza.

No importaba. No podía ser él quien le desagradara personalmente. No se le ocurría ninguna razón para que ella tuviera un sentimiento desfavorable hacia él. Apenas habían hablado, y la había sacado del peligro la otra noche. Tal vez solo estaba avergonzada, en cuyo caso, él la tranquilizaría. Después de todo, era conocido por su facilidad para tratar con las mujeres.

Demasiada facilidad, de hecho, y luego era demasiado voluble una vez que las atraía. Sus mejores amigos, Westing y Whitely, lo juzgaban por ser muy rápido y después muy caprichoso, ya que rechazaba a una mujer tras otra por diversas razones.

En cualquier caso, sabía cómo hablar con ellas y cómo calmarlas. Por lo general, esto conducía a una cita en el jardín o en un salón vacío sin que ninguna de las partes se arrepintiera más tarde.

En cuanto a lady Adelia, era sin duda la mujer más reticente que había conocido. Una joya rara, a menos que uno anhelara una compañera parlanchina. En ese momento, le gustaría tener a alguien que le quitara de la cabeza la tarea imposible que se había impuesto.

Sin su permiso, Owen se colocó a su lado. Señaló delante de ellos, con la intención de que volviera a caminar.

—¿Está recuperada del todo después del desmayo de la otra noche? —le preguntó dando unos pasos, sin saber si ella pasearía con él o se negaría a moverse.

Tras una breve vacilación, en la que Adelia miró a su alrededor y a su criada, comenzó a caminar de nuevo. Sin embargo, no respondió a su pregunta ni dijo nada, sino que continuó en silencio.

Normalmente, eso podría ser incómodo para dos extraños, pero como él intuía que el silencio era su estado habitual, no se ofendió. Esperaba que a ella no le importara que fuera él quien hablara.

—No suelo ir a las papelerías —le dijo Owen. A decir verdad, nunca había estado en una antes de ese día—. No escribo cartas —admitió.

No había escrito apenas desde los tiempos del colegio. Consideró el papel que había en su propia casa. Algunas hojas en el cajón de su escritorio y también papel con monograma. Lo utilizaba para enviar una invitación o una nota de agradecimiento de vez en cuando. Nunca había cometido la locura de escribir una carta de amor, ya que el receptor podía utilizarla como prueba de un acuerdo formal.

—Cuando escribo, el papel parece estar ahí. Supongo que mi mayordomo se asegura de que tenga los suministros adecuados.

Ella asintió a su charla trivial, manteniendo su mirada dirigida al frente.

—Parece que hay un tipo particular de papel que usted prefiere —continuó él—, y era el mismo que yo buscaba. Una coincidencia, ¿no cree?

Ella levantó un hombro a modo de indiferencia.

Lord Burnley tuvo el inexplicable deseo de decirle por qué, de confesarle que no buscaba una papelería al azar, sino este papel en concreto, y explicarle la importancia de una persona que había poseído una hoja del mismo.

—¿Puedo preguntar, lady Adelia, dónde se consigue un pañuelo? En este barrio, quiero decir. —A decir verdad, Owen se refería a cualquier lugar. Era otra cosa que encargaba a otros. Su ayuda de cámara tenía una gran cantidad, todos con la letra *B* bordada en la esquina en hilo de plata. Los consideraba bastante atractivos y los repartía entre las jóvenes de la misma manera que una dama medieval repartiría cintas para mostrar su favor a los caballeros.

Ahora que él lo pensaba, era una costumbre algo cara, y a menudo deseaba poder recuperar algunos de ellos.

Nunca sabía cuándo una dama por la que sentía una nueva afición iba a ver a otra a la que previamente había hecho la corte agitando su pañuelo con su monograma.

Lady Adelia no respondió. Miró a su izquierda, a las tiendas por las que pasaban, como si una tienda de pañuelos pudiera surgir a su lado. Finalmente, sus pasos vacilaron hasta que dejó de caminar por completo.

—Un pañero —dijo en voz tan baja que él tuvo que acercarse para captar sus siguientes palabras—, como Harvey Nichols. O un sastre.

Para entonces, sus palabras eran tan suaves que él se preguntó si ella tenía dolor de garganta. Nunca había oído algo parecido en una mujer que no necesitara una pastilla o, como mínimo, un poco de whisky caliente y miel.

—¿Está enferma? —preguntó Owen, escuchando de nuevo una cualidad inusualmente irritada en su propia voz que parecía no poder evitar.

Ella negó con la cabeza.

Él suspiró. Se limitaría a preguntar a su ayuda de cámara, quien, si el hombre valía el coste de su servicio, conocería el paradero de todos los vendedores de pañuelos. Sin embargo, Owen no estaba dispuesto a soltar a lady Adelia. No es que deseara atormentarla, pero quería descubrir por qué estaba tan empeñada en no hablarle.

—Hemos bailado juntos, ¿no es así?

Ella asintió.

—¿La he ofendido de alguna manera?

Ella volvió a negar con la cabeza.

¡Mujer exasperante! Él aún no sabía si su voz era la de un dulce ángel o la de un viejo ronco.

—¿Está cerca su cochero?

Ella señaló por encima de su hombro, y él se dio cuenta de que un carruaje la seguía unos metros más atrás.

—Bien. —Porque si alguna vez ella estaba en problemas, él dudaba que pudiera gritar pidiendo ayuda.

¿Había gritado Sophía sin que nadie viniera a rescatarla? Owen se apretó las manos ante la dolorosa pregunta. Era mejor que dejara a la dama antes de que él se irritase, haciéndole un inepto, según Whitely, para la compañía.

De hecho, notó que la mirada de ella se fijaba en sus manos apretadas, y Owen las relajó a propósito.

—Siento haberle hecho perder el tiempo. Espero volver a verla en algún evento de esta Temporada. Le deseo un buen día.

Ella esbozó una sonrisa, quizá aliviada de que él se despidiera por fin.

Haciendo una reverencia y recibiendo una inclinación de cabeza a cambio, él volvió por donde había venido. Después, se dio cuenta de que lady Adelia había frecuentado los salones de baile y las cenas desde hacía varios años. No entendía por qué no se había hecho con ella, con lo guapa que era. Suponía que, al lado de su hermana o de otras mujeres más simpáticas, lady Adelia siempre había parecido... bueno... justo como la encontraba hoy: especialmente desinteresada y poco receptiva a cualquier intento de entablar conversación. Además, no era nada coqueta.

Sea como fuere, tal vez debería mostrarle el pañuelo, porque ella, al igual que cualquier dama, podría haber necesitado pedir uno prestado en el pasado o, al menos, conocer al dueño del pañuelo en cuestión. Dudaba mucho que lady

Adelia hubiera utilizado alguna vez uno por el motivo más coqueto de hacer señas a un amante. Sin embargo, no podía descartar que ella tuviera información.

De todos modos, él no necesitaba decirle por qué lo tenía o por qué quería encontrar a su dueño. Al girarse, observó la acera llena de gente que tenía delante, y descubrió que ella había desaparecido. Podía ser silenciosa, pero no era lenta.

Al llamar a su cochero, Owen tuvo la intención de dirigirse a la sede de la policía en Whitehall y reprender al sargento detective una vez más, pero lo pensó mejor.

—A casa de Westing. Arlington Street —añadió, por si su cochero le llevaba a la casa del duque de Westing en Grosvenor Square, en lugar de a la más modesta casa de su amigo, el marqués, cerca del palacio de St. James.

Cuando su lacayo cerró la puerta del carruaje, Owen se puso a pensar. Sin embargo, en lugar de ideas útiles para encontrar al asesino de su hermana, su mente volvió a lady Adelia Smythe.

Ella no le pareció débil ni endeble, pero apenas podía hablar más allá de un susurro. Intentó recordar cualquier cosa definitiva que hubiera escuchado sobre ella. Ningún contrato de matrimonio roto, ningún indicio de escándalo, ningún chisme sobre su persona. ¿Cómo podía ser?

Lo único que recordaba era lo que él y Whitely habían discutido la otra noche, que el padre de ella, el conde de Dunford, había fallecido no hacía mucho tiempo. Pero a Owen le parecía que la madre había muerto muchos años antes.

No sabía si lady Adelia siempre había sido una persona reticente o si algo en su vida la había hecho comportarse de tal manera que apenas encajaba en la sociedad bien educada.

Cuando bajó de su carruaje y llamó a la puerta de Westings, no se percató de sus cavilaciones. Así, mientras el mayordomo le permitía la entrada al vestíbulo, sus pensamientos estaban en otra parte. Al principio no se dio cuenta de que su otro amigo, Whitely, ya estaba en el salón, hasta que oyó a este mencionar su propio nombre.

—No sé qué vamos a hacer con Burnley. Nunca le he visto en semejante estado. Le digo que temo por su salud.

—No está tan mal —dijo con voz templada lord Christopher Westing, heredero del ducado.

—No todo el tiempo, no, pero cuando su temperamento estalla, está al rojo vivo. Debes tratar de hacerle entrar en razón —insistió George.

¡Meterle sentido común en la cabeza! Como si alguien pudiera hacer desaparecer el recuerdo de Sophía muerta en el suelo de una habitación de mala muerte en una taberna.

—Iré a su casa de inmediato —dijo Chris—. Si Spencer no hubiera tenido ese flujo estomacal, habría estado allí ayer.

—¿Está bien el bebé ahora? —preguntó George.

Owen esperó la respuesta con la respiración contenida. Ya había sufrido un golpe devastador. No creía poder presenciar que el hijo de su amigo sufriera ningún daño.

—Se está recuperando con lady Jane a su lado —aseguró Chris a Whitely—. Dudo que deje a Spencer para ir conmigo a visitar Burnley, y menos mal. No quiero que tenga que fingir que es amigable en un momento como este.

—He estado allí varias veces —dijo George—, y créeme, no le preocupa la urbanidad ni ser social. Aunque para ahorrarle eso a lady Jane, tal vez tengas razón.

—¿Burnley bebe demasiado?

—Extrañamente, no. Lo imagino zambulléndose en una botella de brandy y sin querer salir, pero dijo que se niega a confundir su mente hasta que haya atrapado al asesino.

—Eso es algo bueno —dijo Chris—. Si estuviera en un estado de embriaguez, sin duda sería peor.

¡Caramba! Escuchar a sus amigos hablar de él como si fuera un bufón imprudente no ayudaba en nada a su estado de ánimo.

—¿Os acompaño? —preguntó George.

—No es necesario —les dijo Owen mientras entraba en la habitación, sintiendo que su ira aumentaba—. Ya estoy aquí, y os agradeceré que no habléis de mí a mis espaldas.

—No hemos dicho nada que no te diríamos a la cara —protestó George—. ¿Cómo estás?

¿Cómo estaba él? Enfadado por su propia ineficacia hasta el momento. Ligeramente ofendido, también, de que Whitely ni siquiera le preguntara cómo estaba.

—Mejor que mis padres —espetó—. Y estaré mucho mejor cuando atrape al asesino. Al menos puedo trabajar en algo. A mi madre no le importa especialmente el asesino. No traerá de vuelta a Sophía, y eso sería lo único que podría sacarla de su desesperación.

—Lo siento mucho —ofreció Chris—. Tal vez el sentimiento de impotencia es la parte más difícil.

Owen no lo creía. La parte más dura era saber que nunca podría volver a ver a Sophía.

—La irrevocable finalidad de ello —murmuró, con la voz entrecortada.

Todos guardaron un momento de silencio.

—¿Queréis saber por qué he venido aquí sin ser invitado? —preguntó al fin. En realidad, no tenía ninguna razón en particular, excepto el deseo de estar con amigos.

—No tienes que dar explicaciones —le aseguró Chris—. Siempre eres bienvenido. Y espero que comas con nosotros. Te veo un poco delgado.

Owen se encogió de hombros antes de darse cuenta de que Westing no podía distinguir su aspecto: delgado o gordo.

—Te encoges de hombros, pero no puedo verte —señaló Chris.

—Parece que sí puedes. —Owen casi sonrió ante la maravilla que era su amigo, un marqués que lo había tenido todo a sus pies antes de quedarse ciego. Con la ayuda de lady Jane, lo había recuperado todo y más. Naturalmente, se había casado con ella.

—Al parecer, también puedes detectar la delgadez de mi cuerpo por mi voz.

Chris esbozó una sonrisa ladeada.

Owen podría hacerles la pregunta que suscitaría otras más de sus amigos.

—¿Qué pensáis de lady Adelia Smythe?

Capítulo 5

—Te diré lo que pienso de lady Adelia —bromeó George—. Absolutamente nada, porque no aporta nada a ninguna reunión en la que me la haya encontrado, incluido el reciente partido de croquet en el que te sustituí. Completé uno de los cuatros partidos, como se me pidió. Sin embargo, con lady Adelia, parecía un trío.

Owen frunció el ceño. Whitely estaba siendo poco amable.

—¿Y tú, Westing? ¿Cuál es tu impresión de ella?

El marqués hizo una pausa, que Owen agradeció, ya que era un hombre reflexivo.

—A primera vista, diría que Whitely tiene razón, pero eso es solo porque no me he tomado el tiempo de hablar con ella. Tengo que confesar que tengo ideas equivocadas sobre mi esposa. Y recuerdo que ambos dijeron que ella no era mi tipo. Demasiado estirada o demasiado callada o alguna tontería así. Pero lady Jane es, como saben, absolutamente perfecta para mí. Tan pronto como me tomé el tiempo para conocerla, se hizo muy obvio. No podía creer mi propia estupidez anterior al no reparar en ella.

Owen consideró sus palabras.

—Es muy difícil mantener una conversación y llegar a conocer a alguien que no me dirige dos palabras seguidas, y cuando lady Adelia lo hace, estas son tan condenadamente silenciosas que no puedo saber lo que está diciendo.

Whitely se rio con fuerza y luego se detuvo con brusquedad. Era lo que hacían todos los que rodeaban a Owen desde el fallecimiento de su hermana. Nadie se sentía capaz de reír, incluido él. Parecía una falta de respeto. Tal vez fuera así para siempre, incluso después de que atrapara al asesino.

—Hoy me encontré con lady Adelia en una papelería —les dijo Owen.

Se detuvo ante las expresiones de sus amigos.

—¿Por qué tienes esa cara? ¿Qué pasa?

—¿Por qué estabas en una papelería? —preguntó Chris.

Whitely le envió una mirada interrogativa. Owen no había compartido la nota del asesino con nadie más que con él.

—Tenía una nota —le dijo a Chris—, del asesino.

—¿Cómo diablos…? —preguntó Chris, y Owen le explicó las circunstancias.

—¿Qué quieres decir con que la tenías? —preguntó George.

—Se la di al detective después de que me señalara la marca de agua. Localicé en la papelería el tipo de papel en el que estaba escrito. De hecho, lady Adelia estaba comprando un paquete del mismo papel. John Dickinson es el fabricante.

Chris asintió.

—Mi madre siempre ha escrito en un papel con marca de agua *J.D.* No sé qué utiliza mi mujer, ya que no puedo verlo.

—Tengo entendido que es bastante común, y probablemente sea imposible encontrar a todas las personas de Londres que lo usan. Pero indica una persona de calidad —dijo Owen, haciéndose eco del detective.

—Efectivamente —estuvo de acuerdo Chris—. ¿Hubo algo más?

—Sí —Owen hizo una pausa mientras su garganta se cerraba por la emoción—. Sophía tenía un pañuelo agarrado en la mano. No se lo di al detective, pero él dibujó el patrón para que supiera qué buscar. Whitely no lo reconoció. Esperaba que tú lo hicieras.

—¿Puedo verlo? —preguntó Chris.

Owen se lo entregó y explicó lo que pensaba a su amigo.

—Parece la forma de un yunque cosido en el encaje.

Westing frunció el ceño.

—Y antes de que digas nada —añadió George—, Owen ya se ha cerciorado de que no pertenece a la familia D'Anville al asaltarla.

—¿Qué? —Chris volvió la cara hacia él.

Owen hizo una mueca.

—No los agredí a todos, solo al hijo. No fue mi mejor momento, lo admito, y su pañuelo no era el que buscaba. Ni el de lord Farrier.

—A quien arrastró afuera en un baile —añadió George.

—Owen —advirtió Chris—. Te vas a encontrar encerrado si no tienes cuidado, y entonces no serás de ninguna ayuda para tus padres.

Owen desestimó la advertencia de su amigo con un gesto de la mano, recordando después que su amigo apenas podía ver más que una sombra borrosa.

—¿Habías visto alguna vez un pañuelo así en el pasado?

—Creo que no. Le preguntaremos a lady Jane cuando baje.

—Gracias. Si lo haces en mi nombre, te lo agradecería mucho. Debería irme.

—Tonterías —dijo Chris—. Deberías comer. Whitely dice que te has saltado algunas comidas. Me sentiría insultado si no compartieras el pan conmigo, solo porque soy un pobre ciego.

Ese comentario por fin hizo que los tres se rieran. Chris era uno de los hombres más afortunados, a pesar de su discapacidad. Sin embargo, como todos sabían, la buena suerte podía cambiar en un abrir y cerrar de ojos.

Conteniendo su constante e hirviente ira, al saber que el asesino andaba libre por las calles de Londres, Owen accedió a cenar con sus amigos.

⁂

ADELIA SE SINTIÓ MUY desgraciada cuando el mayordomo le informó de que tenía una visita. Su hermano estaba fuera, y ella nunca había considerado necesario decirle al señor Lockley que no recibía visitas, por la sencilla razón de que nunca las tenía.

Por un instante, imaginó que podría tratarse de lord Burnley, ya que sus caminos se habían cruzado más de una vez, y no pudo apartar de sus pensamientos a aquel hombre ni a sus ojos azules. El vizconde le había preguntado si habían bailado juntos alguna vez. No podía culparlo por no estar seguro, a pesar de que ella recordaba sus dos bailes con placer. Los latidos de su corazón se aceleraron al verlo de nuevo, y su desconocida reacción la intrigó casi tanto como la asustó.

Sin embargo, cuando el señor Lockley dijo que era el señor Víctor Beaumont, el ingeniero de su empresa, sintió un escalofrío de alarma.

—Por favor, dígale que mi hermano está fuera. —Sin duda, era a Thomas a quien quería ver.

—Preguntó por usted, *mi*lady.

Esto era cada vez más inquietante. Después de lo que le había dicho su hermano, que su ingeniero había expresado su interés por ella, se sentía aún menos inclinada a reunirse con él a solas.

Adelia llamó a su doncella para que la acompañara, y luego entró en el salón, donde el señor Beaumont estaba de pie, de espaldas a ella mientras miraba el techo.

A sus espaldas, ella miró hacia arriba. ¿Qué estaba él observando?

Al fin, ella se aclaró la garganta para avisarle de su presencia. Él se giró con rapidez con una sonrisa agradable, y sus sagaces ojos castaños la miraron fijamente, pero con amabilidad.

—Lady Adelia, me alegro de verla. —Él dio un paso en su dirección, y ella se armó de valor para no retroceder cuando él le tomó una mano con las suyas, aprisionándola. A continuación, se la llevó a la boca y le besó los nudillos con fuerza, más de una vez.

«Eso no está bien», pensó Adelia.

—Señor Beaumont —murmuró ella, tirando para liberar su mano, que él soltó.

—Buenas molduras de corona, si me permite decirlo.

Por suerte, esa afirmación no requería respuesta, así que ella se limitó a asentir.

—¿Podemos sentarnos? —preguntó él.

Adelia dudó. ¡Oh, Dios! ¿Era demasiado tarde para salir de la habitación y dejar que su hermano se ocupara del hombre a su regreso?

Asintió con la cabeza, y luego miró hacia el otro extremo de la estancia para asegurarse de que Penny se sentara en una silla junto a las macetas de helechos. Adelia ocupó la suya y le hizo un gesto al caballero para que hiciera lo mismo al otro extremo de la mesa de café.

Si el señor Beaumont se lanzaba a cualquier tipo de discurso florido sobre sus atributos, estaba totalmente preparada para levantarse y marcharse.

—Estoy preocupado por su hermano.

De todas las cosas que podría haber dicho, esa podría ser la más inesperada.

—¿Por qué? —preguntó ella. Había desayunado con Thomas esa misma mañana, y él parecía estar perfectamente bien y de buen humor.

—El otro día, cuando nos reunimos para hablar de negocios, lo encontré bastante alterado por algo, y su temperamento, por lo general tranquilo, estaba, como mínimo, agitado. Me pregunto si usted sabe qué lo tiene perturbado.

Ella negó con la cabeza. No había notado nada extraño en él.

—¿De verdad? —El señor Beaumont sonó sorprendido—. Supongo que como ahora es el jefe de la familia, busca ocultarle a usted cualquier cosa que pueda molestarla.

¿Molestarla?

Al contrario, ambos solían contarse todo y estaban muy unidos. Lo que le hizo recordar de nuevo a Owen Burnley la pérdida de su hermana Sophía. Extrañamente, sus pensamientos parecían seguir volviendo al vizconde.

—Veo por su expresión —dijo el señor Beaumont, totalmente equivocado—, que no le inquieta la posibilidad de que su hermano se meta en problemas.

—¿Qué problemas? —Ella ya estaba harta de sus insinuaciones.

—No me corresponde a mí decirlo. Solo le pido que lo apoye, si algo malo sale a la luz. La empresa le necesita al frente.

El señor Beaumont se puso en pie y Adelia hizo lo mismo, sintiéndose más confundida que antes después de su conversación.

—No lo... entiendo —le confesó esta, atónita ante el titubeo de su discurso.

—Espero que no sea necesario. —Una vez más, él le tomó la mano y le besó los nudillos.

A ella le costó no arrancarla de su mano.

—No creo que deba contarle nuestra pequeña charla —le aconsejó él.

Oh, definitivamente lo haría. Adelia suspiró y se alegró cuando el ingeniero se marchó.

De hecho, en cuanto su hermano volvió de su club, lo acorraló.

—¿Estás bien? ¿Ocurre algo importante?

Thomas tenía su habitual expresión afable, sin embargo, durante un breve instante, ella vio que la preocupación cruzaba sus rasgos.

—¿Te encuentras bien? —preguntó él.

—No lo sé.

Thomas ladeó la cabeza.

—¿De qué se trata todo esto, Dilly?

—Debes preguntarle al señor Beaumont. Se pasó hoy por aquí y parecía preocupado por ti.

Thomas pareció sorprendido.

—No tengo ni idea de qué se trata. Quizá realmente vino a verte y a determinar si mostrabas algún interés en él.

Ella frunció el ceño.

—Muy bien. Lo dejaremos de lado por ahora. Al menos no ha declarado su intención de cortejarme.

—¿Sería eso tan terrible?

—Absolutamente —declaró Adelia.

TAN PRONTO COMO OWEN entró en el salón de baile de los Tourney esa noche, tratando de parecer amable, a pesar del deseo constante de golpear a alguien, buscó a lady Adelia. No por razones sociales agradables, sino por consejo de la esposa de Westing. Por desgracia, lady Jane no tenía más conocimiento de un pañuelo con un yunque que su marido.

—Debe ir a todos los actos sociales —le había aconsejado lady Jane.

Owen había sacudido la cabeza.

—¿Y andar exigiendo pañuelos? Me veré recluido en un manicomio.

—Si tiene una amiga que pueda ayudarle —había sugerido lady Jane—, sin duda ella tendrá más suerte para conseguir pañuelos de caballero. —Por lo que recuerdo, Owen, usted tiene todo un batallón de damas a su disposición.

—No todo un batallón, se lo prometo —le había respondido él con una risa sardónica.

Además, las mujeres que había cortejado y luego abandonado no eran sus amigas. Todas querían una propuesta, todas querían convertirse en su vizcondesa. Todas se habían sentido muy decepcionadas.

Sin embargo, podría conseguir la ayuda de lady Adelia, ya que nunca la había perjudicado. Ella podría acercarse a cualquier caballero y obtener un pañuelo sin llamar la atención sobre lo que estaba haciendo. Y como no hablaba, y mucho menos parecía cotillear, su tarea no se extendería como el fuego por la sala.

Si es que ella estaba dispuesta a ayudarle...

Owen la encontró con facilidad en el mismo lugar donde siempre la había visto, en el extremo del salón de baile, contra la pared, con la cabeza girada como si hablara con un compañero invisible. Ella debió de oír sus pasos, porque se giró cuando él se acercó, y sus ojos verdes se abrieron ligeramente en señal de alarma antes de asentir a modo de saludo.

A Owen le recordó a un cisne, con su largo y grácil cuello, que se inclinaba para comunicarse, sin dejar de ser silenciosa, encantadora y regia.

—Buenas noches, lady Adelia. Confío en que no se desmaye esta noche.

Las mejillas de ella se llenaron de color al instante.

¡Qué idiotez! Era muy poco caballeroso y descortés por su parte referirse al espectáculo de su último encuentro en el salón de baile. Owen casi se llevó la mano a la frente.

¿Por qué le hacía sentir incómodo? Probablemente porque sus conquistas habituales eran damas parlanchinas que llenaban los silencios con bromas insípidas, a menudo ruidosas y propensas a hacer grandes gestos, agitando sus manos enguantadas, sus abanicos y las plumas de su cabello junto con su escote, justo bajo su mirada. Eran brillantes y chispeantes, pavos reales relucientes, en comparación con el sereno cisne de lady Adelia.

Ella tenía una quietud tranquila, y esa misma cualidad le haría esforzarse más para impresionarla.

Reconsideró sus pensamientos. No, no estaba tratando de impresionarla, sino de obtener su ayuda.

—Perdóneme. No debería haber sacado ese tema. Está especialmente guapa esta noche —añadió. Y lo estaba, con un vestido de satén azul con ribetes de color crema y detalles de perlas.

Sus halagos, por muy genuinos que fueran, no hicieron su magia habitual. Ella no se derritió ni batió las pestañas ni hizo un mohín con los labios. Bastante llenos y con una forma atractiva, se dio él cuenta por primera vez.

Ella tampoco se encogió de hombros de forma sugerente, haciendo que el escote de su vestido se abriera y le diera una generosa visión. Era una lástima.

Lady Adelia parpadeó y volvió a asentir.

Owen se inclinó hacia delante y le habló al oído que estaba hacia la pared, lejos de la multitud de bailarines.

—Necesito pedirle un favor.

Ella se echó hacia atrás y negó con la cabeza.

—¿No? —Él no pudo evitar sonreír ante su expresión, como si le hubiera exigido su último centavo o su primogénito—. Pero ni siquiera sabe lo que le voy a pedir.

Inclinándose hacia adelante, ella murmuró:

—Perdóneme, milord. ¿Podría repetirlo? —Y giró la cabeza hacia la pared para que él pudiera hablarle al otro oído.

Qué extraño.

Y de repente, Owen se dio cuenta de lo totalmente inapropiado que era pedirle a alguien que apenas conocía que recogiera pañuelos de desconocidos. No podía hacerlo. Al menos, no sin conocerla mejor y entablar algún tipo de amistad.

—¿Quiere bailar conmigo?

Ella se giró de nuevo, casi golpeando su nariz contra la de él. Después, retrocedió como un caballo asustado.

Él estaba haciendo todo mal.

—¿Puedo? —le preguntó señalando su carné de baile.

Lady Adelia levantó el brazo, que él pudo ver que temblaba. Owen agarró la pequeña tarjeta blanca y se dio cuenta de que su mirada se había fijado en ella. Él sacó un lápiz de su bolsillo, pues sabía que su ayuda de cámara siempre le ponía uno cuando asistía a un baile. Rápidamente, Owen garabateó su nombre en la primera línea en blanco. No le fue difícil hacerlo, ya que todas las líneas estaban vacías.

Frunciendo el ceño, miró su hermoso rostro, observando cómo su mirada se levantaba de la tarjeta para encontrarse con la suya. Sorprendido de nuevo por el rico verdor de sus ojos, le recordaron las colinas del sur de Gales, donde su familia tenía su casa de campo. Una cosa estaba clara. Si lady Adelia no se empeñase en ser un simple adorno, tendría la tarjeta de baile llena. Era tan deseable como cualquier mujer de allí. Más aún, al tratarse de la hija de un conde.

Al margen de estos dos hechos, algo en ella hacía que su interior chisporroteara y bailara.

Ofreciéndole una sonrisa tranquilizadora ante su fracaso social, sonrisa que ella no le devolvió, Owen volvió a escribir su nombre más abajo en la tarjeta. El espacio de una hora que separaba sus dos bailes no llamaría la atención sobre el segundo.

—Volveré a recogerla cuando empiece la música —le dijo—. Solo serán unos minutos más.

Sin embargo, Adelia no dijo nada, respondiendo a sus palabras con otra inclinación de cabeza. Él bien podría estar hablando con el papel pintado que había detrás de ella.

Con una reverencia poco profunda, Owen se fue a buscar a Whitely y lo encontró charlando con una joven. O mejor dicho, escuchándola mientras ella hablaba.

Whitely tenía la mirada que Owen reconocía, una de interés fingido, mientras que los pensamientos de su amigo estaban obviamente en otra parte, quizá preguntándose si sería capaz de llevar a la mujer a un lugar apartado para una cita. Ella no podía seguir parloteando mientras la besaban.

—Mi primo se decidió por la carne asada, mientras que muchos habrían elegido la pierna de cordero —pareció decir la mujer, o tal vez eso era solo lo que Owen imaginaba que había oído en medio de su incesante discurso.

Sin pensarlo, la interrumpió.

—¿Tiene un pañuelo?

Con la boca abierta, ella desvió su atención de Whitely, quien apenas se dio cuenta de que la dama había dejado de hablar, y miró a Owen. Parpadeó hacia él y luego se rio.

A este no le pareció que su petición tuviera la menor gracia.

—Pues sí, milord —dijo la joven tras una pausa—. ¿Necesita desesperadamente sonarse la nariz?

Él gruñó con impaciencia.

—¿Es eso lo que se entiende por una respuesta ingeniosa entre las debutantes?

Ella palideció, comprimiendo los labios, mientras Whitely se alzaba en su favor.

—Un momento, Burnley. No olvidemos que estamos en una sociedad educada.

Era condenadamente difícil pensar en ser educado cuando alguien en esa misma habitación podría tener la pista de la identidad del asesino de su hermana. Owen se encogió de hombros y volvió a intentarlo.

—Si lleva uno con usted —le dijo Owen a la joven una vez más—, ¿puedo verlo?

Obviamente molesta, ella levantó el brazo para sacar a relucir su ridículo, que colgaba de su muñeca junto con su tarjeta de baile, la cual Owen observó que estaba completa. ¿Qué idiotas en el salón de baile preferirían a esta urraca antes que a lady Adelia?

Ella abrió los cordones de su bolsito de cuentas y sacó un pañuelo con un estampado de flores, en lugar de uno blanco.

Se lo tendió.

Owen levantó la mano en señal de rechazo.

—No importa. Te veré más tarde, Whitely —dijo, y dejó a su amigo con la insípida señorita, que volvió a hablar de su tedioso primo antes de que Owen saliera de su alcance.

Cogió una copa de champán de la bandeja de un camarero que pasaba por allí y la bebió a sorbos mientras buscaba su próximo objetivo en la sala. Los hombres que conocía, aquellos que no podían tener un yunque en sus pañuelos, los descartó de inmediato. Todavía quedaba un gran número de caballeros, nuevos en la escena social o que no figuraban entre los conocidos de Owen.

Demasiados.

A pesar del consejo de lady Jane de solicitar la ayuda de una mujer, decidió continuar la caza por su cuenta, al menos por el momento. Probó con un hombre alto y con el ceño fruncido, consiguiendo echar un vistazo a su sencillo pañuelo, y luego vio a un tipo fornido con las cejas muy oscuras, alguien que parecía capaz de realizar actos perversos.

Owen se acercó a él, interrumpiendo su conversación con los demás.

—¿Me presta su pañuelo? —le preguntó.

El hombre alzó las cejas, pero, tras una breve vacilación, lo sacó del bolsillo. Owen vio de inmediato que no era el que buscaba, pero decidió que era mejor tomarlo de todos modos. Asintiendo, se lo metió en el bolsillo, hizo una breve reverencia y comenzó a alejarse.

—¿No quiere poner su nombre en mi tarjeta de baile? —preguntó el hombre en voz alta, por lo que Owen se detuvo, haciendo que algunos de los que estaban alrededor se rieran.

«Déjalo», se dijo a sí mismo, deseando no haberse dado por aludido ante la grosera pregunta del hombre.

—Veamos. Puedo bailar el vals con usted tan bien como cualquiera de las damas de aquí —continuó el hombre, disfrutando del protagonismo—. Quizá mejor que algunas, e incluso le dejaré quedarse con mi pañuelo como muestra.

Esto hizo que los que estaban lo bastante cerca como para oírle estallaran en carcajadas.

Owen se dio la vuelta.

—¿Está poniendo en duda mi masculinidad, o la suya? ¿Desea, en efecto, asumir el papel de la dama en el baile?

El rostro del hombre enrojeció.

—¿Cómo se atreve? —Se levantó hasta su máxima altura, que no pasaba de la barbilla de Owen.

Este negó con la cabeza, reprimiendo el impulso de darle un puñetazo al hombre, sin otra razón que la de ser un tonto molesto. Metió la mano en el bolsillo, sacó el pañuelo de lino y lo lanzó de nuevo a la cara de su dueño.

Por desgracia, aterrizó en la parte superior de su cabeza, colgando sobre su frente y en sus ojos.

—Ya está, ahora podemos fingir que esto nunca ha ocurrido —aconsejó Owen mientras el caballero se lo quitaba de la cabeza con rapidez entre más risas estridentes.

—¿Salimos?

Owen puso los ojos en blanco. No tenía intención de meterse en peleas esa noche. Solo quería buscar el maldito pañuelo.

—Lo siento, reservo mis encuentros en el jardín para las damas hermosas —respondió, lo que pareció enardecer aún más al hombre, aunque era simplemente una broma—. Bien —rectificó—, solucionémoslo fuera. ¿Necesito contratar los servicios de un segundo?

—Lo que necesitará es a su médico —le espetó el oponente antes de pasar junto a él hacia las puertas francesas que daban a los terrenos detrás de la casa.

Owen lo siguió, incapaz de descartar por completo su propia responsabilidad en esto, aunque también admitió un poco de expectación por luchar contra un extraño fuera del club de pugilistas. En cuanto rodearon los arbustos, apenas fuera de la vista del salón de baile, el hombre se volvió y levantó los puños, que, en consonancia con su complexión, eran como grandes jamones.

—¿Está seguro de que quiere hacer esto? —le preguntó Owen. Después de todo, a pesar de que parecían tener la misma edad, Owen tenía la ventaja de la altura, los brazos largos y una buena forma física.

—Cierre el pico. —El hombre se encorvó en una postura de boxeo.

—Creo que al menos deberíamos quitarnos las chaquetas —señaló Owen, comenzando a tirar de una manga.

Su oponente aprovechó la oportunidad para darle un puñetazo en el vientre. Con fuerza.

—Sucio canalla —murmuró Owen cuando pudo volver a respirar, y levantó los puños de inmediato. El hombre lanzó otro puñetazo rápido, que Owen esquivó, y luego otro que le habría golpeado por lo bajo debido a la falta de altura de su oponente.

Con la intención de tener hijos algún día, no quería que este idiota pusiera en peligro esa posibilidad con un golpe fuera de lugar. Era hora de acabar con esto.

Owen le dio un fuerte puñetazo en el estómago. Dado que cada uno había asestado un golpe, esperaba que su adversario diera por concluido el asunto. Sin embargo, el hombre volvió a hacerlo y, una vez más, fue un golpe bajo en el estómago, el cual Owen apretó a tiempo para desviar cualquier daño.

—¿Qué le ha parecido, señorita? —Oyó cacarear al aspirante.

Una neblina roja flotó frente a los ojos de Owen. Y aunque no estaba realmente enfadado con este ridículo tipo, podía imaginarse con facilidad a algún degenerado, uno que luchara sucio como este hombre, desquitándose con Sophía.

Con eso, dejó que su puño volara directo a la cara rubicunda de su oponente. La cabeza de este se inclinó hacia atrás, y su cuerpo le siguió. Sin duda, no era John Jackson, ya que estaba fuera de combate.

—¡Cristo! —murmuró Owen. ¿Su golpe había sido realmente tan fuerte?

Cuando unos cuantos se adelantaron, se dio cuenta de que otros les habían seguido fuera. ¡Bien! Que alguien más despertara al desgraciado, le ofreciera una mano de tregua y le curara el labio partido o cualquier otra herida que tuviera.

Había sido una salida muy poco satisfactoria para su ira. No había conseguido encontrar el pañuelo. Y ahora le dolían las costillas por los pocos puñetazos que le había propinado el canalla.

Y lo que era más lamentable, cuando Owen entró de nuevo en el salón, se dio cuenta de que el primer baile había comenzado. Como muchas miradas se volvieron hacia él, supo que la noticia de la pelea infantil se había extendido entre el centenar de invitados. Por la mañana estaría en los periódicos. Le importaba un bledo.

Rápidamente, buscó a lady Adelia, buscando su impresionante vestido azul. No estaba en la pista de baile, lo cual no era una sorpresa. Al parecer, ella no se había esforzado por encontrar una pareja más digna. Si su tarjeta seguía teniendo el mismo aspecto que antes, podría con facilidad formar pareja con ella para el próximo baile o el siguiente. Todo lo que tenía que hacer era localizarla.

Tras unos minutos de búsqueda, la vio sentada en una mesa con su hermano, con las cabezas juntas, hablando. Algo en su interior se retorció de dolor y envidia. Lo que daría por otro momento así con Sophía…

Al acercarse, el joven conde se puso en pie y esperó. Owen se inclinó ante él primero, y después ante lady Adelia.

—Mis disculpas por haberme perdido nuestro baile, *mi*lady. Espero poder compensarla como su pareja para el próximo.

Antes de que ella pudiera responder, su hermano habló.

—Asume que ella bailará con usted después de que la tratase tan mal.

Owen miró de hermano a hermana. Lord Thomas Smythe estaba con toda claridad ofendido por el desaire, pero lady Adelia parecía más preocupada por no llamar la atención sobre la incómoda escena. Puso una mano en la manga de su hermano.

—Siéntate, por favor, Thomas. No importa.

Owen sintió una punzada de vergüenza. No merecía ser humillada por alguien como él o su hermano. Por su parte, Owen era un hombre de palabra, y nunca había dejado sin cumplir una promesa a una dama, ni siquiera la de bailar con ella.

—Estaría agradecido por la oportunidad de enmendar mi error. ¿Me concede el próximo baile? —volvió a preguntar.

Lady Adelia se puso en pie y Owen estuvo seguro, por su expresión apacible, de que iba a aceptar, pero su hermano negó con la cabeza.

—No se puede jugar con mi hermana. Este no era el quinto o el octavo baile en el que se podría perdonar a un hombre por confundir sus compromisos, sino el primero, y ella estaba en el lado de la pista de baile, esperándole. No volverá a hacerlo esta noche.

Lord Smythe se cruzó de brazos. Su hermana frunció los labios, y Owen se preguntó si lady Adelia obedecería a su hermano o tomaría su propia decisión.

—Thomas —comenzó a decir ella.

—Dilly —respondió él, con una nota de advertencia en su voz.

Ella suspiró y puso los ojos en blanco, y en un instante, Owen volvió a imaginarse a Sophía. La angustia por la forma insensata en que se la habían llevado de su familia lo llenó de nuevo. Debería estar allí, divirtiéndose, quizá incluso bailando con lord Smythe.

Lady Adelia tenía la suerte de tener la oportunidad de exprimir toda la alegría de la vida. Y, curiosamente, no estaba aprovechando las oportunidades que la rodeaban en cada reunión. Estaba desperdiciando su juventud.

—Baile conmigo, por el amor de Dios —le espetó Owen, sintiendo que su furia aumentaba—. No es que su tarjeta esté llena o que alguien más esté haciendo cola para poner su nombre en ella.

Capítulo 6

*L*ady Adelia jadeó, y su mano enguantada voló hacia su boca. La cara de su hermano palideció tanto como se había enrojecido la del anterior hombre fornido.

«Es extraño», pensó Owen, cómo la ira puede alterar los rasgos de alguien de distintas maneras. Además, su propia rabia se había disipado con tanta rapidez como había surgido. Esa buena gente no tenía nada que ver con Sophía ni con su asesino. No podía entender por qué había causado a lady Adelia un momento de incomodidad.

Demasiado tarde, se dio cuenta de lo profundamente que la había insultado.

—Lo que quería decir, *mi*lady, es lo feliz que estoy de poner mi nombre junto a todos los espacios vacíos que usted permita.

Los ojos de ella se abrieron de par en par ante la segunda referencia de él al pésimo estado de su tarjeta de baile. Él solo intentaba ayudar. En lugar de eso, ¡lo estaba haciendo todo mal!

Lady Adelia, con cara de disgusto, se escabulló alrededor de la mesa y pasó por delante de él, presumiblemente hacia el baño de señoras.

¡Caramba! Owen esperaba que su hermano lo llamara de inmediato. Tal vez debería establecer un campamento permanente en el jardín para celebrar combates de boxeo durante el resto de la velada.

Lord Smythe sacudió la cabeza, más con lástima que con ira.

—Usted, milord, es un asno. No es de extrañar que, a su edad, siga soltero y sin esposa, a pesar de su título y su fortuna.

Owen parpadeó. Nunca había tenido dificultades con el sexo débil, pero nunca se había encontrado con una mujer como lady Adelia, una que no lo adulase. Intentar dar una buena impresión era una experiencia nueva.

—Me disculpo otra vez por causar cualquier consternación o angustia —dijo Owen—. Cuando vuelva a ver a su hermana, por favor, dele mis mayores saludos.

Smythe lo miró fijamente, con el rostro inexpresivo. Había dominado reflejar un gesto pétreo, eficaz para alguien de su edad. De hecho, a Owen le gustaba bastante el hombre. Entonces se le ocurrió una idea. Como ya se había convertido en una molestia, no tenía nada que perder pidiendo ver su pañuelo.

Sin embargo, Smythe aprovechó ese instante para asentir y alejarse en la dirección que había tomado lady Adelia. Owen decidió dejarlos en paz. Al menos por el momento. Tenía toda la intención de reclamar su baile más tarde en la noche, recordando sin duda que era el noveno baile. Mientras tanto, buscaría a Whitely y vería si había encontrado alguna pista.

ADELIA ESTABA ENFADADA Y mortificada a partes iguales mientras se retocaba el pelo en el baño de señoras, echando agua sobre cualquier mechón rebelde que se atreviera a asomar. No había querido bailar con nadie, ¡y menos con él! ¿Por qué lord Burnley se había acercado a ella y había destrozado su tranquila existencia si solo pretendía humillarla? Se había quedado en el borde de la pista de baile durante el primer baile, esperándole, sobresaliendo como un pulgar dolorido, hasta que todas las demás mujeres habían sido reclamadas y el baile había comenzado. Una auténtica pesadilla.

Se había visto obligada a alejarse, manteniendo la cabeza alta como si no le molestara, con los ojos desviados como de costumbre para no invitar a la conversación. Mientras volvía a la mesa de su hermano, la decepción había luchado con la vergüenza. Era la primera vez en mucho tiempo que la invitaban al primer baile. Una pequeña parte de ella había deseado estar en los brazos del vizconde.

Tontamente, incluso se había preguntado si su pareja habría sufrido alguna desgracia. Poco después, se enteró de que lord Burnley había estado en el jardín practicando la violencia pugilística. Y había tenido el descaro de presentarse y volver a insultarla.

Miró su imagen en el espejo y rezó una oración silenciosa para que pronto Thomas le permitiera quedarse en casa.

Una hora más tarde, estaba de vuelta en su lugar favorito: una larga cortina a sus espaldas, que le proporcionaba un telón de fondo contra el que podía esconderse. Parecía que no la veían si se quedaba inmóvil contra ella, ya que la colgadura alejaba los ojos de la gente.

El baile no había sido del todo una pérdida de tiempo. Había escuchado una conversación de lo más interesante sobre el adulterio por parte de los propios autores y, minutos después, había sido la única testigo de una ruptura. Una dama le dijo a un caballero que sus ingresos anuales no serían suficientes para asegurar su mano. Adelia consideró que el hombre había tenido suerte al enterarse, antes de que la despilfarradora mujer lo enviara a la ruina tras el matrimonio.

De repente, lord Burnley volvió a estar frente a ella. Tuvo la gracia —y el sentido común— de parecer humilde, apenado y arrepentido. De hecho, todo su apuesto rostro había adoptado el aspecto de un cachorro apaleado.

Ella suspiró ante sus propias imaginaciones tontas. Era un hombre como cualquier otro que intentaba conseguir lo que quería. Y por alguna razón, ¡lo que quería era bailar con ella!

—Nuestro baile es dentro de muy pocos minutos —le recordó él.

Ella no pudo evitar poner los ojos en blanco.

—¿Por qué? —preguntó.

Él enarcó una ceja y cogió su tarjeta de baile. Ella se estremeció, pero dejó que se la quitara de la muñeca.

—Porque he escrito mi nombre ahí. —La señaló.

—¿Por qué? —insistió ella.

—¿Por qué no? —replicó él—. Después de todo, esto es un baile.

—¿Por qué yo? —Adelia no quería que bailara con ella por piedad. Él no tenía ni idea de lo feliz que ella era cuando no abandonaba su lugar seguro junto a la pared. Pero no podía negar el temblor de la excitación. Es más, no quería verse decepcionada por segunda vez esa noche.

Ante su insistente pregunta, Owen soltó un suspiro exasperado.

—Está bromeando, seguramente. No creo que sea usted quien busque cumplidos, *mi*lady.

Adelia levantó la barbilla. Ciertamente, no estaba bromeando, como él había dicho.

—Deseo bailar con usted porque ya he hecho la promesa de hacerlo —añadió Owen cuando ella no respondió.

Adelia lo descartó con un gesto de la mano. Le gustaría decirle qué podía hacer con su promesa. Ambos estaban siendo totalmente descorteses y rompiendo las reglas de un baile. Él no debía insistir en la cuestión si ya había sido rechazado, y ella... bueno, se suponía que o bien le dejaba marchar con una mentira piadosa o bien aceptaba su destino y bailaba con él.

—Y porque, de verdad, no hay nadie más con quien desee bailar —dijo Owen—. Es la mujer más encantadora e interesante de la sala.

Adelia inclinó la cabeza ante sus palabras. ¿Por qué diría esas cosas?

—Tiene usted un talante muy calmado, *mi*lady. Serena y hermosa. Confieso que estoy intrigado.

¿Ella? ¿Intrigado? ¡Dios mío, qué tontería! Sin embargo, en su interior, un hilillo de placer la recorrió. La mayoría de la gente la consideraba torpe y extraña. Intrigante y serena sonaba mejor.

—Más que eso —añadió Owen—. Siento mucho haberme perdido nuestro baile de antes. Espero que acepte mis disculpas y baile conmigo.

—De acuerdo —aceptó ella.

Él se inclinó hacia delante.

—Perdone, ¿ha dicho que sí?

Adelia asintió, y su rostro se dividió brevemente en una sonrisa de satisfacción, haciéndolo más atractivo, si cabe. La sonrisa desapareció con tanta rapidez como había llegado, sustituida por una expresión mucho más reservada. En cualquier caso, permitió que él tomara su mano enguantada y la condujera hacia la pista cuando terminó el baile anterior. El suyo iba a ser un vals, que ella disfrutaba. Al menos, era el baile que más le gustaba ver. Por suerte, también podía ejecutarlo adecuadamente.

Él se inclinó, ella hizo una reverencia y él la tomó entre sus brazos, con sus guantes negros de luto que, de alguna manera, habían sobrevivido a los puñetazos en el jardín y aún se veían impecables.

En el momento en que sus cuerpos estuvieron cerca y él puso sus manos sobre ella, el corazón de Adelia comenzó a galopar. Ya le había sucedido antes, cuando bailaron, pero lo había ignorado como una mera reacción al estar cerca de un hombre. Desde entonces, había descubierto que solo le ocurría cuando ese hombre era él.

Sin embargo, no debía ponerse demasiado sentimental con el vizconde. Era el infame lord Burnley, admirador de muchas mujeres, y algunos decían que también amante de muchas. Otros lo habían llamado incluso un mujeriego.

—Ya hemos bailado antes —dijo él cuando empezaron a girar—. Ahora lo recuerdo.

—Una cuadrilla.

—No se habla mucho durante una de esas —señaló Owen.

—Y un *lancier* —añadió Adelia. Recordaba cada segundo de estar en sus brazos, aunque, en ese momento, podía decir que apenas se daba cuenta de con quién había bailado.

—Ese baile tampoco es propicio para una conversación. Así que hemos bailado dos veces, por lo menos —dijo él, y luego la hizo girar con pericia alrededor del extremo de la pista de baile antes de que empezaran a recorrer el otro lado.

Ella sabía que él estaba tratando de determinar por qué no recordaba una charla coqueta durante sus bailes, con una limonada o champán después. Adelia nunca se entretenía con una pareja para ninguna de las dos cosas, si podía evitarlo. Y sus compañeros siempre parecían estar encantados de deshacerse de ella, sobre todo, si fingía su fea risa.

Sin previo aviso, surgió en ella el deseo de conversar con lord Burnley. ¿Tal vez una pequeña broma? Si estuviera segura de que no tartamudearía por puro nerviosismo... Sin embargo, no lo estaba, por lo que se limitó a dedicarle una mirada melancólica por debajo de las pestañas.

Él la vio, y su mano se apretó en su cintura. Además, se inclinó hacia ella y le dijo algo. Por desgracia, se dirigió a su oído malo, y ella no pudo imaginar lo que él podría haber dicho.

Adelia le ofreció una pequeña sonrisa sin compromiso. Fueran cuales fueran sus palabras, no pareció molestarse por su falta de respuesta. Con suerte, no habrían sido para avisarla por un bicho en su pelo o algo en sus dientes.

Después del vals, se sintió entusiasmada —lista para volver a su puesto junto a las cortinas y reflexionar sobre lo maravilloso que había sido su baile—, y casi se olvidó de cogerle del brazo. En el último momento, él agarró torpemente su mano y la colocó sobre su antebrazo.

—Por aquí, lady Adelia, a la limonada y el champán —le ofreció.

Ella negó con la cabeza. ¿Y si él pensaba que podía mantener una conversación coqueta o seductora? Casi se tropezó con sus propios pies de miedo.

—Vamos —la instó él—. En la pista de baile le pregunté si quería, y no dijo que no.

Porque ella no le había escuchado.

Como el resto de su tarjeta de baile estaba vacía, difícilmente podía rogar por un compromiso previo. Por lo tanto, dejó que lord Burnley la condujera a la mesa de refrescos. En cualquier caso, solo quedaba un baile antes del intermedio, y era un placer conseguir una bebida fría antes de la horda de bailarines que se abalanzaría sobre las mesas.

Normalmente, ella se quedaba en su sitio y no estorbaba durante el descanso y, si su hermano no acompañaba a una joven, él le llevaba un vaso de limonada o de champán.

—¿Su hermano la acompañará abajo para la cena? —preguntó lord Burnley mientras bebían champán y veían a los demás bailarines terminar el conjunto con una mazurca.

Después del intermedio, habría cuatro bailes más antes de que sus anfitriones los convocaran a una comida en las dos salas dispuestas para cenar en el piso inferior.

¿Estaría Thomas libre? Ella se había perdido más de una comida cuando su hermano estaba ocupado. En esos casos, Adelia dejaba que todos entraran a cenar y solía quedarse en el salón de baile. Eso no siempre era tan fácil de hacer como ella esperaba, ya que la anfitriona de la noche intentaba asegurarse de que los rezagados tuvieran escolta. En más de una ocasión, tuvo que esquivar a un caballero bienintencionado que la había enviado a buscar mientras ella se escondía en el baño de mujeres.

Era una noche larga, pero una forma fácil de mantener la figura.

En respuesta a lord Burnley, Adelia aprovechó para buscar a Thomas. Estaba con una joven a la que ella había visto una o dos veces. Por la mirada aburrida de su hermano, se dio cuenta de que no era la pareja amorosa que él esperaba. ¿Y quién sabía si le tocaría una pareja para el importante decimocuarto baile?

Era tradición que durante el último baile, justo antes de la cena, el caballero acompañara a la dama a la comida y se sentara con ella.

Levantó un hombro. No estaba en sus manos.

Lord Burnley frunció el ceño, y entonces ella vio el instante en que se dio cuenta de lo que tenía que hacer.

—Solo hemos bailado una vez. ¿Bailará conmigo el decimocuarto baile?

Ella miró su tarjeta sabiendo que estaba vacía, pero preguntándose cuál sería el baile previo a la cena. Un caledonio.

No podía pensar en una razón para decir que no. Además, deseaba desesperadamente decir que sí. Por supuesto, no podía hablar por su burbujeante emoción. Seguro que tartamudearía una larga serie de sonidos, y él se alejaría del embarazoso espectáculo.

Ella asintió con rapidez y énfasis.

Ante su respuesta, lord Burnley no dudó en formalizar su acuerdo.

—¿Puedo tener el honor de acompañarla a cenar? Creo que lord y lady Tourney tendrán algo más que la simple sopa y pollo obligatorios.

En cuatro años, era la primera vez que un hombre la invitaba específicamente a cenar, no porque fuera su pareja de baile en el momento de la pausa para la cena.

—Tiene una hermosa sonrisa —añadió lord Burnley. Ella no se había dado cuenta de que le había sonreído.

—Sí —dijo Adelia.

—¿Sí que sabe que es hermosa? —se burló él—. ¿O sí, va a cenar conmigo?

Ella sintió que sus mejillas se ruborizaron. Prácticamente estaba coqueteando.

—Sí... a cenar, milord.

Para su deleite, funcionó. Thomas tenía una pareja para el caledonio, y por lo tanto, ella no tenía que preocuparse por con quién iba a cenar su hermano.

Al tener a alguien que no fuera Thomas para sacar su silla, Adelia se sintió madura y muy femenina de una manera que nunca antes se había sentido. Aunque no había echado esto mucho en falta ni se creía perdida, ahora reconocía un mundo de diferencia entre la cómoda comida que habría tenido con su hermano y la experiencia deliciosamente nerviosa que estaba viviendo con el encantador y popular lord Burnley.

Entendiendo ya la aversión de Adelia a la locuacidad, Owen la compensó con creces, asegurándose de que ella tuviera todo lo que necesitaba, comentando los distintos platos para hacerla reír y burlándose pícaramente de algunos de los que estaban a su alrededor, pero no al alcance de su oído. Por suerte, él se sentó a su izquierda, lo que le permitía a Adelia captar todo lo que decía.

Fue la cena de baile más agradable a la que ella había asistido, y se lamentó cuando llegó el postre de bizcocho con fresas y nata, lo que indicaba que la comida estaba a punto de finalizar.

—Hemos tenido dos bailes, pero en muchos de los bailes de cortesía, las parejas pueden tener cuatro.

—¿De veras? —Las palabras salieron sin que ella se preocupara por si tartamudeaba.

—Oh, efectivamente. Así que, ya que estamos teniendo una noche tan buena, ¿puedo reclamarle dos más?

Adelia miró su tarjeta. Aún faltaban siete bailes y, por primera vez, no le apenaba ver lo que quedaba por delante.

—Sí —aceptó ella y le tendió la muñeca.

Owen eligió otro vals y una polca.

—La reclamaré a tiempo. Le prometo que no la defraudaré —juró lord Burnley—. Tampoco puedo dejarla desatendida. —Parecía especialmente incómodo ante la idea de hacerlo.

—Es absurdo —dijo Adelia. Ningún hombre se había preocupado por eso, no con ella. Aunque sabía que se esperaba que una mujer pasara de una pareja de baile a otra antes de ser devuelta a una chaperona o a su acompañante masculino por la noche, ella y Thomas habían hecho las cosas de forma diferente. Sobre todo, porque su hermano sabía que ella nunca se involucraría en algo impropio.

—Sin embargo, tengo una tarea que hacer —dijo lord Burnley—, y por lo tanto, debo dejarla hasta nuestro próximo baile. ¿Puedo llevarla a la mesa de su hermano?

—Por supuesto.

Resultó que Thomas apareció cuando llegaron allí.

Lord Burnley se inclinó sobre la mano de Adelia, asintió a Thomas, quien miró a esta con sorpresa, y luego se despidió.

—Eso fue inesperado —dijo Thomas—, como lo fue que Burnley fuera tu compañero de cena. Supongo que has aceptado su ligera disculpa.

—Lo hice. —Adelia le dedicó una sonrisa a su hermano—. El vizconde estaba realmente arrepentido por su comportamiento de antes. Además, he disfrutado de su compañía esta noche. Tenemos otro baile después.

Ella decidió no mencionar que en realidad tenían dos, por si Thomas pensaba que eran demasiados.

Él ladeó la cabeza.

—Sabes que Burnley no es un colegial ni un ángel.

Al parecer, Thomas ya estaba pensando en él.

—Lo sé. —Todo el mundo sabía que lord Burnley había cortejado a muchas mujeres, y que la mayoría de esos noviazgos habían empezado y terminado en el salón de baile. Y en poco tiempo, además. Ella había sido testigo de muchos de ellos en los últimos años.

Mujeres jóvenes, bonitas y brillantes, todas atractivas, habladoras, que llamaban la atención de los hombres que las rodeaban como una flor llena de néctar atrae a las abejas.

—¿Por qué de repente te hace la corte?

Sintió que una ola de miseria se abatía sobre ella. Sabía a qué se refería su hermano. ¿No le había hecho ella antes la misma pregunta a lord Burnley? Él había dicho que no había nadie más con quien deseara bailar y que ella era intrigante.

¡Qué tonta fue al escucharlo! Por otra parte, él no se había comportado de manera inapropiada. No era como si hubiera intentado sacarla a los jardines.

¿Por qué no lo hizo? Ella lo había visto llevar a cualquier número de mujeres a situaciones aisladas a lo largo de los años. Pero a ella no. Miró la habitación. Él había dicho que tenía una tarea. No estaba bailando con nadie más. Claramente estaba haciendo las rondas, hablando con sus compañeros.

—No sé —le confesó a Thomas—. Soy una buena bailarina y no soy desagradable a la vista. ¿Lo soy?

—¡Dios mío, claro que no! Eres tan bonita como cualquier mujer de aquí. Incluso yo puedo ver eso, y soy tu hermano. Quise decir que Burnley debe de saber que lo estoy vigilando, y sin duda él también conoce tu intachable reputación. Así que, si está haciendo sus trucos habituales, se verá tristemente frustrado. A menos que te considere un reto al que no pueda resistirse. En cuyo caso, acabaré llamándole, pistolas al amanecer y todo eso.

No estaba del todo segura de que su hermano estuviera bromeando.

—Y si no se presenta a tiempo para tu próximo baile… —dejó colgada una amenaza tácita.

Por suerte, lord Burnley lo hizo, y con tiempo suficiente para que Thomas llegara también hasta su pareja de baile.

—¿Estaba preocupada? —preguntó lord Burnley.

—No —dijo Adelia—. Mi hermano lo estaba.

Él se rio, y fue un sonido suave y sensual que resonó en lo más profundo de ella. Sin embargo, se detuvo demasiado rápido, su sonrisa fue reemplazada por un rostro sombrío, una expresión de arrepentimiento, tal vez de vergüenza.

Ella creyó saber por qué. Él consideraba que reírse era inapropiado después de la muerte de su hermana. Muchos le condenarían por salir y por bailar, y seguramente por reírse.

De repente, Adelia se dio cuenta de que no lo había visto en la pista de baile desde que leyó la noticia del fallecimiento de lady Sophía en los periódicos. Se lo había encontrado dos veces en bailes, muy distinto al lord Burnley de hacía un mes. No había aparecido relajado ni demasiado cordial, ni acompañando a las jóvenes al interior ni a los jardines. Y definitivamente no había bailado.

Excepto con ella. De nuevo, ¿por qué ella?

Aprovechó la oportunidad para mirar sus ojos de un azul intenso, como el mármol cobalto, pulido hasta alcanzar un brillo resplandeciente.

—¿Sí, *mi*lady?

Ella se encogió de hombros.

—Dígame —exigió lord Burnley, con la mano en la parte baja de la espalda de ella, guiándola con pericia por el parqué.

—No puedo imaginar por qué está usted aquí —dijo ella con cautela, haciendo que cada palabra saliera meticulosamente.

Él se echó hacia atrás. Pero en lugar de parecer confundido, asintió.

—En efecto —aceptó el vizconde, pero no le dijo nada más.

—¿Por qué? —insistió Adelia.

Esta vez, él suspiró.

—En otro lugar y en otro momento, tal vez —dijo, y Adelia lo interpretó como que deseaba confiar en ella, pero no allí.

Terminaron el baile en silencio, aunque no de forma sombría. La felicidad de Adelia por el éxito de la velada hasta el momento, hacía que sus pies flotaran por el suelo. Y, a pesar de su anterior comportamiento apagado, le ofreció un asentimiento de satisfacción cuando Owen la acompañó de vuelta a su mesa.

En una media hora más o menos, él la reclamaría para su último baile, y después de eso, su mejor baile, quizá su mejor noche, habría terminado.

—Falta uno —murmuró ella, sin pensar en cómo podría sonar eso.

—¿Todo esto es tan doloroso, lady Adelia? —preguntó él sin perder su buen carácter.

Ella negó con la cabeza, sintiendo las mejillas calientes. Lord Burnley la consideraría desagradecida y malcriada si no apreciara la buena fortuna de una reunión como la de esta noche. La música, la comida y, sobre todo, su pareja de baile habían sido sublimes.

—En absoluto —le aseguró.

En la mesa no había ni rastro de Thomas.

—No puedo dejarla aquí sola.

—No soy una niña —dijo ella.

—Ese es el problema —bromeó él solemnemente—. Es una mujer joven y hermosa, presa fácil de algún canalla despreciable.

Ella negó con la cabeza. Miró a su alrededor. Había gente cerca, charlando, riendo, bebiendo y bailando. Nadie parecía amenazante.

—Váyase —le instó ella, ya que no le quedaba mucho tiempo hasta su último baile.

Él frunció el ceño y permaneció de pie junto a su silla, buscando en la sala, probablemente a Thomas.

Si lord Burnley hubiera querido sentarse con ella y ser sociable, Adelia casi lo habría agradecido. Habría inclinado su oreja buena hacia él y habría intentado conversar sin hacerse la remolona. Sin embargo, al ver que él quería escapar, pero que se sentía obligado a quedarse con ella, se irritó.

—Váyase —repitió Adelia con más fuerza—. ¡Es mi cuarta Temporada!

Tener que recordarle lo veterana que era y lo firmemente que estaba colocada en la «estantería» arruinó su humor. Era una solterona y nadie iba a abalanzarse sobre ella para comprometerla. Se había asegurado de ello con su comportamiento en los últimos años.

Lord Burnley parpadeó.

—Sí, supongo que sí. Un misterio que quizá tenga que resolver algún día.

¿Qué quería decir con eso? Adelia casi creyó que estaba interesado en ella.

Después de otro momento de vacilación, el vizconde dijo:

—Muy bien. No es una debutante, después de todo, pero me siento terriblemente poco caballeroso al dejarla desatendida. Es simplemente que tengo...

—Una tarea —dijo ella. Era la primera vez que interrumpía a alguien en años. Se sentía... bastante bien.

—Sí —aceptó él. Tomando su mano, se inclinó sobre ella y dijo:

—Volveré en su momento.

Adelia asintió. Cuando él se inclinó sobre ella, ella percibió el olor de su colonia como cuando bailaron. Algo amaderado, diría ella si le pidieran que lo describiera. Le dieron ganas de olerle el cuello.

Sorprendida por su propio anhelo, observó su alta figura alejarse. Para ella, su próximo baile no podía llegar lo bastante pronto.

Y entonces, él lo arruinó todo al no ir a reclamarla. Otra vez. Comenzó el último vals y lord Burnley no aparecía por ninguna parte.

Capítulo 7

Por suerte, Thomas había regresado y mostraba signos de hastío. Sin contarle a su hermano el segundo desplante de lord Burnley, Adelia arrugó su tarjeta de baile y la metió en su ridículo.

—¿Listo? —preguntó—. Para partir, quiero decir.

—Sí. —Su hermano sonaba más viejo que sus años—. Por supuesto, vamos.

Sin mirar atrás, Adelia salió del salón de baile de Tourney y bajó la gran escalera para esperar su carruaje.

A pesar del decepcionante final, había experimentado lo fabuloso que podía ser un baile con la pareja adecuada. Tal vez así se habían sentido también las demás jóvenes durante la semana en que lord Burnley las había agraciado con sus atenciones.

Adelia no había sido capaz de mantener la atención del vizconde ni siquiera durante una noche entera. Tal vez fuera culpa de ella. No debería haberle recordado cuántas temporadas había tenido. Era realmente vergonzoso. Por la mañana, volvería a presionar a su hermano para que la dejara retirarse antes de necesitar un bastón en la pista de baile.

Sin embargo, al día siguiente, su hermano no estaba cuando ella bajó a desayunar. El señor Lockley dijo que lord Smythe pasaría fuera la mayor parte del día y le recordó a Adelia que esta debía asistir a una fiesta en barca a primera hora de la tarde.

Arrugando la nariz, ella consideró de inmediato la posibilidad de avisar de un repentino dolor de cabeza. Después de todo, Thomas no estaba allí para empujarla a ir. Sin embargo, para que una migraña pareciera genuina, no podría enviar la noticia hasta el último minuto, lo que le daría horas para preocuparse sobre si debía usar tal subterfugio.

Para olvidarse de la posible vergüenza de navegar, obligada a unirse a una de las muchas fiestas pequeñas en las que todos los demás charlaban mientras ella estaba sentada en silencio, Adelia se dedicó a escribir. Tenía mucho que escribir, incluyendo sus propias sensaciones excitantes y nuevas de la noche anterior para dar sabor a sus historias.

El timbre sonó a las once y un minuto. Cuando el señor Lockley entró, ella estaba preparada para escuchar que el señor Beaumont estaba allí de nuevo.

—Lord Burnley desea saber si recibe visitas, *mi*lady.

¿Lord Burnley?

Miró hacia abajo y vio el vestido que Penny le había puesto esa mañana. No era una mala elección para su primer atuendo del día, un vestido verde pálido con ribetes grises. Ciertamente no era un vestido de baile, pero era suficiente para recibir visitas y salir de compras.

Lo bastante bueno como para reunirse con un hombre que la había dejado sin pareja de baile. ¡Dos veces!

—Acompáñelo y traiga el té, por favor.

—Sí, *mi*lady. ¿Hago pasar a Penny?

No había pensado en una chaperona, pero lord Burnley, a pesar de su ceño fruncido, su dureza y sus puños cerrados, no la alarmaba como lo hacían otros hombres.

—No. Llamaré si la necesito.

El señor Lockley enarcó una ceja, pero no dijo nada. Unos segundos después, hizo pasar a lord Burnley, que vestía impecablemente de gris oscuro.

El vizconde no se acercó demasiado ni le tomó la mano. En cambio, se inclinó profundamente y ella le devolvió el gesto con una reverencia.

Deseando poder lanzarse a darle una agradable bienvenida y decirle lo inesperado de su visita, en lugar de eso, se aclaró la garganta. No hubo palabras, así que esperó a que él hablara.

Juntando las manos en la espalda, Adelia miró al suelo junto a sus pies.

—Francamente, me sorprende que haya accedido a verme después de lo de anoche —dijo lord Burnley.

Ella se encogió de hombros, lo que hizo que él levantara su mirada hacia la de ella y negara con la cabeza.

—No es como las demás mujeres.

Ella casi jadeó. ¡Qué cosa más horrible! ¿Cómo podía saber él...?

—Es amable e indulgente. Solo puedo imaginar la reprimenda que recibiría si me hubiera comportado así con cualquier otro miembro femenino de la alta sociedad.

Adelia se dio cuenta de que la estaba halagando y de que no se refería a su timidez o a su tartamudez.

—Tenía una razón —sugirió con suavidad, con cuidado, lentamente.

Los ojos de Owen se iluminaron y asintió.

—Así es, de hecho. Gracias por entenderlo.

En ese momento, la criada de la cocina trajo la bandeja de té.

—¿Té? —ofreció Adelia.

Lord Burnley dudó antes de responder.

—Gracias. Lo haré. —Owen le indicó que se sentara para que él también pudiera hacerlo.

Mientras se servía el té, Adelia esperaba que él le explicara la razón por la que no había asistido al último baile. No lo hizo, sino que la observó con ojos escrutadores, haciendo que casi le temblara la mano cuando ella le pasó la taza y el platillo.

<hr />

OWEN PENSÓ QUE ERA la más dulce de las mujeres, aunque también tenía fuerza. Agradeció que no le hubiera obligado a hablar de su ridícula búsqueda de la noche anterior, que le había llevado a las habitaciones privadas de su anfitrión. Había saqueado de forma imperdonable el armario de lord Tourney en busca de pañuelos. Cuando la idea se apoderó de él, fue como una locura febril.

Cuando regresó al salón de baile, lady Adelia se había marchado.

Mientras ella levantaba su taza a los labios, él tomó una decisión.

—¿Puedo acompañarla a algún sitio? —preguntó precipitadamente.

Ella frunció el ceño ante su críptica pregunta.

—Es decir, quiero llevarla al teatro. Mañana por la noche —enmendó él mientras se formaba un plan—. ¿Le gusta Shakespeare?

Ella asintió.

Parecía que habían vuelto a hablar.

—¿Sí que le gusta, o sí, irá conmigo?

Ella dudó unos segundos, y él temió que estuviera a punto de ser abatido como un faisán el primer día de octubre.

—Sí, me gusta Shakespeare —aceptó ella—. Tenemos un palco.

—No importa. Mi familia tiene uno en el Teatro Real. Una de las sombrías obras de historia de Shakespeare se representa allí en este momento. Una de los Richards o de los Henrys.

—Tal vez sea usted, milord, quien no disfruta de Shakespeare.

Aunque sus palabras fueron proferidas sin un tono de broma, ella estaba con toda claridad burlándose de él, una buena señal, que sugería una relación incipiente, como mínimo. Él quería eso.

La deseaba. La idea se le ocurrió de repente, y no pudo negarla, a pesar de saber que era un momento terrible para formar un vínculo. Estaba de luto por Sophía y desesperado por encontrar a su asesino. Sin embargo, algunos sentimientos no podían ser reprimidos. Su cuerpo ya estaba en sintonía con el de Adelia por haber bailado con ella. Conocía su perfume cítrico, sus generosas curvas, su calor. Y quería todo el resto de ella que aún no había visto.

—¿Puedo venir a buscarla mañana por la noche y acompañarla al teatro?

A pesar de habérselo pedido ya una vez, esta pregunta directa la hizo sacudir la taza que levantaba hacia sus bonitos labios. Owen no podía saber si era por la alarma o por la feliz anticipación, pero las gotas de té se derramaron sobre la falda de su vestido de día.

—¡Maldición! —exclamó Adelia, quizá la palabra más fuerte que él había escuchado de ella.

Después de enviarle una sonrisa temblorosa, como si pudiera sentirse ofendida, se sacó un pañuelo de la manga.

Él fijó su atención al instante en ese pequeño cuadrado de lino mientras ella se limpiaba la falda.

«Ábrelo», ordenó en silencio, pues no podía ver con claridad más que su blancura y que podía tener un borde de encaje.

Después de limpiar las manchas de té, que casi habían desaparecido en el verde del tejido, Adelia se dispuso a meter el pañuelo de nuevo en la manga. Levantándose del sofá, él se abalanzó sobre la mesa baja para arrebatárselo de la mano.

—¡Oh! —dijo ella, sorprendida, con sus preciosos ojos mirándole fijamente.

—*Umm...* —Owen no tenía una explicación, así que lo abrió de golpe. No tenía un yunque, por supuesto. Qué estúpido era. La miró—. ¿Puedo ayudarle?

La expresión de Adelia era clara. Si él se inclinaba para tocarla, sin duda ella gritaría. Miró hacia la inevitable maceta de helechos en un extremo de la habitación, el dominio de la criada que, como era de esperar, había sido traída para proteger a su ama. Extrañamente, la silla junto a la planta estaba vacía. Fue su turno de sorprenderse.

—Mis disculpas —dijo, devolviéndole el pañuelo—. Me he excedido.

Ella asintió, guardándolo de nuevo en el puño de la manga.

Owen decidió marcharse antes de volver a comportarse de forma incorregible. Dejó su platillo y se puso de pie.

—Estaré aquí a las ocho —prometió, aunque ella no había dicho exactamente que sí.

—¿Lo hará? —preguntó Adelia poniéndose en pie con una sonrisa.

—Si no lo estoy, puede enviar a su hermano para que me despelleje.

Su sonrisa se desvaneció. Tal vez la referencia era demasiado violenta para ella.

—Estaré aquí —prometió él.

Cuando Owen rodeó la mesa entre ellos y le cogió la mano, esperó que ella no se asustara. No llevaba guantes, ya que había estado —él vio el papel y la plumilla— escribiendo cartas y, al parecer, no se estaba preparando para salir. Fue una experiencia feliz tocar su piel desnuda, rozando sus nudillos con el pulgar. Un poco inapropiado, pero lo hizo de todos modos.

Ella parpadeó hacia él y Owen pudo ver el pulso que latía con fuerza en el hueco de su garganta. El hecho de saber que había provocado esa reacción le hizo sentir una punzada de deseo.

Inesperado. No deseado. Imparable. Owen le soltó la mano.

—¿Mañana por la noche, entonces, lady Adelia?

Ella todavía no había dicho que sí, pero esta vez, asintió con la cabeza, mirando en silencio sus nudillos.

En un minuto, él estaba de vuelta en su carruaje, medio encantado de haber llegado a un acuerdo para ver a la extrañamente cautivadora lady Adelia. No se lo diría a sus amigos ni a su familia. Era demasiado pronto para salir con otro propósito que no fuera la caza del asesino, aunque esa caza le llevara a bailes y cenas.

Sin embargo, no podía haber ninguna razón para ir al teatro con una dama encantadora y soltera, excepto para su propio placer. Y mientras se recostaba en el cómodo asiento, se dio cuenta de que no tenía derecho a tal indulgencia, no hasta que viera que se hacía justicia con Sophía.

¡Qué hermano tan terrible era! Sin embargo, no podía faltar a su palabra, o lady Adelia lo consideraría un canalla de la peor calaña. La acompañaría al teatro, pero no la invitaría a salir hasta que se resolviera el asesinato.

❧

ADELIA NO PODÍA PENSAR en otra cosa. No pudo escribir su novela, e incluso se olvidó de alegar un fuerte dolor de cabeza para escapar de la temida reunión de la tarde a orillas del Támesis. En su lugar, se dirigió allí en una nube de expectación, sin importarle que la metieran en el último bote de remos y la ignorara el resto del grupo.

Iba a ir al teatro con lord Owen Burnley. ¡Qué bien!

Durante la cena, se lo mencionó a su hermano, cuyo total asombro reflejó el suyo propio.

—¿Qué está tramando?

—¿Qué quieres decir, Thomas? Quiere ver una obra de Shakespeare y quiere llevarme. —Ella no tenía ni idea de por qué, pero no le importaba—. Pensé que querías que permaneciera en sociedad.

—Sí, así es —aceptó él—. De todos modos, dudo que se gane mucho con que estés con Burnley. Difícilmente es el tipo de pretendiente estable. Tampoco imagino que tenga en mente el matrimonio. ¿Quién te acompañará?

Ella inclinó la cabeza y le envió una sonrisa implorante.

—¿Estás libre mañana por la noche? —Al preguntar, Adelia se dio cuenta de que tener a su hermano como acompañante no era lo ideal. Los dos hombres habían tenido un mal comienzo.

—No, siento decirlo. No estoy disponible.

—Muy bien —dijo ella con alivio—. Me llevaré a Penny.

Después de interrogarla sobre el teatro al que iban a asistir ella y lord Burnley, Thomas añadió:

—Resulta, Dilly, que yo también estoy ocupado esta noche.

—¿Lo estás? —le preguntó Adelia—. No recuerdo nada a lo que hayamos sido invitados ninguno de los dos.

—No, no es nada social —dijo él, lanzándole su sonrisa de niño—. He quedado con un amigo.

—¿Quién? ¿Dónde?

Él levantó una ceja.

—Suenas como una hermana mayor entrometida.

—Soy tu hermana mayor. Y simplemente quiero saber dónde vas a estar. ¿Y si te necesito? ¿Y si pasa algo?

Él parpadeó.

—No estaré disponible hasta dentro de unas horas. Te veré por la mañana, y te ruego que no me esperes despierta.

Y se despidió.

Qué curioso. Era un comportamiento inusual en su hermano. Tampoco había preguntado cómo había ido el paseo en barca, y ella tenía la sensación de que no se habría dado cuenta si ella no hubiera asistido. Eso le dio que pensar. Si él se mantenía distraído, ella probablemente podría evitar cualquier tipo de excursión espantosa.

⁂

—Date prisa, Penny. Lord Burnley llegará en cualquier momento.

A pesar de los años de preparación para las cenas y los bailes, esa noche, Adelia sintió mariposas en el estómago. Que la recogieran en su casa era una experiencia nueva por completo, que hacía que su corazón galopara. Además, nunca se había vestido para complacer a un hombre. No era necesario tener un aspecto seductor cuando se trataba de ser invisible.

No sabía exactamente lo que quería ser esa noche. Solo sabía que no quería decepcionar ni a lord Burnley ni a sí misma. Esta podría ser su única noche antes de retirarse de la sociedad, ¡y con un hombre tan guapo como Adonis! No podía negar que se sentía muy atraída por él. ¿Con cuántos hombres había bailado en las últimas cuatro temporadas? En realidad, no con muchos, dadas sus formas poco atractivas. En cualquier caso, ninguno le había parecido memorable hasta ahora.

Recordaba cada uno de los bailes que había tenido con lord Burnley, ambas veces asombrada de que él se lo pidiera. La primera vez fue durante su primera Temporada. Él casi se había tropezado con ella y, por lo tanto, escribió su nombre en su tarjeta por cortesía, ya que estaban a cinco pulgadas de distancia el uno del otro.

La segunda vez, al principio de la tercera, una de las damas casadas lo había enviado en su dirección. Ella lo había visto pasar, había visto cómo se le contraía el gesto cuando se dirigía hacia ella. Pero él había cuadrado los hombros y cumplido con su deber, y ella había escapado de su presencia con rapidez después, haciéndole un favor al dejarle perseguir a otras mujeres más deseables.

Mientras Penny elegía la capa verde esmeralda perfecta para el vestido de Adelia, esta oyó que el carruaje se acercaba y corrió hacia la ventana.

El coche de Burnley estaba justo fuera, con dos caballos agitando sus crines. El cochero abrió la puerta del carruaje y salió el vizconde. Esto estaba sucediendo de verdad. Adelia había esperado a medias que no viniera.

—Supongo que ha llegado la hora —dijo, sobre todo para sí misma. Penny asintió con la cabeza y abrió la puerta de la alcoba mientras oían al señor Lockley en el vestíbulo de abajo saludando a lord Burnley.

—Estás muy elegantemente vestida —le dijo Adelia a su criada, que llevaba un vestido gris paloma, perfectamente almidonado.

Sin embargo, cuando Adelia bajó, la mirada aprobatoria de lord Burnley se clavó solo en ella, y estuvo a punto de volver a subir las escaleras.

Él se quitó el sombrero y los guantes y se inclinó hacia Adelia, y cuando se acercó, le tomó la mano enguantada mientras ella le hacía una reverencia.

—Me alegro de que haya aceptado salir esta noche —dijo.

Adelia asintió con la cabeza. «Mucho, por cierto».

Él se puso el sombrero de copa y se ajustó los guantes negros en sus grandes manos, y entonces, ella dejó que la guiara fuera. Después de ayudarla a subir a su lujoso carruaje, lo vio volverse, posiblemente para ayudar a Penny a entrar también. Sin embargo, con la capa agarrada a su alrededor, la doncella se encaramó al asiento libre junto al cochero del vizconde.

Tras una pausa, lord Burnley subió y se sentó frente a ella.

—Es usted una mujer de lo más inusual —declaró en medio del silencio.

Adelia no sabía a qué se refería, así que no dijo nada.

—Creo que querrá que su doncella esté con nosotros en el carruaje —añadió lord Burnley, escudriñándola.

Ella se estremeció. ¿Acaso pensaba mal de ella? Nadie había cuestionado nunca su virtud, así que no había pensado en quedarse a solas con él. Como Adelia estaba normalmente con Thomas, a su doncella siempre se le había dado la opción de sentarse dentro o fuera. Esta noche, con el clima cálido, su criada había elegido sentarse arriba. Junto al cochero, Penny tenía la libertad de mirar a su alrededor y de conversar como quisiera.

En el futuro, Adelia instruiría a su criada para que se sentara con ella, a pesar de que la muchacha debía permanecer en silencio, como de costumbre.

—Confío en usted —le explicó Adelia tras una pausa. Y lo hacía. Había algo innatamente decente en lord Burnley. Nunca se había sentido amenazada o intimidada por él, ni siquiera cuando él atravesaba el salón de baile persiguiendo o arrastrando a alguna pobre alma.

Él se rio ante su afirmación.

—La mayoría de las damas que instruyen a su doncella para que se siente encima del carruaje quieren que les haga una insinuación. No se preocupan por mi fiabilidad, se lo aseguro. Esperan que, de hecho, las comprometa y me sienta obligado a ofrecerme por ellas. Por lo tanto, verá, *mi*lady, soy yo quien confía en usted. Normalmente, insisto en que la chaperona se siente dentro del carruaje para que no se me pueda acusar de nada.

Eso nunca se le había ocurrido. ¡Qué manipuladoras pueden ser sus compañeras!

Antes de que ella pudiera pensar en una respuesta —o en una excusa para el sexo débil—, él dijo:

—Esta noche está muy guapa. El vestido resalta el color de sus ojos.

El cumplido le provocó el primer rubor de la velada. Adelia sintió que las mejillas le ardían. Mirando hacia abajo, se dio cuenta de que su capa se había abierto para dejar ver su vestido. Se había puesto la seda verde por la misma razón que él había mencionado, y había añadido un único colgante de diamantes que brillaba al balancearse en la corta cadena de oro que llevaba al cuello.

Penny había sugerido joyas de esmeraldas, sobre todo en los pendientes, pero Adelia había temido que le hicieran competencia.

—Espero que disfrute del teatro esta noche —dijo él ante su silencio.

Hacía más de un año que Adelia no iba a ningún teatro, y esta era la primera vez sin su hermano ni su padre. Una sonrisa se dibujó en sus labios.

—Tiene una sonrisa preciosa —dijo lord Burnley—, y unos hoyuelos que la mejoran.

Indudablemente, sus mejillas se encendieron y, llena de felicidad, ella no pudo hacer otra cosa que seguir sonriendo. O tal vez, se permitiría corresponder a su halago.

Respiró hondo y habló con cuidado.

—Me gusta el ciruela oscuro de su chaleco.

Los ojos de él se abrieron de par en par, y ella esperó no haber cometido un error al comentarlo.

—Querida señora, se lo agradezco. Últimamente me he sentido mal y no he querido esforzarme. Esta noche, para usted, esperaba tener un aspecto satisfactorio.

—Lo ha conseguido —dijo ella, haciéndole sonreír.

Luego, de repente, se puso serio mientras su mirada la acariciaba de pies a cabeza.

Preguntándose qué había provocado el cambio, Adelia se inclinó hacia delante para preguntarle, cuando, de pronto, él también lo hizo, capturó su rostro con sus grandes manos enguantadas y la besó.

Capítulo 8

Adelia jadeó contra los labios de él, pero el beso no se detuvo. Más bien, lord Burnley lo profundizó, si es que esa era la palabra adecuada para describir cómo sus bocas encajaban a la perfección cuando él inclinaba ligeramente la cabeza.

Ella se acordó de respirar por la nariz. Él olía divinamente a sándalo y a jabón de Pears. Por un momento, mientras las nuevas sensaciones la recorrían, se olvidó de que estaba en un carruaje, sobre unos cómodos asientos de cuero. Podría haber estado en cualquier lugar, incluso flotando en el aire, ya que no parecía existir nada más, solo las manos de él acunando sus mejillas y su boca besando la suya, de una manera firme, pero tierna.

Adelia se dio cuenta de repente de que estaba acercándose a él y tocando sus piernas al apoyar las manos sobre sus muslos, por lo que las llevó con rapidez a su regazo.

Un instante después, él se separó, liberándola. Solo entonces Adelia abrió los ojos, que no se había dado cuenta de que había cerrado. Frente a ella, lord Burnley tenía una mirada de sorpresa y consternación.

—Mis disculpas —dijo él de inmediato—. ¿Desea que ordene al cochero que dé la vuelta?

¿Debía sentirse ofendida por su beso? No lo estaba. Estaba encantada. Su cuerpo aún temblaba de placer, y sus labios se sentían extrañamente carnosos y cálidos.

—No. —Adelia se llevó la mano enguantada a la boca mientras él la observaba.

—No sé qué me pasó —confesó Owen—. Fue un puro impulso. No pensé antes de... Es decir, se ve tan encantadora…, lo cual no es excusa, por supuesto. Además de tan serena y atrayente, y no sé lo que estoy diciendo.

De pronto, una risita surgió en su garganta. Después de todo, él era un hombre experimentado, y aquel era su primer beso, que había superado cualquier expectativa. Sin embargo, era él el que balbuceaba, incómodo.

Adelia tenía muchos pensamientos, pero había uno muy claro: quería que la besara de nuevo. Aunque, inexperta socialmente como era, incluso ella sabía que sería inapropiado que se lo pidiera. Si él creía que ella podría querer volver a casa después de tan deliciosa intimidad, la consideraría totalmente inadecuada para hacerle compañía si le pedía audazmente otro beso.

Tras conseguir reprimir sus ganas de reír, mareada por el placer que la recorría, dijo:

—Estoy deseando que llegue la noche.

Él negó con la cabeza, con cara de confusión.

—Supongo que eso es lo que pasa cuando deja que su chaperona se siente fuera.

Ella se encogió de hombros.

—Muy bien. A partir de ahora, me comportaré lo mejor posible —prometió lord Burnley.

Eso fue un poco decepcionante, pero Adelia supuso que, en cualquier caso, se produciría otro beso impulsivo. A menos que...

—¿Lo disfrutó? —preguntó ella.

Él abrió los ojos de par en par.

—¿El beso?

Adelia asintió. Si él decía que no, ella podría querer que él diera la vuelta al carruaje después de todo. Porque sería mortificante que un hombre se tomara semejante libertad y no lo apreciara.

—¡Sí! —le aseguró él—. Mucho. Es que nunca me lo habían preguntado.

—¿De verdad? —Ella no podía imaginar no querer saberlo.

—Creo que la mayoría de las mujeres asumen que el hombre disfruta besándolas —reflexionó él.

—¿Y usted lo hace?

Él frunció el ceño.

—No creo que este sea un curso de discusión apropiado.

—¿No lo es? —dijo Adelia, preguntándose por qué no.

—Creo que sé por qué se queda callada la mayor parte del tiempo.

Ella retrocedió, sintiéndose reprendida. Extrañamente, él había parecido el tipo de hombre al que ella podía decirle cualquier cosa.

—No, por favor —suplicó lord Burnley de inmediato, inclinándose de nuevo hacia delante y tomando las dos manos de ella entre las suyas—. No se ponga hosca y silenciosa conmigo. He hablado en broma. Hace años que no le escucho decir una palabra, y ahora cada frase que sale de su boca me parece provocativa. Es la mujer más refrescante con la que he conversado. Me repito cuando digo que no es como la mayoría de las mujeres.

—Todos somos seres humanos, ¿no? —Ciertamente, ella no encontraba a los hombres como criaturas similares en absoluto. Su padre había sido un bruto, y su hermano era un caballero, pero la mayoría de los hombres la asustaban o aburrían. Pero luego estaba Owen Burnley.

—Sí —estuvo él de acuerdo—, pero muchos, si no la mayoría, en el mercado matrimonial son más parecidos. Déjeme pensar en sus preguntas. —Ladeó la cabeza—. Ninguna mujer me ha preguntado nunca por un beso porque creo que no les importa realmente si lo he disfrutado o no. Quieren que las bese para mostrar alguna señal de que les propondré matrimonio en un futuro próximo. Inevitablemente, se decepcionan cuando les doy un beso y luego me alejo. —Él dudó y, aún sosteniendo sus manos, le sonrió—. Sinceramente, ha sido uno de los besos más satisfactorios que he recibido.

—Para mí también —dijo ella con sinceridad.

La sonrisa de lord Burnley creció, y ella no creyó que él supiera que era su primer beso.

—Me alegro de que me pregunte si me ha gustado —confesó él.

—No me importaría volver a hacerlo —le dijo ella, sintiéndose menos tímida para decir lo que pensaba—. Alguna vez. Si lo desea.

Una vez más, él tenía una expresión de total sorpresa, tal vez incluso de conmoción. Ella retiró sus manos de las suyas y se sentó, tratando de tranquilizarlo.

—No espero en absoluto una propuesta de matrimonio.

Él vaciló.

—¿Mía? ¿O de alguien más?

—Oh, de nadie —aclaró Adelia. Las palabras fluían de su lengua como el agua de una fuente. Nunca había podido conversar con tanta facilidad con nadie más que con Thomas. ¿Cómo podía estar tan excitada cerca de lord Burnley y tan cómoda al mismo tiempo?

El vizconde negó con la cabeza.

—¿Qué espera de su futuro, *milady*?

El carruaje se detuvo antes de que ella pudiera cometer más errores, como confesar su deseo de seguir siendo soltera. Tampoco quiso revelar sus esperanzas sobre el éxito de sus tontos garabatos, que a veces creía lo bastante buenos para ser publicados.

De hecho, le encantaría que alguien inteligente y culto revisara sus historias terminadas, pero dudaba que lord Burnley tuviera el mismo gusto que ella para la ficción.

—En cuanto al futuro inmediato, tengo la intención de saborear la representación de esta noche, por muy sombría que sea la obra. Cualquier Shakespeare es mejor que ninguno.

—En ese caso, espero que no le decepcione demasiado —dijo él y la ayudó a bajar del carruaje.

Ella miró hacia el teatro y descubrió que no estaban en el Teatro Real de Drury Lane, sino en el Teatro de Su Majestad Haymarket.

—Como ve, me tomé la libertad de cambiar el lugar —confesó Owen—. No me sentía inclinado a ver cadáveres por todo el escenario en una típica tragedia shakesperiana.

Y no era de extrañar, no con la muerte que había tocado recientemente a su familia.

—Perfecto —le dijo Adelia, esperando mientras el cochero ayudaba a bajar a Penny. Ahora tenía sentido cómo habían podido llegar tan rápido. Si no fuera por el cambio de destino, habrían tenido mucho más tiempo para conversar y, tal vez, otro beso espontáneo.

Pronto estuvieron en el palco privado de los Burnley, en el tercer nivel del lado izquierdo del teatro. Aunque intentó maniobrar para conseguir una mejor posición, Adelia acabó en el lado derecho de Su Señoría, con el escenario hacia delante y a su izquierda. Esto no serviría, ya que tendría que apartar la vista de él toda la noche para adelantar su oído izquierdo y así poder captar lo que decían los actores. Lord Burnley tendría que sufrir la visión de su nuca durante horas.

Mientras su doncella se acomodaba dos filas más atrás, cerca de las cortinas del palco, Adelia se inquietó. Sin embargo, cuando lord Burnley se inclinó hacia ella y le habló al oído izquierdo, se dio cuenta de que era mejor oírle a él y fingir que oía la obra.

—A mí también me gustaría hacerlo de nuevo —susurró él.

Ella se quedó helada ante las palabras que no habría escuchado bien si él hubiera estado a su otro lado, y se alegró enormemente de no habérselas perdido. Todo su cuerpo estaba impregnado de calor, como si ya se estuvieran besando una vez más.

Sonriéndole, se relajó y se tomó el tiempo de mirar alrededor del teatro. Estaba bastante lleno. Algunos de los que estaban en los palcos cercanos se giraron y, extrañamente, parecían centrados en ella.

Al principio, Adelia no estaba segura. Sin embargo, al cabo de unos minutos, supo sin duda que la gente del otro lado del teatro, así como de los palcos vecinos, la estaban mirando. Las cabezas se inclinaban juntas, los abanicos se levantaban para tapar la boca o para gesticular hacia su palco.

¿Qué demonios…?

—Lord Burnley, me temo que algo va mal.

Él se inclinó hacia ella, siguiendo la trayectoria de su mirada. Luego, se sentó derecho.

—Creo que los palcos están compartiendo unos cuantos cotilleos, y usted, lady Adelia, es el tema elegido.

—¿Qué? ¿Yo? ¿Por qué?

Ella escuchó su risa apenada.

—Porque ha salido conmigo, por supuesto. Obviamente es mi última conquista.

—¡Perdón! —Eso no debería emocionarla, pero lo hizo, hasta los dedos de los pies.

—Y se quedan boquiabiertos, sobre todo las señoras con las que he estado relacionado en el pasado, y también sus prepotentes mamás. Apostaría mi último centavo a que nunca la vieron a usted como una amenaza.

«Calumniada e insultada», pensó Adelia. Debería resentirse de ser considerada la conquista de alguien. Y, sin embargo, era ella la que estaba sentada con lord Burnley, al menos por una noche, y estaba completamente satisfecha.

Por otra parte, le resultaba irritante pensar que las otras mujeres no la consideraban lo bastante importante como para ser competencia, aunque no podía culparlas.

—No deje que eso la preocupe, *mi*lady. Otras han sobrevivido a ser vinculadas a mí con los mismos rumores escabrosos.

Sus palabras la desinflaron. Le estaba diciendo lo intrascendente que era ella, una más en una larga lista. Adelia pensó en sus palabras, recordando las muchas mujeres a las que había visto salir a una terraza, probablemente para adentrarse en el jardín y tener una cita.

¿Cuántas de ellas habían ocupado el mismo asiento en el que estaba ella, pensando que habían capturado el corazón, o al menos la mano, de Owen Burnley? La velada perdió un poco de brillo.

Justo antes de que las lámparas de gas se atenuaran y el telón se retirara, miró hacia el palco de su propia familia, esperando encontrarlo vacío.

No fue así. Allí estaba su hermano con una mujer desconocida.

Más curioso aún.

RESULTÓ QUE ADELIA LE dio a lord Burnley una vista de la parte posterior de su cabeza por la fascinación de lo que se desarrollaba en el escenario. En lugar de una obra de Shakespeare, se trataba de una apasionante obra abolicionista de Estados Unidos. Nunca había leído el libro *La cabaña del tío Tom*, pero la obra le pareció fascinante y desgarradora.

Durante el intermedio, lord Burnley le habló de un tejedor escocés, William Thomson, que había viajado por los estados del sur y volvió a casa para publicar un relato en 1842, en el que insistía en que los esclavos estadounidenses tenían una vida mejor que los trabajadores pobres de Inglaterra y, en particular, de Escocia.

—Por supuesto, aunque nuestra clase se emocionó en secreto al conocer la desgracia de Estados Unidos y el desafío a su supuesta libertad para todos —explicó lord Burnley—, no recuerdo que ningún lord, especialmente los miembros del Parlamento, incluido mi padre, se sintieran tan satisfechos de que se nos echaran en cara las condiciones de nuestros pobres.

—Admito que estoy desinformada —confesó Adelia. Estaban bebiendo vino en un lujoso vestíbulo, y se sentía ignorante, además de mimada.

—Más vale estar desinformada que ser hipócrita —comentó lord Burnley, mirando a sus compañeros de teatro—. Mi familia, por ejemplo, siempre se ha asegurado de que nuestros mineros trabajen en condiciones seguras y sanitarias, sin importar el coste para nuestros beneficios.

Adelia frunció el ceño. Tendría que preguntarle a Thomas, que ahora sabía que asistía a la obra, si las condiciones de sus propias minas eran aceptables. Pensando en él, miró si su hermano había salido al vestíbulo.

—¿Busca a alguien en particular? —preguntó lord Burnley.

—A mi hermano —empezó ella a responder cuando pasaron dos damas y un caballero, sin molestarse en disimular su evidente interés por Adelia. Claramente, ella escuchó la frase «ratón aburrido».

Reculando bajo su escrutinio, se giró hacia una columna.

—Idiotas —dijo lord Burnley con dureza. Al instante siguiente, su mano estaba sobre el brazo de Adelia, tratando de llamar su atención. Por desgracia, también se inclinó y le dijo algo en su oído malo. Esto era cada vez peor.

Volviéndose hacia él con las mejillas calientes, Adelia solo deseó la oscuridad del interior del teatro.

—¿Está de acuerdo? —le preguntó él de cerca, de espaldas al vestíbulo, protegiéndola de la vista con su alta silueta y sus anchos hombros.

Como no tenía ni idea de lo que le había preguntado, ella se encogió de hombros con una evasiva y bebió un sorbo de vino.

—Ánimo —dijo él—. No tiene motivos para ocultarse en las sombras.

A pesar de sus amables palabras, Adelia quiso desviar la atención de sí misma.

—¿Lee muchas novelas?

Y para su alegría, él dijo que sí. Le hizo más preguntas, escuchando con interés cómo le hablaba de sus autores favoritos, muchos de los cuales ella conocía y había leído. Tal vez fuera posible compartir con él algo de sus propios escritos, de forma anónima, por supuesto.

Pronto, el apagado de las lámparas de gas señaló el final del intermedio, y todos volvieron a entrar en el teatro. Si el palco de los Burnley no hubiera estado al otro lado del de su propia familia, se habría detenido para conocer a la amiga de Thomas.

En cualquier caso, cuando volvieron a sus asientos, echó un vistazo para ver que el palco de los Smythe estaba vacío. Tal vez la obra no había sido de su agrado.

❧

LA NOCHE SE HABÍA vuelto fría cuando salieron del Teatro de Su Majestad. Adelia insistió en que Penny se sentara en el interior del carruaje, a pesar de que eso impedía que se diera otro beso con lord Burnley.

Con su doncella desplomada en un rincón, aparentemente feliz de cerrar los ojos y dormir una siesta, se sentaron en silencio durante lo que habría sido un corto viaje a casa si no fuera por el embotellamiento del tráfico del teatro.

—Mi hermano estaba allí —mencionó ella después de unos minutos.

—Me gusta cuando habla sin que le pregunten —confesó lord Burnley en voz baja.

Un escalofrío recorrió la columna vertebral de Adelia. Cuando ella no dijo nada más, lord Burnley estiró las piernas, la derecha tocando la de ella, y él respondió a sus palabras.

—Qué raro que su hermano no haya venido a saludar. Quizá no apruebe que salga conmigo.

Adelia dudaba de que ese fuera el caso.

—Puede que Thomas no se haya fijado en nosotros. No lo vi durante el intermedio, ni después. Además, había una mujer con él. Tal vez quería mantenerla para sí mismo.

—¿La reconoció?

—En absoluto —confesó Adelia—, y creía haber visto a todos en esta Temporada. Y en las anteriores —añadió tardíamente, dándose cuenta de que eso no decía nada a su favor. Cerró la boca.

Por lo general, al hablar con tan poca frecuencia, sus palabras rara vez la metían en problemas. Sin embargo, cerca de lord Burnley parecía ser casi una charlatana.

Él ignoró todo lo malo que ella había dicho sobre sus muchas temporadas, y en cambio le preguntó:

—¿Pelo claro u oscuro?

—Oscuro —dijo ella, dándose cuenta de que también estaba cotilleando. Era un pasatiempo muy divertido, aunque ella nunca diría nada negativo de su hermano—. Una mujer bonita, por lo que pude ver.

—Por supuesto —dijo lord Burnley mientras extendía los brazos a lo largo del respaldo del asiento—. Su hermano es un joven apuesto y un conde. Dejando eso de lado, a menos que esta misteriosa mujer tuviera algo inusual, una trompa que le saliera de la frente, por ejemplo, o un par de orejas de elefante, ciertamente hay demasiadas hembras de pelo oscuro correteando por Londres como para ayudar a una identificación.

Ella sonrió ante las imágenes que él invocó.

—Supongo que le preguntaré. No solemos tener secretos entre nosotros.

Observó la cara de lord Burnley y supo que estaba pensando en su hermana fallecida.

—¿Cómo están sus padres? —preguntó Adelia.

—No muy bien —confesó él.

—Lo siento mucho. Cuando mi madre murió, fue un golpe para nuestra familia.

—Y el fallecimiento de su padre imagino que también fue un impacto, ya que les dejó solos a usted y a su hermano.

«Felizmente solos», pensó Adelia. Sin embargo, odiaba contradecir a lord Burnley o hablar mal de los muertos, así que asintió.

—Probablemente sea más duro para un padre perder a un hijo —consideró él, perdiéndose en sus cavilaciones.

—Sin duda, sí —dijo ella, deseando que su conversación no se hubiera vuelto tan sombría—. Solo el tiempo curará los corazones de lord y lady Bromshire. —Qué inadecuadas eran sus palabras, pero no sabía qué más decir.

—Sí —convino él.

Oh, Dios. ¿Cómo podría ella sacarlo de su melancolía?

—¿Saldrá conmigo de nuevo? —Las palabras salieron de la boca de Adelia antes de saber lo que estaba diciendo.

Al instante, él volvió a mirarla, con la misma cara de asombro de ella. ¡Qué atrevimiento el suyo! Tenía todo el derecho a sentirse afrentado por su suposición de que no solo desearía verla una vez más, sino hacerlo pronto. Sin embargo, su atractivo rostro se relajó y pareció menos triste.

—Me gustaría —contestó lord Burnley después de la más mínima duda—. Sabe que no harán falta demasiadas salidas hasta que la sociedad decida que somos una pareja —señaló.

La sola idea la emocionó. No solo eso, ¡él quería acompañarla de nuevo!

—Por supuesto, sacarán conclusiones tanto si volvemos a salir como si no —conjeturó lord Burnley—. La próxima vez que estemos en un baile o en una fiesta, si apenas nos miramos, creerán que saben la verdad.

Adelia se preguntó cuál podría ser esa verdad.

—¿Le gustaría ver un ballet, tal vez, o un concierto? —preguntó él.

—El ballet —dijo ella sin dudar, temiendo perderse demasiadas notas de una orquesta—. Siempre he deseado asistir a uno.

Él se sentó hacia delante.

—¿Dice que nunca ha ido a ver un ballet?

¡Oh, Dios! Otra circunstancia que la marcaría como extraña. Pero no vio ninguna razón para mentir.

—Así es.

—¿Cómo es posible, cuando apenas se puede entrar en un teatro sin ser asaltado por jóvenes mujeres ágiles que se lanzan de un lado a otro del escenario con trajes transparentes?

Ella se rio de su descripción.

—Es posible porque mi padre odiaba el ballet, y mi hermano no es más aficionado a él. No podría ir sola, y no tengo... es decir, yo... —Se dio por vencida. Las solteras insulsas no iban a ninguna parte con nadie. Más valía que lo supiera ahora.

—En ese caso, me siento honrado de ser el primero con el que asistirá al ballet.

—Es muy amable de su parte, pero si los encuentra tediosos —dijo ella, viendo cómo él sacudía la cabeza para interrumpirla.

—No lo hago, y aunque lo hiciera, no me importaría, si pudiera ir con usted.

Si no estuviera oscuro en el carruaje, él vería que sus mejillas volvían a brillar con un color rosa intenso. Miró a Penny, prácticamente olvidada, dormitando en un rincón, y volvió a mirar a lord Burnley.

Evidentemente, algo de su criada acurrucada como un lirón les pareció divertido a ambos, y se sonrieron mutuamente y volvieron a sumirse en el silencio. Adelia apenas podía comprender cómo su existencia había cambiado tanto en una semana. Desde el desmayo, era como si se hubiera despertado en la vida de otra mujer.

Y eso le gustaba bastante. Más aún cuando lord Burnley tomó una de sus manos y la sostuvo. Muy despacio, la atrajo hacia delante, llevándose uno de los dedos de Adelia a los labios. La verdad era que no necesitaba ninguna advertencia para quedarse callada, no con Penny a centímetros de su lado.

Con el corazón acelerado, esperó impaciente a que él se inclinara y la besara. Él no la decepcionó. Suavemente, casi con reverencia, reclamó su boca una vez más. Cerrando los ojos, ella dejó que el cosquilleo invadiera su cuerpo. Él inclinó la cabeza hacia un lado y sus bocas se sellaron perfectamente.

Para su sorpresa, cuanto más tiempo estaban sus labios contra los de ella, más reacciones tenía. Sus pechos se sintieron más pesados y sus pezones... se pusieron rígidos contra su camisa. La parte bajo sus caderas se calentó y, de alguna manera, le dolió, e inequívocamente, una agradable palpitación comenzó en ella.

Estuvo a punto de retirarse, pero la curiosidad por saber si él haría algo más la mantuvo inmóvil. La lengua de él tocó el borde de sus labios, ¡su lengua! e instintivamente, ella los separó. Él se deslizó dentro y exploró su boca mientras ella se quedaba atónita, queriendo derretirse contra el asiento, sintiendo que su cuerpo se volvía líquido.

¿Qué magia le estaba ocurriendo?

Si él no la hubiera sujetado hacia delante con sus manos, ella se habría inclinado hacia atrás y probablemente se habría deslizado hasta el suelo del carruaje.

Con mucho cuidado, tocó con su lengua la de él. Owen se congeló y, sorprendentemente, chupó la punta. ¡Dios mío!

Era exquisito, y ella quería más. ¿Pero qué otra cosa podían hacer dentro del coche con Penny a su lado? Al parecer, nada. Por fin, lord Burnley se separó y la miró fijamente a los ojos durante un momento, aunque estaba demasiado oscuro para leer su expresión.

Al fin, le soltó las manos.

El carruaje se detuvo y la mejor velada de su vida llegó a su fin.

~ 145 ~

Capítulo 9

Owen golpeó con su puño enguantado al hombre que tenía delante, imaginando al asesino de Sophía.

—Tranquilo, amigo —le instó su oponente, retrocediendo—. Estoy aquí para hacer ejercicio, no para que me rompan las costillas.

—Lo siento —murmuró Owen. Quería purgar la culpa que sentía por haberse divertido tanto en compañía de lady Adelia la noche anterior. Definitivamente, no tenía intención de volver a salir con ella hasta después de haber encontrado al asesino de su hermana, pero la joven lo había seducido con facilidad.

Ninguna mujer le había invitado de forma tan directa. Las invitaciones solían consistir en una falda ligeramente levantada para mostrar un esbelto tobillo o un pañuelo dibujado sobre unos labios rugosos para indicar un encuentro, o un abanico en la mano derecha de la dama y sostenido frente a su cara, exigiendo que la siguiera a un lugar privado. Todas esas señales las había recibido y respondido.

Sin embargo, nada era tan emocionante como que lady Adelia volviera a pedirle que la acompañara a algún sitio.

Lanzó otro puñetazo.

—Eso es todo —dijo el hombre con el que había estado luchando durante los últimos diez minutos en Teavey's—. Ya he tenido suficiente.

Owen se puso de pie y asintió. A continuación, se tocaron los guantes de boxeo en un apretón de manos de pugilista, y él miró a su alrededor en busca de su próximo contrincante. Whitely entró en el club y lo saludó.

—¿Vamos a tomar una copa? —preguntó George.

Owen puso los ojos en blanco.

—No puedo. Tengo que hacer algo útil.

Whitely le miró fijamente.

—¿Como apalear a la gente?

Owen frunció el ceño.

—Si encuentro a la persona adecuada, sí, eso es precisamente lo que quiero hacer. De todos modos, cámbiate y ponte unos guantes.

—¿Por qué?

—Para que podamos entrenar, por supuesto. ¿No es por eso por lo que has venido?

Whitely miró al anterior oponente de Owen, frotándose la tripa.

—Quiero mantener el contenido de mi estómago donde está, gracias. ¿Y qué pasa si fallas y me das en la nariz? Me gusta mucho mi cara. De todos modos, he venido a buscarte y me pregunto si puedo ayudar de alguna manera. Excepto en ofrecer mi cuerpo a tus puños.

Owen reflexionó.

—Podríamos ir al Parlamento a buscar el pañuelo del yunque. —Había estado pensando en hacerlo, pero tenía más sentido ir con Whitely—. Puedes fingir que sangras por esa preciosa nariz, y yo me apresuraré a pedir a los diputados un pañuelo extra.

Whitely se encogió de hombros.

—Parece un plan tan bueno como cualquier otro. Solo prométeme que no empezarás a golpear a ninguno de nuestros compañeros.

—Solo a uno cuando lo encuentre. —Owen esperaba que ese día llegara más pronto que tarde.

Mientras se marchaban, vio entrar a lord Thomas Smythe con un hombre que Owen no reconoció. Al hacerle un gesto amistoso con la cabeza, Owen se preguntó si el hermano de Adelia tendría alguna reserva sobre la compañía de su hermana, ya que sabía que tenía una reputación un poco desalentadora.

Sin embargo, Smythe le agradeció con una benigna inclinación de cabeza como respuesta, al mismo tiempo que llamaba la atención del otro hombre. El rostro del desconocido se alteró notablemente como si se conocieran, a pesar de que Owen no lo reconociera. Antes de que pudiera pensar más en ello, los dos hombres desaparecieron dentro del club de Teavey.

⁕

ADELIA SE SINTIÓ UN poco defraudada cuando al día siguiente no llegó ninguna invitación por correo. Ella y lord Burnley —Owen, como ahora pensaba en él— habían terminado la noche con un intercambio muy agradable y con la promesa de otra velada juntos. Por otra parte, no tenía ni idea de cómo funcionaban estas cosas. Tal vez había un tiempo aceptable entre las salidas, una etiqueta de la que nadie le había informado.

Mientras tomaba su té matutino y sus huevos escalfados, revisó las últimas invitaciones de la Temporada y trató de calmar su entusiasmo por el próximo baile. Qué nuevo y maravilloso sentimiento: ¡la emoción!

—¿Qué estás haciendo, Dilly? —le preguntó Thomas cuando llegó a desayunar, sirviéndose un plato de huevos, champiñones fritos, salchichas y tocino grueso de los platos cubiertos del aparador.

Había pasado otra noche, y había estado fuera de casa todo el día anterior y había salido hasta tarde. Era la primera vez que lo veía desde el teatro.

—Leyendo las invitaciones —confesó ella, habiendo dejado a un lado el baile al que esperaba que asistiera Owen, así como una cena. En otro montón, tenía los interminables y tediosos picnics, salidas en barcas, partidos de cricket y torneos de croquet.

—Y quieres tirar todo a la parrilla del fuego, ¿no es así? —preguntó él, acercando uno de los periódicos de la mañana a su plato y echándole un vistazo mientras removía su té.

—No necesariamente —dijo ella, mirando las pocas invitaciones en las que estaba realmente interesada. Sabía en su corazón que era una tontería basar su felicidad en la aparición de un hombre en un baile. Sin embargo, no pudo evitar hacerlo.

¿Y qué había de su hermano? Cada vez se interesaba menos por el programa de la Temporada, lo que le hacía

creer a Adelia que él ya había encontrado una pareja sentimental.

—¿Me vas a hablar de la mujer de pelo oscuro? —Ella
no pudo contener más su curiosidad.

Su hermano dejó caer la tostada que estaba untando
con mermelada de grosella, pero no dijo nada. Un momento después, apuñaló una salchicha con el tenedor y recogió
el periódico con la otra mano, tratando de mantenerlo entre
ellos.

—¿Qué mujer? —acabó preguntando, con una voz
que sonaba plana, y la mirada fija en las noticias del día.

—La mujer de nuestro palco en el teatro, por supuesto.

Tras unos segundos, él suspiró y bajó el periódico.

—Dijiste que ibas a ver a Shakespeare —señaló Thomas, como si el hecho de que ella estuviera allí fuera la
cuestión— pero fuiste al Teatro Real. A pesar de los dieci-
nueve teatros de Londres, ¡tú y yo acabamos en el mismo!

Ella inclinó la cabeza.

—Entonces, ¿me viste?

—Tal vez.

—¿Y te fuiste porque yo estaba allí? ¿Cómo puede ser
eso?

—¿Por qué me acribillas a preguntas? —Thomas sacudió el periódico, luego lo dejó caer y se metió la salchicha
en la boca.

—¿Por qué eres tan reservado? —preguntó Adelia, esperando mientras él masticaba y casi se atragantaba.

Al fin, su hermano le respondió.

—¿No puede haber un aspecto de mi vida que desee mantener en privado?

—Por supuesto, pero si todo el mundo te ve en público con una joven, ¿por qué yo no puedo?

Suspiró.

—Porque eres la única a la que tengo que enfrentarme durante el desayuno.

Ella cerró la boca de golpe. Eso era cierto. Tampoco le dejaba comer en paz.

—Muy bien. Dejaré pasar el asunto. Por ahora —añadió Adelia, tratando de usar su mejor voz de hermana mayor—. De todos modos, me gustaría ser la primera en ser informada, si hay algo que saber.

Thomas sonrió y volvió a ser el mismo de siempre.

—Por supuesto, Dilly. Te lo prometo. Y ya que estamos siendo tan razonables y maduros el uno con el otro, considérate libre de cualquier obligación social a la que no quieras asistir.

Ella le sonrió y cogió el montón de invitaciones más grande. De pie, hizo lo que él había sugerido y arrojó los papeles de color crema y azul pálido a la chimenea para que se quemara con el fuego de la tarde.

Miró los pocos que quedaban sobre la mesa y enarcó una ceja.

Se encogió de hombros. Si él podía guardar secretos, ella también.

<hr>

OWEN HABÍA RETRASADO EL envío de la misiva a Adelia con la invitación formal al ballet. Después de todo, tenía que mantener la cabeza despejada para encontrar al asesino, y algo en la encantadora dama le nublaba la mente, haciendo difícil pensar en cualquier cosa que no fuera ella.

Él y Whitely habían pasado unas horas infructuosas en los pasillos del palacio de Westminster, alternando quién de ellos fingía tener una hemorragia nasal, hasta que habían reunido dos bolsillos llenos de pañuelos. Ninguno de ellos tenía un yunque bordado.

Al final de la semana, Owen se encontró esperando la próxima gran reunión social de la Temporada. Sin duda, ella asistiría, y él se consideraba autorizado a disfrutar de la compañía de Adelia mientras siguiera a la caza del pañuelo.

Después de decidir seguir el consejo de lady Jane Westing y buscar la ayuda de una mujer —Adelia en particular—, Owen llegó temprano a la espléndida mansión de lord y lady Marechal y mantuvo los ojos en la puerta del salón de baile. Parecía haber llamado la atención de todas las malditas mujeres del lugar, pero ni rastro de...

De repente, entró Adelia. Se sorprendió de su propia ceguera. Sin duda, ella eclipsaba a todas las demás damas. ¿Cómo no se había dado cuenta antes? Debía de ser un truco que utilizaba para pasar desapercibida.

Ahora, no podía apartar su mirada de ella. No se trataba simplemente de la perfecta caída de su vestido de seda de color burdeos, que abrazaba su gran pecho y se abría sobre sus curvilíneas caderas. Tampoco era la forma en que su cabello castaño claro brillaba mientras caía en cascada sobre uno de sus cremosos y suaves hombros, ni siquiera su cuello de sauce realzado por brillantes joyas.

Era algo insondable en ella, la forma en que se mantenía tan alejada de las criaturas huidizas y tontas que la rodeaban. Owen se sintió como si ella fuera una especie totalmente distinta a la de la maliciosa sociedad y a la de la risueña pandilla de jovencitas.

Su hermano entró un paso por detrás, la tomó del brazo y la condujo a una mesa.

Siempre había una mesa libre para los condes, por muy tarde que llegaran, pensó Owen con ironía. A punto de acercarse, observó cómo lady Adelia le decía algo a su hermano antes de abandonar la seguridad de su compañía.

Frunciendo el ceño, Owen la observó dirigirse al otro extremo de la sala, sin mirar a nadie, sin detenerse a conversar, y todo el tiempo aferrando su carné de baile en la palma de la mano, en lugar de dejarlo colgar como un cebo en un anzuelo. Y ahora él sabía cómo lo mantenía vacío.

Ella se situó en una zona del extremo de la sala, con una planta alta a su lado, cuyas hojas de palmera prácticamente la cubrían. Y, aparentemente contenta, miró hacia el salón de baile para observar los acontecimientos.

—Esta noche no, *mi*lady —murmuró Owen, pues su plan dependía de que Adelia bailara.

Cogiendo dos copas de champán, se acercó a ella. Obviamente, ella lo vio venir, a pesar de la forma en que su cabeza estaba inclinada. Adelia lo saludó con la cabeza y le ofreció una sonrisa cálida y acogedora.

Eso le tomó por sorpresa. Ninguna otra mujer que conociera lo saludaría agradablemente después de haberla abandonado durante casi una semana. Y era consciente de que, después de cómo habían terminado su noche en el teatro, ella debía de estar esperando su invitación al ballet.

—Está deslumbrante —le dijo él, sorprendido por su propia elección de palabras. La sonrisa de ella creció y su rostro, ya de por sí bello, se volvió impresionante. Una vez más, no podía creer que no se hubiera dado cuenta de esta joya delante de sus propias narices.

—Le he traído una copa de champán.

Ella la tomó y murmuró un agradecimiento.

No tenía sentido demorarse. Lady Jane decía que una mujer podía recoger más pañuelos que un hombre, y Owen estaba decidido a comprobar si eso era cierto. Para evitar que alguien lo oyera, se inclinó hacia la pared y le susurró al oído.

—¿Sería posible que me hiciera un favor?

Ella puso cara de pena y negó con la cabeza. ¡Qué inesperado! La última vez, en el baile anterior, él había decidido no pedírselo, pero ahora pensaba que tenían una amistad, por leve que fuera.

Adelia se volvió hacia la pared como antes.

—Por favor, repita —susurró ella, simulando que le hablaba directamente al papel pintado.

De nuevo, él le habló, ahora con los labios pegados a su otra oreja.

—Espero que me oiga. El favor es un poco extraño, es cierto, pero importante, no obstante.

—¿De qué se trata? —preguntó ella, que parecía haber cambiado de opinión respecto a su ayuda.

—Necesito reunir los pañuelos de los caballeros. En realidad, necesito que lo haga por mí.

Ella se volvió, y él tuvo que retroceder porque sus rostros estaban a escasos centímetros de distancia. Mirando a su alrededor, Owen se dio cuenta de que parecían estar teniendo una conversación íntima.

Una expresión de perplejidad se deslizó por su bonito rostro, sustituida con rapidez por otra de diversión.

—¿Cómo? —preguntó ella.

Owen no quería ponerla en peligro ni quería que ella pidiera los pañuelos fuera de la seguridad del salón de baile. Más especialmente, no quería que ella preguntara por el bordado en particular para no alertar al asesino, que podría haberse dado cuenta ya de que le faltaba al menos uno.

—Espero que le pida a cada caballero con el que baile esta noche su pañuelo y lo guarde... de alguna manera. Me temo que no sé cómo. Tendría que dejarlo en sus manos.

Una incierta sonrisa rondó sus labios rosados.

—No suelo hacerlo —dijo en voz baja.

Él se inclinó hacia delante para captar sus palabras.

Ella se aclaró la garganta.

—Bailar con muchos caballeros, quiero decir.

—Pero sí baila cuando se lo piden. Eso lo sé.

Ella asintió.

—De hecho, es una excelente bailarina —añadió.

Adelia puso los ojos en blanco.

—Simplemente no es una buena conversadora —enmendó él en silencio—. ¿Me ayudará sin preguntar por qué? —Esperó su respuesta.

Ella hizo una pausa. Su mirada verde se fijó en la de él, pareciendo penetrar profundamente en sus pensamientos, buscando sus motivos. Lo que vio, lo aceptó.

Casi imperceptiblemente, Adelia asintió de nuevo.

—Gracias —le dijo él—. Volveré a hablar con usted más tarde —dijo, sintiendo una oleada de emoción y esperanza. Estaba dispuesto a salir corriendo para desempeñar su papel en el plan. Entonces miró hacia atrás—. Por favor, no se vaya esta noche sin despedirse.

Si no, ¿cómo iba a conseguir los pañuelos?

Adelia juntó las cejas en señal de consternación, pero él se limitó a hacer una reverencia hacia ella y retrocedió. No tenía mucho tiempo. Las tarjetas de baile ya se estaban llenando. Debía dirigir el mayor número posible de hombres hacia Adelia. Para ello, comenzó a circular entre la multitud.

—Lady Adelia Smythe, ¿dónde está? —preguntó a cada uno como si la estuviera buscando—. Magnífica bailarina y enorme dote. ¿Cómo puede uno equivocarse?

Muchos hombres levantaron la cabeza buscando a la dama antes de apresurarse en su dirección. Era como si hubiera sido invisible y nadie se hubiera percatado de su presencia hasta que él habló de ella. Como si él hubiera levantado un velo, pudieron ver a Adelia de pie junto a la pared del fondo, clara como el día, con un aspecto muy atractivo.

Era realmente hermosa, se dio cuenta él, enviando a otro caballero ansioso que se apresuraba hacia ella. Esto era demasiado fácil. Le dio una palmada en el hombro a otro hombre.

—Lady Adelia, ¿la ha visto?

Su hermano se volvió con una mirada de preocupación.

Al darse cuenta de quién preguntaba, lord Smythe frunció ligeramente el ceño.

—¿Por qué? ¿Espera que se desmaye y necesite ser rescatada de nuevo? —Thomas hizo una pausa y se cruzó de brazos—. No tuve la oportunidad de darle las gracias.

Owen se encogió de hombros. No creía que el conde de Dunford le debiera las gracias, especialmente después de sus propios besos poco caballerosos con Adelia en su carruaje.

—Pero fue demasiado imbécil —terminó Smythe con brusquedad—, regañándome y diciéndole a mi hermana que le esperaban asuntos más importantes. —La boca de Thomas se curvó con irritación—. Por supuesto, usted se redimió desde aquella vez sacando a mi hermana a bailar. Oh, espere, luego la dejó humillada al borde de la pista de baile.

Owen se sorprendió hasta los dedos de los pies. Que ese joven —aunque fuera un conde— le reprendiera en público estaba totalmente fuera de lugar. Aunque Owen se había comportado de forma espantosa en el último baile, hacer mención de ello era muy grosero.

Además, Owen la había acompañado al teatro y la había resarcido con ello.

—Su hermana ha aceptado mis disculpas.

—Ha sido demasiado blanda con usted —señaló el conde. Probablemente tenía razón.

—Usted es miembro del mismo club de pugilistas que yo frecuento —dijo Owen—. En el West End.

—Lo soy —aceptó Smythe.

—Lo veré allí mañana, tal vez —ofreció Owen. Dejaría que el joven se desahogara con él en un lugar apropiado. No es que fuera a permitir que Smythe lo golpeara. Un par de puñetazos amistosos y purificadores serían suficientes—. Sobre las dos, digamos.

El conde asintió, seguido de una sonrisa.

—Si todavía está buscando a mi hermana, parece que se encuentra en la pista de baile. —Su hermano pareció sorprendido por ese hecho.

Owen asintió y se alejó. No estaba dispuesto a interferir con Adelia por el momento, aunque al final del baile, esperaba tenerla a solas. Tardíamente, se dio cuenta de que debería haber puesto su propio nombre en su carné. Tan ansioso por su ayuda y sorprendido por su aceptación, no había pensado con claridad.

¿Y si su carné de baile estaba completamente lleno cuando él lo intentara?

Eso fue precisamente lo que ocurrió. Habiendo notado que ella apenas se apartaba del parqué, Owen esperaba atraerla a la mesa de refrescos y, en esa coyuntura, hablar en privado.

Así, mientras ella estaba del brazo de su última pareja, Owen se acercó.

—Lady Adelia, ¿le apetece un poco de limonada entre los bailes?

Ella asintió y se volvió hacia el hombre que estaba a su lado.

—Qué calor —comentó.

Con un abanico que apareció milagrosamente de la nada, como los abanicos de las damas siempre parecían hacerlo, se refrescó la cara. De inmediato, el joven caballero sacó un pañuelo de su bolsillo y se lo entregó para que se secara la piel húmeda. Owen no pudo distinguir si había algún dibujo en el encaje.

Con una sonrisa de agradecimiento, Adelia lo cogió y se lo tocó en las sienes a ambos lados, antes de meterlo en el valle entre sus pechos.

A Owen se le saltaron los ojos. ¿Cuántos había metido ahí abajo?

No le parecía posible que guardase muchos pañuelos en su corsé perfectamente ajustado. Debía coger cada uno de ellos después de haber disfrutado de un momento en un entorno tan dichoso.

Al ver que los ojos de su pareja de baile se abrieron de par en par y se quedaron mirando su generoso escote, Owen sintió un abrupto arrebato de protección, queriendo decirle al hombre que mirara a otra parte, o se vería obligado a sacarle los ojos.

Al mismo tiempo, se dio cuenta de la brillantez de su maniobra. El hombre no podría hacer referencia a su pañuelo y recuperarlo, como tampoco podría volar por la habitación. Sería el colmo de la incorrección notar dónde había ido a parar su pañuelo y admitir así que estaba mirando su pecho.

Ella sonrió ligeramente, hizo una reverencia hacia su pareja y acababa de volverse hacia Owen cuando otro hombre se adelantó.

—Es hora de nuestro baile, lady Adelia.

—Estaba a punto de llevarla a tomar una limonada —protestó Owen, dispuesto a mencionar cómo su salud era más importante que otro vals.

Solo entonces su nueva pareja, un joven ansioso en su primera Temporada, le tendió un vaso.

—He previsto que a estas horas de la noche podría tener sed —dijo, mirándola fijamente—. Así, *mi*lady, sabía que no nos perderíamos ni un segundo de nuestro baile.

Lady Adelia tomó la bebida ofrecida, levantó el hombro levemente hacia Owen, y se alejó con el hombre y su maldita limonada. Owen echó humo. Sin embargo, después de todo, ¿qué podía hacer?

La situación continuó así durante el resto del baile, sin que Owen pudiera conseguir un lugar en su carné o incluso hablar con ella. Si hubiera sabido que la búsqueda de pareja era tan fácil, podría haber hecho una fortuna con estas cosas, cobrando una tarifa por su asistencia en la búsqueda de parejas para hombres y mujeres desamparados.

Por suerte, ya tenía una fortuna. Lo que no tenía eran los pañuelos.

Horas más tarde, observó cómo lord Smythe se acercaba a Adelia. Los músicos habían dejado de tocar y la multitud se había reducido.

¿Y ahora qué? Owen no podía hacer otra cosa que ver cómo se marchaban. Antes de desaparecer, Adelia miró a su alrededor y su mirada se posó en él. Inclinó la cabeza. Obviamente, se preguntaba por qué no había conseguido hablar con ella en el transcurso de la noche.

Entonces, ella asintió, y él lo tomó como un permiso para que la llamara al día siguiente para entregarle los pañuelos. Esta mujer podía decir más sin ninguna palabra que la mayoría con un incesante parloteo.

Owen se sintió animado por primera vez en muchos días. Iría a la casa de los Smythe a la hora decente de las once de la mañana y, con suerte, el pañuelo que buscaba estaría allí, junto con la identidad del asesino.

Capítulo 10

Había sido una velada inusual, el baile más concurrido al que Adelia había asistido nunca, y esperaba no volver a repetir lo mismo. Era demasiado agotador, no el baile, sino el hecho de escuchar, de tratar de captar lo que se decía y de reunir la voluntad para responder cuando fuera necesario.

Y ahora, a la mañana siguiente, en lugar de poder relajarse y recuperarse, esperaba a Owen en cualquier momento. No tenía ni idea de cuándo aparecería, solo que vendría a recuperar los pañuelos que le había pedido que reuniese. Así pues, se sentó en el salón, sin poder concentrarse en nada más que en la lectura de los periódicos. Y para su asombro, su nombre aparecía por fin en las páginas de sociedad.

«Lady A fue la pareja de baile más solicitada en la mansión de los Marechal, con un impresionante vestido de color burdeos...».

Adelia tenía que reconocerlo. Después de que la oleada de parejas inesperadas la asaltara y descubriera que su carné de baile estaba lleno, se había empleado a fondo en su tarea.

Por el bien de lord Burnley, les había pedido directamente a los caballeros su pañuelo o había fingido que lo necesitaba. Además, había descubierto con rapidez cómo disuadirlos de que estos le pidieran su devolución.

Cuando cambiaba de pareja, sacaba el pañuelo de su escote y lo metía en el fondo de su bolsillo. Cuando estuvo lleno, se dirigió al servicio de señoras y comenzó a guardarlos en sus cajones. No era del todo cómodo, pero tampoco era horrible.

En cuanto llegó a casa, lo que, inusualmente para ella, fue a altas horas de la madrugada, sacó los pañuelos y los aplanó antes de volver a doblarlos en un pequeño cuadrado.

Ahora ansiaba saber qué estaba tramando Owen.

No tuvo que esperar mucho.

El señor Lockley anunció la llegada del vizconde en cuanto comenzó el horario de visitas de cortesía, a las once, y ella se reunió con él en el salón. En un guiño al decoro, llevó a Penny con ella para que sus fieles sirvientes no empezaran a cotillear.

Con elegancia, Su Señoría tomó su mano, se inclinó sobre ella y luego la soltó.

—Le agradezco que me reciba sin invitación, lady Adelia.

—Le esperaba, milord. He mantenido los pañuelos ocultos. De lo contrario, mi doncella habría tenido una impresión bastante equivocada de mí, al recibir los favores de tantos hombres.

Él dudó y luego sonrió.

—Esa es la cadena de palabras más larga que le he oído pronunciar, *mi*lady. Además, creo que ha hecho una pequeña broma.

Ella sintió que sus mejillas se ruborizaron. Tenía razón. Es más, había hablado sin preocuparse de tartamudear, sin preocuparse en absoluto, de hecho. Cada vez que se encontraba con Owen, le resultaba más fácil conversar.

Ella señaló la cesta que había sobre la mesa auxiliar.

—Puede quedarse con la cesta —dijo, pensando que él se la llevaría a casa con el contenido intacto. Pero él se abalanzó sobre ella y levantó la tapa. Rápidamente, revolvió el contenido, abriendo cada pañuelo de un tirón y examinándolo brevemente antes de arrojarlo sobre el sofá, sin dejar de suspirar mientras tanto.

Cuando llegó al último, lord Burnley lo contempló durante un largo rato. Tenía un dibujo de flor de lis en todo el borde.

Ella lo vio hundirse en el cojín del asiento entre los pañuelos desechados y cerrar los ojos, todavía agarrando el último.

Preocupada y pensando que él no parecía nada complacido, por fin, preguntó:

—¿Es ese el que buscaba?

Él negó con la cabeza.

—No. —Su tono era plano.

—Lo siento —dijo ella.

Él levantó la vista y, para sorpresa de Adelia, en lugar de levantarse de un salto, como harían la mayoría de los caballeros cuando una dama se ponía en pie, apartó algunos de los cuadrados de tela y acarició el cojín del sofá que tenía a su lado.

¿Qué podía hacer ella? Se sentó. Por desgracia, él estaba en el lado de su oído malo. Tuvo que girarse y enfrentarse a él para que sus palabras le llegaran con facilidad.

—Debo parecerle un lunático —declaró Owen.

Ella negó con la cabeza.

—Es muy amable de su parte —añadió él—. Pero si me permite, se lo explicaré.

Ella asintió y cruzó las manos en su regazo. Si él necesitaba desahogarse, ella estaría agradecida de saberlo. De lo contrario, se habría preguntado el resto de su vida por sus motivos.

—Mi hermana —comenzó él—, ¿la conocía?

—Siento decir que no.

Owen asintió ligeramente.

—Usted fue debutante antes que ella, y ella se fue a Francia.

—La vi este año —añadió Adelia—. Era encantadora.

—Gracias. Habría estado siempre en la pista de baile como usted anoche.

—Eso fue obra suya —dijo ella.

—Sí, yo...

—No lo vuelva a hacer —le reprendió Adelia con suavidad antes de que pudiera detenerse.

La expresión de Owen era de sorpresa.

—¿No está buscando un partido?

—No. —El tono de Adelia era suave, pero firme.

—Hm... —dijo él, mirándola fijamente hasta que ella apartó la mirada.

Owen volvió a centrar su atención en el único pañuelo que él sujetaba en su gran mano.

—Consiguió muchos.

—Creo que iba a decirme por qué busca uno en particular.

—Sophía fue... fue asesinada —dijo el vizconde al fin.

Adelia jadeó y se llevó la mano a la boca mientras sacudía la cabeza con incredulidad. Entonces, hizo lo único que se le ocurrió: alargó la mano y colocó las de lord Burnley sobre una de las suyas, que estaba apoyada en su rodilla.

—¡Qué horrible! Lo siento profundamente por su familia.

Él no la miró, y ella tuvo la sensación de que estaba a punto de llorar. Sin embargo, cuando levantó la cabeza y la miró a los ojos, ella vio furia, no tristeza. Era como si una bestia furiosa estuviera acechando bajo la superficie del hombre civilizado, y ella sintió que su mano se apretaba, hasta que se apartó.

Owen arrojó el último pañuelo a la cesta vacía.

—Mi hermana consiguió coger un pañuelo en el momento de su muerte.

Adelia no quería imaginar ese momento ni escuchar más detalles, pero lord Burnley siguió hablando.

—La atrajeron a una habitación de mala reputación en el East End, no sé por qué ni cómo, y luego la mataron. Estrangulada, para ser precisos. Lord Whitely y yo la encontramos, demasiado tarde. Así que, ya ve, si puedo encontrar al dueño del pañuelo, habré encontrado a su asesino.

—Ya veo. —Adelia observó los cuadrados de tela esparcidos por el sofá—. Pero no me dijo que tomara nota de a quién pertenecía cada uno.

Él parpadeó al darse cuenta.

—Soy un idiota —dijo con fiereza—. Usted podría haberlos metido entre sus... quiero decir, haberlos guardado a buen recaudo, y dármelos hoy sin saber de quién eran. Así, habría tenido dos iguales y seguiría sin conocer la identidad del asesino.

Ella asintió ante el fallo de su plan.

—No le dije el diseño que debía buscar porque no quería ponerla en peligro, aunque supongo que no se lo habría pedido a nadie específicamente.

—Ha dicho «dos» —comentó ella—. ¿Tiene el otro?

—Lo tengo. —Owen metió la mano en el bolsillo y sacó un pañuelo blanco y arrugado. Lord Burnley se lo ofreció. Ella no quería coger lo que podría haber pertenecido a un asesino, pero lo miró y ahogó su segundo grito en la breve conversación.

Entrecerrando los ojos, con la boca abierta, no podía creer lo que estaba viendo. En el encaje de la esquina había una capa con la forma de un delicado yunque, la herramienta de los trabajadores del metal, incluidos los herreros y los caldereros. Era el vano diseño del pañuelo de su padre, un yunque de herrero, a pesar de que su familia se había dedicado a la minería del carbón durante generaciones.

Y mientras que ella en la actualidad tenía un pañuelo más femenino alojado en la manga, uno de los que buscaba lord Burnley estaba sin duda en el bolsillo de su hermano en ese mismo instante.

¡Su hermano! Si lord Burnley descubría al dueño de ese pañuelo, sacaría una conclusión equivocada. Porque Adelia estaba absolutamente segura de una cosa: Thomas no era un asesino.

OWEN OBSERVÓ CÓMO LADY Adelia palidecía notablemente, la sangre se le escapaba de la cara. No podía negarlo.

—Lo ha visto antes —afirmó él, sintiendo que los latidos de su corazón se aceleraban. Cuando ella no dijo nada, Owen se inclinó hacia delante.

—Cuénteme —exigió, sin poder evitar la urgencia en su voz. Tampoco se había dado cuenta de que sus manos ahora agarraban la parte superior de los brazos de ella hasta que le dio a Adelia una pequeña sacudida para romper el silencio y hacer que su mirada sorprendida se acercara a la suya.

—¡No! —negó ella retrocediendo, pero incapaz de romper su agarre. Al mismo tiempo, oyó que su criada se ponía en pie en un rincón lejano de la habitación.

—¿Mi señora? —preguntó aquella, con un tono preocupado.

Owen ignoró a la chica.

—¿Por qué parece tan angustiada? —le preguntó a Adelia.

Esta dudó, miró a su criada y asintió. La sirvienta volvió a sentarse.

—Solo la idea de que su pobre hermana tenía ese pañuelo en la mano mientras moría… —explicó Adelia—. Es sumamente perturbador.

Él reflexionó sobre sus razonables palabras. Por supuesto. Había sido un tonto al no entenderlo. Al fin y al cabo, estaba acostumbrado al hecho de llevar algo que muy probablemente era del propio asesino. Para otros, seguiría siendo un shock.

Miró con atención sus brazos, y él la soltó despacio.

—¿Así que no sabe de quién es esto? —Sus esperanzas se desvanecieron de nuevo, incluso antes de que ella respondiera.

Adelia negó con la cabeza, y su brillante mirada volvió al pañuelo.

Él suspiró.

—Le ofrezco mis más sinceras disculpas. No debería haber levantado la voz ni haberle puesto las manos encima, sobre todo, cuando lo único que ha hecho es intentar ayudarme.

—Las acepto —dijo ella con su misma voz suave.

«Bien», pensó él. No había arruinado su floreciente relación. Fuera lo que fuera, no quería que se acabara.

—Voy a seguir buscando al dueño del pañuelo. Espero que considere la posibilidad de ayudarme.

—Yo... trato de quedarme en casa lo más posible. Prefiero no estar en sociedad.

—De todos modos, si asiste a un baile o una cena, esté yo allí o no, le agradecería que siguiera buscando este yunque.

Ella asintió y se puso de pie, evidentemente lista para que él se fuera. Después de su breve comportamiento volátil, algo había cambiado entre ellos. Él podía sentirlo. La había decepcionado o quizá asustado. Owen se puso en pie con rapidez, deseoso de retomar la acostumbrada urbanidad del salón.

—Si no lo he hecho ya, le ofrezco mi más profunda gratitud. Ha reunido un número mayor del que yo había previsto.

—Puede ser sorprendente para algunos lo que una dama puede guardar bajo sus faldas —comentó Adelia.

De cualquier otra persona, Owen pensaría que se trataba de una referencia sexual, una tímida declaración de acercamiento. Pero no de esta mujer. Obviamente, lady Adelia era lo bastante ingeniosa como para hacer un doble sentido, pero ser directa era más acorde con su forma de ser, ya fuera para pedir otro beso o una noche juntos.

Sin embargo, su afirmación de que no quería hacer un partido matrimonial agitaba una bandera de desafío frente a él, provocándolo para que la persiguiera, sobre todo, porque siempre había tenido éxito en ese sentido.

Owen sabía que ella en realidad no estaba haciendo tal cosa. Se engañaba a sí mismo porque necesitaba desesperadamente algo en lo que centrarse, además del asesinato de Sophía, y más aún después de este último fracaso. Lady Adelia siempre había parecido distante, aunque esa era una palabra demasiado fuerte, ya que implicaba acción. Era más bien por su ausencia, ya que se las arreglaba para desaparecer de la vista cuando lo deseaba. Y lo hacía a menudo.

¿Por qué? Él nunca le había preguntado a una joven tímida por qué se comportaba así, y había supuesto que era porque prefería estar sola. Lady Adelia era reticente, sin duda, pero él creía que había algo más allá de la timidez lo que la mantenía pegada a la pared. Obviamente, era una bailarina capaz y podía pasar una noche entera en los brazos de varios pretendientes.

Entonces, ¿por qué permanecía sin compromiso y aparentemente sin interés por tenerlo?

Él esperaba descubrir sus razones, y no solo por sus espléndidas curvas.

—¿El ballet, entonces? —Se oyó ofrecer, sin querer marcharse sin que ella aceptara volver a verle—. ¿Quiere...?

Ella ya estaba negando con la cabeza, interrumpiéndolo.

—Ya lo hemos hablado antes —insistió Owen—. Podemos ir a Covent Garden mañana por la noche o al Albert Saloon, si lo prefiere.

—No, gracias.

Como no se lo había pedido a tiempo, ahora estaba siendo difícil. Owen le dedicó su mejor sonrisa, la cual había encantado a más de una dama hasta el punto de perder las medias.

Ella se mordió el labio inferior, pero sus medias no se movieron.

—Creí que quería ir. —Él tenía un tono parecido a la súplica, que nunca había necesitado utilizar con una mujer. Le irritó escucharse a sí mismo.

—Encontrará muchas damas que querrán acompañarlo.

Owen se quedó con la boca abierta. Lo estaba alejando, lo estaba rechazando. Qué exasperante, pero qué dulce...

—Cumplirá su promesa de ir al ballet conmigo —insistió él, sabiendo que sonaba como un matón obstinado.

—No —dijo ella.

—¿Por qué?

Adelia miró el pañuelo adornado con un yunque que tenía en la mano. Owen pensó que tal vez creía que quería utilizarla para buscar el pañuelo.

—Dejaré a un lado todos los pensamientos sobre la búsqueda del asesino de mi hermana. —Incluso decirlo le hizo sentir mal—. No, no puedo hacer esa promesa —rectificó.

—Tampoco debería. —Adelia parecía tan triste como él. Entonces, ¿por qué dudaba?

—Pero puedo, de hecho, dar un descanso a mi cerebro durante unas horas asistiendo al ballet con una hermosa dama que nunca lo ha visto. Por favor, ¿me permite ese respiro?

Owen tuvo una punzada de culpabilidad, ya que podía haber sido un poco manipulador, pero de repente, más que casi nada, quería volver a salir con lady Adelia Smythe.

Ella frunció el ceño, pero él se dio cuenta de que estaba a punto de aceptar. Él esperaba que así fuera. Decidido a no decir nada más, se quedó de pie frente a ella, admirando su capacidad para mantenerse en silencio sin incomodidad, y tuvo que morderse la lengua para hacer lo mismo.

—Muy bien —dijo ella al fin, como si las palabras le hubieran sido arrancadas.

—Perfecto. Hasta mañana. —Owen sabía que era mejor irse antes de decir algo que la hiciera cambiar de opinión. Tomando su mano, recordó de repente a dónde iría más tarde—. Veré a su hermano antes que a usted.

Sintió que la mano de ella se tensaba bajo la suya. Interesante.

—¿Cómo es eso? —preguntó Adelia, retirándose cuidadosamente de su agarre.

—Creo que quiere reñirme por mi descortesía de la otra noche en casa de lord y lady Walthrops, cuando usted se desmayó, y en el baile de los Tourneys, cuando me perdí nuestro baile.

Adelia sacudió la cabeza.

—¡Ridículo!

—Sin embargo, me he comportado de forma abominable en más de una ocasión, y usted es más que gentil al permitirme aún el acceso a su persona. Por lo tanto, le he cursado una invitación para que se reúna con lord Smythe a las dos de la tarde en nuestro club de pugilistas.

Ella parecía preocupada.

—No se preocupe, lady Adelia. Ninguno de los dos acabará sangrando. Será un combate de caballeros civilizados.

Se inclinó y se despidió de ella, esperando haber dicho la verdad. Owen odiaría recogerla a la noche siguiente con la nariz rota o el labio partido.

***

UNAS HORAS MÁS TARDE, entró en Teavey's, en el West End, sintiéndose un poco mejor de lo que se había sentido en semanas. Por un lado, sabía que probablemente no había pasado la noche en la misma habitación que el asesino de su hermana, gracias a la recuperación del pañuelo de lady Adelia. Se dio cuenta después de que se los había dejado en su casa y se preguntó qué haría ella con ellos. Como a Adelia le gustaba el papel, probablemente los enviaría a un fabricante para hacer pasta de papel, lo que se hacía comúnmente con las telas finas desechadas.

Desnudándose hasta los calzones, se calentó con uno o dos miembros del club, esperando la llegada de lord Smythe. El joven conde parecía alegre, tal vez ante la idea de reventarle la cara a Owen. Eso no le molestó ni un poco. Descubrió que nada calmaba a la bestia furiosa que llevaba dentro como una actividad física intensa. Sin embargo, esperaba que lo que le había dicho a lady Adelia fuera cierto: no querían hacerse daño mutuamente.

Después de que Smythe tuviera la oportunidad de acomodarse y desvestirse del mismo modo, se dieron la mano. Y como Owen había predicho, fue un partido amistoso de puñetazos, que terminó antes de que se diera cuenta, y ninguno de los dos hizo nada poco caballeroso que provocara verdadera violencia. Ambos lanzaron unos cuantos puñetazos sólidos en el vientre, pero, como llevaban guantes, no se temía que se produjeran bárbaros golpes con los nudillos en los ojos. Tampoco ninguno de los dos se dejó caer ni se desplazó de forma poco varonil.

Al fin, salieron de la arena para darse la mano de nuevo. Owen consideraba a Smythe como a cualquier hombre de hoy en día. Después de vestirse, el joven conde metió la mano en el bolsillo y sacó un pañuelo blanco.

Owen entrecerró los ojos. Involuntariamente, se acercó unos pasos, observando con atención cómo el hermano de lady Adelia se limpiaba la cara. Tuvo que contenerse para no abalanzarse sobre él y exigirle que lo mirara.

Después de secarse, el conde dudó y abrió el pañuelo para echarle un breve vistazo, lo que dio a Owen tiempo suficiente para distinguir que no tenía ningún adorno: ni yunque ni monograma ni una pizca de encaje. Luego, lord Smythe lo hizo un ovillo y lo guardó en el bolsillo. El pañuelo de este hombre era un cuadrado de tela sencillo y práctico, y eso hizo que el conde subiera unos cuantos peldaños en la estimación de Owen.

De hecho, la decepción por no encontrar el pañuelo del yunque se mezcló con rapidez con el alivio más absoluto. Lady Adelia podía seguir en su vida. Su hermano no era el asesino.

Lord Smythe se marchó sin que Owen le revelara que iba a llevar a su hermana al ballet. Eso era tarea de lady Adelia, así como buscar una chaperona. Si no hubiera ocurrido la terrible tragedia, él habría llevado a Sophía para aliviar la necesidad de una.

Pensar en su hermana le provocó la consabida oleada de ira, y echó un vistazo al establecimiento en busca de alguien que estuviera a su altura o que mereciera una buena paliza. Al no ver a nadie, se conformó con otra tibia ronda con un viejo amigo que mantuvo la calma ante la injustificada hostilidad de Owen.

Cuando salió una hora más tarde, hizo lo mismo que había hecho cada pocos días desde el asesinato. Visitó al desdichado detective y, sin sacar nada en claro, fue a ver a sus padres. Sin ninguna información nueva de la mejor policía de Londres, Owen soportó otra comida con tres personas rotas sentadas casi en silencio, tratando de consolarse entre ellos y fracasando miserablemente.

—Renuncio a mi escaño —anunció su padre sobre el plato de pudding—. No estoy haciendo nada útil en el Parlamento. A pesar de que hay más policías en las calles que nunca, es evidente que la delincuencia está desbordada, al igual que la pobreza. Hay mendigos por todas partes. El East End es... es despreciable —concluyó con brusquedad.

A Owen no se le ocurrió cómo refutarle. Apenas podía contradecir nada de lo que decía su padre. Londres era sucia y llena de humo. A menudo olía mal y estaba plagada de carteristas y asesinos, al menos en algunas zonas. También le parecía una ciudad maravillosa para vivir. O así había sido, hasta la tragedia. ¿Todavía lo pensaba?

—¿Qué vas a hacer con tu tiempo? —le preguntó a su padre.

El anciano se encogió de hombros.

—Vigilar más de cerca la minería, supongo. ¿Asumirás la carga de trabajo en el Parlamento?

—Lo haré.

El amigo de Owen, Westing, disfrutaba yendo al Parlamento y sentándose en la Cámara de los Lores, incluso después de perder la vista. Owen nunca había estado tan entusiasmado, pero cumpliría con su deber sin falta. Podía imaginarse pasando el resto de sus años pidiendo pañuelos a parlamentarios al azar hasta que lo recluyeran en un manicomio.

—¿Te quedarás en Londres? —Owen miró a su madre, demasiado tranquila.

Su padre se encogió de hombros, lo que no era habitual.

—Tu madre y yo nos quedaremos para estar cerca de ti hasta que termine la Temporada. Quién sabe si volveremos del campo el año que viene.

El asesino de Sophía había destruido mucho más que su vida. Había despojado a la familia Burnley de toda alegría.

Menos mal que sus padres se tenían el uno al otro.

¿Y qué tenía él?

La cara de Adelia le vino a la mente. Esperaba con ansias su próximo encuentro. Acompañarla al ballet era, de hecho, lo único que esperaba con cierta felicidad.

Capítulo 11

Adelia se las había arreglado para llegar a la habitación de su hermano y quitarle todos los pañuelos de la cómoda antes de que fuera al club de pugilistas esa tarde. Incluso había llegado a decirle a su criado que iba a sorprender a Thomas con un nuevo juego de pañuelos y que solo le diera pañuelos sencillos mientras tanto.

—¿Lisos, *mi*lady?

Y Adelia le entregó al hombre una pila de ellos que había comprado en una tienda en cuanto su cochero la llevó allí. Salió tan rápido de la casa después de que lord Burnley se marchara, que le sorprendió que su carruaje no hubiera adelantado al de él en la calle.

—Si lord Smythe pregunta, por favor, dígale que hable conmigo, pero haga lo que haga —había instado al ayuda de cámara—, no permita que mi hermano salga de esta casa con un pañuelo viejo.

A pesar de que las cejas del hombre se alzaron casi hasta la línea del cabello, asintió a sus órdenes.

—Como desee, *mi*lady.

A continuación, Adelia fue a mantener la misma conversación con el señor Lockley.

En la cena de esa noche, ella se sintió aliviada al saber que su hermano había pasado un rato sin incidentes en el club de Teavey.

—Vi a lord Burnley allí —comentó este.

—¿Lo viste? —Ella dudó en decirle que también había visto a lord Burnley. ¿Thomas le había mentido acerca de conocer a lady Sophía? Se devanó los sesos para encontrar otra explicación de por qué la joven había sido encontrada agarrando el pañuelo de su hermano.

—Lord Burnley me va a llevar al ballet mañana por la noche —dijo Adelia, observando la cara de Thomas.

—¿Dos salidas en el lapso de quince días? —preguntó él, sonriéndole.

Ella hizo una pausa. Aunque el vizconde le caía tremendamente bien, lo habría rechazado si su hermano se lo hubiera prohibido. Parecía que lo más prudente era poner la mayor distancia posible entre ella y el hombre que creía que el pañuelo que tenía en su poder pertenecía a un asesino. Sin embargo, Owen había insistido tanto que al fin había cedido.

—¿Por qué Burnley no me mencionó en el club lo del ballet? —le preguntó Thomas.

—Supongo que pensó que no necesitaba pedirte permiso, ya que yo ya había aceptado. En cualquier caso, hay algo mucho más serio que debemos discutir.

—¿Tan serio como para necesitar brandy? —le preguntó él con ironía.

—Lo bastante serio como para que no podamos bromear con ello. En realidad, sí, sirve una copa para cada uno y te lo contaré.

Adelia tenía que ser sincera consigo misma: con todas las misteriosas idas y venidas de su hermano, especialmente las desapariciones nocturnas, se sentía... perturbada. Además, el señor Beaumont había insinuado que algo andaba mal con respecto a Thomas. Obviamente, no era un asesino, pero ¿qué estaba tramando y por qué no le hablaba de la mujer de pelo oscuro?

Se estaba comportando de forma muy extraña y, por lo que había aprendido de Owen, parecía un mal momento para comportamientos extraños de cualquier tipo.

Tal vez podría empezar con una pregunta.

—¿Dónde estuviste anoche?

Él le entregó una copa con un dedo de brandy. La suya propia tenía bastante más.

Thomas negó con la cabeza.

—No te lo voy a decir, Dilly.

—¿Por qué? —preguntó ella, deseando que su voz no tuviera un tono suplicante.

—Porque se me permite una vida privada, como a cualquier hombre.

—¿Solo me lo dirás si tienes algún problema con tus misteriosas salidas nocturnas, con esta nueva mujer o por cualquier otro motivo?

—Absolutamente no. ¿Y a qué diablos te refieres con problemas? Te digo que no voy a hablar más de ella. Pero no deberías preocuparte.

—Me preocupo. Te quiero, Thomas. Pero si no quieres hablar conmigo de asuntos del corazón… —Adelia hizo una pausa mientras él ponía los ojos en blanco—, debemos hablar de otro asunto. ¿Tenías algún tipo de relación con lady Sophía Burnley?

Él frunció el ceño.

—¿No lo discutimos ya el otro día?

—No satisfactoriamente —confesó Adelia—. Dijiste que pensabas que podrías haber tenido un interés en ella.

—Esa dama ha fallecido. ¿Qué sentido tiene pensar en los «y si»?

—¿Hay alguna razón por la que ella podría haber tenido algo tuyo? —Ella lo observó con atención, incapaz de creer que estuviera teniendo esta conversación con su propio hermano.

—No sé a qué te refieres.

Ella suspiró. Era demasiado horrible para hablar de ello, pero debía hacerlo.

—¿Por qué se encontraría algo tuyo con ella?

Thomas dio un sorbo al brandy.

—Estás diciendo tonterías. ¿Qué cosa mía se encontró dónde?

—Tu pañuelo —dijo Adelia, tomando un gran sorbo y tosiendo.

Las líneas de la frente de Thomas se marcaron.

—Quería preguntarte sobre ese mismo tema. ¿Sabes qué ha pasado con todos mis pañuelos? Mi ayuda de cámara no deja de proporcionarme estos pañuelos lisos que son más rasposos que los habituales.

A él no pareció preocuparle lo más mínimo lo que ella había dicho. Ella tendría que hablar más con toda claridad.

—Sin rodeos, Thomas, resulta que uno de tus pañuelos fue encontrado en las manos de lady Sophía Burnley después de que fuera asesinada.

OWEN VOLVIÓ AL ESCENARIO de la muerte de Sophía, acechando como hacía muchas noches. No tenía ni idea de lo que esperaba encontrar, más allá de divisar a alguien o algo fuera de lugar, como su hermana lo había estado de una forma tan terrible, en la zona más sórdida del East End. Por lo tanto, era lógico que quien la hubiera matado tampoco perteneciera a esa zona de Londres.

Entró en un pub y se fijó en la gentuza que lo rodeaba y en el resto de los presentes. Probablemente, la mayoría de ellos eran simples trabajadores honrados, disfrutando de una copa antes de volver a casa, pero no pudo evitar mirar a todos con recelo. No obstante, no podía sacar el pañuelo y empezar a hacer preguntas. Eso era una tontería y seguramente conseguiría que le echaran de la taberna, o algo peor.

Por otro lado, con su forma de vestir, destacaba como un caballo en una carrera de perros. Tal vez podría abrirse camino en las tabernas locales en un radio de una milla con una pregunta más sencilla que la de un pañuelo.

Acercándose a la barra, se dirigió al hombre que estaba detrás de ella.

—Supongo que no ha visto a un amigo mío últimamente…. Viste como yo, y estuvo en la zona hace unas semanas.

El camarero le miró con indiferencia.

—¿Qué va a beber?

Ah, el precio de la información. Owen juró comprar todas las botellas del pub si era necesario.

—Whisky —dijo—, y lima, si tiene.

El camarero asintió y le sirvió, añadiendo zumo de lima turbia. Deslizó la bebida hacia Owen, que depositó al menos el doble del coste en monedas.

El hombre observó el pago con una mirada exigente antes de pasar una mano mugrienta por encima de la barra de madera para recoger el dinero.

—He visto a un hombre vestido como usted.

—¿Él viene a menudo? —preguntó Owen con rapidez.

—No, es el príncipe consorte. Nunca se pasa por aquí.

El camarero se echó a reír. Owen asintió, soltó el vaso de whisky y dejó que la rabia se apoderara de él. Con una espesa bruma, la furia nubló su visión y su juicio.

Alzándose sobre la barra, agarró al camarero por la parte delantera de su delantal y lo arrastró hacia sí.

—No ha sido muy amable por su parte, ¿verdad? —preguntó Owen mientras el hombre tenía los ojos desorbitados. Este se agitó para intentar liberarse, pero estaba en clara desventaja, medio tumbado sobre la barra y con los pies colgando por encima del suelo.

Owen acercó su rostro al del camarero.

—¿Tiene una respuesta mejor para mí?

Detrás de él, Owen oyó que la sala se quedaba en silencio y que algunas sillas se movían. Estaba a punto de ser agredido, y estaba lo bastante enfadado como para pensar que podría disfrutar de una buena paliza.

Alguien le tocó el hombro y soltó al camarero, luego se giró y recibió un puñetazo en la mandíbula. Por suerte, su agresor estaba desnutrido y era de baja estatura, y su puñetazo no le hizo mucho daño. Pero tuvo que reconocer que el pequeñajo lo intentó.

Sin embargo, detrás de este había numerosos hombres más grandes, a los que no les gustó que el lugar donde se relajaban y bebían fuera perturbado por un noble.

Eso le dio una idea. Owen decidió mentir entre dientes. Miró por encima del hombro al camarero.

—Le vi echar agua en el whisky. —Esa era una acusación seria. Por otra parte, con tan pocos hombres allí bebiendo algo más que cerveza, Owen tuvo que subir la apuesta—. Y apuesto a que está regando los barriles de cerveza en la bodega. ¿Quién está conmigo, muchachos? ¡A las bodegas!

El grito fue recogido de inmediato.

—¡A las bodegas! ¡A las bodegas!

La taberna se despejó casi por completo, excepto por algunas almas canosas, demasiado viejas para bajar los empinados y estrechos escalones del fondo de la sala, y de algunas mujeres que parecían haberse ahogado ya en ginebra.

«Qué lugar tan triste», pensó Owen. No estaba obteniendo ninguna respuesta allí, pero lo intentaría de nuevo en otra parte. Tal vez encontraría algún otro pub un poco más agradable, frecuentado por hombres de negocios o procuradores, y posiblemente por la alta burguesía y la gente pobre por igual.

Con un brazo sujetando al camarero, puso la otra mano delante de su nariz, con la palma hacia arriba, esperando. Tras un forcejeo, el hombre abrió la mano y dejó caer las monedas. Owen cogió algunas, dejando solo lo suficiente para pagar el whisky.

Después lo soltó con un empujón para que el hombre se deslizara detrás de la barra y se pusiera de pie, y luego Owen se dirigió a la puerta, llegando a ella mientras el camarero perseguía a la multitud para proteger su mercancía.

De nuevo en la calle, Owen paseó, sintiéndose un poco animado por el whisky y sin apenas notar el ligero palpitar de su mandíbula. Esta podría ser una noche interesante. Caminó una manzana, en busca del siguiente establecimiento.

En cualquier caso, por infructuoso que pareciera, no tenía motivos para regresar a casa. Esta era grande, lujosa y rodeada de un silencio mortal. No era la primera vez que se imaginaba a una esposa dando vueltas por sus salones, cenando con él, calentando su cama y haciéndole compañía en general. A cambio, la trataría como a una reina. Además, no era la primera vez en la última semana que la mujer que imaginaba en ese papel era lady Adelia Smythe.

⁂

LA COPA DE BRANDY de su hermano se derramó por todo el mantel.

—¡¿Asesinada?! —exclamó Thomas mientras el lacayo de la sala se apresuraba a limpiar el desorden.

—Sí. —Adelia deseó haber tenido la previsión de despejar el comedor de sirvientes antes de iniciar una charla privada. Sus lacayos y doncellas eran tan silenciosos y hábiles para ser invisibles, que solía olvidar que estaban presentes, como era la intención de estos. Al fin y al cabo, ella también había aprendido a serlo para ellos.

—Déjenos —dijo Thomas a su criado, quien salió de la habitación—. Explícate —le exigió a Adelia tan pronto como estuvieron solos.

—Lady Sophía fue estrangulada en el East End y fue encontrada por su hermano agarrando tu pañuelo. —Sonó aún peor cuando lo dijo en voz alta, sin importar cuántas veces lo había meditado en su cabeza.

—Eso no es posible —insistió él.

—Yo misma lo he visto.

Thomas se quedó con la boca abierta.

—¿Qué demonios quieres decir?

Adelia se dio cuenta de lo que él estaba imaginando.

—No, no quiero decir que la haya visto yo misma. Lord Burnley me mostró el pañuelo. No hay duda de que es tuyo.

Thomas frunció el ceño y comenzó a absorber el brandy con la servilleta que había dejado el lacayo.

—No entiendo cómo puede ser.

—Dijiste que no habías bailado con lady Sophía, pero que te habías fijado en ella lo suficiente como para pensar que podrías tener un interés. ¿Cuándo fue eso?

—En el baile de lord Waverly, justo al comienzo de la Temporada. ¿Recuerdas la horrible limonada caliente y los músicos desafinados?

Ella asintió. Aquella había sido una noche especialmente larga.

—Estaba esperando a que me sirvieran el prometido champán frío cuando lady Sophía se acercó con su hermano y otra mujer. Estaban charlando de trivialidades, como hacemos todos en esas situaciones infernales. Entonces, ella le dijo algo en francés a la otra mujer, y Burnley les recordó que no hablaba una palabra de ese idioma. Lady Sophía se rio y dijo que de eso se trataba. La otra dama también se rio. Lady Priscilla... no me acuerdo de su apellido, pero Burnley la ha acompañado a algunos bailes.

Adelia asintió, recordando haberlos visto juntos.

—Así que, basándose en los desplantes de lady Sophía a su hermano y en sus risas, decidiste que podrías estar interesado en ella. —Eso parecía exagerado.

—No, no fue eso —protestó Thomas—. Lady Priscilla fue a la sala de retiro, y Sophía dijo dos cosas, una fue a Burnley. Ella se disculpó y le dijo que simplemente estaba tratando de determinar si lady Priscilla era lo bastante buena para él y, por lo tanto, hacerse amiga de ella.

—Eso fue dulce por su parte —dijo Adelia.

—Eso me pareció —convino Thomas—. Ella parecía amable y me recordaba a ti, francamente.

—¿Y lo otro que dijo?

Él miró la mesa.

—Después de que Burnley llevara a lady Priscilla a la pista de baile, lady Sophía me miró directamente, como si hubiera sabido que yo estaba allí todo el tiempo, y me dijo que era descortés y a veces peligroso escuchar a escondidas. Me puso en mi lugar, y me gustó la forma en que lo hizo. —Se encogió de hombros—. Lo siguiente que supe fue que había muerto. Una noticia muy triste, sin duda.

—¿Y no le diste por casualidad tu pañuelo, tal vez después de que bebiera algo de champán? —preguntó Adelia, esperanzada.

—Por supuesto que no.

—¿Entonces cómo llegó a tenerlo en la mano? Te hace parecer culpable. De hecho, lord Burnley busca con locura a su propietario con el mismo fervor que el príncipe azul de Perrault buscaba a la portadora del zapato de cristal, pero por un motivo mucho más despiadado.

—¿Por eso han desaparecido todos mis pañuelos? —preguntó su hermano.

—No sabía qué más hacer —confesó ella.

—¿No crees que comprar otros nuevos también me hará parecer culpable si me descubren?

Adelia agachó la cabeza.

—Supongo.

—Debería ir a hablar con Burnley de inmediato.

—¡No! —protestó Adelia, recordando el comportamiento de este con Farrier—. Lord Burnley no será racional ni creerá en tu inocencia.

—¿Qué sugieres, como mi hermana mayor y más sabia? —preguntó Thomas.

—Que no hagas nada, supongo. He quemado todos tus pañuelos.

—¿Qué? —preguntó él, con un tono incrédulo.

—Hasta el último.

—Eran de Bélgica —protestó—, y muy superiores a esos tan ásperos con los que los reemplazaste.

—Tenía miedo, Thomas. Por ti.

Él extendió la mano por encima de la mesa.

—Me crees, ¿verdad, Dilly?

Sus ojos verdes, tan parecidos a los suyos y a los de su madre, la miraban fijamente. Era el mismo hombre que, por su cuenta y riesgo, cuando era mucho más joven, la protegió de su padre. Se había llevado su parte, y la suya también, de bofetadas y puñetazos en la cabeza para mantenerla a salvo. Sin ninguna duda, no era un asesino.

—¡Claro que sí! Debes continuar con tu vida normal y no decirle a nadie que lady Sophía fue asesinada. La familia se las ha arreglado para que no aparezca en los periódicos. Aparte de eso, debemos esperar que lord Burnley nunca se entere de que eres el verdadero dueño de ese pañuelo maldito. Puede que nunca sepamos cómo acabó lady Sophía con él.

Levantándose de un salto, Adelia cogió la botella de brandy para servirle a su hermano otra copa. Se sintió mal por dentro y se preguntó cómo miraría a Owen a los ojos la noche siguiente. Iba totalmente en contra de su naturaleza involucrarse en este terrible engaño, sobre todo, sabiendo lo obsesionado que estaba el vizconde con encontrar la respuesta al asesinato de su hermana.

Por desgracia, la respuesta era con toda claridad incorrecta.

—No pareces demasiado tranquila —dijo Thomas.

Ella se mordió el labio inferior.

—Como he dicho, lord Burnley me acompañará al ballet. Y disfruto bastante de su compañía. Pero esto —señaló a nada y a todo con un gesto de la mano—, me hace sentir… Oh, Dios. Quizá no debería verle, después de todo.

—Tonterías. Tiene que haber alguna explicación razonable, pero incluso si nunca la encontramos, no debes dejar que esto te disuada de ver a Burnley. Es decir, si él te hace feliz.

¿Lo hacía? Durante mucho tiempo, Adelia simplemente había querido retirarse de la sociedad y no ser molestada para tener que enfrentar a la gente. Sin embargo, en contra de todas sus inclinaciones anteriores, ahora deseaba salir con un hombre.

—Lord Burnley me hace feliz —admitió. Entonces, ¿cómo podría mentirle a cambio?

Adelia supuso que podría seguir ayudándole a resolver el asesinato, pero no reuniendo pañuelos, lo que ahora era una tarea inútil, y menos aún entregando a su hermano.

—Tengo la intención de ir con lord Burnley mañana por la noche —decidió—. Imagino que no estás libre para hacer de chaperón.

—Me temo que no. —Él dio un sorbo a su brandy y no le aclaró sus planes.

Adelia suspiró. Los secretos de su hermano la inquietaban. Entonces, recordó la obra representada en el teatro.

—¿Tratamos a nuestros mineros con justicia? —le preguntó, cambiando de tema con brusquedad. Llevaba días queriendo hacerlo.

—Es extraño que preguntes eso. Hace poco me reuní con Víctor para hablar de este tema. Me recomendó algunas medidas, las cuales no estoy seguro de que sean correctas.

—Confías en el señor Beaumont, ¿no? —dijo Adelia.

—Mi padre lo hacía, así que yo también. Pero él ve las cosas de otra manera, desde un punto de vista de conveniencia, supongo. Quiere que las minas funcionen como un reloj, pero las personas —los mineros, en particular— no son engranajes.

Ella asintió con la cabeza, deseando saber algo sobre el negocio para poder ayudar. De repente, se le ocurrió una cosa.

—Tal vez podría hablar con uno de los Burnley, mayor o menor. El vizconde Burnley dijo que mantienen las minas seguras y a los trabajadores felices, o eso tengo entendido, a pesar del costo. Y su padre, el conde, tiene fama de ser muy inteligente y justo.

Thomas asintió.

—Puede que el conde de Bromshire no reciba visitas.

Thomas tenía razón al dudar. Puede que el padre de lady Sophía no quisiera hablar de minería cuando su hija había fallecido hacía tan poco tiempo, sobre todo, ahora que sabía que la causa había sido un asesinato de lo más vil.

Además, Thomas debía mantenerse alejado de los Burnley por el momento. Adelia miró fijamente el líquido ámbar en el fondo de su vaso y esperó que Owen nunca descubriera su doble juego

Capítulo 12

Owen esperaba la hora que faltaba para recoger a Adelia con una mezcla de anticipación y culpabilidad. Una vez más, iba a salir mientras el asesino de su hermana andaba suelto. Además, iba a hacerlo por el puro placer de estar con aquella dama deliciosamente seductora y absolutamente modesta, que le hacía dejar de desear golpear una pared en cualquier momento. Algo en ella le exigía civismo.

También algo en ella le exigía la atención de su cuerpo. Él aún no podía creer que hubiera pasado desapercibida durante las últimas cuatro temporadas, con su hermoso rostro, su inteligencia que él había descubierto en cada conversación y su figura torneada como la de una diosa. Estaba medio desesperado por ahuecar sus pechos, que eran como melocotones, y frotar sus pulgares sobre sus pezones para verlos perlados.

Y tal y como les había dicho a todos en el baile anterior para atraerlos a su carné de baile, lady Adelia tenía una dote favorablemente grande. Eso no significaba nada para él, pero Owen no podía entender por qué otros no hacían cola para coger esta deliciosa fruta.

Llegó a su casa un poco antes, poniendo los ojos en blanco por su propia impaciencia. Como en ocasiones anteriores, ella bajó las escaleras luciendo una belleza asombrosa con un vestido plateado con ribetes negros. Esta vez, sin embargo, la criada tomó asiento junto a su señora en su carruaje. Naturalmente, su conversación de camino al teatro se limitó a las banalidades de rigor, y los besos fueron imposibles. Él ni siquiera se inclinó hacia delante ni permitió que su pierna tocara la de ella.

Sin embargo, ver a Adelia entusiasmada durante la primera parte del ballet fue una alegría absoluta que Owen nunca olvidaría. Ella estaba casi resplandeciente cuando entraron en el vestíbulo para el intermedio. Pero él pronto recordó una de las razones por las que no estaba aún casada o comprometida: la mujer podía hacerse prácticamente invisible.

Dejando a Adelia y a su sirvienta en una pequeña mesa alta con bebidas, se excusó para ir al baño de caballeros. Cuando volvió al vestíbulo, al principio no pudo encontrar a ninguna de las dos. Lo recorrió hasta llegar a las puertas del teatro antes de darse la vuelta. Con el ceño fruncido, observó a la multitud.

Por el rabillo del ojo captó un movimiento y se giró. Adelia agitó su elegante mano enguantada. Había pasado justo por delante de donde ella estaba apoyada en la pared, junto a una maceta casi tan alta como ella. Es más, ella estaba de lado, en esa maldita y torpe posición que siempre elegía. Menos mal que tenía los pechos llenos y un busto de tamaño generoso, o habría desaparecido por completo de perfil.

—¡Ahí está! —proclamó Owen, como si ella se hubiera escondido.

Todavía con la copa de champán en la mano, Adelia tenía una sonrisa beatífica en el rostro. A Owen le calentó saber que la causa se debía en parte a haberla traído al ballet. Sin embargo, estaba sola, y eso le irritaba.

—¿Dónde está su criada? —preguntó, intentando no parecer molesto, aunque lo estaba.

—En el cuarto de retiro —respondió ella de forma escueta.

Bueno, no podía culpar a la chica por eso. Relajándose, Owen observó el alegre resplandor de Adelia.

—Supongo que está disfrutando del ballet.

—¡Oh, sí! —dijo ella—. Mucho.

—¿Qué es lo que más le gusta, si puedo preguntar?

—La historia es mucho más fácil de seguir que una obra de teatro.

—¿De verdad? —Owen lo consideró—. A decir verdad, *mi*lady, prefiero a los actores que a los bailarines. No tengo ni idea de lo que se supone que significa todo ese revoloteo en el escenario.

Su risa, poco habitual, le encantó. Ésa era la única palabra para describirlo, porque se sentía completamente hechizado por ella cada minuto que pasaba a su lado. ¿Era así como Westing se sintió por primera vez con lady Jane? De ser ese el caso, Owen pensó que podía estar ocurriendo algo especial entre ellos.

Ya habían compartido no uno, sino dos besos perfectos provocados totalmente por un impulso. En un momento, él había estado admirando sus hoyuelos y su sonrisa y, de repente, su esencia se apoderó de él y lo llevó a besarla. Se sintió abrumado por el deseo de probarla, de experimentar su primer beso. Y el segundo.

Ahora, quería hacerlo de nuevo. De hecho, lo había deseado desde el último. Por desgracia, tenía que lidiar con la criada de camino a casa. Tal vez podría pasarle a la chica unos cuantos centavos para que desafiara el aire de la noche y se sentara fuera, como había hecho una vez.

Owen estaba ansioso por que terminara el intermedio y comenzara el siguiente acto del eterno ballet. Esta noche ya había sido más divertida que cualquier actuación de ballet a la que hubiera asistido: ver cómo Adelia se inclinaba hacia delante, con los labios ligeramente separados en señal de asombro, con los ojos brillantes mientras seguía los movimientos de los bailarines. Además, tenía una forma infantil y encantadora de aplaudir con fuerza.

Con suerte, no se volvería hastiada, ignorando lo que había en el escenario por el mezquino deporte de ver quién estaba allí con quién. Temía que fuera inevitable. Las mujeres, según su experiencia, acababan centradas en el último escándalo de la sociedad o preguntándose cuál sería la mejor manera de manipular al próximo hombre que conocieran.

¿Cómo se había vuelto tan cínico? Sería por haber pasado tantas tardes inútiles con mujeres insulsas, cada una de ellas esperando con toda claridad que él la arrancara del mercado matrimonial, cuando lo único que quería —para ser sincero— era saciar una necesidad física. Mientras que el único propósito de ella parecía ser conseguir un marido, no podía decir que el suyo propio tenía un propósito moral más elevado. Ocasionalmente, había sido un bribón, pero no tan a menudo como la gente suponía.

Pensando en el cinismo y los bribones, Owen divisó a Whitely, que levantó una mano desde el otro lado de la sala. Sin embargo, cuando su amigo se acercó, se dio cuenta de que la mujer que acompañaba a Whitely era una con la que él mismo había estado relacionado la temporada anterior durante unos cinco minutos. Owen tuvo la sensación de que esto podría resultar incómodo.

La señorita Lucille Spencer, una prima lejana de los Althorp Spencer, se detuvo a pocos metros de distancia, haciendo una reverencia ante él. De inmediato, lady Adelia se tensó. Él lo percibió enseguida. Su rostro se inclinó cada vez más sutilmente hacia la pared, su expresión se tornó neutra y su sonrisa se esfumó al verlos acercarse.

Owen le devolvió la reverencia. Entonces, para su sorpresa, la señorita Spencer empezó a hablarle como si Adelia no estuviera allí. Ni le hizo una reverencia ni la saludó. Para ser justos, Adelia tampoco, y pareció retroceder más hacia los frondosos brazos de la planta que tenía detrás. En cualquier caso, a la señorita Spencer le correspondía hacer la primera reverencia, acorde con la posición de Adelia como hija de un conde.

Owen miró a la mujer de pelo oscuro que tenía delante, y le vino a la mente un pensamiento: Lucille Spencer había sido un terrible error. La había llevado a ver una obra de teatro, si no recordaba mal. No importaba cuál, porque ella no había escuchado ni una palabra y se había pasado el tiempo asegurándose de que todo el mundo supiera con quién se sentaba. Él se había sentido como el cerdo premiado en una feria.

En el intermedio, apenas había podido seguirle el ritmo mientras ella corría desde su palco hasta el vestíbulo para encontrar a sus amigas y así poder cuchichear detrás de sus abanicos sobre todos los que veían. Al cabo de unos minutos, él se tomó su champán y la copa que sostenía para ella. Cuando por fin levantó la vista hacia él, su astuta mirada brillaba con presunción.

«Espero que todos se den cuenta de que estamos juntos, milord». Le había dicho la señorita Spencer, haciendo un esfuerzo por reír en voz alta y girar delante de Owen como si él le hubiera pedido que lo hiciera, para admirarla.

De hecho, ella le había recordado a una carpa de circo con un poni actuando debajo.

A pesar de sentir cierto desdén, como pícaro ocasional que era, había saboreado más besos acalorados con la señorita Spencer aquella noche en una oscura alcoba a un paso de su puerta principal, después de que ella hubiera despedido a su chaperona. Ella lo había animado a tocarla por debajo de las faldas, como si un muslo suave y una sorprendente falta de calzones le tentaran a él a ofrecerle su apellido.

Sorprendido, pero dispuesto, nunca había creído que ella le dejaría hacer lo que hicieron contra la pared de ladrillos. No obstante, no la había invitado a salir ni había vuelto a garabatear su nombre en su carné de baile.

Adelia no parecía preocupada por captar su atención a cada momento. Sin embargo, la tenía por completo. Y tampoco parecía querer atraer la atención de nadie más. Él la consideraba por encima de tal pompa y vanidad, una mujer de otro calibre, como lady Jane de Westing.

Perdido en su comprensión de lo mucho que admiraba a Adelia, Owen se perdió las primeras palabras de la señorita Spencer.

—No creí que le interesara el ballet, milord. Nunca quiso llevarme a uno. Lord Whitely estuvo muy feliz de acompañarme.

La señorita Spencer señaló a su lado, donde esperaba que estuviera Whitely. Por su parte, tras estrechar la mano de Owen, Whitely bordeó el polisón de la señorita Spencer y se inclinó profundamente ante Adelia, devolviendo la cortesía a la situación.

—¿Cómo le va, *mi*lady? —preguntó George.

Owen estaba seguro de haber visto a Adelia suspirar resignada. Sin prisa, se volvió hacia Whitely, y Owen ignoró a la insípida señorita Spencer para ver si Adelia respondía.

Tras una vacilación un poco más larga de lo normal, que hizo que la mirada de Whitely se dirigiera a la de Owen, que parecía alarmada, Adelia al fin se inclinó levemente en señal de saludo y se limitó a asentir.

Owen esperaba que su amigo aceptara que eso significaba que le iba bien y la dejara en paz. Sin embargo, George preguntó:

—¿Es una devota del ballet?

Adelia palideció, con un miedo evidente en su rostro. Owen quería golpearlo por causarle siquiera un parpadeo de consternación. La observó respirar hondo para tranquilizarse.

—Me encanta —dijo lentamente, pronunciando cada palabra.

Owen la animó en silencio, sabiendo —sin entender por qué— que interactuar le resultaba a ella difícil, casi doloroso, al parecer. Vio el instante en que Adelia estuvo a punto de volverse hacia la pared, pero se detuvo.

¡Bravo!

El rostro de la señorita Spencer se torció en una sonrisa de superioridad, tal vez porque hablar era una habilidad en la que destacaba.

Owen miró a las dos mujeres.

—Lady Adelia, permítame presentarle a la señorita... eh... Caroline, ¿no es así? —preguntó con el ceño exageradamente fruncido, fingiendo un lapsus de memoria en cuanto a su identidad.

Whitely rio ante el insulto velado, que probablemente le costó cualquier posibilidad de participar en una cita contra la pared de ladrillo favorita de la joven.

La señorita Spencer enrojeció y luego hizo una reverencia a Adelia, no lo bastante profunda para el gusto de Owen.

Esta le devolvió el gesto con la cabeza.

—No me gusta el ballet —dijo George—. Aunque las damas del escenario tienen bonitas figuras, sin duda.

Por su ceño fruncido, a la señorita Spencer tampoco le gustó ese comentario.

Adelia pareció considerar su afirmación, por superficial que fuera, y le respondió.

—Las bailarinas parecen... encarnar la música, a... a... además de interpretarla al mismo tiempo.

Owen se dio cuenta de que su boca se había abierto un poco mientras ella hablaba. «Los bailarines encarnan literalmente la música», nunca lo había pensado así. Cuando miró a su amigo, que había estado firmemente convencido de que Adelia no aportaba nada, vio que Whitely asentía con la cabeza.

—Entiendo lo que quiere decir —dijo Owen—. Aunque el ballet no es mi entretenimiento favorito, puedo apreciar la habilidad de los bailarines que representan las notas de la orquesta como si contaran una historia. Sin la música, el ballet quedaría infinitamente disminuido y viceversa.

Adelia asintió con la cabeza. Luego, para su sorpresa, añadió:

—En efecto. La... la mezcla de las gráciles bailarinas con la habilidad de los músicos es s... sublime.

La señorita Spencer parecía estar a punto de lanzar su propia opinión sobre el ballet. Por suerte, las lámparas de gas se apagaron y, con un rápido intercambio de despedidas, se separaron.

—Me alegro mucho de que se divierta —dijo Owen, cogiéndola del brazo.

Sin dudar ni tartamudear, ella respondió:

—Y lamento saber que no le gusta realmente el ballet.

—No es cierto —dijo él—. No llevé a la señorita Spencer al ballet por la señorita Spencer, sino por el ballet.

Owen se alegró de provocar una sonrisa en Adelia, a pesar de que esta volvió a callar y a decir poco más durante el resto de la noche.

Sorprendiéndose a sí mismo, Owen pensó que la actuación había terminado demasiado pronto. La compañía de lady Adelia había sido tan entretenida como todo lo que había en el escenario. Después de recoger su capa en el guardarropa, se dirigieron hacia su carruaje, que se había detenido en la parte delantera. Detrás de ellos iba su vigilante criada.

Después de ayudar a lady Adelia a entraren el coche, se dirigió a la muchacha y, como había planeado, le puso una moneda en la mano.

—¿Quiere sentarse arriba? —le preguntó.

La doncella dudó, lo cual le admiró. Luego, le devolvió la moneda con un triste movimiento de cabeza y pasó junto a él para sentarse al lado de su señora.

Su admiración se agrió de inmediato. Sin embargo, no era de los que se rinden con facilidad. Rápidamente, bloqueó la entrada con el brazo y metió la cabeza en el interior del carruaje.

—Su sirvienta está encantada de sentarse arriba —le dijo a Adelia—, si se lo permite. Es una noche cálida. —No es que hiciera mucho calor, pero tampoco estaba nevando ni lloviendo.

Adelia frunció el ceño, mirando más allá de él para intentar ver a su criada, que metió la cabeza bajo el brazo de Owen, esperando la respuesta de su ama. Él nunca había tenido que esforzarse tanto para conseguir una dama a solas.

Conteniendo la respiración y preguntándose qué diría Adelia, Owen trató de mantener su expresión inocente y despreocupada.

—Penny —dijo ella al fin—, ¿te importaría sentarte arriba?

Owen soltó el aliento y creyó oír el canto de los ángeles.

—No, *mi*lady —se apresuró a decir la doncella. Volviéndose hacia él, esta le tendió la mano como una verdadera mujer de negocios. Owen le dio dos monedas por su lealtad a su ama y la ayudó a subir al peto antes de sentarse él mismo junto a Adelia.

Owen estaba más que preparado para estrecharla entre sus brazos y reclamar su deliciosa boca. Sin embargo, en cuanto se pusieron en marcha, sentados el uno al lado del otro para variar, Adelia lo sorprendió con una mirada preocupada.

—¿Desea hablar conmigo en privado, milord? ¿Ha averiguado algo sobre el pañuelo?

Capítulo 13

Adelia se estremeció ligeramente con inquietud. ¿Había descubierto Owen algo sobre Thomas? Era poco probable, pues lo habría sacado a relucir de inmediato. Y por la expresión de la cara de Owen, que cambió con rapidez de feliz a angustiada, ella deseó no haber mencionado el pañuelo en absoluto.

Naturalmente, había estado en su mente desde que él le había mostrado el maldito trozo de lino. Lord Burnley se recostó contra el asiento y sacudió la cabeza.

—No estoy más cerca de resolver ese misterio.

Sintiendo la necesidad de reconfortarlo, Adelia se acercó a él y le acarició el hombro.

—Lo siento mucho, milord. —Si se tratara de otra persona que no fuera Thomas, le daría a Owen con gusto la información que había obtenido.

Él miró al frente, con las manos enguantadas cerradas en un puño. Pobre hombre.

Con valentía, Adelia tomó una de ellas y la abrió, calmando la tensión de él. Luego, hizo lo mismo con la otra mano.

Owen le permitió hacerlo en silencio. Por lo general, ella nunca se molestaba en romper un buen y largo silencio, pero sentía que debía distraerlo de sus difíciles pensamientos.

—Gracias por llevarme al ballet. No recuerdo una noche en la que haya disfrutado tanto.

Owen giró sus manos de repente y acunó las de ella sobre sus palmas. Asustada por el gesto íntimo, Adelia se apartó e intentó retirar las manos, pero él cerró los dedos, atrapándola.

—¿Qué me dice de nuestra anterior velada? —le preguntó él—. ¿Fue esta mejor que aquella?

Ella se encogió de hombros, completamente confundida por su cercanía, por la forma en que él bajaba el tono de su voz y la manera en que sus pulgares rozaban el dorso de los finos guantes de Adelia.

—No lo sé. —En realidad, cualquier momento con él parecía delicioso. Especialmente cuando la besaba.

—¿Me dejará que la saque de nuevo? —le preguntó Owen.

Ella dejó de observar sus manos unidas y lo miró a los ojos.

—¿Por qué?

—¿Por qué? —Él ladeó la cabeza—. ¿Quiere decir que por qué deseo volver a salir con usted?

—Sí.

—No me está pidiendo tímidamente un cumplido. Eso lo sé. —Su mirada azul permaneció fija en la de ella—. Mi respuesta es fácil. Me gusta su compañía. Me gusta usted. Deseo conocerla mejor.

La calidez la invadió, aunque no sabía cómo expresarla adecuadamente.

—Ya veo.

Él le apretó las manos al mismo tiempo que expulsaba un suspiro divertido.

—¿Lo ve? Esa es una respuesta corta y muy inesperada —dijo lord Burnley.

Adelia sintió como si sus mejillas estuvieran en llamas. Era una torpeza. Debería decirle también lo mucho que él le gustaba a ella.

—Lo siento —dijo Owen antes de que Adelia pudiera tener el valor de formar esas palabras tan desconocidas y sentimentales—. La he avergonzado sin querer. De hecho, agradezco sus respuestas cortas y sin rodeos.

Bien, porque eso era lo que normalmente obtenía.

—Me impresionó mucho su crítica respecto a su primer ballet —añadió.

Ella gimió ligeramente, recordando cómo había tartamudeado en sus declaraciones y casi se había rendido por completo. Bajó la mirada.

—¿Por qué gime? Por favor, míreme.

Ella volvió a levantar los ojos hacia él.

—¿Qué pasa? —preguntó Owen.

—Mis disculpas —dijo Adelia, y la presencia de su padre llenó el carruaje. Si ella hubiera tartamudeado delante de él y de otras personas como lo había hecho esta noche, se habría puesto furioso. Y violento.

—¿Por qué? —dijo Owen.

Ella no quería llamar su atención sobre su evidente fracaso, así que se limitó a encogerse de hombros.

De repente, él se inclinó hacia ella.

Cuando solo había un dedo de distancia entre ellos, él preguntó:

—¿Puedo besarla otra vez?

Entonces, Adelia se dio cuenta de por qué él le había preguntado si Penny podía sentarse con el cochero. No era para hablar de los pañuelos en absoluto. ¡Qué ingenua era!

Adelia asintió con la cabeza mientras una emoción de anticipación la recorría. De repente, sus labios estaban sobre los de ella, cálidos y firmes. Owen le soltó las manos, se quitó los guantes y le pasó los dedos por el pelo. Sujetando la cabeza de ella, la lengua de él recorrió el contorno de su boca cerrada.

Adelia separó los labios y permitió el paso de la lengua. Como antes, en lugar de sentirla invasiva y aterradora, era placentera y excitante.

—*Mmm...* —murmuró sin darse cuenta, y como él le había soltado las manos, tuvo la libertad de pasar los dedos por detrás de su cuello y aferrarse a él.

Antes de que pudiera darse cuenta de lo que estaba sucediendo, la lengua de Owen acarició la suya y procedió a explorar su boca. Las manos de él se movieron desde su cabello hasta su espalda y por su pecho. Mientras la besaba con más ardor, le acarició los senos con sus anchas palmas, y sus pulgares crearon un arco en la parte delantera de cada uno, acariciándola a través de la tela de seda del vestido.

El cuerpo de Adelia se estremecía y excitaba. Esta vez, no estaba desprevenida para las deliciosas sensaciones que le producían los pulgares al recorrer cada uno de sus pezones.

Hacía demasiado calor en el habitáculo cerrado. Deseó poder quitarse algo de ropa, al menos su capa. Se imaginó quitándose el vestido, pues ansiaba sentir el tacto de Owen en su piel.

Por desgracia, estaba enfundada en una armadura medieval, o así lo sentía.

Por fin, él se apartó, pero no hasta que su boca se aferrase a su labio inferior, tirando con suavidad mientras la soltaba. Ese leve tirón pareció enviar un látigo de fuego puro directamente a sus partes más íntimas, haciendo que su cuerpo se ablandara y, Dios mío, se humedeciera entre sus piernas.

Adelia abrió los ojos de par en par, y su mirada sorprendida se dirigió a la de él una vez más.

Owen debió reconocer lo que ella sentía, y tal vez sintió algo parecido, porque se recostó en el asiento, respirando con dificultad, con la mirada fija en la de Adelia.

Demasiado pronto, el carruaje se detuvo y el lacayo estaba en la puerta.

—Se acabó demasiado rápido, *mi*lady —protestó Owen—. Me refiero al ballet.

Con el corazón todavía acelerado, ella se mordió el labio, sabiendo que él no quería decir eso en absoluto.

—¿Adónde iremos la próxima vez? —preguntó Adelia, lo que hizo que él hiciera una pausa—. ¿Y cuándo?

Decepcionado, él le dedicó una triste sonrisa.

—Enviaré un mensaje. —Se bajó y le ofreció la mano a Adelia.

Al rozarla, él le susurró algo al oído. Ella lo supo por el cálido aliento contra su lóbulo. Por desgracia, no pudo entender lo que dijo.

¿Debía dejar de escucharlo? ¿Cómo podría hacerlo? Adelia nunca dormiría esa noche si no sabía lo que él había dicho.

Suspirando por su propia aflicción, dirigió su oído bueno hacia él.

—¿Perdón, milord? —le preguntó.

Owen hizo una pausa y frunció ligeramente el ceño, pero volvió a agachar la cabeza y le susurró contra su oído.

—Creo que es maravillosa.

¡Oh, Dios! Ella se alegró de haberle pedido que repitiera sus palabras. Radiante hacia él, sin importarle que Penny estuviera cerca, al igual que el cochero, dijo con suavidad:

—Creo que usted... usted también lo es.

Los nervios la hacían tartamudear, pero había sido el más pequeño de los contratiempos. Y Su Señoría parecía realmente complacido. Dejó que la acompañara hasta la puerta.

Su hermano ya la esperaría fuera, como había dicho que haría. Dónde o con quién, ella lo ignoraba. De todos modos, la puerta se abrió y su hábil mayordomo observó la escena en el umbral. Penny hizo una reverencia a Owen y se deslizó hacia el interior para dejar a su señora un momento a solas.

—La sorprenderé con mi próxima invitación —dijo él.

Ella vio cómo Owen le cogía la mano izquierda, le quitaba el guante y se la llevaba a los labios para darle un beso. Fue una tontería, una galantería y una maravilla, nada parecido a cuando el señor Beaumont hizo lo mismo.

Sobre todo porque Owen le guiñó un ojo de forma pícara, pero entrañable, antes de apartarse.

Adelia suspiró. ¿Cómo podía pasarle esto a ella?

Vio partir el carruaje de lord Burnley y prácticamente flotó hacia las escaleras para dejar que Penny la ayudara a desvestirse. Adelia no quería hacer otra cosa que tumbarse en sus frescas sábanas y recordar cada segundo de la velada.

¿Y adónde quería que la llevara lord Owen Burnley a continuación?

La idea más sorprendente le vino a la cabeza. A su cama, por supuesto.

OWEN NO PODÍA VOLVER a casa. Algo estimulante corría por sus venas, algo nuevo y esperanzador. Y a pesar de haber decidido ir directamente al East End y dedicar más horas a su infructuosa tarea, su mente vagaba hacia la seductora lady Adelia. Todo en ella era tentador, desde sus opiniones hasta su forma suave de hablar, pasando por la manera en que florecía bajo su contacto.

En el carruaje, la había deseado de forma visceral y carnal, y todo por la mirada de ella y la expresión de su rostro después de besarla. Adelia era el deseo personificado. Irradiaba de ella como los rayos del sol. Si hubieran estado en un lugar privado, no dudaba de que le habría permitido a él hacer mucho más que acariciarla a través de la ropa.

Y lo más extraño era que no parecía estar buscando marido. Desde luego, no intentaba atraparlo. Tampoco la consideraba una mujer de dudosa virtud, ni mucho menos. No era tímida, pero tampoco frígida. Parecía ser refrescantemente directa y honesta, el tipo de mujer que él había buscado en sus dos primeras temporadas hasta que se había cansado de las desesperadas cazadoras de títulos. Decidió entrar en su juego por lo que pudiera obtener de ellas, y así, pasó los dos últimos años haciendo deporte con el sexo débil.

Si le adulaban, se lo permitía. Si le permitían tomarse libertades con su persona, se las tomaba. Si alguna se ponía a llorar, la miraba con aburrimiento, viendo cómo sus lágrimas de cocodrilo se convertían con rapidez en ira y frustración. Si alguna amenazaba con responder ante un hermano o un padre, Owen se inclinaba y decía que agradecía el desafío antes de flexionar los músculos y cerrar los puños de sus grandes manos.

Por lo general, ellas cambiaban de opinión respecto a poner en peligro a un ser querido para conseguir un marido poco dispuesto.

Como la mayoría de sus amigos, Owen solía acudir a una ramera experimentada para entregarse a una actividad sexual satisfactoria, del tipo que deseaba con Adelia. Le gustaba una ramera en particular y le pagaba bien, al igual que sus otros clientes. Era limpia y exigente, y siempre insistía en que llevara una funda para protegerse ambos: la más fina y delgada de Francia.

No obstante, Owen se había aburrido e incluso avergonzado un poco, quizá desde que su buen amigo Westing demostró tanta alegría en el matrimonio y el profundo vínculo que había forjado con lady Jane. Ahora, ante el asesinato de Sophía, Owen agradecería volver a ese aburrimiento anterior. Añoraba la monótona existencia que había conocido hasta que un monstruo se había llevado a su hermana.

A pesar de ello, no añoraba su vida antes de que Adelia entrara en esta. Todo le había parecido incoloro y mundano hasta que ella había traído su chispa.

Miró por la ventana hacia la oscuridad mientras se acercaba a la miseria del East End. ¿Cómo podría someter a una esposa a la agitación de la rabia y la confusión que se arremolinaba en su interior?

En cualquier caso, no podría hacer algo tan felizmente mundano como casarse, nada tan civilizado y educado, hasta después de haber llevado al asesino ante la justicia. Owen no podía faltarle el respeto a su hermana celebrando un día feliz en una iglesia, a pesar de que las expectativas sociales no tenían reglas estrictas para un hermano en duelo por una hermana. Además, tenía que tener en cuenta a sus padres.

Ellos querrían a Adelia. La idea le vino a la cabeza. O lo harían, una vez que su dolor se calmara un poco. Si es que eso ocurría. Miró sus guantes negros en el asiento, el signo externo de su luto junto con su traje oscuro, y se los puso de un tirón, casi rompiéndolos.

Sin embargo, quería a Adelia. Y no solo desnuda en su cama. La quería para siempre.

¡Dios mío! Estaba realmente enamorado.

Suspirando, se dio cuenta de que su cochero lo había llevado a Whitechapel Road. Se pasó una mano por la cara y se revolvió el pelo. Estaba cansado. No, más allá de eso, estaba agotado.

A pesar de todo, cumpliría con su deber como hermano. Debería haber estado allí para proteger a Sophía, y puede que nunca superara haberla fallado. Ahora tenía una larga lista de personas que utilizaban el papel J. Dickinson, demasiado larga para ser útil, aunque pidiera la ayuda de Adelia para preguntar a todos los de esa lista si podía ver sus pañuelos. Owen puso los ojos en blanco. Era una locura.

Mañana pensaría en otra estrategia.

Mientras tanto, su ayuda de cámara había empezado a preguntar a todos los sastres y también a las numerosas modistas de Londres sobre alguien que pudiera haber encargado pañuelos con un yunque bordado. Hasta ahora, nada.

Owen abandonó la comodidad de su carruaje, donde persistía el tenue aroma del ligero perfume floral de Adelia. Al cabo de una hora, había dado un puñetazo a un hombre en una taberna de la esquina de Church Lane y había volcado una mesa, destrozando la cristalería y algunas sillas.

Una hora y tres tabernas después, no estaba más cerca de encontrar al asesino, pero se había tomado tres vasos más de whisky. Por último, entró en un establecimiento más agradable, en la esquina de Osborn Street, donde el aburguesamiento luchaba desesperadamente por afianzarse. Para su sorpresa, el pub estaba bien iluminado y no olía a orines y cerveza.

Desde la puerta, Owen observó la sala. Allí, sentados al fondo, estaban lord Smythe y una señorita de cabello oscuro.

Aunque el interior parecía demasiado cálido y su visión era un poco borrosa —sin duda por el cansancio y el whisky—, Owen consideró lo agradable que sería sentarse con gente amable, incluso con el hermano de Adelia, y tomar otra copa. Tal vez, le explicaría a este su misión.

Sin embargo, cuando Owen levantó una mano en señal de saludo, en lugar de recibir otra a cambio, Smythe se levantó, agarró a la mujer de la mano y se dirigió a la puerta trasera. Sabiendo que podían acabar en un callejón lleno de asesinos, Owen los llamó.

¿Estaba arrastrando las palabras?

El joven conde, vestido de forma extraña con ropa de clase media, pareció moverse con más rapidez y, en unos segundos, la pareja había desaparecido.

Owen se sentó pesadamente en una mesa, preguntándose si había visto de verdad al hermano de Adelia o solo a alguien que se le parecía. Después de todo, ¿por qué un conde y su amiga estarían en un lugar como este, vestidos de esa manera?

Además, Owen se preguntaba por qué demonios él mismo estaba allí, cuando podía estar en su casa. No había conseguido nada.

Al cabo de unos instantes, otro hombre se levantó de una mesa cercana y salió por la misma puerta. ¿Qué demonios…?

Owen apostaba a que el hombre los estaba siguiendo, tal vez un agente de policía que investigaba un caso. Mañana le preguntaría al detective si sabía algo al respecto, a pesar de que Garrard estaba prácticamente dispuesto a prohibirle a Owen la entrada a su oficina.

Owen salió a trompicones, esperando que su cochero lo encontrase.

Capítulo 14

Owen salió de la oficina del sargento Garrard, sin ninguna información y con una advertencia de que sería mejor que dejara de rondar por el East End. Los taberneros empezaban a quejarse.

«Al diablo con ellos», había dicho Owen antes de salir de forma abrupta de la comisaría.

Hoy iba a ir a ver Westing para recibir algunos de sus buenos consejos. También quería escribir una invitación a Adelia, si se le ocurría dónde llevarla después. Quizá los Westing tuvieran una idea adecuada. Probablemente vería a Whitely más tarde en el club Carlton. Y esa noche, volvería a buscar entre lo más bajos fondos de Londres. Ni los taberneros ni la policía podrían detenerlo.

Bostezó ampliamente cuando su carruaje se detuvo frente a la casa de los Westings, en Arlington Street. Cansado, bajó y tocó el timbre. Tras esperar unos minutos en el salón, Owen fue recibido por lady Jane.

Ella entró en la habitación, le tendió las manos y sonrió cuando él las cogió. Habían tenido un comienzo un poco difícil cuando Owen cuestionó sus motivos para unirse a un marqués ciego, pero ella había demostrado ser lo mejor que le había pasado a su amigo.

—Lo siento mucho, Owen, pero Chris no está aquí. Fue al Parlamento hoy. Algo sobre un nuevo proyecto de ley respecto a los pobres de Inglaterra y Gales, así como los derechos del carbón. Pensé que había dicho que se reuniría allí con usted.

—¡Caramba! —exclamó Owen, disculpándose con rapidez por el juramento un segundo después—. Soy un zopenco. Tiene razón. Le dije que lo vería en Westminster. Me subí al carruaje y... —Se tapó la boca al bostezar de nuevo—. Me olvidé de todo eso.

Ella se encogió de hombros.

—¿Quiere una taza de té? Tengo un poco de tiempo antes de salir. Quizá le refresque.

Owen odiaba ser descortés, pero se estaban discutiendo los deberes del carbón, lo que afectaría directamente a los negocios de su familia.

—No, gracias, será mejor que me dirija al Parlamento. Pronto ocuparé el escaño de mi padre.

Lady Jane asintió.

—Le acompañaré a la salida. Hoy voy a inspeccionar un orfanato. Una vez que recaudas dinero para uno y lo pones en marcha, tienes que asegurarte de que gente nefasta no deshaga todo tu buen trabajo.

—Por supuesto —dijo Owen. Lady Jane tenía fama de buena samaritana, y había reunido muchos fondos para los huérfanos de Londres—. ¿Dónde está el orfanato?

—Spitalfields —respondió ella, ya poniéndose los guantes que le había dado su mayordomo.

Owen sintió una oleada de alarma.

—¿Sabe Chris a dónde va?

Ella se cubrió con una capa y sonrió para dar las gracias al criado.

—Creo que sí. Casi todos los orfanatos están en esa zona o más al sur, hacia St. Katherine's y Wapping.

—Tendrá que cruzar Whitechapel —dijo él. ¿Sabría ella dónde murió su hermana?

—No es tan malo como uno piensa —dijo Jane, aparentemente imperturbable y ajena a su creciente aprensión—. Al menos, la calle principal de Whitechapel o Whitechapel Road no lo son. Son las madrigueras de las pequeñas calles laterales que salen de esas vías principales, apenas más que callejones, donde se encuentra la mayor pobreza y desesperación. Estaré en mi carruaje, y tengo un cochero de confianza.

—¿Alguien más?

Ella lo miró con brusquedad.

—No necesito una niñera, Owen. Puedo cuidarme sola.

Sophía creía lo mismo cuando se dirigía a una zona mucho más segura para comprar perfume. Y sin embargo, después de ir al East End, nunca regresó.

—Iré con usted —decidió él—. De hecho, la llevaré en mi carruaje. Puede contarme todo sobre los huérfanos por el camino.

Ella dudó, pero a Owen no le importó lo que dijera o hiciera. No aceptaría un no por respuesta y se negaría a dejarla marchar. Se lo debía a su amigo Chris, y ya se pondría al día con él más tarde. El marqués estaba siendo negligente al dejar que su bella esposa, la madre de su hijo, se fuera a Dios sabe dónde, como si el mundo fuera un lugar seguro.

Así, a pesar de las protestas de ella y a costa de perderse la noticia de las nuevas tarifas del carbón y, posiblemente, luchar contra ellas, Owen se fue con la marquesa Westing rumbo a Spitalfields.

Fue un viaje esclarecedor, no solo por oírla hablar del buen trabajo que hacían sus orfanatos patrocinados, sino también por ver uno de ellos. Se enteró de que los hogares de acogida existían desde hacía un siglo, por lo menos. Los huérfanos más afortunados eran los recién nacidos, que solían ser adoptados con rapidez para sustituir a los bebés que morían en la infancia, incluso en los hogares de los miembros más ricos de la sociedad. Los demás niños solían recibir una modesta educación y permanecían en el orfanato hasta que encontraban un empleo.

—Los chicos comienzan a trabajar de aprendices a los catorce años —dijo lady Jane—, si nadie los adopta antes. Y las chicas a los dieciséis.

A él le pareció un buen sistema, pero ella parecía triste. Cuando le preguntó por qué, ella le dijo:

—Es raro mantenerlos tanto tiempo. A veces se escapan y acaban en condiciones desfavorables, de las que raramente pueden salir. O sucede algo peor.

Ocurren cosas peores. Él no tuvo que preguntar.

Las calles que llevaban al orfanato tenían un aspecto muy diferente al que Owen veía por la noche, cuando solo salían borrachos, putas y delincuentes. A la luz del día, vio multitudes de niños, muchos sin zapatos y vestidos con harapos, cuyos padres, si los tenían, trabajaban por una miseria en los muelles o en una de las fábricas que escupían humo junto al río, donde enormes chimeneas de carbón se alineaban en el horizonte.

Los niños parecían tan laboriosos que Owen no pudo evitar observarlos por la ventanilla del habitáculo. Algunos barrían las aceras sucias frente a las tiendas. Supuso que lo hacían para cobrar o para comer. Otros lavaban la ropa en tinas o llevaban cestas, aunque no podía imaginar lo que vendían. Y algunos estaban sentados en la acera, sosteniendo un gato atigrado o un perro sarnoso. Owen sintió un nudo en la garganta al ver el consuelo que daban o recibían en una vida tan mísera. Se volvió para mirar a lady Jane, que le hizo un gesto con la cabeza, como si dijera: «Lo he visto todo».

Por suerte, el orfanato resultó ser grande y limpio, dirigido por señoras con delantales blancos. Por desgracia, también estaba abarrotado de niños de todas las edades y, por tanto, era muy ruidoso.

Aunque no estaba precisamente lleno de risas y alegría, no era ni de lejos tan miserable como un hospicio, en el que la tasa de mortalidad infantil seguía siendo abominablemente alta. Tampoco era tan peligroso como las cunetas de las que habían sido rescatados muchos de los pequeños. Si tenían la suerte de conseguir cama y comida en un orfanato, sobre todo en uno como los de lady Jane, tendrían un lugar limpio y seguro para dormir y una comida abundante como mínimo, y quizá un futuro.

La esposa de Westing consiguió sorprender al director, un hombre alto y desgarbado, con un gran bigote y unas patillas que casi ocultaban su rostro por completo. Pero ante la entrada de dos aristócratas en su despacho, y siendo uno de ellos la capaz marquesa, que exigía inspeccionar las instalaciones desde el sótano hasta el ático, el director tenía un aire imperturbable. Esto tranquilizó a Owen en cuanto a la fiabilidad del hombre.

Además, cuando recorrían el edificio de planta en planta, el director era saludado a menudo por los niños, obviamente sin miedo. Tanto mejor.

Owen aprovechó para mirar a todos y cada uno de ellos. El sargento Garrard tenía razón en cuanto a su número. Justo cuando Owen decidió preguntar a un niño si había entregado alguna vez una nota en Piccadilly, apareció otro, y otro más. No quería alterar la rutina de nadie, especialmente la de lady Jane, pero se acercó a un chico.

—¿Haces trabajos delicados, como ser mensajero? —preguntó Owen.

—¿Qué es eso, jefe?

Owen ocultó una sonrisa por el término.

—Quiero decir, ¿llevarías un mensaje para alguien?

El chico negó con la cabeza.

—No se nos permite hacer ese tipo de trabajos, por si nos metemos en un lío. Tenemos que esperar a que el director nos dé un empleo. Yo voy a ser zapatero, creo.

Owen asintió.

—Buena elección.

—Lord Burnley, vamos a entrar en el patio —dijo lady Jane, y Owen dejó al joven.

Al final de la visita, lady Jane parecía muy satisfecha, y solo sugirió que sacaran a los niños al exterior tanto como fuera posible cuando hiciera buen tiempo y que añadieran un plato extra de pudding los domingos, si era posible.

El director sonrió y dijo que se esforzaría por hacerlo, o al menos por añadir más fruta, la cual los niños consideraban un manjar, y que les gustaba casi tanto como las galletas.

—Mañana enviaré unas cuantas fanegas de manzanas —prometió Owen al regresar a su carruaje. Mientras se ponía en marcha, miró fijamente a la esposa de su amigo, notando que ella tenía lágrimas en los ojos.

—Lady Jane, ¿está usted bien?

—Siempre quiero traerlos a todos a casa —confesó ella.

Él asintió.

—Puedo entenderlo. Más de un jovencito o señorita me llamó la atención, como esperando que estuviéramos allí para adoptar.

Ella bajó la mirada a su regazo durante un largo rato hasta que se calmó.

—Les encantarán las manzanas. Ahora, dígame, ¿cómo le va? —le preguntó a Owen.

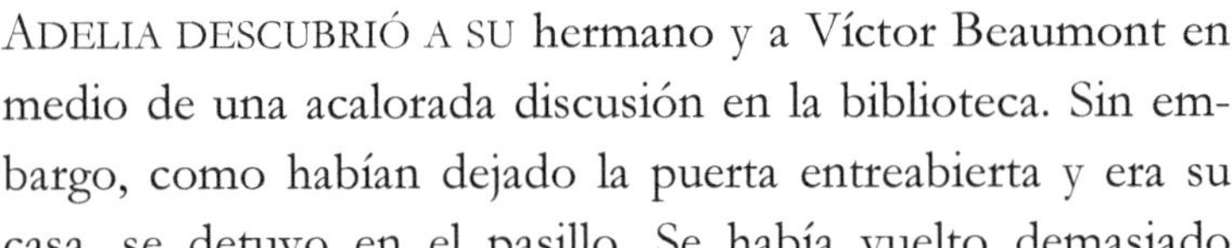

ADELIA DESCUBRIÓ A SU hermano y a Víctor Beaumont en medio de una acalorada discusión en la biblioteca. Sin embargo, como habían dejado la puerta entreabierta y era su casa, se detuvo en el pasillo. Se había vuelto demasiado buena para escuchar a escondidas, y era realmente una práctica desagradable.

—No debes discutir los asuntos de nuestra empresa con extraños. —La voz del señor Beaumont era estridente y agitada.

—Víctor, solo busco un buen consejo de los más experimentados —respondió su hermano, pero el ingeniero le interrumpió.

—Solo tienes que hablar conmigo. Tengo mucha más experiencia que tú. Siento como si estuvieras cuestionando mis habilidades en todo momento.

—Por supuesto que no. Mi padre confió en ti y yo aprecio tu servicio a la empresa.

—Muy bien —dijo el señor Beaumont, aparentemente apaciguado—. Puede que haya sacado conclusiones equivocadas.

Entonces, Adelia oyó que las sillas se movían, y retrocedió para esconderse en el comedor hasta estar segura de que el señor Beaumont se había marchado.

Después de volver al pasillo, entró en la biblioteca y encontró a su hermano, perdido en sus pensamientos.

—¿Está todo bien?

—Sí, bien. —Él levantó la vista—. ¿Te ha gustado el ballet?

—Sí, mucho. Fue...

Thomas la interrumpió, era obvio que su mente seguía en Smythe Coal.

—Si no fuera por el ridículo pañuelo, pediría una reunión con el conde de Bromshire.

Ella deseó no haber mencionado la posibilidad. Estaba claro que Thomas debía mantenerse lo más lejos posible de los Burnley hasta que el asesinato se hubiera resuelto satisfactoriamente.

—El vizconde dice que su padre está muy afligido, en cualquier caso. No habría sido posible que hablara con él en este momento. —Tenía que haber alguien más con quien Thomas pudiera hablar—. Vi al señor Beaumont salir. ¿Hay algún problema?

—Estoy inquieto por algunos asuntos, y creo que Víctor sigue viéndome como un niño. En esencia, me da palmaditas en la cabeza y no me da toda la información que busco.

Adelia suspiró. Básicamente, Víctor Beaumont estaba tratando a Thomas como la mayoría de los hombres trataban a las mujeres. Pero no le pareció prudente decirlo así.

—No dudas de su integridad, ¿verdad? —preguntó Adelia.

Thomas se encogió de hombros.

—Es un hombre ambicioso. Creo que quiere que nuestra empresa tenga éxito porque ve el éxito como algo propio. Eso no me importa, y le pagamos muy bien por sus habilidades. Víctor quiere expandirse. Tal vez deberíamos hacerlo, pero tengo la intención de visitar al señor Arnold hoy y asegurarme de que las cosas van bien desde su perspectiva. No quiero que se produzcan bajadas inesperadas de ingresos o gastos masivos que puedan ponernos en peligro.

Adelia deseaba poder ser más útil, pero nunca había tenido cabeza para los números o los negocios, solo para inventar historias.

—Tengo algo para ti —dijo Thomas de pronto—. Espera un momento, creo que te va a gustar.

Cuando regresó, le tendió a Adelia un frasco de vidrio acanalado. Ella leyó la etiqueta. Era un perfume francés.

—¿Para qué? —preguntó ella. Pero podía leer a su hermano como a una novela de Jane Austen—. Déjame adivinar, a tu amiga no le ha gustado.

Las mejillas de Thomas se pusieron rojas.

—Si tuviera una amiga, que no digo que la tenga, esto no le gustaría.

Adelia lo destapó y olfateó. No podía imaginar a ninguna mujer a la que no le sentara bien.

—Es hermoso e inusual. Gracias. —También era más pesado que su habitual aroma floral, y lo guardaría para ocasiones especiales. Un baile era el lugar perfecto para lucir el perfume. El calor de la sala llena de gente, combinado con el calor de su cuerpo al bailar, haría que la fragancia se desprendiera de su piel. Solo podía esperar estar en los brazos de Owen en el parqué en ese momento.

Ese pensamiento fue seguido con rapidez por una puñalada de arrepentimiento. Mientras subía las escaleras para dejar el frasco en su tocador, la batalla en su interior se libraba entre la culpa y el deseo. Sabía que debía mantenerse alejada del vizconde mientras retuviese la información sobre el pañuelo de su hermano. Se había deshecho de todos los pañuelos, pero si Owen se enteraba, sin duda se resentiría. Sin embargo, el deseo de estar con él era un canto de sirena que no podía negar, al igual que no podía ignorar los emocionantes sentimientos que él había despertado en ella.

Si todo se desmoronaba bajo el peso de su engaño, se merecería lo peor.

Cuando ese día llegó la invitación prometida por él, se sorprendió. No se trataba de una salida pública en la que pudieran mezclarse con una multitud de cientos de personas, como un museo o un concierto en un parque, sino que él deseaba acompañarla a una cena íntima para veinte personas.

Al presentarse juntos, Owen los estaba proclamando como pareja.

Capítulo 15

Alisando su vestido dorado pálido adornado con cinta y encaje azul zafiro, y una enagua azul a juego, Adelia hizo un rápido balance de los demás invitados. A su alrededor había parejas consolidadas, algunas casadas, otras comprometidas, y con ellas, ¡ella y Owen!

Aunque Penny les acompañó en el carruaje, la doncella había sido enviada con otras chaperonas a los aposentos del servicio en cuanto llegaron. Ahora, Adelia esperaba en la corta cola de recepción en una magnífica casa adosada de Cavendish Square, con el estómago agitado como si estuviera lleno de mariposas. Hacerlo sin su padre ni su hermano a su lado, era una experiencia desconocida.

Owen, perfectamente relajado, le presentó a sus anfitriones, el conde y la condesa de Cambrey, a los que él ya conocía, como le había dicho en el carruaje.

—Nunca había venido a una de mis veladas, lord Burnley —dijo lady Margaret Cambrey, mirando a Adelia con interés—. Me alegro de que haya decidido honrarnos con su presencia y con la de esta encantadora dama. Sean bienvenidos y disfruten. Hay buen vino francés en el salón.

Adelia imaginó que haría falta una botella entera de vino para relajar sus nervios. No dijo ni una palabra a ninguno de sus anfitriones, sino que se limitó a hacer una profunda reverencia a la hermosa condesa y a su marido, que estrechó la mano de Owen con calidez. No podía arriesgarse a una larga humillación si tartamudeaba, ni siquiera para decirles lo bonita que era su casa.

—Lo siento —le susurró a Owen cuando entraron en el salón.

—¿Por qué? —preguntó él, mirándola con esos penetrantes ojos azules que parecían aceptarla tal como era.

—No pude hablar correctamente con lord y lady Cambrey.

—No importa —la tranquilizó—. La presencia de una mujer encantadora es suficiente, sin necesidad de palabras.

Ella puso los ojos en blanco ante sus tontos —y bienvenidos— halagos.

—Vino, por favor —dijo ella, con la esperanza de que se le soltara la lengua.

Después de media copa de clarete, y con la presencia tranquilizadora de Owen, logró hacer las acostumbradas cortesías mientras saludaban a las otras parejas. Él le apretaba el codo de forma alentadora en cada oportunidad, y aunque su corazón todavía latía demasiado fuerte por algo tan banal como una cena, Adelia se sintió casi realizada cuando entraron en el comedor.

Como había hecho en el baile en el que habían cenado juntos, Owen la mimó desde el momento en que retiró la silla de palisandro pulido de Adelia. Si alguien lanzaba una pregunta desde el otro lado de la sala dirigida a ella, él la interceptaba como un experimentado jugador de cricket con una pelota de alto vuelo, protegiendo hábilmente su *wicket*.

Estaba sentado a su izquierda y, por tanto, Adelia podía oír todo lo que decía. Solo tuvo un instante de terror cuando el caballero a su derecha se inclinó para decir algo. Por lo poco que ella entendió, él bien podría haber estado en otra habitación, pronunciando las palabras. Por suerte, Owen, su salvador, se inclinó hacia delante, casi metiendo la manga en el tercer plato de cordero braseado, y respondió por ella, ya que conocía al hombre personalmente.

—Vamos, Tosh. No puedes esperar que esta encantadora dama sepa de esas cosas. Deja eso para el club.

Ella nunca sabría qué esperaba lord Toshlin que ella opinara, aunque tampoco parecía importarle especialmente. Riendo ante el comentario de Owen, el hombre se volvió hacia su pareja. Después de eso, Adelia mantuvo los hombros girados hacia Owen para desalentar cualquier otro intento de esa parte.

Cuando llegó el postre —un enorme despliegue de platos dispersos por el centro de la larga mesa, que incluía una alta tarta de turrón y almendras, una macedonia de frutas con gelatina y una imponente manzana a la parisina, que se colocó en el extremo de Owen y Adelia junto a una bandeja de galletas—, se miraron con diversión.

Owen le susurró al oído:

—Preferiría mordisquear su cuello.

Ella soltó una risita antes de poder contenerse.

—Me apetece un trocito de tarta de almendras. — Luego, mirándolo por debajo de sus pestañas, le habló en un susurro—. Y un gran beso suyo.

Owen abrió los ojos de par en par. ¿Y por qué no? Era el primer intento real de Adelia para coquetear, provocado por dos copas de vino en la cena y la sensación de seguridad y confianza que él le otorgaba.

Después de la cena, se daría un concierto en el piso de arriba, en un gran salón. En un lugar tan relativamente pequeño, Adelia estaba segura de escucharlo bien y esperaba con ansias el momento.

Después de recoger sus guantes del regazo y ponérselos de nuevo, Owen le apartó la silla y la acompañó escaleras arriba, siguiendo a las demás parejas. Todo el mundo estaba de buen humor, y Adelia pensó en lo grandioso que era vivir en Londres. En ese momento, con unas pocas escaramuzas menores en el Imperio Británico, al otro lado del mundo, en ciudades cuyos nombres ella no podía pronunciar, en casa todo estaba tranquilo.

Tenían mucha comida, más que suficiente, si el banquete de esta noche era una indicación. Tenían entretenimiento y lujos de sobra. Y ella tenía a Owen, al menos por esa noche. Empezaba a pensar que podría tenerlo durante mucho más tiempo. Tal vez por el resto de su vida.

Mientras todos los demás se dirigían a sus asientos en la sala empapelada de azul y blanco, ellos se rezagaban, de alguna manera lo habían acordado sin palabras. Tal vez fuera el largo y poco iluminado pasillo que se extendía tras la puerta del salón lo que le había metido a Adelia en la cabeza la idea de escapar del concierto. Y en la de él, porque sin duda Owen también lo había visto como un camino hacia la intimidad.

Tal vez, durante unos minutos, podrían escabullirse sin que nadie los viera. Por un lado, era una idea precipitada, dado que había tan pocas parejas. Por otro, con los invitados sentados en filas informales, era menos probable que Adelia y Owen pasaran más desapercibidos que si no hubieran estado sentados en la mesa del comedor.

Adelia estaba dispuesta a darle a Owen... todo. Si él le pedía que dejara la fiesta y se fuera... bueno, a dondequiera que fuera la gente para estar juntos, ella lo haría. Es más, no le importarían las consecuencias.

Como si conociera sus pensamientos, él le sonrió. Su sonrisa malvada, combinada con su mirada, le produjo a Adelia un extraño efecto en el estómago, como si estuviera en el columpio del árbol de su infancia en su finca, subiendo y bajando con rapidez.

Mientras permanecían en la puerta, Owen inclinó la cabeza detrás de ellos y enarcó una ceja. Ella asintió y dejó que la arrastrara hacia atrás, un paso, dos, y se precipitaron al doblar la esquina y a lo largo de un pasillo alfombrado de flores.

Le esperaba otro de sus exquisitos besos, y no podía esperar a recibirlo.

OWEN LLEVÓ A ADELIA hasta el salón, vacío y sin luz, salvo por el reflejo de la luna que entraba a través de las cortinas abiertas. Cerró la puerta con firmeza y se acercó a ella. Adelia se giró hacia él, que la miraba con un gesto de expectación en su rostro confiado.

Escaparse para pasar un rato en privado no era algo que él esperara hacer nunca con lady Adelia Smythe. Además, en realidad no quería aprovecharse. Solo quería abrazarla y decirle lo mucho que la admiraba.

Por supuesto, ahora que estaban a solas, tenía muchas ganas de besarla. La sangre le corría por las venas de pura pasión. La abrazó, saboreando sus cálidas curvas, y la besó.

De buena gana, ella se abrió para él, con un sabor a natillas dulces, almendras y vino francés. Pero algo era diferente.

—*Mmm…* —suspiró ella con placer contra sus labios.

Él ignoró lo que le distraía y le devoró la boca mientras sus manos recorrían su torso. Cuando se inclinó para acariciar su suave cuello, un aroma familiar le asaltó.

Se congeló, con los ojos cerrados, respirando profundamente contra su piel. Esa era la diferencia: ella siempre olía a una fragancia ligera y floral. Hasta esta noche.

Además, él conocía ese aroma. Se le secó la boca.

¿Cómo podía llevar el mismo perfume que usaba su hermana? Su cerebro no quiso, al principio, aceptarlo.

Cuando él bajó la cabeza, los ojos de Adelia se abrieron. Le miró a la luz de la luna, su familiar mirada verde parecía negra, lo que la inquietó aún más. Ella le ofreció una sonrisa insegura.

Él olfateó su pelo, luego su cuello, y allí estaba, posándose en su piel. Se le revolvió el estómago. Era indudablemente, imposiblemente, el perfume francés de Sophía.

—¿Owen? —preguntó Adelia. Era la primera vez que decía su nombre. Él había soñado que lo hacía, que lo gritaba cuando le hacía el amor. Y luego se había imaginado a sí mismo susurrando el suyo contra su piel desnuda. Adelia.

En el silencio, ella exhaló con brusquedad.

Owen había empezado a agarrarla con demasiada fuerza. Pero se trataba de Adelia, quien ni siquiera había conocido a Sophía. De inmediato, abrió los dedos y relajó su agarre.

—¿Qué fragancia lleva? —Su voz era una cáscara extraña y sin rastro de su sonido normal.

Ella ladeó la cabeza.

—¿Le... le gusta?

A Owen le habría gustado poder decir que sí. Pero las ramificaciones de que ella lo tuviera en su poder se le venían encima poco a poco.

—¿Qué es? —repitió él.

Esta vez, ella dio un paso atrás ante su tono brusco.

¿Mentiría ella? De repente, Owen se dio cuenta de que el asesino debía de haberlo cogido del ridículo de Sophía en el que la dependienta dijo haber visto a su hermana depositar la botellita. No había estado con ella después de su muerte. Por alguna razón, Owen no había pensado en el perfume desde el momento en que la encontró tirada en el suelo, sin vida. Nunca se había preguntado qué había pasado con él.

—Es La Rose d'Amour —dijo Adelia, y la habitación se cerró a su alrededor.

Owen apenas podía respirar.

—¿De dónde lo ha sacado? —preguntó.

—¿Qué ocurre? Me está... asustando. No volveré a ponérmelo si no...

—¿De dónde lo ha sacado? —gritó él.

La sorpresa en la cara de Adelia reflejaba lo que él sentía por dentro. ¿Cómo podía ser esto? Algo terriblemente siniestro estaba pasando.

—De mi... mi hermano. Era para su... su amiga, pero a ella... no... no le gustó.

Owen cerró las manos en un puño a sus costados. Solo podía imaginar una forma posible de que lord Thomas Smythe se hiciera con la botella.

—Su hermano mató a mi hermana, y yo tendré mi justicia y mi venganza.

A la luz de la luna, Owen vio que ella palidecía. Solo la había visto hacer eso en otra ocasión: cuando habían discutido sobre el pañuelo y se alteró al mirar lo que Sophía había sostenido antes de morir.

Owen se preguntó cómo se sentiría llevando el perfume de una chica muerta.

—La voy a llevar a casa —le dijo—, y hablaré con su hermano cuando lleguemos.

—No está en casa —le respondió Adelia con la preocupación grabada en sus rasgos, por lo demás, impecables.

—Qué conveniente —dijo él—. ¿Dónde está? Iremos a verle.

Ella negó con la cabeza, y eso lo enfureció.

—¿Cree que esto es un juego? —preguntó él.

—No, claro que no. No tengo ni idea de dónde está. —Ella agachó la cabeza. Él pudo ver que decía la verdad.

—¿Lo sabía?

Ella lo miró consternada.

—¿A qué se refiere?

—A que él mató a mi hermana. ¿Lo sabía todo este tiempo?

Él vio un destello de algo cruzar su rostro. Se parecía mucho a la culpa.

Owen gritó con fuerza, sin importarle que estuvieran en una casa ajena o que otras veinte personas estuvieran en una habitación al otro lado del pasillo. Se alejó de ella y se dirigió a la ventana, mirando brevemente hacia la oscuridad, donde las lámparas proyectaban su débil resplandor. Incluso la luna se había retirado tras las nubes, haciendo que todo pareciera más oscuro, más siniestro.

Volvió a gritar. La traición de Adelia estaba minando su cordura.

¿Y si Sophía hubiera estado mirando desde el cielo y lo hubiera visto bailando y besando a la hermana de su asesino?

—Basta —le suplicó Adelia detrás de él—. Thomas no mató a su hermana. Lo sé en mi corazón.

—¿En su corazón? —repitió él. Deseó que ella hubiera dicho que lo sabía a ciencia cierta. El corazón no era una fuente de veracidad, si no, ¿cómo podría el suyo haberse enamorado de semejante mentirosa?

—Ese perfume es raro en Inglaterra —gruñó él—, solo se vende en una tienda de Piccadilly.

—Eso no significa que mi hermano haya matado a Sophía. —Él oyó la razón en su voz, pero era inútil. Solo había una respuesta. Smythe lo había tomado del ridículo de Sophía después de estrangularla.

—Ella acababa de comprarlo. Sin embargo, no lo llevaba encima cuando la encontré.

Adelia se mordió el labio inferior, un gesto que por lo general a él le resultaba intensamente excitante. Lo único que le excitaba ahora era su absoluta rabia. Había estado tan cerca todo este tiempo del asesino...

¡Diablos! Se había enfrentado al bastardo en casa de Teavey. ¿Se habría reído Smythe de él todo el tiempo?

—Vamos —dijo, agarrándola por el codo.

—¿A dónde? —Adelia intentó liberarse.

Si creía que podía separarse de él, estaba muy equivocada.

—A dondequiera que esté su querido hermano, allí es donde vamos.

Adelia dejó de luchar contra él. Owen se acercó a la puerta que poco antes había cerrado para tener su falsa y repugnante cita, y la abrió de un tirón de forma salvaje. Casi había conseguido arrastrar a Adelia al pasillo cuando ella se agarró al marco con la mano libre.

—No puede manejarme así mientras nos dirigimos a la casa de los Cambreys. Nos arruinaremos los dos.

Sinceramente, a Owen le importaba un bledo la ruina de cualquiera de los dos.

—Entonces camine rápido a mi lado, o por Dios, la llevaré a rastras —gritó él entre sus dientes apretados—, pero de cualquier manera, vamos a encontrarlo.

Capítulo 16

¡Esto era una absoluta locura! Adelia no sabía de dónde había sacado Thomas el maldito perfume, pero desde luego no de la difunta Sophía Burnley. Tomando aliento, asintió con la cabeza y volvieron a recorrer el pasillo enmoquetado de forma majestuosa y digna, sin detenerse en el salón abierto del que salían los acordes del popular Mendelssohn.

Bajaron las escaleras en silencio y llegaron al vestíbulo de entrada. Mientras esperaba su capa y sus zapatos de calle, Adelia se dio cuenta de que le temblaban las manos. No dudó de su hermano ni un segundo, pero la situación era aterradora. Y Owen era un hombre formidable que, en ese momento, no pensaba con claridad. Aunque se sentía totalmente segura con él, sabía que podría atacar a Thomas antes de darle la oportunidad de defenderse.

Tenía que calmarlo. Totalmente en contra del decoro, dejó que la ayudara a subir a su carruaje sin una chaperona dentro de este o fuera con su cochero, quien puso una lámpara encendida en el soporte y cerró la puerta. Habían abandonado a Penny por completo, y la pobre muchacha no lo sabría durante horas. Cuando se descubriera que se habían ido sin su criada, las lenguas se moverían de verdad.

Francamente, a ella no le importaba lo que pensara la sociedad. Ella era uno de ellos, pero no sentía que lo fuese, y no debía importarle lo que dijeran o creyeran.

Nunca lo había hecho en el pasado. Excepto que recientemente, como compañera de Owen, había empezado a sentir que pertenecía a su propia clase social. Había empezado a preocuparse por cómo la veía la gente. Esta noche, en la cena, todos habían sido acogedores, y sus anfitriones, los Cambreys, eran compañeros de Owen. ¿La veían como digna del elegante vizconde, que podía tener a cualquier mujer a la que dirigiera su dedo?

Aquella noche, había sido aceptada por la flor y nata de la sociedad, hasta que todo se vino abajo. Permanecieron en silencio dentro del carruaje, sentados en lados opuestos, y al fin, Adelia preguntó:

—¿Adónde le ha dicho que vaya a su cochero?

—Empezaremos por su casa, por si Smythe está allí —dijo Owen mirando por la ventana.

Aliviada de que no iban a adentrarse en la noche sin más, se recostó sobre su asiento. ¿Podría ella calmar a este furioso Owen Burnley? Él siempre había escuchado sus palabras con mucha atención. Tenía que intentarlo.

—Debo hablarle de mi hermano, y entenderá la locura de su acusación.

—Mientras usted apeste al perfume de mi hermana muerta, no intente convencerme de la inocencia de su hermano —dijo él con un tono mordaz y sin hacerle la cortesía de mirarla.

¡Qué extraño! Su enfado la asustaba, pero Owen, en sí mismo, no. Debía hacerle entender que aquello era un error antes de que se encontraran con Thomas.

—Mi padre no era un hombre amable y paciente —comenzó ella.

Owen levantó la mano.

—Si va a contarme lo difícil que fue la infancia de su hermano, excusando así su violencia con los demás, ahórrese el aliento.

—Al contrario, no es nada violento. A pesar de haber peleado ocasionalmente con nuestro padre, Thomas es un alma gentil.

—A Smythe le gusta boxear. Lo he comprobado en nuestro club de pugilistas.

—A usted también —le recordó ella—. Eso no lo convierte en un hombre violento.

Ante esas palabras, él se giró por fin para mirarla.

—Oh, pero lo soy. En este mismo instante podría rodear con mis dedos la garganta de su hermano y exprimirle la vida.

Adelia cerró la boca y apartó la mirada de la furia que ardía en los ojos de Owen. Era muy difícil estar cerca de semejante hostilidad, sobre todo, si era dirigida a su familia.

—Por mi bien, ¿podría dejarle responder a las preguntas? Si empieza a golpearlo de inmediato, no obtendrá sus respuestas.

—¿Por su bien? —El tono habitualmente amable de Owen se había convertido en una mueca cínica—. ¿Quiere decir por el bien de nuestros sentimientos mutuos?

La forma en que lo dijo la hizo estremecerse. Se estaba burlando deliberadamente de ella y menospreciando lo que estaban empezando a significar el uno para el otro. Si su hermano fuera el asesino, Adelia suponía que podría entender su repentino cambio. Pero Thomas no lo era. Entonces, ¿cómo iban a arreglar esto?

—Podríamos ayudarle a encontrar a todos los que hayan comprado el papel con la marca de agua de John Dickinson —ofreció ella.

La boca de Owen se torció en una mueca.

—Ah, sí, la segunda prueba. ¿Por qué debería buscar más cuando ya sé que usted guarda el papel en su casa? Su hermano, sin duda, tenía fácil acceso a él. Me aseguraré de decírselo al detective.

Adelia decidió guardar silencio por si Owen sacaba a colación el pañuelo. Si la interrogaba al respecto, vería la culpa con toda claridad en su rostro. Gimió. Esto era imposible, impensable. Sencillamente, no podía estar ocurriendo.

—Gime de consternación por su hermano. Solo piense en cuántos gemidos de angustia he hecho por Sophía.

Ella apretó las manos en su regazo.

—Se equivoca con Thomas. Ya lo verá.

Lo único que ella podía hacer era mantener la calma y rezar por un milagro.

Cuando llegaron a la casa de su familia, parecía que sus oraciones habían sido escuchadas. Según su mayordomo, su hermano estaba fuera, y el señor Lockley no sabía dónde. Por una vez, a Adelia no le importó.

—Podemos esperar —propuso Owen—. O podría ir a buscar al sargento detective Garrard. O podríamos ir a buscar a su hermano. —Él estaba de pie en el vestíbulo de su casa, con los brazos cruzados, dominando el espacio embaldosado.

Adelia consideró todas esas opciones.

—O podría irse a casa, y cuando yo vea a mi hermano por la mañana, le diré que desea hablar con él.

Owen negó con la cabeza.

—Creo que no. La próxima vez que sepa de él, habrá desaparecido en el continente sin dejar rastro.

—Él no haría eso —insistió ella—. Nunca me dejaría aquí.

—Tal vez huya con él.

¡Qué indignante!

—No tenemos nada de lo que huir.

—Entonces vayamos a buscarlo, ¿quiere? Si hubiese ido al teatro, probablemente se lo habría dicho. Podemos parar en algunos de los clubes, supongo. ¿Suele frecuentar el White's?

Ella asintió, aunque lo más frecuente era que estuviera en el Reform Club, pero no iba a decírselo al vizconde.

Owen lanzó su siguiente pregunta.

—¿Hace apuestas?

—No. —Adelia no vio que eso importara de todos modos.

—¿Tiene una amante a la que visita o mantiene en algún lugar?

Recordó a la mujer de pelo oscuro.

—No —repitió ella.

—Su cara dice que sí —insistió él.

Ella negó con la cabeza.

—Que yo sepa, no, pero sí le vi con una mujer la noche de la obra. Ya se lo he dicho.

Owen abrió los ojos de par en par.

—Creo que los vi juntos. Casi lo había olvidado. Demasiado whisky —murmuró.

—¿Dónde vio a mi hermano? ¿Cuándo?

—Hace unas noches, quizá una semana —aclaró Owen—. Yo estaba buscando en el East End al asesino, pensando que podría ser alguien que no pertenecía al lugar, al igual que mi hermana. —Sacudió la cabeza—. ¡Y he aquí que vi a su hermano! Además, iba vestido con la ropa de un comerciante. Cuando le llamé, salió corriendo por la puerta trasera con esa mujer.

«¡Qué raro!», pensó Adelia. Sin embargo, Thomas se tomaba muy en serio su intimidad alrededor de su nueva amiga.

—De alguna manera, dudo que volviera después de que yo lo viera tan cerca de la escena del crimen —reflexionó Owen.

Ella puso los ojos en blanco.

—Le digo que es inocente.

—Lockley, ¿se llevó su carruaje y su cochero? —preguntó Owen.

El mayordomo la miró primero a ella antes de responder a preguntas personales sobre su amo. Ella asintió para que él respondiera.

—Su señoría toma un hackney la mayoría de las tardes cuando sale.

Adelia no había estado al tanto de eso. Supuso que con el tráfico y la falta de aparcamiento, era más fácil.

—La noche que lo vimos en el teatro —insistió Owen, mirándola—, fue el miércoles pasado, ¿no?

—Sí. —¿Cómo podría olvidar una de las pocas noches maravillosas de su vida?

—Deseo hablar con el cochero del conde —le dijo Owen al mayordomo.

De nuevo, el hombre la miró.

—Puede decirle que venga —aceptó ella.

El mayordomo, que no parecía muy contento, hizo lo que se le había ordenado y en pocos minutos regresó de los aposentos del servicio con Henry, el cochero de Thomas, quien, por su aspecto, se había puesto con rapidez el uniforme, que colgaba ligeramente torcido.

—Llevó al conde el pasado miércoles por la noche a recoger a una joven. ¿Adónde?

Henry miró de Owen a Adelia, que asintió para que contestara.

—Al East End, milord.

Adelia jadeó con suavidad, llamando la atención de Owen con suficiencia.

—¿Dónde exactamente? —gruñó este, impaciente.

—A la esquina de Whitechapel High Street con Osborn Street, milord. La joven señorita estaba esperando allí.

—Muy cerca —murmuró Owen, y ella supo que se refería al lugar donde Sophía había sido estrangulada.

—Eso será todo, Henry —dijo ella. El cochero desapareció por donde había venido.

—Supongo que podríamos ir ahora —ofreció Adelia. Porque si Owen se proponía encontrar a Thomas esa noche, ella también tenía que ir para proteger a su hermano, si era posible.

—No puedo llevarla allí. Es un lugar inmundo. De eso puedo dar fe.

—En su compañía —dijo ella, apelando a su orgullo varonil—, estaría bien protegida.

—Si le pasara algo... —empezó a decir él, pero se calló.

«¿Le molestaría?» se preguntó ella. Owen parecía estar pintándola con la misma brocha de la culpa que a su hermano. Con suerte, cuando estuviera más calmado, entraría en razón.

—Está bien —concedió él—. Iremos a Whitechapel High Street y visitaremos el último lugar donde lo vi. Usted se quedará a mi lado —ordenó—. No necesito recordarle que mantenga la boca cerrada. Cuanto menos se oiga su tono finamente acentuado, más segura estará. Francamente, es la única mujer que conozco que puede permanecer callada sin ser molestada. Le sugiero que se ponga una capa negra gruesa y unos zapatos resistentes para caminar.

Adelia miró su costoso vestido. Si iba a cambiarse, temía que él se fuera sin ella. El señor Lockley ya estaba cogiendo la ropa exterior necesaria del armario de la planta baja, y ella se sentó en la silla del vestíbulo para quitarse los zapatos ligeros, que colocó junto a sus zapatillas de baile. Después de ponerse sus botines favoritos, levantó la vista a tiempo para ver a Owen mirándole las piernas.

Él tragó saliva visiblemente y su mirada se fijó en la de ella. Al parecer, la visión de sus pies con medias le había recordado que le gustaba, como había dicho una vez. Bien.

No estaba dispuesta a perder a ese hombre por lo que solo podía ser un grave malentendido de los hechos.

—¿Lista? —preguntó Owen, ofreciéndole el brazo.

—Sí.

—¿Dónde está Penny, milady? —preguntó el señor Lockley, que normalmente se cuidaba de no perder a su personal.

Adelia suspiró con frustración.

—Por favor, envíe a Henry de vuelta a Cavendish Square. Lamento decir que la hemos dejado atrás.

El señor Lockley frunció el ceño.

—La recogeremos enseguida, *mi*lady. ¿Se llevará a Meg o...?

—Ella no llevará a nadie —interrumpió Owen—. Ya es bastante malo que tenga que cuidar de ella. No puedo preocuparme por dos hembras.

—*Mi*lady —protestó el mayordomo, sobrepasando su posición por pura lealtad a su familia.

—Lord Burnley y yo vamos a buscar a lord Smythe, señor Lockley. Y también hay un cochero y un lacayo. Estaré perfectamente segura.

Y con Owen furioso con ella y dudando de cada una de sus palabras, Adelia supuso que su persona estaba más segura con él que nunca. Los besos no estaban en su futuro cercano.

En unos instantes, estaban de vuelta en su confortable clarence, y supuso que si encontraban a Thomas, ella volvería a casa con su hermano.

Mientras viajaban por Mayfair, ella trató de recomponer todo lo que ahora sabía.

—¿Encontraron a su hermana por una nota que dejó?

—Sí.

—Y un chico joven le llevó la nota a la tienda de Piccadilly, lo que significa que estaba siendo observada. ¿Alguien ha intentado descubrir su identidad? —preguntó Adelia.

—Es tan imposible encontrar a un chico en particular con pelo rubio como encontrar un grano de arena específico en la playa de Brighton. El detective cree que ese camino no lleva a ninguna parte.

—Tal vez, pero se podría empezar a buscar en los asilos del East End o en los orfanatos, como mínimo.

—De hecho, fui a un orfanato no hace mucho tiempo, pero el gran número de niños es abrumador. Además, no hay garantía de que sea huérfano.

Suspirando con exasperación, comprendió que Owen se aferraba a la primera prueba sólida: el perfume. Si ella estuviera en su lugar, haría lo mismo. ¡Si solo no apuntara a Thomas!

Pronto, salieron del carruaje y caminaron por un barrio en el que ella nunca había estado. No había lámparas de gas con accesorios de cristal que creasen un resplandor brumoso y tranquilizador. En su lugar, la ocasional lámpara abierta flameaba hacia arriba. La luz era chillona y parecía francamente peligrosa.

Se encontró mirando todo lo que la rodeaba como si no fuera una londinense de nacimiento. La gente de la calle no estaba vestida adecuadamente para el aire nocturno, sobre todo las mujeres. Adelia no era una mojigata, pero nunca había visto algo parecido ni la cantidad de piel descubierta en público. Y en todas partes, los hombres charlaban abiertamente con las mujeres.

—Nunca he estado en la calle Whitechapel —confesó Adelia—. De hecho, salvo por querer cruzar el Puente de Londres y ver la Torre, nunca he ido mucho hacia el este, más allá de Cheapside.

—No hay ni media docena de personas en mi círculo de conocidos —comentó Owen—, que hayan llegado tan al este como nosotros esta noche. ¿Ha oído hablar de Poplar, Limehouse o Rotherhithe?

—Creo que sí, pero no estoy del todo segura de dónde están.

—Más al este. Tierra de nadie.

La hizo pasar por delante de una cafetería mientras ella miraba a través de la puerta abierta a los hombres que jugaban a las damas y al dominó. De los dos siguientes locales salía una estridente música de piano y violín, y pronto entraron en una taberna.

—Esta es un poco más agradable que las otras donde he estado buscando —explicó él, quizá sintiéndose obligado a decírselo.

Menos mal que lo hizo, o ella habría asumido que la había traído a la peor taberna posible para asustarla y devolverla a la protección del carruaje. Los hombres en las mesas jugaban a los dados y a las cartas, y las mujeres estaban sentadas con ellos o apoyadas en los respaldos de sus sillas.

—Empezaremos aquí —dijo Owen—. Las probabilidades de que encontremos a su hermano son infinitesimales, ¿no cree?

—Sí —convino ella, con la voz apenas por encima de un susurro.

Sin embargo, eso fue precisamente lo que ocurrió en el siguiente establecimiento.

OWEN NO PIDIÓ NINGUNA bebida. Buscó tranquilamente en las mesas de la primera taberna antes de tomar a lady Adelia de la mano y avanzar una manzana más, sabiendo que su carruaje los seguía de cerca. Entraron en otra taberna con el mismo aspecto que la primera.

En cuanto sus ojos se adaptaron a la luz, Owen vio al joven conde, sentado en la esquina del fondo con la misma mujer de pelo oscuro a su lado.

¡Imposible!

Supo el instante en que Adelia vio a su hermano. Se puso rígida bajo su mano. Owen no iba a alertar a Smythe de su presencia esta vez llamándolo ni iba a permitir que la hermana del conde lo hiciera. Tiró de ella con rapidez detrás de él y se dirigieron hacia el otro extremo de la sala, donde la pareja hablaba con seriedad, sin prestar atención a su entorno.

La joven se detuvo en medio de la conversación cuando ellos se acercaron a la mesa. Parpadeó sin reconocerlos. Smythe, sin embargo, se levantó lentamente, con el rostro ensombrecido por la ira.

—¿En qué pensaba al traer a mi hermana aquí?

No eran exactamente las palabras que Owen esperaba. ¿Por qué iba a traer a su amiga allí, si era inapropiado para su hermana? No podía imaginar qué mujer aceptaría ser tratada de esa manera. A menos que fuera una ramera.

Owen volvió a mirar a la mujer. Aunque iba vestida de forma sencilla, no iba vestida de forma escandalosa, ni parecía ser una fulana.

En cuanto al conde, también iba vestido de forma más propia de un comerciante de clase media que de un miembro de la nobleza con título, con un abrigo marrón sin forma y una pajarita almidonada. Su atuendo estaba coronado por un gorro de lana. ¿A qué estaba jugando?

—¿No es aquí donde todos los aristócratas pasan sus tardes? —preguntó Owen.

—¿Está loco? —se quejó Smythe.

—Completamente —dijo Owen—. ¿Le importaría presentarnos a su última víctima?

—¿Perdón? —preguntó su hermano y se volvió hacia Adelia—. ¿Por qué has venido aquí?

Owen observó su expresión de asombro. Dudaba que ella dijera algo, pero su gesto se suavizó.

—Hemos venido para hacerte unas preguntas. Es importante.

—¿Esto no podía esperar hasta la mañana? —preguntó Thomas.

—No —respondió Owen—. Podemos hablar aquí o en la comisaría.

Owen vio cómo la mirada del conde se dirigía a Adelia y que algo pasaba entre ellos. Estaban ocultando algo. ¿Sabía ella que su hermano era el asesino? No podía soportar la idea. Al final de la noche, pretendía saberlo todo.

—¿Nos presentas, Thomas? —dijo Adelia, que seguía mirando con curiosidad a la bonita mujer que había permanecido callada y vigilante.

Smythe suspiró.

—Señorita Moore, esta es mi hermana, de la que le he hablado. Dilly, esta es la señorita Constance Moore.

Los ojos de la señorita Moore se abrieron de par en par, quien de inmediato se puso en pie y le ofreció a Adelia una profunda reverencia.

—Es un placer —saludó la mujer con un acento que delataba su procedencia del campo, posiblemente del norte de Yorkshire.

Adelia asintió y murmuró algo que Owen no pudo oír. Tampoco le importaba esa charla inútil.

—Y esta odiosa criatura es lord Burnley —dijo Smythe, con un tono que destilaba fastidio.

De nuevo, la señorita de pelo castaño hizo una reverencia y le dedicó su saludo, evidentemente estándar.

—Es un placer.

Owen la saludó con la cabeza, lo más cortés que podía hacer en esas circunstancias, ya que quería agarrar al conde por su ridículo abrigo y golpearlo contra la pared de atrás.

—Basta de esta cháchara, Smythe —gruñó Owen—. ¿Por qué se esconde en el East End?

—No le debo ninguna explicación al respecto —protestó el conde.

—Yo creo que sí, pero vayamos al meollo del asunto, ¿de acuerdo? El perfume que le dio a lady Adelia era de mi hermana.

Owen observó a Smythe en busca de signos de culpabilidad y traición. En cambio, vio sorpresa. Entonces el conde frunció el ceño y negó con la cabeza.

—Creo que se equivoca —dijo este al fin.

—No deberíamos discutir esto aquí —insistió Adelia, sujetando la manga del abrigo de Owen.

Él echó un vistazo a los rostros que miraban descaradamente la escena. Además, Smythe los había presentado, dando sus nombres en voz alta. Alguien podría haber escuchado lo que no debía, aunque Owen dudaba que los que escribían para las páginas de sociedad de Londres estuvieran merodeando en un agujero así. No obstante, era posible que sus nombres apareciesen en el periódico, lo que sería un escándalo mayúsculo, sin duda.

—No confío en que su hermano nos siga a casa. Por lo que sé, se dirigirá a la costa.

—Eso es absurdo. —Tanto Adelia como su hermano hablaron a la vez.

—Podríamos ir a mi piso —ofreció la señorita Moore.

—Constance, no —dijo Smythe, pero ella le interrumpió.

—A ninguno de mis vecinos le importará. Solo hay que tener cuidado con los tuyos.

—Muy bien —aceptó el conde tras una pausa, y miró a Owen—. Iremos a casa de la señorita Moore para seguir hablando. Está a la vuelta de la esquina. ¿Está de acuerdo?

—Ustedes delante —dijo Owen.

Para sorpresa de este, Smythe y su dama se dirigieron a la puerta trasera. Así, por primera vez en su vida, y sin duda también en la de Adelia, se encontró en un callejón fétido y sucio de Whitechapel Road. Lo atravesaron con rapidez, intentando no respirar el olor de los montones de detritus y los misteriosos charcos grasientos, hasta que salieron a la esquina y giraron a la izquierda.

Fiel a la palabra del conde, el piso estaba justo a la vuelta, en Osborn Street, a poca distancia de donde murió Sophía. Traspasaron una puerta con un cristal roto, subieron un tramo de escaleras, y luego el conde utilizó una llave para abrir la puerta del apartamento.

Owen miró a Adelia, y ella le devolvió la mirada con las cejas alzadas. Al parecer, esto le era totalmente desconocido. Smythe se apartó y les indicó que siguieran a la señorita Moore al interior.

Era como Owen esperaba, estrecho y con la ausencia absoluta de cualquier cosa remotamente parecida al lujo, pero estaba limpio. Al menos, no había montones de ropa sucia ni restos de platos de comida. De hecho, estaba casi tan ordenado como su casa de soltero, y eso que tenía sirvientes para mantenerlo así.

Además, parecía tener el piso para ella sola. Sabía, por su conversación con lady Jane, que en muchos de esos pequeños alojamientos vivían una o incluso dos familias, hasta diez personas compartiendo dos habitaciones.

Las flores frescas en un frasco añadían un toque de color, y cuando la señorita Moore encendió las lámparas, el lugar adquirió un brillo rosado. «Casi acogedor», pensó Owen. Sin embargo, no tenía intención de sentarse en el sofá raído. Después de todo, no estaban allí por una visita social.

Como si lo estuvieran, la señorita Moore se ofreció a poner la tetera en la pequeña estufa que creaba la totalidad de su equipo de cocina a lo largo de una pared. Owen se estremeció ante la idea, sin querer ofenderla, pero tampoco deseando mirar una taza agrietada, astillada y manchada, o que le ofrecieran leche cuajada con cualquier polvo que pasara por hojas de té.

—No, gracias —respondió Adelia con rapidez—. Thomas, sobre el perfume, ¿de dónde lo has sacado?

—No te lo vas a creer —contestó él.

—Probablemente no —coincidió Owen.

El joven conde le envió una mirada fulminante antes de responder.

—Lo encontré.

—¿Dónde? —preguntó Adelia.

Smythe se encogió de hombros.

—Eso es lo extraño. Lo encontré en mi bolsillo.

Owen se habría reído si no estuviera empezando a enfurecerse con la ridícula historia de Smythe.

—¿Qué bolsillo? —Adelia insistió como si eso importara.

—Uno de mis abrigos habituales.

Owen lo miró fijamente.

—Apostaría que no se refiere a esa monstruosidad que lleva ahora.

Smythe le devolvió la mirada.

—Uno de lana de color rojo mora, para ser exactos.

—¿Y simplemente metió la mano en el bolsillo y sacó el frasco? —se burló Owen—. Supongo que un hada lo puso dentro mientras usted no miraba.

—Está diciendo la verdad —dijo la señorita Moore—. Thomas me lo ofreció, pero no puedo usar algo así. Lo que uso es agua de lavanda.

Owen miró a Adelia. Ella estaba asimilando todo esto con su habitual aplomo, a pesar de saber que su hermano le había regalado un perfume que ya había intentado regalar a su amiga.

—Eso no prueba nada —señaló Owen, dando un paso hacia Smythe—. Solo que de alguna manera tiene el perfume de mi hermana. En cuanto a la verdad, no creo que hayamos llegado a ella todavía. Ahora que la señorita Moore está a salvo en casa, insisto en que venga conmigo a la comisaría.

—¡La policía! —exclamó la señorita Moore mientras Adelia se acercaba a Thomas.

—Estoy segura de que si pensamos bien en esto —dijo ella—, podremos averiguar cómo llegó el perfume al bolsillo de mi hermano.

—En cualquier caso, no voy a ir a la comisaría —insistió Smythe—. Voy a llevar a mi hermana a casa.

Owen negó con la cabeza.

—No. No irá a la comodidad de Hyde Park Street y disfrutará de otra noche de libertad mientras el espíritu de Sophía no descanse en paz.

—Lord Burnley, por favor —dijo Adelia—. Podemos tratar esto por la mañana, ¿no?

Owen tuvo que armarse de valor contra sus súplicas. Se había encariñado lo suficiente con ella como para que su angustia, visible en su hermoso rostro, le causara la suya propia. Sin embargo, no podía dejar que eso lo disuadiera de hacer justicia.

—¿Vendrá conmigo por las buenas? —preguntó Owen.

—No —contestó Smythe, con una expresión agria.

—Muy bien. —Sin previo aviso, ya que Owen no estaba de humor para una prolongada ronda de puñetazos, levantó el brazo y golpeó al hombre más joven en la cara. Ambas mujeres gritaron, y Smythe cayó de espaldas.

El conde no quedó inconsciente, ya que esa no era la intención de Owen, pero Smythe quedó aturdido por el ataque sorpresa. En un instante, Owen lo levantó, decidido a sacarlo fuera y meterlo en el coche sin tener que volver a golpearlo.

—Lady Adelia —dijo Owen al llegar a la puerta—, vendrá en silencio. Los tres iremos en mi carruaje.

—Está sangrando —señaló ella, con sus ojos enviando dagas de decepción a Owen, quien no tuvo más remedio que ignorarla.

De repente, la señorita Moore se adelantó y sacó un pañuelo blanco de su manga.

—Es usted un bruto.

Él lo supo antes de verlo. Naturalmente, la prueba condenatoria aparecería ahora. El destino se había puesto a su favor por fin. Mientras la joven limpiaba la sangre que goteaba de la nariz de Smythe, Owen vio el dibujo del yunque en el encaje del pañuelo.

Capítulo 17

Owen miró a su alrededor con rapidez. Si las dos mujeres luchaban contra él, así como Smythe, que se estaba reponiendo del inesperado golpe, le costaría mucho trabajo bajarlo por las escaleras y recorrer la calle hasta su carruaje.

—¿De dónde ha sacado ese pañuelo? —le preguntó a la amante del conde, con un tono seco, ya que conocía la respuesta.

Mientras mantenía a la señorita Moore hablando, Owen divisó una faja de la cortina. Perfecto.

—Es de Thomas, por supuesto —espetó—. ¿De quién más iba a ser? ¡Está usted loco! Piense lo que piense de mí, no soy una zorra.

A Owen no le importaba que la atractiva señorita Moore se acostara con todos los hombres del East End y más. Dio dos pasos a través de la pequeña habitación y arrancó la hoja de la cortina. Un minuto después, tenía las manos del conde asesino firmemente atadas a su espalda.

—Vamos —dijo Owen empujando a Smythe delante de él. En ese momento, el joven comenzó a forcejear. Demasiado tarde. Con las manos atadas, no tenía más remedio que ir donde Owen le indicaba.

La señorita Moore volvió a protestar, pero Adelia permaneció extrañamente callada desde que apareció el pañuelo.

Owen pasó junto a la amante de Smythe, arrebatándole el pañuelo ensangrentado de la mano y metiéndoselo en el bolsillo. Tenía al canalla y todas las pruebas. Ahora sabía dónde vivía la señorita Moore, y ella podría corroborar, aunque de mala gana, que Smythe era el dueño del pañuelo y que había tenido el perfume en su poder. También sabía que Adelia no daría testimonio de ninguna de las dos cosas. Ella había sabido todo el tiempo a quién había pertenecido ese maldito pañuelo, y ese conocimiento convirtió el corazón de Owen en piedra.

Fue más fácil de lo que pensaba llevar a Adelia y a su hermano hacia su carruaje. Mientras caminaban con rapidez, se dio cuenta de por qué la multitud de coches subía y bajaba por la oscura calle. Al igual que Smythe, muchos de los caballeros de Londres frecuentaban la zona. Cuando lo hacían, no querían que sus propios carruajes estuvieran aparcados en el peligroso lugar. Eran libres de deleitarse con unas horas de gratificación con una amante del East End antes de volver a casa, al lado primitivo y correcto de Londres.

Fue necesario un pequeño empujón para subir al conde al carruaje, pero con la ayuda del cochero, Owen lo consiguió. Se volvió hacia Adelia; su mirada se negó a encontrarse con la suya mientras la ayudaba a subir.

Cuando se sentó frente a los dos hermanos, Owen se quedó mirando el rostro ceniciento de Adelia. Ni siquiera pidió que desataran a Smythe, a pesar de que su hermano se inclinaba torpemente hacia delante, tratando de mantener la cabeza alta.

Owen la vio poner la mano en el hombro del conde y luego alisarle el pelo de la frente, esperando estoicamente su llegada a la comisaría. Ella mantenía sus ojos firmemente alejados del lado de Owen en el carruaje.

Sin embargo, ante su perfidia, él no pudo guardar silencio.

—Usted sabía todo este tiempo que el pañuelo era de su hermano. Sin embargo, me llevó a un alegre baile, ¿no es así?

Ella negó con la cabeza.

—Un yunque —murmuró Owen, sacando el pañuelo ensangrentado de su bolsillo.

—Para un herrero —dijo el conde.

—¿Y el pañuelo que le vi usar en casa de Teavey? —preguntó Owen.

Smythe se encogió de hombros.

—Uno nuevo.

¿Estaba el hombre a punto de confesar? Parecía estar revelando todos sus secretos.

—Destruyó los otros cuando se enteró de que estaba buscando el que mi hermana le quitó cuando usted la mató.

—¡No! —respondió Adelia por él mientras el joven conde negaba con la cabeza.

Owen la miró fijamente.

—Yo se lo conté, y como era de esperar, usted se lo dijo a él. ¿No es cierto? —insistió.

—Sí se lo dije —respondió Adelia lentamente—, pero él no destruyó sus pañuelos. Lo hice yo. Los quemé.

—Porque sabía que él era culpable. —La rabia de Owen estuvo a punto de desbordarle. Golpeó con el puño el asiento de cuero que tenía a su lado. Realmente admiraba a esta mujer, ¡más que eso! Y ella le había tomado el pelo. Todo su floreciente afecto hacia ella era para nada.

—Porque sabía que era inocente —le corrigió Adelia con su habitual voz suave.

«Tiempo perdido, emociones desperdiciadas», pensó Owen. Ella era una mentirosa, y lo había acompañado de un lado a otro con sus maneras mansas y silenciosas para despistarlo del horror de su hermano.

¿Cómo se atrevía a seguir defendiendo a ese hombre, con todas estas evidencias, y mientras aún olía al perfume de Sophía?

—Si su hermana no estuviera presente, Smythe, le daría una paliza y no viviría para ver la comisaría.

Adelia jadeó, pero Thomas volvió a encogerse de hombros.

—¿Quién iba a decir que lord Burnley era tan cobarde? Primero para darme un puñetazo sin una advertencia caballerosa, y después para ofrecerse a matarme mientras tengo las manos atadas.

Owen se adelantó lentamente para agarrar al hombre por su tonta pajarita y levantarlo de su asiento.

—Realmente no aprecia su buena suerte al tener a lady Adelia aquí para evitar su castigo. No puedo creer que le tuviera bajo mis puños en casa de Teavey y no supiera el monstruo que es.

Por su parte, Adelia tiró de los brazos de Owen para que este soltara a su hermano.

Owen le dio una brusca sacudida para asegurarse, y luego lo liberó, esperando que se deslizara hacia el suelo del carruaje, pero no lo hizo. En su lugar, Smythe se relajó de nuevo en el asiento y le dirigió una mirada irritada.

—Por eso precisamente destruí los pañuelos —dijo Adelia—. Sabía que reaccionaría así. Como un tirano, como juez y verdugo.

Owen pensó que ella había intentado ayudar a su hermano de la misma manera que él estaba intentando... bueno, no ayudar a Sophía, pues era demasiado tarde para eso. De todos modos, él podía y quería seguir este camino obvio hasta ver a Smythe colgado. No le pareció prudente mencionar ese hecho en compañía de Adelia.

Luchó contra el ligero sentimiento de culpa que le invadía las entrañas. Aunque ya no podía haber nada entre Adelia y él, había determinado la culpabilidad del hermano de esta y sentía que ella tuviera esa mancha en su nombre.

Más aún, sentía no volver a hacerla reír, lo que no era frecuente en ella, ni a besar sus labios y estrecharla entre sus brazos.

Owen cerró los ojos un instante ante la desagradable situación. No podía permitirse tener sentimientos por esta mujer ni un minuto más. Y serían inútiles. Si alguna vez ella tuvo algún interés por él, no podría seguir, no después de esto.

Antes de darse cuenta, llegaron a Whitehall y después a la estación de policía, junto a Scotland Yard.

Al ser casi medianoche, Owen no se hacía ilusiones de que el sargento detective Garrard estuviera en su despacho tan tarde, pero seguramente alguien lo despertaría de su cama dondequiera que residiera el hombre. O, al menos, retendrían a Smythe hasta que el detective llegara al trabajo a la mañana siguiente.

Con ese fin, Owen empujó a Smythe a la comisaría. No vio a ningún policía que reconociera, pero hizo saber que había encontrado al asesino de su hermana.

Adelia eligió ese momento para dejar de ser la mujer tranquila a la que él se había acostumbrado.

—Lord Burnley se equivoca. —Su voz sonó fuerte y clara.

Owen puso los ojos en blanco.

—Las pruebas son indiscutibles.

Por suerte para Owen, el alguacil no era joven e impresionable, ni se dejó influir cuando le preguntó a Smythe su nombre y se enteró de que no solo era un miembro de la nobleza, sino un conde.

De hecho, al ver el mal aspecto de Smythe, el oficial pareció dudar.

—Es quien dice ser, a pesar de su disfraz —dijo Owen—. Sin embargo, tengo pruebas de su culpabilidad y no dejaré que lo liberen. Exijo que mande llamar al sargento detective Garrard.

El policía condujo a los tres a una pequeña habitación con una mesa y cuatro sillas.

—Por favor, señores, *milady*, esperen aquí.

Esto iba a resultar incómodo, y a Owen le importaba un bledo. Extrañamente, fue Adelia quien habló primero.

—¿Por qué ocultabas tu relación con la señorita Moore? —le preguntó a su hermano.

Smythe miró primero a Owen y luego a Adelia, sentada a su lado.

—¿No es obvio, Dilly?

¿Dilly?

Ella negó con la cabeza y su hermano guardó silencio.

Owen decidió iluminarla.

—Porque su amante es del lado equivocado de la ciudad, tan equivocado como se puede estar sin ser de Francia.

Los ojos de Adelia se abrieron de par en par y miró fijamente a su hermano, que se encogió de hombros.

—Como siempre, tu vizconde saca conclusiones equivocadas.

¿Su vizconde? La mirada de Owen se dirigió a la de Adelia al mismo tiempo que ella lo miraba a él. Vio cómo sus mejillas adquirían un dulce tono rosado. Ella bajó los ojos mientras su hermano continuaba.

—La señorita Moore se convertirá en mi esposa.

***

Adelia esperó que su sorpresa no apareciera en su rostro, y consiguió cerrar la boca tras decir simplemente:

—¡Oh!

Pero la conmoción de lord Burnley era evidente, y soltó una risa despectiva.

—¿Es así? ¿Pretende convertir a la señorita Moore en su condesa?

Smythe le ignoró.

—Me gustaría verlo —continuó Owen en tono burlón.

Adelia apenas podía imaginar el escándalo. Los periódicos serían brutales. La sociedad rehuiría a la señorita Moore. Absolutamente nadie la aceptaría en sus casas. Thomas y su nueva esposa tendrían que soportar un aislamiento absoluto, a menos que pudieran crear un salón en su casa de Hyde Park Street que atrajera a los visitantes.

Pero Owen volvió a hablar.

—No importa. A donde va, no necesitará una esposa.

Adelia sintió que un escalofrío de terror le recorría la columna vertebral. Owen pretendía enviar a su hermano a la cárcel, y ella tenía que admitir que las pruebas eran condenatorias.

—Él no asesinó a nadie —insistió, sabiendo que lo repetiría hasta que llegara la prueba de su inocencia. Pero ¿y si nunca llegaban?

De repente, a Adelia se le ocurrió lo que debía hacer. Preocuparse por la reacción de las revistas de escándalo ante la intención de su hermano de casarse por debajo de él era decididamente prematuro. En primer lugar, debería preocuparse de que se enteraran de esta ridícula acusación y arruinaran su reputación para siempre. Además, debía defenderlo como él siempre había con ella.

Miró a su hermano, con la sangre ahora seca bajo la nariz y el pelo revuelto, con su tonta pajarita de lado, y le dolió el corazón. En cuanto salieran de esta pesadilla, pensaba demostrar su inocencia. Si pudiera averiguar cómo hacerlo...

Mientras tanto, comenzó a trabajar en los apretados nudos de la tela que ataba las manos de su hermano.

—¿Qué está haciendo? —preguntó Owen.

—Desatándolo. Estamos en una comisaría. No puede pensar que él va a atacar a todos los oficiales y usted, y luego escapar.

Owen la fulminó con la mirada, y ella pensó que se lo prohibiría, pero permaneció en silencio. Tampoco ayudó, y ella tardó muchos minutos hasta que liberó a Thomas. Este se frotó las muñecas y se sentó de nuevo en su silla, cruzando los brazos y manteniendo la mirada fija en lord Burnley.

Tuvo que admirar a su hermano por su aplomo ante los acontecimientos de la noche.

Ninguno de ellos deseaba seguir hablando. Esperaron en silencio hasta que ella oyó unos pasos y la puerta se abrió. Entró un hombre algo demacrado, que ya fruncía el ceño ante quienes le esperaban.

—¿Qué significa esto? —El desconocido, un detective, por su forma de vestir, dirigió su pregunta al vizconde—. ¿Otra vez tomándose la justicia por su mano, lord Burnley?

Lentamente, Owen se puso en pie.

—Le he traído al asesino de mi hermana.

Adelia se encogió ante las palabras, pero él continuó.

—Lord Thomas Smythe es el propietario del pañuelo, y tiene en su casa el mismo papel con marca de agua en el que estaba escrita la nota dirigida a mi hermana. Por último, tenía en su poder el mismo perfume que ella compró el día en que fue asesinada.

Thomas se puso de pie bajo el peso de esta evidencia condenatoria, y Adelia se puso a su lado, poniendo una mano temblorosa en su brazo.

—Bueno, bueno —dijo el desconocido, su mirada iba entre ella y Thomas, estudiándolos. Después de pasarse una mano por la barba incipiente y por el pelo, el hombre se presentó al fin.

—Soy el sargento detective Garrard, de la Policía Metropolitana. —Cuando su mirada volvió a dirigirse a ella, Adelia tragó saliva con nerviosismo.

—¿Quién es usted, señorita? —preguntó.

—Es mi hermana —dijo Thomas por ella, como solía hacer—. Ella no tiene nada que ver con todo esto —insistió.

—¿Y por qué está aquí? —preguntó el detective sin dejar de mirar a Adelia.

—Lady Adelia llevaba el perfume que le regaló su hermano —señaló Owen, como si eso justificara su aparición en la comisaría—. ¡El de mi hermana!

Ella miró su dura expresión. Supuso que en cualquier momento podría denunciarla por quemar los pañuelos.

El detective suspiró.

—Lord Smythe —oh, herrero y yunque, por lo que veo—, ¿qué dice de estas acusaciones?

—Soy inocente. No conocía a la hermana de lord Burnley y no tenía motivos para matarla. Incluso lord Burnley debe reconocerlo.

Adelia observó a Owen con atención. Él frunció el ceño.

—¿Su hermana mencionó alguna vez a lord Smythe? —le preguntó el detective Garrard.

—No —dijo Owen—, pero no hizo mención de ningún hombre que pudiera estar dispuesto a matarla. Eso no significa nada.

—Cierto —convino el detective, y el corazón de Adelia se encogió—. Pero siempre hay un motivo, sobre todo, en un caso con premeditación como este.

—Discúlpeme, detective —dijo ella, llamando su atención—, pero podría... ¿podría explicar a qué... a qué se refiere?

¡Caramba! Estaba tan alterada que apenas podía hablar.

—Significa que el asesino de lady Sophía no era desconocido para ella. Le envió un mensaje, probablemente con la intención de matarla si respondía. Y lo hizo.

Owen se alejó de ellos, al parecer para caminar, pero la habitación era demasiado pequeña. Se apretó las manos y dio un paso, luego otro, antes de volverse con el rostro enrojecido por la ira. A ella también le dolía. Pobre hombre.

—En otras palabras, esto no fue un crimen al azar —continuó el detective—. No fue el resultado de un robo o de un momento de violencia pasional, si me disculpa por usar ese lenguaje. —Hizo una pausa y volvió a mirar a Thomas—. Por otra parte, supongo que la nota podría haber tenido la intención de invitarla a una cita romántica, que ella rechazó. Después, el asesino podría haberla matado, intencionadamente o no.

Owen emitió un sonido de rabia frustrada.

—¿Cómo pudo matarla involuntariamente con una soga al cuello?

Adelia se estremeció ante sus duras palabras.

El detective dudó.

—No deberíamos discutirlo delante de la dama, pero hay gente ——tosió— que mantiene relaciones rudas, incluso con cuerdas y látigos.

—Basta —le espetó Owen, aunque no tenía ni idea de por qué le enfadaba esto ni entendía de qué hablaba el detective.

—Yo no la maté —insistió Thomas, con tanto fervor como siempre.

—Sin embargo, lord Smythe, usted tendrá que ser detenido debido a las pruebas, que parecen sustanciales. —El detective se dirigió a Owen—. Por favor, entregue todo lo que tenga. Se necesitará en el tribunal.

—¡Un momento! —Adelia no se había dado cuenta de que había hablado en voz alta. ¿Cómo era posible?

—¿No quiere preguntarle a mi hermano dónde estaba el día y la hora de la muerte de lady Sophía? Puede hacerle preguntas ahora y discernir su inocencia.

Owen había comenzado a vaciar sus bolsillos: dos pañuelos, uno de ellos manchado con la sangre de Thomas, y el frasco de perfume.

—Ya tiene la nota infernal —le dijo al detective, el cual asintió.

—Lo siento, *mi*lady. Con una prueba tan tangible, debo mantener a su hermano bajo custodia, al margen de lo que me diga esta noche. Por supuesto, será interrogado y se le permitirá contratar a su propio abogado para el juicio. Tal vez pueda ir a una de las Casas de Justicia más tarde hoy, después de que salga el sol, y encontrarle un letrado penalista de buena reputación. Tenga cuidado de evitar a los picapleitos. Hay muchos sinvergüenzas, se lo aseguro.

Adelia se quedó con la boca abierta mientras el detective hablaba. La cerró de golpe y miró a Thomas, sintiendo terror al observar su sombrío rostro. ¡Dios mío! El resultado del juicio podría depender de la calidad del abogado que contratara.

La pequeña habitación pareció quedarse de repente sin aire. Si no seguía respirando hondo, Adelia pensó que podría desmayarse. Miró a Owen, cuya mirada no mostraba ni afecto ni piedad: ya no era su amigo, sino su enemigo.

Si volvía a desmayarse, tenía la sensación de que él no la sostendría como lo había hecho una vez.

—Muy bien —Adelia se dirigió directamente a Thomas—. Te prometo que buscaré un buen abogado. Volveré más tarde y te contaré cómo me ha ido. —Ella le rodeó con sus brazos.

—No encontrará a su hermano aquí cuando vuelva —dijo el detective—. Será llevado a Newgate hasta que vea al magistrado.

—¡Newgate! —exclamó Thomas, y ella pudo ver, por su cara, que no había esperado eso.

Llena de miedo ante la idea de que él estuviera en un lugar tan despreciable, Adelia empezó a temblar.

—No pasa nada —le dijo Thomas para consolarla, dándole palmaditas en la espalda antes de apartarse para darle un apretón tranquilizador en la parte superior de los brazos—. Estaré bien.

—Lo estará —confirmó el detective, y luego se dirigió a Thomas—. A diferencia de la mayoría, usted tiene dinero para pagarse el viaje. Su hermana tendrá que traérselo, y con rapidez. Los carceleros no van a cuenta. No es agradable, pero no estará en lo peor, y Newgate ha retenido a nobles en el pasado.

El sargento Garrard volvió a hablarle a Adelia de nuevo.

—Es tarde, o mejor dicho, es temprano. Un par de mis hombres llevarán a su hermano y podrá visitarlo allí por la tarde.

Adelia le dio las gracias al detective, que estaba siendo muy amable con ella, sobre todo, teniendo en cuenta que probablemente él suponía que Thomas era culpable.

Owen había permanecido en silencio, observando como si estuviera alejado de lo que ocurría, en lugar de ser la causa de ello. Entre el terror por su hermano y la frustración por su propia incapacidad para cambiar la situación, Adelia se abalanzó sobre él.

—Es inocente —repitió.

La expresión del vizconde, aunque sombría, era también de satisfacción. Después de todo, creía haber atrapado al asesino de su hermana.

—Algún día le recordaré que se lo dije —añadió ella, viendo cómo sus ojos se abrían ligeramente—. ¡Y se arrepentirá!

Él asintió, al parecer, aceptando su condena.

Adelia se volvió hacia su hermano y le besó la mejilla. Solo serían unas horas, y ella volvería con ayuda. Dirigiéndose a la puerta, deseó que saliera el sol para poder empezar su tarea.

—A pesar de ser una zona llena de policías y juzgados —escuchó al detective a sus espaldas—, no es seguro que la dama salga a pasear sola, sobre todo, si busca un hackney a estas horas.

Mirando hacia atrás, Adelia se dio cuenta de que él estaba hablando con Owen.

—La acompañaré a casa —le dijo este a Thomas.

¡No! No le dejaría apaciguar su conciencia acompañándola a casa después de haberle abierto un agujero en su vida. Acelerando sus pasos, ella estaba casi en la puerta de la estación de policía cuando él la alcanzó.

—Adelia —dijo lord Burnley, usando su nombre en voz alta por primera vez.

—¡No! —le respondió ella—. Déjeme en paz.

Un policía le abrió la puerta y ella salió a la espesa y fría niebla del amanecer. Agarrando su capa, miró de un extremo a otro de la calle, sin ver nada más que el carruaje de Owen y algunos transeúntes extraviados. Un hombre se detuvo y la miró fijamente, haciendo que se le erizara el vello de la nuca. Ella se apartó de él y comenzó a caminar.

—Lady Adelia —volvió a llamarla Owen. No estaba detrás de ella, sino a su lado.

Ella trató de caminar más rápido, pero, por supuesto, las largas piernas de él le seguían el ritmo con facilidad.

—Podemos volver andando hasta el 78 de Hyde Park Street, o podemos ir en la comodidad de mi clarence, pero de cualquier manera, viajaremos juntos. No la perderé de vista hasta que lleguemos a la puerta de su casa y la vea segura dentro.

Adelia caminó otra manzana, dándose cuenta de que no tenía idea de si iba en la dirección correcta. De repente, se detuvo. Su hermano estaba allí, con la nariz posiblemente rota, sin duda asustado por lo que le esperaba tanto en la cárcel de Newgate como en el tribunal.

Thomas, su protector. Su hermano menor.

De pronto, las lágrimas afloraron a sus ojos y empezaron a resbalar por sus mejillas antes de que pudiera controlar sus emociones. Al apartarlas con sus dedos enguantados, sintió de repente la mano de Owen sobre su hombro.

¡Que la consolara después del infierno por el que estaba haciendo pasar a su hermano! ¿Cómo se atrevía?

Ella se apartó de su contacto y comenzó a avanzar de nuevo.

—¡Adelia, deténgase! —le ordenó él.

Sintiéndose totalmente derrotada, tras unos cuantos pasos más de rebeldía, lo hizo. Se giró y lo observó acercarse. ¿Qué pensaba hacer él, tomarla en brazos?

Lanzándose sobre Owen, Adelia le golpeó el pecho con los puños. Con las manos a los lados, Owen permaneció inmóvil ante su ataque. Adelia continuó hasta que oyó un sonido extraño y se dio cuenta de que era ella misma, sollozando y gimiendo.

El sonido de la niña asustada que una vez había estado bajo el tormento de su padre apretó los puños. Paralizada, apenas podía respirar mientras las lágrimas corrían por sus mejillas, y sus manos, aún en forma de bola, descansaban sobre el amplio pecho de Owen.

Cuando él la acercó hacia sí, ella apretó la cara contra su abrigo. Él era cálido, su corazón latía con fuerza bajo su mejilla, y su olor le resultaba familiar. Olía como el hombre del que se había enamorado.

Sintiendo que él hacía un gesto con un brazo, probablemente para llamar a su cochero, Owen la abrazó de nuevo. Adelia oyó que su carruaje se acercaba y, sin mediar palabra, la dirigió hacia él.

Sin reconocer lo que estaba haciendo, manteniendo la cabeza baja, Adelia dejó que Owen la ayudara a entrar en la seguridad de su carruaje. Owen se sentó junto a ella, con el muslo tocando el suyo y su brazo rodeándola, como si pudiera evitar todos los males del mundo y todo el dolor al que ella se enfrentaría. Sin embargo, era él quien se lo había causado.

—Nunca le perdonaré —susurró ella, apoyando la cabeza en el hombro de Owen.

—Lo sé —dijo él.

Capítulo 18

Adelia no podía descansar, a pesar de estar agotada. No había pegado ojo desde que Owen la dejó en el vestíbulo de su casa. Ella había cerrado la puerta con firmeza al oír sus palabras de despedida, sin escuchar ni devolver el saludo del señor Lockley. Parada al pie de la escalera, sintió lo vacía que estaba su casa, al saber que su hermano no estaba allí.

Tampoco estaría, nunca más, a menos que ella hiciera algo al respecto.

Tratando de descansar durante una hora, se acostó sobre la cama sin quitarse su hermoso vestido dorado y azul de la cena de los Cambreys, ahora todo arrugado. Dudaba que volviera a ponérselo.

Sin embargo, el sueño no llegaba. Pensó a quién podría reclutar como aliado. Era obvio que tendría que avisar al señor Beaumont y al señor Arnold dentro de un día o dos, pero no se le ocurría nadie más que necesitara saberlo o que ello le importara.

Sentía vivamente la falta de amigos y familiares. Ni siquiera podía confiar en Penny, que podría hablar con los otros criados. Si los cotillas de la planta baja se enteraban, la noticia del encarcelamiento de su hermano podría extenderse por todo Mayfair y más allá antes del mediodía. Por supuesto, su ayuda de cámara podría preguntarle cuándo debía esperar el regreso del señor de la casa, y ella pensaría en algo vago que responderle.

Horas más tarde, se levantó y dejó que Penny le diera un baño antes de elegir un respetable vestido de día. Después de que su sirvienta cepillara el pelo de Adelia, se lo recogió en un moño liso, el cual esperaba que fuera el peinado perfecto para reunirse con los abogados y luego ir a Newgate a visitar a su hermano y pagar a los guardias.

Todavía no podía dar crédito a lo que había sucedido.

Y durante toda la mañana, mientras guardaba un saquito con monedas y subía a su carruaje, sus pensamientos volvían una y otra vez a Owen. El maldito perfume había destrozado la pantalla de duplicidad que había tejido entre ella y el vizconde. No estaba especialmente orgullosa de haberle mentido, pero volvería a hacerlo de la misma manera, sobre todo, después de conocer el horrible resultado.

De camino a las dependencias de la Corte, sabiendo la enorme tarea que tenía por delante y lo mal equipada que estaba para discernir a un buen abogado de uno malo, Adelia, desesperada, abrió la ventanilla y llamó a su cochero para que modificara su rumbo. En poco tiempo, se detuvo frente a la casa de lord y lady Christopher Westing.

El terror se apoderó de ella, pero no podía pensar en nadie más que en esta pareja, de la que Owen siempre le había hablado tan bien. Lord Westing era el amigo más querido de lord Burnley, y Owen había estado al lado del marqués después de que este quedara ciego en una explosión de gas. En cualquier caso, no era con él con quien había venido a hablar, sino con su esposa.

Lady Jane era conocida por su labor con las criaturas más desafortunadas de Londres, los huérfanos y los mendigos. Más allá de eso, se la consideraba capaz y organizada, además de amable. Adelia necesitaba todo eso.

Con una mano temblorosa, tocó el timbre, consciente de la absoluta impropiedad de presentarse sin invitación en la casa de un desconocido. Al menos, eran casi las once, así que no era demasiado temprano.

Cuando la puerta se abrió, intentó hablar, pero no lo consiguió. El mayordomo esperaba, mirándola fijamente, aunque no de forma desagradable. Adelia se aclaró la garganta y volvió a intentarlo.

—Me pregunto si lady Jane está... es decir... si lady Jane está...

El mayordomo frunció un poco el ceño, pero logró convertir su cara en una máscara de indiferencia con rapidez.

—Lady Jane está en casa y recibe visitas. ¿Puede darme su tarjeta de visita?

—Mi tarjeta —murmuró ella, y el mayordomo observó la gruesa cartulina color crema que ella tenía en la mano.

«¡Estúpida!», se reprendió a sí misma. Sin embargo, al levantar una mano aún temblorosa, descubrió que sus dedos no funcionaban correctamente. Mientras el hombre intentaba quitarle la tarjeta, a ella le costaba soltarla. De hecho, solo pudo agarrarla con más fuerza.

Después de unos segundos embarazosos, en los que él tiraba y ella agarraba la tarjeta, finalmente consiguió extender sus dedos apretados, con un suspiro de humillación.

Como si no hubiera ocurrido nada malo, el mayordomo leyó la tarjeta y luego inclinó la cabeza.

—Por aquí, *mi*lady.

El hombre retrocedió para permitirle entrar en el vestíbulo de mármol de los Westings. Después de cerrar la puerta, se dirigió hacia el primer conjunto de puertas dobles a la derecha de la entrada y abrió la de la izquierda para que ella pudiera pasar.

—Por favor, póngase cómoda, *mi*lady. Avisaré a lady Westing de su presencia.

Ella asintió. Cuando él cerró y se marchó, ella respiró entrecortadamente. Debía recomponerse. Lady Jane Westing no era más que otro ser humano. No había necesidad de ese terror abyecto. Por otra parte, no era seguro que recibiese a Adelia. Lady Jane también podría considerar a Owen como su amigo íntimo.

Echó un vistazo a la sala y observó su cálida decoración, con paredes de color amarillo girasol por encima de un revestimiento blanco y un bonito sofá de brocado floral sobre una alfombra de color crema y verde pálido. Adelia se preguntó si debía sentarse o si eso sería demasiado atrevido. Decidió caminar y practicar lo que iba a decir.

«Lady Westing, necesito urgentemente ayuda, aunque sé que no desea....», recitó en voz baja.

La puerta del salón se abrió y entró la marquesa. Con el pelo castaño pálido recogido en un elegante moño, lady Jane llevaba un vestido de día de seda violeta. Todo le quedaba perfectamente. Lo único sorprendente era que llevaba un bebé en brazos.

—Lady Adelia, la saludaría con las dos manos, pero ya ve que las tengo ocupadas. Espero que no le importe, pero mi hijo estaba durmiendo la siesta en mi regazo, y decidí que era mejor traerlo conmigo que hacerla esperar.

La boca de Adelia se abrió con sorpresa, pero se recuperó de esta al instante.

—Es más que amable por su parte... recibirme, sobre todo, si está escasa de personal. —Supuso que la mujer no había conseguido una niñera o que la que tenía se había puesto enferma.

Lady Jane sonrió con desconcierto.

—No me falta personal. Ya veo lo que quiere decir. —Rio—. Tenemos una niñera, pero tiendo a pasar una cantidad excesiva de tiempo simplemente sosteniendo a mi bebé. Me sigue pareciendo un milagro. Se llama Spencer, y hace poco superó un pequeño problema estomacal.

Naturalmente, un niño enfermo habría hecho que la marquesa tuviera a su hijo aún más cerca.

—Me alegro de que ya esté mejor —dijo Adelia, dándose cuenta de que estaba hablando demasiado bajo cuando lady Jane se inclinó ligeramente hacia delante.

—Gracias. ¿Quiere sentarse? —preguntó su anfitriona—. Ya he pedido el té. Debería estar aquí en breve. —Y lady Jane se sentó con suavidad en un sillón con orejas, sin apenas mover al niño dormido.

—La última vez que hablamos —continuó, mientras Adelia tomaba asiento en otro sillón, separado del de lady Jane por una pequeña mesa redonda—, fue en la fiesta de lord Burton, tras la exhibición de hipopótamos en el zoo de Regent's Park, creo.

Adelia asintió, quitándose los guantes y poniéndolos en su regazo, a la espera de la bandeja de té. Había visto a lady Jane varias veces desde entonces, pero la marquesa tenía razón en que no habían hablado desde aquella fiesta.

—¿Qué le trae a verme?

Adelia abrió la boca, esperando encontrar las palabras adecuadas cuando, tras un suave golpe, la puerta se abrió y entró una criada con una bandeja.

En muy poco tiempo, el servicio de té estaba colocado en la mesa entre ellas, al alcance de la mano. Lady Jane continuó con una conversación constante y cortés sobre el tipo de hoja de té en la tetera y cómo su inteligente cocinera había puesto cáscara de limón en la crema de galletas, y pronto volvieron a estar solas.

—Necesito ayuda —soltó Adelia. Sonaba como si se estuviera ahogando en el mar. De hecho, se sentía como si se estuviera ahogando en los problemas.

—Dígame de inmediato —dijo lady Jane.

—¿No quiere saber por qué... por qué he venido a verla?

Lady Jane negó con la cabeza.

—En cuanto mi mayordomo me dio su tarjeta, lo supe.

—¿Lo supo? —Adelia estaba confundida.

—Sí, sé a través de mi marido que lord Burnley la ha estado acompañando por la ciudad, y todo el mundo sabe que son los mejores amigos. Supongo que tiene dudas sobre su carácter.

Adelia se sintió mal. Si su visita fuera sobre un asunto tan benigno, averiguar la verdadera naturaleza del vizconde… Ya había tomado esa decisión por sí misma. Owen era un hombre bueno y de principios, aunque ligeramente indiscreto respecto a las mujeres a las que escoltaba. Parecía amable cuando no se enfurecía, lo que ocurría con demasiada frecuencia, pero incluso entonces, reservaba su ira para individuos concretos y nunca le había dado motivos a Adelia para temerle.

—Lord Burnley está involucrado en mi visita, sí, pero he venido a pedirle consejo para encontrar un abogado.

Lady Jane se echó hacia atrás, sorprendida. Miró hacia abajo, quizá para comprobar si su hijo seguía durmiendo.

—Continúe.

—Se trata de la hermana de lord Burnley —comenzó Adelia, preguntándose brevemente si lady Jane conocía la horrible verdad de su muerte. Por su expresión de compasión, Adelia pudo saber que sí.

—Su señoría cree que mi hermano ha... ha... Es decir, lord Burnley está convencido de que mi hermano es el autor... en definitiva... el asesino.

La marquesa no jadeó. En cambio, entrecerró los ojos.

—¿Eso cree?

Adelia asintió, preguntándose por los pensamientos de lady Jane y medio esperando que la echaran de inmediato.

—Pruebe el té —dijo lady Jane— antes de que se enfríe, y empiece desde el principio.

Adelia dio un sorbo al té y suspiró. Al parecer, lo que menos le gustaba, una larga discusión, era lo que le esperaba, pero lo intentaría.

En unos minutos, tras explicarle todas las pruebas extraordinariamente condenatorias, Adelia concluyó con:

—Sé lo que parece. De verdad, lo sé, pero también conozco a mi hermano. Con cada fibra de mi ser, sé que es inocente de esta acusación.

Lady Jane guardó un largo silencio.

—Además, existe el problema del móvil —declaró esta al fin—. Si uno supiera por qué mataron a lady Sophía, supongo que sabría al instante quién lo hizo.

—Sí —convino Adelia—. Incluso lord Burnley no tiene respuesta a por qué mi hermano haría de repente algo tan atroz. No hay ninguna razón lógica para ello. No ha ganado nada.

—Supongo que lord Burnley está muy dividido entre su alta estima por usted y su deseo de obtener justicia para su hermana. Es un terrible dilema, ¿no?

Adelia no sabía qué decir a eso. Un extraño podía ver la horrible ironía de la situación, y lady Jane aún no sabía si a Adelia le interesaba Owen.

—Mi intención no es ser grosera o desagradable —continuó lady Jane—, pero estoy ligeramente desconcertada en cuanto a la razón por la que ha venido a verme.

Adelia miró la taza de té que tenía en el regazo y la volvió a poner sobre la mesa. Esta última parte era la más difícil de su visita. Respiró hondo.

—No tengo familia ni nadie a quien pedir consejo. —No llegó a confesar que no tenía amigos—. Para decirlo sin rodeos, no tengo ni idea de cómo encontrar un buen abogado. —Adelia se dio cuenta de que estaba hablando en voz baja y lentamente, pero eso la ayudó a decir las palabras con fluidez—. Estoy segura de que podría encontrar un abogado por mí misma en el tribunal, pero todo el mundo ha oído historias de chapuceros ineptos. Y el detective me advirtió acerca de los picapleitos. Bribones sublimes, los llamó. Creo que la libertad de mi hermano depende de ello.

Lady Jane asintió con la cabeza, lo que provocó una inyección de terror en Adelia.

—Sé que no somos amigas —dijo esta—, apenas conocidas, pero hace tiempo que estamos en los mismos círculos. He oído hablar de su carácter ingenioso y la admiro por eso. La forma en que ha conseguido los nuevos orfanatos y su trabajo para la madre de su marido en el mundo del arte. Si alguien puede encontrar un abogado competente y de confianza, estoy convencida de que sería usted.

Adelia cerró la boca y esperó. Aquel había sido un discurso largo para ella, y lo había hecho sin tartamudear ni una sola vez. Pero mientras lady Jane la miraba con ojos inteligentes, sopesando algo en su mente, Adelia empezó a temer que hubiera sobrepasado los límites de la cortesía de los desconocidos.

—Dada la estrecha amistad de su marido con lord Burnley —añadió Adelia—, entenderé si mi petición le parece una traición, y puede mandarme a paseo.

—Tonterías —dijo lady Jane con firmeza—. No pienso eso en absoluto. Solo lamento un poco que no hayamos formado un vínculo más estrecho hace años. Odio pensar que se sienta sola. Tengo, digamos, una madre contundente que no me dejó languidecer ni un solo día feliz fuera de la sociedad. La soledad no era una opción. Naturalmente, ella tenía las mejores intenciones.

Adelia había agotado todas sus fuerzas para conversar, así que permaneció en silencio, limitándose a asentir en señal de comprensión.

—Su madre murió, creo —continuó lady Jane—, cuando usted era muy joven.

De nuevo, Adelia asintió.

—Y su padre también falleció, dejándoles solos a usted y a su hermano, por lo que puedo entender perfectamente la importancia de su misión. Resulta que conozco a un excelente procurador, pero se ocupa sobre todo del Tribunal de la Cancillería. Él redactó los artículos para los orfanatos. Podemos visitarle hoy mismo, ya que estoy convencida de que conocerá a un abogado de éxito.

Adelia sintió como si se hubiera quitado un peso de encima.

—No es necesario que me acompañe, lady Jane. Sé que está ocupada y que tiene a su bebé. Si me da el nombre de su abogado, entonces...

—Me gustaría asistirla, si me lo permite.

—Ya lo ha hecho —respondió Adelia.

—Me imagino que está temiendo el día que le espera. Puedo ir con... —Lady Jane dejó de hablar al oír voces en el vestíbulo.

Al instante, Adelia reconoció el sonoro timbre de Owen. La otra voz debía de pertenecer a lord Westing, el marqués.

Toda la sangre se drenó de su rostro y su estómago se encogió. Se sintió como una niña traviesa, descubierta en algún lugar donde no debía estar, como en la despensa con el tarro de dulce de melaza en la mano.

En unos segundos se abrió la puerta del salón y entró lord Westing, seguido de Owen. Él estaba en medio de una frase y se detuvo al verla, cerrando la boca al instante.

Lord Westing no usaba bastón en su propia casa, sino que llevaba unas gafas de color gris para protegerse los ojos.

—Tenemos una visita —declaró, mirando en su dirección.

¿Cómo lo sabía? Adelia se puso los guantes con rapidez para prepararse para salir.

—Sí —dijo lady Jane—. Lady Adelia Smythe y yo estamos conversando. Luego, se volvió hacia Adelia—. Mi marido puede ver algunas formas. Y creo que usted ya conoce a lord Burnley.

Adelia se puso en pie.

—Buenos días, lord Westing, lord Burnley. —Sabía que sonaba extraña, porque sintió los labios rígidos al pronunciar su nombre.

Lord Westing le dio los buenos días y lord Burnley lo imitó con un tono gélido.

Adelia se dirigió a lady Jane, que había permanecido sentada con su hijo, aún profundamente dormido en su regazo.

—Gracias por su ayuda. Si pudiera anotarme ese nombre, me pondré en camino.

—¿Está segura de que no me dejará acompañarla? —volvió a preguntar la marquesa.

Adelia miró a Owen y se dio cuenta de que estaba escuchando atentamente cada palabra. Ella tragó saliva.

—Es muy a... amable de su parte, pero me las arreglaré sola. —¡Maldición! El solo hecho de ver al hombre le había hecho recuperar los nervios.

—Muy bien. Tal vez en otra ocasión vuelva y me cuente cómo le fue —dijo lady Jane con sinceridad.

Adelia creía firmemente que Su Señoría estaría bien informada de cualquier noticia sobre la desgracia de los Smythes. Sin duda, lord Westing ya había recibido la información por boca de Owen.

—Querido —le dijo lady Jane a lord Westing—, tengo a Spencer en mi regazo. ¿Podrías traerme una hoja de papel del cajón y una pluma?

—Vivo para servirte, mi amor —dijo él con buen humor, conduciéndose con facilidad por su propio salón y presentando a su esposa una hoja de papel.

Con el brazo de su sillón como soporte, la marquesa escribió en el papel, lo dobló y se lo tendió a Adelia.

—Dígale que la envío yo. Por favor, hágame saber si puedo ser de más ayuda o si necesita mi compañía.

Esta mujer era la amabilidad personificada, y Adelia se preguntó si se había perdido muchos de esos privilegios por su severa reticencia. Si se hubieran quedado solas, estaría casi dispuesta a confesarle su deseo de ser novelista y pedirle a lady Jane que leyera uno de sus manuscritos. Tal vez, en otra ocasión, lo haría.

—De nuevo, le doy las gracias, *mi*lady. —Adelia apretó la nota doblada en su mano—. Buenos días a usted y a lord Westing.

Su corazón latía con fuerza cuando tuvo que pasar cerca de Owen.

Apenas podía mirarle a los ojos.

—Buenos días —murmuró.

—La acompañaré a la salida —declaró él, y antes de que ella pudiera detenerlo, estaba a sus espaldas y cerrando la puerta del salón tras ellos. Cuando apareció el mayordomo, Owen le hizo un gesto para que se fuera.

—Solo un minuto o dos —ordenó, y el hombre desapareció del vestíbulo tan rápido como había llegado.

—Necesito mi capa —protestó ella. Además, no tenían nada que decirse.

—¿De qué hablaba con lady Jane?

—Eso no es asunto suyo —dijo Adelia, aunque supuso que si la marquesa se lo contaba a su marido, él se lo contaría a Owen. También podría confesar—. Necesitaba ayuda para encontrar un abogado.

Owen frunció el ceño como lo había hecho lady Jane.

—Simplemente recordaba a lady Westing como el tipo de p... persona que sabría lo que debería hacer —dijo Adelia—, o que tendría una s... sugerencia sobre a quién debería ver.

Él frunció los labios.

—Nunca ha tartamudeado al hablar conmigo.

Adelia parpadeó para no llorar. ¿Pensaba él menos en ella? Enderezando los hombros, se recordó a sí misma que su asociación había terminado.

—Eso me entristece —confesó Owen.

Adelia recuperó el aliento. Un millar de emociones la recorrieron ante sus palabras y su significado, pero no tenía sentido seguir un camino tan retorcido.

Cuando ella no dijo nada más, Owen preguntó:

—¿Lady Jane le proporcionó ayuda?

Adelia asintió con la cabeza y desdobló el papel para ver un nombre escrito con una pulcra letra y la maldita marca de agua *J D* debajo. En silencio, se la señaló al vizconde para que comprendiera su omnipresencia en todos los hogares de Londres.

Él alzó las cejas, pero no hizo ningún comentario al respecto. En su lugar, preguntó:

—¿Va ahora a los juzgados?

—Sí. —Ella metió el papel en el pequeño bolsillo de su costura lateral.

Él hizo una mueca de inseguridad.

—Me ofrecería a acompañarla, pero... —se interrumpió—. Obviamente, dadas las circunstancias, esperamos resultados diferentes.

Recordando que él quería que su hermano fuera declarado culpable de asesinato, Adelia apretó los dientes y miró más allá de él para buscar al mayordomo.

—Me iré sin mi capa —amenazó.

Ella llamó al mayordomo y este reapareció desde los recovecos del pasillo, sosteniendo su capa gris sobre un brazo.

Owen la cogió y envolvió a Adelia en ella. El roce de sus manos sobre sus hombros le hizo recordar lo que sentía al ser tocada por él, especialmente cuando la había besado profundamente. Su corazón se aceleró y una parte de ella deseó poder girarse para ser consolada en sus brazos. Si ella le hubiera dicho en cuanto él le enseñó el pañuelo que este pertenecía a su hermano, el resultado habría sido el mismo, salvo que se habría perdido unas cuantas semanas de ser cortejada por aquel hombre tan tentador.

Suspiró, sin poder mirarle. Él vería con demasiada facilidad el anhelo en sus ojos. El mayordomo de los Westings abrió la puerta y Adelia se dirigió a su carruaje, casi deseando que Owen dijera su nombre y la llamara de nuevo.

Capítulo 19

Owen observó a Adelia marcharse, sabiendo que debería ser él quien la ayudara a subir a su carruaje, no su cochero, pero tenía que mantener las distancias. Verla hoy, encontrarla de forma inesperada en la casa de su amigo, había hecho aflorar todas sus conflictivas emociones.

Podía admitirse a sí mismo inequívocamente una cosa: nunca había deseado a otra mujer como deseaba a Adelia Smythe. Y, sin embargo, su denuncia contra el hermano de esta hacía imposible cualquier relación con ella. Podría haberlo intentado de todos modos, dado lo mucho que Adelia le atraía, pero sabía que ella lo reprendería. Sobre todo, cuando su hermano podía acabar colgado de una cuerda en la zona de ejecuciones públicas junto a la prisión.

La noche anterior —en realidad, hacía apenas unas horas, a primera hora de la mañana—, su ira contra ella lo había consumido por completo. Adelia le había mentido. Sin embargo, por mucho que lo intentara, ahora que se le había pasado el susto inicial, no podía culparla. Si sentía por él la más mínima parte de lo que él sentía por ella, Adelia no había tenido más remedio que dividir sus lealtades. Se había visto obligada a proteger a su hermano mientras permitía que su relación floreciera. En una situación similar, él habría hecho lo mismo.

Una relación que ahora había llegado a su fin. Y aun así, la quería.

Owen regresó al salón, deseando incluso entonces estar al lado de Adelia para protegerla de lo que viniera después.

❖

Había sido difícil ver a Owen y más difícil aún calmar su pulso acelerado una vez en su carruaje. Por fin, Adelia sentía una dulce e intensa ternura por un hombre y, maravilla de las maravillas, él le había correspondido, solo para que se convirtiera en alguien con el que ella nunca podría compartir una vida.

«Maldición», dijo, como había escuchado decir a su hermano. Metió la mano en el bolsillo, sacó de nuevo el papel y lo desdobló. Lady Jane había escrito: «Señor Brassel, Gray's Inn». Después de dar instrucciones a su cochero, Adelia se recostó sobre el asiento y, en poco tiempo, viajaron desde Oxford Street hasta Holborn. Giraron a la izquierda en Gray's Inn Lane Road y se detuvieron.

Adelia permaneció dentro del carruaje unos minutos con el corazón latiendo con fuerza por lo que debía hacer, preguntándose si realmente podría entrar y pasar por delante de todos los oficinistas y abogados a los que veía ir y venir a toda prisa de los edificios. Y tendría que hablar con extraños.

La humedad se filtró por la espalda de su vestido y cerró los ojos. Respirando de forma constante, sentada en silencio, sabía que su cochero estaba acostumbrado a sus extraños hábitos y no la molestaría hasta que ella golpeara el techo.

«Por Thomas», se recordó a sí misma. Estaba en los juzgados por él. Entonces, dijo en voz alta:

—Buenos días, señor. Espero tener un momento de su tiempo.

Después de practicarlo tres veces, dio un golpe en el techo. Unos segundos después, la puerta de su carruaje se abrió y Henry la ayudó a descender. No necesitaba chaperona ni acompañante, ya que no había nada más seguro que un edificio lleno de abogados.

Gray's era un establecimiento legal pequeño. De todos modos, después de atravesar las puertas de hierro forjado de la entrada principal en Field Court, con la insignia del grifo haciendo guardia, Adelia tardó unos minutos en recorrer los pasillos entre las dependencias. Después de armarse de valor, se acercó a un empleado sentado frente a un escritorio en la entrada del edificio principal.

—Señor Brassel, si es tan amable —consiguió dirigirse a él.

El joven abogado la condujo a través del gran vestíbulo, con su elevado techo y sus vidrieras de colores, hasta el despacho del procurador. Era imposible no detenerse mientras Adelia experimentaba una ráfaga de asombro en el interior abovedado, donde los contrafuertes de las vidrieras parecían volar desde las paredes hasta reunirse en lo alto, donde colgaban placas y escudos de armas de los grandes hombres que los habían precedido, así como un cuadro de la reina Isabel I, de la que el empleado le informó que era la patrona de Gray's Inn. Una estatua de Shakespeare hizo que el empleado le dijera que el Bardo de Avon también había actuado en esa misma sala.

Adelia se dio cuenta de la solemnidad del lugar y de su propósito. Aquello era serio, y si lo había dudado por un instante, el interior de Gray's Inn se lo recordó, con todos los hombres vestidos de negro yendo de un lado a otro como grandes y temibles cuervos.

Al fin, el empleado llamó a una puerta, la empujó y dijo con toda claridad:

—Una dama desea verle, señor. —Después de empujar la puerta para abrirla más, le ofreció a Adelia una amable inclinación de cabeza y se marchó.

Ella entró en la habitación, asombrosamente pequeña, con apenas espacio para un escritorio, una estantería y dos sillas. Ya de pie, el hombre de pelo canoso y enjuto, con un traje azul y ojos amables, le tendió la mano a través de su escritorio, una acción que ella encontró entrañable.

—Soy el señor Brassel —dijo con un tono rico que contradecía su edad—. ¿A qué debo este placer?

Ella le respondió como había practicado en su carruaje.

—Bien... señor. Espero que me conceda un momento de su tiempo.

Adelia hizo una mueca. Le había salido mal, pero él pareció entenderlo.

—Sí, por supuesto. ¿Su nombre, por favor?

Ella podía responder con facilidad a eso.

—Lady Adelia Smythe, señor.

—*Mi*lady —se inclinó él—. Parece nerviosa. Por favor, tome asiento y dígame en qué puedo ayudarla.

Menos mal que sus faldas no eran abultadas, o no habría habido espacio para que ella se colara entre el escritorio y la silla.

En cuanto se sentó, recordó a Thomas en la noche anterior, con su cara de asombro cuando le dijeron que iba a Newgate, y, entonces las palabras de Adelia salieron más fluidas.

—Me disculpo por haber venido sin cita —dijo esta, sintiéndose fortalecida al haber llegado hasta aquí por su cuenta.

Él le sonrió.

—Nunca rechazaría la visita de una dama —dijo el caballero, y a ella no le importó su halago, ya que no tenía ni un rastro de lascivia, sino simplemente una sonrisa de abuelo.

—Sin preámbulos, señor, mi hermano, el conde de Dunford, ha sido detenido en Newgate. Será acusado de asesinato.

Con cada afirmación que hacía, la expresión del hombre se volvía más grave.

—Usted sabe que no soy abogado, *mi*lady. No puedo defender a su hermano en el tribunal.

—Lo entiendo, pero lady Jane Westing me envió a usted, creyendo que conocería al mejor abogado para llevar el caso de mi hermano. Él es inocente.

Se sintió aliviada cuando él no pareció dudar al instante.

—Como descubrirá, *mi*lady, a muchos abogados, y también a los jueces, no les importa la verdadera culpabilidad o inocencia del acusado. El trabajo del abogado es presentar una defensa razonable, creíble y, sobre todo, persuasiva, precisamente como hará el letrado de la acusación, que ofrecerá una acusación sólida. El juez decidirá quién es el mejor abogado.

Adelia sintió un nudo en la boca del estómago.

—Seguramente, la inocencia debe de significar algo.

Él le dirigió otra mirada amable.

—En manos de un buen abogado, puede significar toda la diferencia. Creo que debemos llevar su caso ante el señor Jaggers.

—Gracias, señor Brassel. Le agradezco su consejo y su ayuda.

—Como he dicho, me alegro de la interrupción —dijo este—. Los días pueden ser largos y tediosos, sobre todo cuando me llaman al Tribunal de la Cancillería, como ocurrirá el resto de la semana.

Él revolvió los papeles de su escritorio hasta que descubrió una pluma. A continuación, abrió un cajón y sacó una hoja con su nombre impreso en la parte superior.

Escribió unas líneas antes de preguntar:

—El nombre de su hermano otra vez, por favor.

—Lord Thomas Smythe, conde de Dunford.

Lo escribió y luego la miró.

—Sin duda no está disfrutando de las instalaciones de la cárcel. Le aconsejo que vaya allí con alguna moneda en la mano, y la reparta generosamente a quien se la pida. Él tendrá mejor comida y ropa de cama limpia si lo hace.

—Lo siguiente que voy a hacer es ir a Newgate. —Adelia tenía una pesada bolsa de monedas en su ridículo y, francamente, estaba aterrada. Le pediría a su cochero que la acompañara.

—Tengo media hora hasta que deba dirigirme al tribunal. Si desea decirme lo que sabe, en lugar de esperar a un empleado, anotaré los detalles y se los enviaré directamente al señor Jaggers. Tal vez nos diga que no hay que preocuparse, ya que puede que no tengan mucho caso.

—Me temo que sí. Hay pruebas muy desconcertantes que vinculan a mi hermano con el asesinato. —Ella pasó los siguientes minutos contándole lo que sabía.

—Es muy extraño —murmuró él—. No soy abogado penalista, pero esto parece demasiado fácil para la acusación. Me sorprende que el asesino no se limitara a escribir en una nota «Lord Smythe me ha matado» y a prenderla después con un alfiler en el abrigo de la pobre dama.

—Entonces, ¿cree que mi hermano es inocente? —preguntó ella.

—¿Un hombre culpable le habría dado a usted el perfume, sabiendo que conoce al hermano de la difunta?

Ella negó con la cabeza.

—Thomas me lo dio sin engaño, eso es seguro.

—Por último, tenemos que interrogar a su hermano y averiguar dónde estaba la noche en que lady Sophía fue asesinada. Esperemos que estuviera en una cena íntima y no en un baile.

—¿Por qué, señor?

—Uno siempre puede salir de un baile sin ser notado, escabullirse con cualquier propósito y regresar. No es una coartada segura.

Adelia pensó que Thomas podría haber estado con la señorita Moore cuando Sophía fue asesinada, pero él podía hablar por sí mismo en ese sentido.

—¿Nos vamos? —dijo el caballero.

—¿Nosotros, señor?

—He decidido enviar a mi aprendiz en mi lugar al Tribunal de la Cancillería. No va a pasar nada en mi caso actual durante un periodo de... oh... cinco años, como muy pronto.

Adelia no pudo evitar sonreír ligeramente.

—Usted cree que estoy bromeando. Querida señora, hay casos en la Cancillería que comenzaron antes de que usted viniera al mundo. Probablemente algunos antes de que yo naciera, también. Nuestro tribunal de justicia se ha convertido en todo menos en eso. Por suerte, usted estará en un tribunal muy diferente. —Se puso de pie—. Además, esto es mucho más interesante que cualquier otra cosa que pudiera estar haciendo hoy. Quiero conocer a su hermano y escuchar lo que tiene que decir.

Él dobló el papel en el que había estado escribiendo sus notas, lo selló con una pizca de lacre negro y su anillo, y garabateó apresuradamente «Señor Nigel Jaggers, Esquire», en la otra cara.

—Dejaremos esto en su buzón al salir. —Entonces, mientras se ponía el sombrero y cogía un bastón, el señor Brassel sacudió la cabeza—. ¡Esa lady Westing! Ella sabía que me interesaría de inmediato por la situación de su hermano y me distraería del tedioso trabajo que ya tenía entre manos. ¡Bendita sea!

———

Así, ADELIA SE ENCONTRÓ en compañía del señor Brassel de camino a la cárcel de Newgate, a escasos cinco minutos al este, por la calle Holborn. Cada uno iba en su carruaje por separado, ya que él iría antes al Lincoln's Inn Hall, donde se reunía en ese momento el tribunal de la Cancillería.

Adelia apenas podía respirar cuando bajó de su carruaje a la entrada de la prisión. Parecía totalmente increíble que Thomas estuviera allí, y ella visitándolo en un lugar tan espantoso.

Había pasado por delante del lúgubre edificio varias veces en su vida, y nunca había pensado en sus habitantes más que para decidir que estaban allí por una buena razón. Además, nunca se le ocurrió que los prisioneros que se encontraban detrás de las feas paredes de granito pudieran ser personas que ella conociera.

Al estudiarla ahora, su aspecto no era mejor: una estructura escuálida y sin adornos que parecía haber caído pesadamente en la esquina de las calles Newgate y Old Bailey. Las ventanas enrejadas en lo alto, en lo que supuso que era un segundo y tercer piso, eran el único signo revelador del uso del edificio.

—No se desanime, lady Adelia —dijo el señor Brassel—. Con suerte, su hermano no estará aquí mucho tiempo. Los visitantes habituales solo pueden ver a los presos en el patio central, si es que lo hacen. Sin embargo, como vamos a presentar una declaración —su testimonio de defensa— se nos permitirá verlo en privado en una habitación.

Comenzaron su viaje al interior de la infame instalación con un golpe de la que Adelia descubrió que era la puerta de la casa del gobernador de Newgate. Después de que el señor Brassel le diera a un criado su tarjeta, el hombre les permitió la entrada, y esperaron a otro oficial que los escoltaría dentro de la prisión.

A la derecha de Adelia había un despacho ordinario, uno que se parecía al del procurador de Gray's Inn, pero más grande, con espacio para dos empleados que no levantaban la vista de su tarea. Más allá de ellos, las ventanas daban al lado de las instalaciones de Old Bailey.

—¿No traerán a mi hermano aquí? —preguntó Adelia, que aún dudaba de entrar en la propia cárcel.

—Parte de su cometido de hoy es untar las palmas, si conoce la frase, de todas las personas adecuadas que harán más cómoda la estancia de su hermano. Para ello, debe entrar.

Ella asintió. La espera parecía interminable. Al fin, un hombre fornido, vestido de negro y con un enorme juego de llaves, llegó para acompañarlos al interior. Le siguieron por una puerta opuesta a la que habían entrado desde la calle. Frente a Adelia estaban las máscaras mortuorias de dos hombres, etiquetados como Bishop y Williams.

Cuando ella las vio y luego se giró hacia el procurador, el señor Brassel solo murmuró:

—Asesinos notorios. —Y la apartó del lugar.

Al pasar por esa sala, se encontraron al fin casi en la prisión. El Old Bailey quedaba a su derecha y, a su izquierda, una hilera de rejas, de la que ella no podía apartar la mirada. Cuando viera a Thomas, estaría encadenado. Un sollozo le subió a la garganta y lo reprimió. A continuación atravesaron una pesada puerta de madera, tachonada con clavos de hierro y custodiada por otro hombre que los observaba con desinterés mientras su escolta utilizaba una llave para abrir la puerta y permitirles la entrada.

Delante de ellos había un estrecho pasillo de piedra, que Adelia descubrió que conducía a diferentes patios, cada uno custodiado por otras puertas y rejas.

—Me estoy desconcertando —dijo—. Es como una conejera.

—En realidad, *mi*lady —dijo el guardia—, Newgate es una plaza ordenada, formada por pabellones. Hay patios intermedios para hacer ejercicio. Tenemos un lado separado para las mujeres, más cerca de la Casa de la Sesión, y el lado de los hombres, en el que entraremos a continuación. Están buscando a Thomas Smythe, ¿no es así?

—Lord Thomas Smythe, conde de Dunford —dijo ella, clara como una campana—. Y es inocente.

—Por supuesto, *mi*lady. —Pero era evidente que el hombre había oído eso a menudo.

El señor Brassel le dio unas palmaditas en el brazo para tranquilizarla, y ella se dio cuenta de que no conseguía nada con alegar su caso ante un guardia.

¿Era él a quien debía pagar un poco?

Golpeando su ridículo lleno, miró al procurador e hizo un gesto con la cabeza hacia la espalda del guardia que los guiaba.

El señor Brassel asintió.

—Le diré cuándo —dijo este en voz baja.

Cuando entraron en el lado de los hombres de la cárcel, el guardia cerró la última puerta que habían atravesado.

—Iremos a la sala de recepción. Creo que lord Smythe puede estar todavía allí, ya que todos los prisioneros permanecen en ella hasta que son examinados por el cirujano.

—¿El cirujano?

—Sí, *mi*lady. La prisión tiene el suyo propio. Hay que asegurarse de que los prisioneros no se nos van a morir antes del juicio y la ejecución.

Como si se diera cuenta de lo que había dicho, empezó a reírse, luego se dobló, con las manos en las rodillas, y se rio más fuerte hasta que empezó a jadear.

Parecía que él tenía más necesidad de un médico que su hermano, pero Adelia mantuvo la boca cerrada.

Por desgracia, el cirujano había llegado antes y ya había autorizado a Thomas a entrar en Newgate. Por lo tanto, tuvieron que ir más adentro. Al pasar por otra puerta, llegaron a uno de los pabellones de hombres, un lugar espacioso, de techos altos y encalados, con ventanas que daban a un patio de ejercicios.

Era más luminoso y alegre de lo que ella había temido. Había una gran chimenea y, frente a ella, dos mesas rectangulares con hombres sentados, comiendo. Mientras buscaba a Thomas, Adelia no pudo evitar observar el resto de la sala. A lo largo de dos lados había una estantería y debajo de ella, grandes ganchos.

Al principio, no pudo descifrar lo que colgaba de cada uno, hasta que se dio cuenta de que eran esteras, probablemente para dormir. Porque encima de cada una, atada a la estantería, había una alfombra y una manta. Aquel sitio no era solo donde Thomas comía y pasaba el día, sino también donde dormía en el duro suelo.

Sobre el enorme hogar, la única decoración eran textos de las escrituras, diseñados para inspirar, supuso ella. Poco más había en la habitación que pudiera inspirar pensamientos más elevados o dar a sus habitantes la esperanza de un futuro mejor.

—¡Dilly! —Oyó gritar desde el centro de un grupo de hombres. Al acercarse a su mesa, Adelia pudo ver que todos estaban cenando algún tipo de guiso servido en toscos platos de peltre.

Vio el pan negro, que inesperadamente le hizo llorar. Su padre siempre lo había prohibido en su mesa, pero de vez en cuando, ella y su hermano habían comido un poco de la bandeja del servicio y lo habían untado con mantequilla. A los dos les encantaba su sabor ácido.

Al fin, Thomas estaba en sus brazos y las lágrimas de Adelia fluyeron por su rostro. Parecía que no lo había visto durante días en lugar de horas, habían pasado tantas cosas…

Otros hombres empezaron a silbar y a hacer comentarios lascivos, recordándole que esto no era una reunión social.

—¡Cerrad el pico! —gritó Thomas por encima del hombro—. Esta es mi hermana.

Se produjo un silencio generalizado que la impresionó. Al parecer, había un código de urbanidad incluso en Newgate. Miró las caras de los demás presos, pálidas y dibujadas.

¿Cuánto tiempo pasaría hasta que su hermano adoptara el tono enfermizo y el comportamiento de estos hombres, rotos en cuerpo y espíritu?

Cuando se separaron, ella dijo:

—Este es el señor Brassel, un procurador, y conoce a un buen letrado. Ha venido a hablar contigo y a transmitirte la información. —a Adelia le parecía extraño cómo funcionaba el sistema legal, pero le habían dicho que el público casi nunca hablaba con los abogados. Los procuradores eran como sacerdotes, y llevaban las confesiones de los penitentes a los abogados, que eran considerados divinos por sus habilidades.

Thomas estrechó la mano que el señor Brassel le tendió.

El guardia se había quedado cerca, y el procurador se dirigió a él.

—¿Podemos ir a un lugar privado?

—Me temo que no, señor. La mayoría de la gente no recibe visitas aquí, como puede imaginar. En el patio, la señora estaría al otro lado de una valla de hierro.

En ese momento, el señor Brassel le hizo un gesto con la cabeza, y ella se dio cuenta de que era el momento del primer pago.

—Buen hombre, si pudiéramos encontrar un lugar para hablar a solas con mi hermano —dijo Adelia, sorprendida por su propia voz firme—, lejos de todo este ruido, se lo agradecería. —Con valentía, sabiendo que no había necesidad de discreción, le tendió la mano, y él de inmediato ahuecó la suya para recibir las monedas.

Él las miró, aparentemente impresionado por la cantidad.

—Vengan por aquí —dijo.

Siguiendo detrás como antes, esta vez, Adelia tenía su brazo enlazado con el de Thomas.

—Se han llevado tu ropa —dijo ella. Aunque él llevaba la camisa y los pantalones de algodón más sencillos, obviamente no nuevos, parecían limpios, como si hubieran sido hervidos a conciencia.

—Sí, pero si recuerdas, no llevaba mi mejor traje de todos modos.

Ella tenía la intención de preguntarle más sobre el tonto traje que llevaba en el East End, pero él continuó hablando.

—Por suerte, tenía suficiente dinero para comprar estos trapos y asegurarme de que me alimentaban durante una semana. Pero no hay ninguna cantidad que me consiga una celda privada o una cama. Solo los celadores tienen un catre. —Thomas señaló un rincón junto a la chimenea, donde ella vio un pequeño somier de madera.

—No parece una gran mejora con respecto a la estera —comentó ella.

Su hermano se encogió de hombros.

—El estofado es grasiento, pero hay pan integral.

—Ya lo he visto. —Ella no pudo evitar sonreír ante la mirada de él. Incluso aquí, Thomas parecía un niño pequeño en su memoria, y Adelia anhelaba tomarlo en sus brazos y protegerlo—. Debemos ordenar al cocinero que compre pan negro para nuestra mesa cuando te traigamos a casa. —

La última palabra se le atascó en la garganta y parpadeó para no llorar.

Pronto estuvieron en una pequeña habitación sin ventanas.

—Suele ser para las presas rebeldes —dijo el guardia.

Sin entender qué significaba eso, Adelia lo vio salir y cerrar la puerta. Cuando le oyó girar una llave en la cerradura, se estremeció. No había sillas, así que se colocaron en círculo, unos frente a otros.

—Vayamos al grano —dijo el señor Brassel—. ¿Mató usted a Sophía Burnley?

—¡No! —Thomas parecía afligido—. Pensé que este hombre sabía la verdad —le dijo a Adelia.

—Sé lo que me ha contado su hermana —dijo el señor Brassel—. Quiero oírlo de su boca.

—No hay nada que contar porque no sé nada del asesinato.

—¿Conocía usted a la señora? —preguntó el procurador.

Adelia esperó mientras Thomas ponía al señor Brassel al corriente de lo mismo que le había dicho a ella.

—Creo que tendría que ser un idiota para darle a su hermana el perfume de la mujer muerta, milord, y usted no me parece un idiota.

—Gracias —dijo Thomas.

—La siguiente pregunta es su paradero el día y la noche del asesinato.

Thomas suspiró.

—Si no estaba en casa con mi hermana, o en el Reform Club o en el Teavey's, que es mi club de boxeo, habría estado en una cena o en un baile con Adelia.

—Lo siento —dijo el señor Brassel—, hemos venido directamente aquí, pero preguntaremos al detective por la fecha exacta, y supongo que usted podrá mirar su agenda social.

Thomas miró a Adelia.

—Suelo dejar que mi hermana lleve nuestra agenda.

—¿Lleva un diario de los eventos a los que ha asistido? —le preguntó el señor Brassel.

—Así es.

—Si no fuera una noche de baile o cena, ¿dónde habría estado? —le preguntó el procurador a Thomas.

Las mejillas de su hermano se sonrojaron ligeramente.

—Díselo —insistió ella.

—Tengo una amiga que vive en Whitechapel High Street.

—Ya veo. ¿Y eso está cerca de donde ocurrió el asesinato? —preguntó el señor Brassel.

—Por lo que sabemos, sí… —dijo Thomas en voz baja.

—¿Podría esta amiga haber estado celosa de lady Sophía, haberla atraído hasta allí con la nota en su nombre y haberla matado?

Thomas palideció y Adelia jadeó.

—¡Por supuesto que no! —exclamó su hermano—. La señorita Moore no sabía nada de la muerte de la dama hasta que Burnley interrumpió nuestra velada anoche.

—En cualquier caso, el sargento detective del caso hablará con ella en algún momento. Conseguiré notas suyas para dárselas al abogado —dijo el señor Brassel, mientras garabateaba en una tablilla.

—Sin embargo, le advierto que, diga lo que diga su amiga, aunque le proporcione a usted una coartada, será de poco interés para el tribunal. La considerarán su amante y, por lo tanto, parcial a su favor, y es probable que no mienta por usted bajo juramento.

—Eso es injusto —dijo Adelia.

—Lo es —dijo el señor Brassel.

—Entonces, esperemos que el asesinato haya sido en una noche de cena en la que todos vieron a mi hermano durante toda la noche —dijo ella—. Seguramente, la policía no descartará la palabra de varios miembros de la alta sociedad.

—Se les creería —convino el abogado—, si están dispuestos a hablar por él.

—¿Por qué no lo harían? —se preguntó Adelia.

—Se sorprendería ver cómo la gente se vuelve repentinamente vacilante a la hora de involucrarse en cualquier cosa con un tufillo a escándalo. Y el asesinato es mucho más que un tufillo, *mi*lady.

Tras un golpe en la puerta para avisarles, oyeron con toda claridad el giro de la llave antes de que entrara el guardia.

—Se acabó el tiempo —declaró este, haciendo sonar el gran llavero para enfatizar sus palabras.

—Para que se las des a quien convenga —murmuró Adelia al oído de Thomas, entregándole la bolsa del interior de su ridículo—. Cuando vuelva, hazme saber cuánto más necesitas y te lo traeré.

Él asintió con la cabeza, sopesando brevemente la bolsa, y se la metió en el bolsillo.

—Esto me servirá para aguantar más tiempo del que espero estar aquí y me proporcionará todo el estofado de carne que pueda comer.

—Lo siento mucho —dijo ella, abrazándolo de nuevo.

Mientras los fuertes brazos de su hermano la rodeaban con fuerza para mostrarle sus propios sentimientos, Adelia juró en silencio que lo salvaría. La alternativa era impensable.

Capítulo 20

El señor Brassel, se despidió de Adelia con pesar para ir al Tribunal de la Cancillería, y «perder el resto del día», como le dijo.

Ella decidió volver a la comisaría, ya que ahora estaba muy cerca de averiguar el día exacto de la muerte de lady Sophía. Todo lo demás dependía de ello.

Bostezó cuando la hicieron pasar al despacho del sargento Garrard, y se apresuró a taparse la boca con su mano enguantada.

En el espacio de diez minutos, logró dos cosas. Le dieron la fecha que necesitaba para buscar en su agenda, y le transmitió al detective información sobre la señorita Moore.

—Sé muy poco de ella, excepto que parecía estar sorprendida por las acusaciones de lord Burnley. Y parece que se preocupa por mi hermano.

Una vez hecho esto, se fue a casa, sin haber dormido desde hacía dos noches ni haber comido desde la hora del almuerzo del día anterior. Sin embargo, no tenía apetito y se acostó en su cama con las cortinas corridas contra la luz de la tarde, donde cayó en un profundo sueño.

Al despertar horas después, por un segundo, se sintió confundida hasta que todo volvió a su mente, y quiso llorar. Más que eso, quería recurrir a alguien, a cualquiera, para que la consolara.

¿Cómo había llegado a esta edad de su vida sola y sin amigos? Tal vez su padre había tenido razón al tratar de sacarle la timidez a golpes.

Antes de la siesta, se había despojado de su ropa, considerándola sucia por el ambiente de Newgate, y se la había dado a Penny para que la lavara. Ahora, la llamó para darse un baño, esperando que después de él, volviera su apetito.

Más tarde, ya vestida y con el pelo todavía húmedo, se sentó junto al fuego en su dormitorio, en lugar de en el comedor, incapaz de enfrentarse al asiento vacío frente al suyo.

No podía fallar a Thomas.

❖

ANTERIORMENTE, OWEN HABÍA TENIDO conflictos al disfrutar de la compañía de lady Adelia mientras él lloraba a su hermana y buscaba a su asesino. Ahora, era mucho peor cada vez que contemplaba a la mujer a la que había llegado a cuidar.

Había llevado al asesino de Sophía ante la justicia, y los tribunales pronto impondrían el castigo al conde, pero la vida de Owen parecía extraordinariamente vacía.

Además, Adelia estaba sufriendo. Se preguntó si ella aceptaría una visita suya y concluyó que la respuesta era que no.

Tal vez ella podría leer una nota suya si a él se le ocurriera qué decirle. Era imposible que Adelia quisiera que su hermano saliera libre de un crimen tan atroz. En algún lugar, en el fondo, entendía que él había tenido que meter al asesino en la cárcel.

Sin embargo, Owen necesitaba verla. Para ello, se sentó en su estudio y puso pluma en el papel, el cual descubrió que tenía una marca de agua *J D*.

¿Qué podía decir? Ella no saldría a la sociedad. De eso no tenía ninguna duda, así que no podía invitarla a una cena o un baile. Tal vez ella aceptaría ir a montar a caballo con él.

«Querida lady Adelia:

Me disgusta que circunstancias en las que ni usted ni yo hemos jugado intencionadamente un papel fundamental hayan interrumpido nuestra floreciente amistad. Me pregunto si estaría dispuesta a salir a montar conmigo en Hyde Park.

Afectuosamente,
Lord Owen Burnley».

Él no imaginó que su pequeña misiva pudiera empeorar las cosas. Sin embargo, al día siguiente, recibió una nota furiosa como respuesta.

«Lord Burnley:

No sé en qué puede estar pensando al ponerse en contacto conmigo de esta manera. Ciertamente, y de forma intencionada, usted desempeñó un papel fundamental en el injusto encarcelamiento de mi hermano. Teniendo en cuenta este hecho, no es posible que crea que yo quiera estar en su compañía. Además, ¿por qué me invitaría a montar a caballo?

Atentamente,
Lady Adelia Smythe».

Sería totalmente sincero con ella, pues no tenía nada más que perder:

«Querida Adelia:
Porque la echo de menos.

Afectuosamente,
Owen».

No mucho después de que su mensajero entregara su nota, Owen recibió otra:

«Lord Burnley:
Estaré en Hyde Park, en la puerta de Grosvenor, mañana a las once, si el tiempo es bueno. Tengo la intención de bajar hasta el Serpentine y recorrer Rotten Row.

Lady Adelia Smythe».

Owen no pudo evitar sonreír al recibir su última misiva. Aunque la emoción por el encuentro coloreaba todos sus pensamientos y acciones con un brillo alegre, no podía hacer nada serio hasta que la viera. Era cierto que ella no había sido precisamente acogedora, pero tampoco lo había rechazado de plano.

Llegó temprano y esperó junto a su caballo en la puerta de Grosvenor, en el lado este del parque, a las once menos cuarto. Se debatía entre la seguridad de que Adelia llegaría en cualquier momento y el temor de que solo lo hubiera dicho para burlarse de él y no apareciera.

De repente la vio, sentada alta y erguida con un traje de montar azul marino y un lacayo montado a unos metros detrás de su caballo. Owen estuvo a punto de aplaudir con sus manos enguantadas por la emoción. En lugar de ello, se quitó el guante derecho, preparado para tomar su mano entre las suyas. Sin embargo, no tuvo la oportunidad, ya que ella no se detuvo ni desmontó.

Adelia pasó por delante de él, lo saludó con una inclinación de cabeza y giró su caballo hacia el camino diagonal del sur, hacia el Serpentine y Rotten Row.

¡Al diablo! Owen se puso el guante con rapidez, montó y la alcanzó en unos pocos pasos al trote.

—Lady Adelia, me alegro de verla.

Ella asintió de nuevo.

Ah, esto era como en sus primeros encuentros. Él tendría que esforzarse más para sacar su voz de sus encantadores labios.

—El tiempo resultó ser bueno, después de todo.

Ella se giró en su silla de montar.

—No en Newgate —dijo en un tono cortante.

Fue como si le hubiera dado una bofetada.

—¿El tiempo es diferente en esa calle que aquí? —Sintiéndose irritado, no pudo evitar provocarla.

—No se puede saber, ya que hay tan pocas ventanas en la cárcel, y el patio de ejercicios es tan pequeño que apenas se puede ver el cielo.

Entonces, ¿ya había estado allí? Él se estremeció ante la idea de que ella hubiera estado en un lugar tan tosco. Entonces, otro pensamiento le alarmó.

—No ha ido sola, ¿verdad?

Ella siguió mirando al frente durante un minuto. Al fin, respondió.

—Me acompañó un procurador capacitado, el cual ha confirmado que tenemos un buen caso.

Umm...

—Si eso es cierto, yo diría que es un picapleitos en busca de su dinero, ya que las pruebas son obviamente concluyentes.

Owen pudo ver cómo ella se ponía rígida, y deseó que pudieran hablar simplemente del tiempo.

Antes de que él pudiera intentar reconducir la conversación hacia un tema neutral, ella preguntó:

—¿Por qué?

Él recordó lo que ambos sabían.

—Porque el perfume era...

Adelia agitó su mano con guantes grises para cortarlo.

—¿Por qué cree que Thomas lo hizo?

Owen había pasado el menor tiempo posible considerando cuál sería el motivo, porque no tenía sentido. Incluso él lo sabía.

—No tengo respuesta.

—Porque no la hay. No ganó nada —insistió ella.

—Que sepamos. A menos que Sophía supiera algo sobre su hermano y amenazara con exponerlo. En ese caso, ganó su silencio.

Ella se giró ligeramente para mirarle.

—¿Está diciendo que su hermana era una chantajista? ¿Debería salir eso también a la luz en el tribunal de derecho común?

—Sophía nunca... —empezó a decir él, pero Adelia ya se había dado la vuelta, negando con la cabeza.

—No puede tener las dos cosas, lord Burnley. Si ella estaba amenazando a mi hermano, eso significa que su hermana era una chantajista. Si no, todavía no hemos encontrado ningún motivo posible.

A Owen no se le ocurrió ninguna respuesta.

—Lamento su pérdida —dijo ella—, pero no puede traer de vuelta a lady Sophía destruyendo la vida de mi hermano. Demostraré su inocencia.

Ella tenía razón, pero no era por eso por lo que él había ido tras Smythe.

—Nunca me propuse arruinar la vida de su hermano.

Tras una larga vacilación, ella admitió:

—Lo sé.

Siguieron cabalgando en silencio durante un rato.

—¿Sabe alguien, hasta ahora, de la detención de su hermano?

—Solo el procurador —respondió ella—, a no ser que usted lo haya divulgado.

—Se lo dijo a lady Jane —le recordó él.

—Eso es cierto. Estaba tan angustiada que lo había olvidado. —Ella suspiró—. Por lo tanto, lord Westing lo sabe, así como su otro amigo, lord Whitely, y sus padres. Y todos ellos se lo contarán a la gente. No importa cómo resulte, me temo que la reputación de Thomas quedará arruinada a pesar de todo.

Owen no creía que la reputación de Thomas tuviera una especial importancia, teniendo en cuenta la posible condena. Pero no se atrevió a mencionar que su hermano podría ser ejecutado públicamente.

—Mi familia y mis amigos no celebran el hecho ni le contarán a nadie el encarcelamiento de su hermano. —En realidad, en ese mismo momento, Whitely podría estar soltando la lengua en el Carlton Club o en el White's, por lo que Owen sabía. Eso no era de su incumbencia, excepto en lo que afectaba a Adelia.

Y eso le preocupaba mucho. De todas las mujeres de Inglaterra, tenía que desear a la hermana del hombre que había matado a Sophía. Si Smythe era declarado culpable y condenado a cadena perpetua, tal vez Owen pudiera convencer a Adelia de que tenían una vida en común.

¡Pero si su hermano era ahorcado…!

Por primera vez se planteó si podría salvar su relación con Adelia pidiéndole al juez que perdonara la vida a Smythe y le dejara pasar el resto de ella pudriéndose en la cárcel. Al menos, Adelia podría visitarlo allí, que era más de lo que Owen podría hacer ya con su hermana.

No sabía si el tribunal le permitiría, como pariente de la parte perjudicada, solicitar clemencia. Tampoco sabía si eso sería suficiente para convencer a Adelia de que no era un ogro.

—*Mi*lady —dijo antes de poder detenerse—, ¿podría esperar que me permitiese acompañarla de nuevo a algún lugar? ¿Al teatro, quizá?

Owen pudo ver cómo ella se desplomaba en su silla de montar, y temió que dijera que no de inmediato. En cambio, Adelia miró al cielo, pensativa.

—Sería una maldad por mi parte —dijo al fin.

Él era el que estaba siendo malvado. Sin duda, debería dejarla en paz.

—¿Tal vez un humilde partido de cricket? —preguntó él, sintiéndose ligeramente animado por el hecho de que ella no lo hubiera rechazado en el acto.

Adelia lo miró y luego puso los ojos en blanco.

—Si esto fuera un partido de cricket, estaríamos en equipos opuestos —le recordó, y su rostro se volvió sombrío—. Por desgracia, esto no es un juego.

—Definitivamente no —convino él—. Sin embargo, somos más bien espectadores del partido, que jugadores, ¿no es así? ¿No deberíamos pasar tiempo juntos, ya que nuestros equipos están enfrentados?

Ella consideró sus palabras, y él la dejó hacerlo en silencio mientras rodeaban el borde del Serpentine hacia el King's Road.

—Rotten Row es un término feo para este bonito camino, ¿no? —preguntó ella, ignorando su conversación anterior y su pregunta. Estaban juntos en ese momento, así que decidió dejar ahí el asunto.

—Lo es —aceptó él.

Tras otro minuto de silencio, ella preguntó:

—¿Inspecciona alguna vez las minas de su familia?

Un extraño cambio de tema.

—Sí, periódicamente, aunque tenemos un administrador.

—Como nosotros —dijo ella—. Y su padre, ¿todavía dirige su empresa?

—Así es. De hecho, está decidido a dedicar más tiempo a Burnley Mining y a dejarme su escaño en el Parlamento.

Ella suspiró.

—¿Por qué lo pregunta? —Quiso saber Owen.

—Después de ver la obra de teatro americana, Thomas y yo hablamos de las condiciones de la minería en general y del estado de nuestras minas en particular. Él no sabía tanto como creía que debía. Además, nuestro ingeniero quiere aumentar los beneficios de una forma que mi hermano no ve claro.

—¿Qué dice su director general? —preguntó Owen.

—También es nuestro ingeniero.

—Eso es inusual —declaró Owen—. Un gerente no suele tener las habilidades de un ingeniero, y viceversa.

—No sé de esas cosas. —Casualmente, Thomas había decidido que iba a pedirle consejo a usted o a su padre.

Owen sacudió la cabeza. ¡Qué extraño e inquietante! El joven que había matado a su hermana iba a pedirle a su familia consejos sobre negocios. No podía dar crédito a semejante descaro. Si lo hubiera mencionado cualquier otra persona que no fuera Adelia, él se lo diría.

—Si esta... esta situación con mi hermano se prolonga en el tiempo, supongo que tendré que reunirme yo misma con el señor Beaumont —dijo Adelia—. Creo que Thomas lo hace al menos una vez por semana.

—¿El señor Beaumont? —preguntó.

—Nuestro ingeniero y gerente.

El nombre le hizo a Owen cosquillas en la memoria, pero no podía recordar por qué. Tal vez había oído hablar de él antes.

—Me ofrecería a ayudar, pero... —Owen se interrumpió y se encogió de hombros. Era más que incómodo.

Adelia le dedicó una sonrisa frágil.

—Pero estamos en equipos opuestos.

Peor aún, si Owen se reunía con el gerente de Smythe y le daba algún consejo y, posteriormente, los beneficios de la empresa disminuían, parecería que estaba intentando acabar con un negocio minero rival. Era mejor que mantuviera las distancias. Entonces, ¿por qué las siguientes palabras que salieron de su boca fueron una oferta de ayuda?

—Si decide actuar y necesita hablar con alguien sobre cualquier cosa que tenga que ver con sus minas de carbón, estaré encantado de ayudarla.

—Gracias —dijo ella en voz baja, mirándole directamente a los ojos por primera vez durante su viaje.

—Solo sé que si su hermano se enterara, se pondría lívido.

Adelia se encogió de hombros.

—Si mi hermano se enterara de muchas de las cosas que voy a hacer, se pondría lívido.

Frunciendo el ceño, Owen se atrevió a preguntar:

—¿Por ejemplo?

Ella inclinó un poco la cabeza.

—Encontrar las pruebas para demostrar su inocencia.

Capítulo 21

Adelia volvió a casa después de su paseo por Hyde Park con el hombre que había enviado a su hermano a la cárcel. Se sentía culpable de pies a cabeza.

¿Qué clase de hermana era?

Sin embargo, mantenerse alejada de Owen Burnley en esta coyuntura era como cerrar las puertas del establo después de que todos los caballos hubieran huido. Simplemente no serviría de nada ahora. Si nunca se hubiera aplicado ese maldito perfume, o si se hubiera alejado del vizconde en cuanto vio el maldito pañuelo...

Sus pensamientos iban en círculos inútiles. Había necesitado todas sus fuerzas para decirle repetidamente que no permitiría que la acompañara a un concierto, a pesar de que él se lo había pedido una docena de veces. Y aun así, en su corazón, quería volver a ver al vizconde. ¡Mujer perversa, perversa!

Se alegró mucho cuando recibió una misiva del señor Brassel, en la que le decía cuándo estaría en su despacho de Gray's Inn y que la invitaba a ir a verlo de nuevo.

Al entrar en sus estrechas dependencias, Adelia fue recibida por el procurador, que se levantó y le tendió de nuevo la mano, que ella estrechó.

—¿Qué noticias hay, señor Brassel? —preguntó ella al tomar asiento.

—El señor Jaggers dice que desea reunirse con usted.

Por la mirada del caballero, Adelia comprendió que se trataba de una petición inusual.

—¿Por qué cree usted que quiere que vaya? —preguntó ella. De repente, se sentía menos asustada por la idea de encontrarse con un extraño. Últimamente había conocido y hablado con tantos, que se estaba convirtiendo en algo casi rutinario.

El señor Brassel se encogió de hombros.

—El caso de su hermano es muy singular.

—Si eso ayuda a Thomas, por supuesto que me reuniré con el abogado. ¿Cuándo?

—Podemos ir enseguida, si quiere. Tiene un despacho al otro lado del patio.

Atravesaron una vez más el gran salón y salieron por una puerta en el lado opuesto. Subieron una escalera y entraron en una zona más luminosa y aireada de Gray's Inn.

—Abogados practicando —le informó el señor Brassel—. Es como una producción teatral para presentar un caso ante el tribunal. Ensayan sus discursos para conseguir el mayor efecto. Por aquí, *mi*lady, por favor.

El señor Nigel Jaggers era muy diferente al señor Brassel en edad, apariencia y comportamiento. Cuando entraron en su antesala, atendida por un empleado que les anunció al señor Jaggers, este apareció con rapidez en su puerta, llenándola y acaparando al instante toda la atención de la sala. Era un hombre alto, con un pecho de barril, o al menos eso parecía debajo de la toga, que se echó a los lados mientras salía de su despacho a la sala exterior, con la cabeza casi rozando el marco de la puerta, debido a su altura.

Al menos una década más joven que el señor Brassel, tenía una espesa cabellera que a Adelia le recordó las plumas de un cuervo, tanto por su negrura como por su aspecto brillante. Sus ojos grises pálidos se clavaron en ella como si fuera un cuadro que estuviera admirando o un texto que estuviera estudiando con interés.

—Pasen, pasen —dijo con voz atronadora, gesticulando con los brazos y haciendo que sus mangas se agitaran como alas.

Adelia y el señor Brassel le siguieron hasta su amplio despacho, y el empleado cerró la puerta tras ellos.

—Saludos —dijo, extendiendo una mano al señor Brassel mientras mantenía su mirada fija en Adelia.

—Saludos, Jaggers. Esta es la joven sobre cuyo caso le escribí. Bueno, no el de ella exactamente, sino el de su hermano. Ella es lady Adelia Smythe.

—Lady Adelia —las palabras salieron de la boca del abogado como un rico caramelo derretido. Tomó su mano y se inclinó sobre ella. Pero en lugar de decir algo halagador por conocerla, la miró a los ojos y dijo:

—Hábleme de este excelente caso.

Adelia se giró hacia el señor Brassel, que se encogió de hombros como de costumbre y le hizo un gesto para que empezara. Cuando ella comenzó a hablar, el señor Jaggers le soltó la mano y se paseó por su despacho, sorteando sillas y mesas y agitando su toga como si fuera una costumbre involuntaria. A ella le resultaba muy molesto.

—Maravilloso —comentó el señor Jaggers a intervalos durante su relato de los hechos, lo que la irritó, porque el término implicaba algo de naturaleza agradable, no la horrible situación en la que se encontraba Thomas.

Cuando ella terminó, él sacudió la cabeza con asombro.

—Parece sacado de una revista de cotilleos.

Personalmente, Adelia siempre había odiado esas sórdidas publicaciones sensacionalistas. No se parecían en nada a las novelas que ella leía.

—Por desgracia, esto es la vida real —dijo ella.

—¿Y su hermano mantiene su inocencia? —preguntó el señor Jaggers.

—Sí, por supuesto —le respondió Adelia—, porque lo es.

—Y, sin embargo, todas las pruebas apuntan a lo contrario. ¡Maravilloso!

Ella empezaba a sentirse molesta, pero una mirada al señor Brassel, que sacudió la cabeza al ver su irritación, la calmó.

Reprimiendo un reproche, Adelia le contestó.

—No veo nada maravilloso en que mi hermano resida en Newgate. Es lúgubre, sucio y está lleno de desesperación.

—Es cierto. Además, el lugar alberga a los inocentes junto a los culpables —le recordó el señor Jaggers, deteniendo sus movimientos para volver a situarse frente a ella—. Y la distinción a menudo no sale a la luz hasta demasiado tarde, o nunca.

¡Nunca! Ella se estremeció.

—¿Puede ayudar a mi hermano?

Él le dedicó una sonrisa lobuna la cual mostraba una excelente dentadura.

—Tengo la intención de hacerlo. De hecho, estoy deseando acercarme al colegio de abogados y dirigirme al estrado para abordar el caso. Cuando la fiscalía presente sus pruebas, las reduciré a la nada.

—¿Pero cómo? —Adelia esperaba que no estuviera tan lleno de bravuconería como para sobrepasar sus capacidades.

—*Milady*, aprendí con el gran abogado William Blackstone.

El señor Brassel se echó a reír, y Adelia no supo por qué. Al ser sofocada por una mirada del señor Jaggers, este continuó.

—He estudiado derecho romano y he practicado el derecho común. Utilizaré mi ingenio y mis conocimientos. *Integra Lex Aequi Custos Rectique Magistra Non Habet Affectus Sed Causas Gubernat.* —Él miró al señor Brassel, con las cejas alzadas.

—Se lo traduciré —le dijo este a Adelia—. La justicia imparcial, guardiana de la equidad, maestra de la ley, sin miedo ni favor, gobierna las causas de los hombres correctamente. —Eso es lo que pone en la pared, aquí en Gray's Inn. Nuestro lema, por así decirlo.

—Precisamente —coincidió el señor Jaggers—. Y eso es lo que siempre busco. Será un honor hablar ante el tribunal en nombre de su hermano.

—Es muy amable por su parte —comenzó Adelia.

Él frunció el ceño.

—No, querida señora. Quiero decir que será un honor para su hermano que yo le represente.

—Oh, ya veo. —Ella volvió a mirar al señor Brassel, que le dedicó otro asentimiento alentador, y luego Adelia se giró hacia el señor Jaggers—. Y se lo agradezco profundamente —añadió.

—Muy bien. Debe irse —dijo él, agitando los brazos—, y yo debo volver al caso en el que estoy involucrado actualmente... y ganando. La próxima vez hablaremos de mis honorarios.

Miró a su compañero.

—Brassel, envíeme la declaración del conde. Si tiene una coartada, etcétera, sería útil. Mientras tanto, prepararé la defensa con la debida rapidez.

Volvió a coger la mano de Adelia, se inclinó sobre ella y la empujó con suavidad hacia la puerta, seguida por el procurador.

Adelia miró hacia atrás y vio cómo el señor Jaggers desaparecía con un aleteo de su toga.

—¡Bien! —dijo ella. Acababa de conocer a una fuerza de la naturaleza, eso era indudable.

Mientras caminaban por los «Paseos», como se llamaban los senderos, hacia su carruaje, entre margaritas, malvas y un impresionante seto de carpes, Adelia preguntó:

—¿Por qué se rio cuando el señor Jaggers me habló de sus credenciales?

—¡Oh, Dios! No debería haberlo hecho, ¿verdad? —exclamó el señor Brassel—. Solo dijo que había sido aprendiz de Blackstone, que era, sin duda, un abogado inspirador, pero que murió el siglo pasado, hacia 1780 o así.

Adelia lo miró desconcertada.

—Entonces, ¿por qué dijo eso?

El señor Brassel se encogió de hombros con buen humor.

—Porque quería impresionarla, seguro de que usted no lo sabía. Lo más probable es que haya aprendido con lord Brougham.

—¿El antiguo lord Canciller?

—El mismo. Al menos, eso he oído. Por lo tanto, no me importa que cuenta esas fantasiosas historias, cuando la verdad es aún más notable.

—Dijo que iba a empezar a trabajar en la defensa antes de recibir sus notas sobre la declaración de mi hermano.

Habían llegado a su carruaje, y el señor Brassel palmeó el caballo más cercano a él.

—Así es como trabajan los abogados —declaró—. Jaggers empezará la parte florida, como yo la llamo, probablemente con una copa de oporto. Y completará su discurso con los detalles cuando las reciba, pintando a su hermano como un dechado de virtudes. Aun así, una coartada ayudaría.

Distraída por la reunión con el abogado, casi había olvidado contarle al señor Brassel lo que había averiguado.

—Por desgracia, la noche del asesinato, no estábamos asistiendo a una reunión programada. Yo estaba en casa escribiendo... cartas y demás, y mi hermano estaba fuera. Lamentablemente, eso es todo lo que sé. Tal vez si voy a ver a Thomas y le doy el día y la fecha, él recordará dónde estaba.

—En efecto. O tal vez esa amiga de su hermano pueda aportar claridad. No he recibido nada del detective que indique que haya hablado con ella todavía.

—Iré a verla de inmediato.

Él se encogió de hombros.

—Recuerde lo que le dije a su hermano. Si estaban... ejem... en la casa de su amiga, no servirá de nada. Tienen que haber estado en público, donde se pueda corroborar la presencia del conde. De lo contrario, la corte tiende a desaprobar la palabra de lo que considerarían una mujer de moral relajada. Si ella es libertina con su persona, considerarán que también lo es con la verdad, y podría hacer que su testimonio pareciera algo turbio.

—Entendido, señor Brassel. Me pondré en camino y veré lo que puedo descubrir.

—Usted misma acabará siendo detective si sigue así.

Ambos se rieron de lo absurdo de una mujer empleada por la Policía Metropolitana, antes de que el señor Brassel la ayudara a subir al carruaje.

⁂

OWEN APENAS PODÍA CREER que Adelia le hubiera permitido viajar junto a ella. Prácticamente zumbaba de alegría. Incluso con todo lo que había pasado, no tenía ningún deseo de dejar de verla, lo cual era un hecho singular. En el pasado, perseguía a una dama que despertaba su interés y, por lo general, al cabo de una semana, a veces dos, le traía sin cuidado volver a hablar con ella.

Al principio echaba la culpa a las mujeres, y luego, si consideraba su propio capricho, bromeaba con sus amigos sobre su grave defecto personal, a saber, su naturaleza voluble. ¿Vino tinto o blanco, queso stilton o cheddar, Elizabeth o Helen? El número de mujeres a las que se había vinculado su nombre en los últimos años le había hecho ser tachado de mujeriego.

Con Adelia, esperaba con ansias cada encuentro. Era como si su sangre cantara cuando ella estaba cerca. Indudablemente, su hombría le daba la bienvenida al verla. Pero más que eso —al menos, esperaba que fuera más que eso—, le gustaba sonsacarle las palabras. Sus pensamientos le parecían interesantes y valoraba su opinión, excepto en lo referente a su hermano.

¿Cómo se las arreglaría ella con un condado sin un conde? Por no hablar de que ahora tenía que dirigir una empresa minera.

La ira se apoderó de él por la forma en que su hermano no solo había destruido a Sophía, sino que también había puesto a Adelia en una posición peligrosa. Hombres sin escrúpulos podrían intentar abalanzarse sobre su herencia, ofreciéndole amistad con la esperanza de ganar su mano. Otros tratarían de ofrecerle consejos inútiles sobre el negocio minero. Habría algunos que se ofrecerían a aliviarla de su preocupante carga.

Media hora más tarde, estaba en casa de Teavey, sintiéndose como si hubiera sido la causa de la mayor parte de las preocupaciones de Adelia mientras boxeaba enérgicamente con Whitely.

—Tranquilo, viejo amigo —dijo George—, o tendremos que parar. Mi cara debe seguir perfecta, tal y como está, y me gustaría mucho que mis costillas permanecieran enteras.

—Lo siento —murmuró Owen. Además, golpear a su amigo no estaba haciendo nada por su estado de ánimo. Algo le molestaba, y no podía precisar qué era. Tal vez se trataba de un pensamiento perdido en una conversación que había tenido o algo que había visto. Lo recordaría si dejaba de pensar en ello.

En cualquier caso, no podía deshacerse de la sensación de incomodidad ni de que eso tuviera que ver con Adelia. Fue al Carlton Club con Whitely y, después, se detuvo en casa de sus padres solo para asegurarse de que estaban bien. Le preocupaba un poco que su padre dejara el negocio. A pesar de haber prometido que se dedicaría a la minería, el conde de Bromshire no parecía dedicar su atención a nada más que a sentarse en su sillón favorito, con la mirada perdida.

—¿Por qué iba a matar un conde a nuestra Sophía? —preguntó su padre, como había hecho cada vez que Owen lo veía desde la detención de Smythe. Solo hacía esta pregunta si estaban a solas, nunca hablaba del asesinato abiertamente cuando su madre, lady Bromshire, estaba presente, ya que eso parecía destrozarla de nuevo.

—No lo sé. —Owen trató de no perder el tiempo pensando en ello, pues no tenía respuestas, y Smythe no iba a decírselo. Podría haber sido un asunto sentimental que salió muy mal. Sin embargo, esa posibilidad no dejaría en buen lugar a su hermana, así que decidió que era mejor dejarlo estar.

—Pero no tiene sentido. Necesito entender por qué ha pasado esto —añadió su padre.

Owen suspiró.

—Puede que nunca lo sepamos.

El conde negó con la cabeza.

—Ella lo conocía. Eso es seguro. Sophía leyó la nota y acudió a la cita. ¿Por qué? ¿Por qué murió mi hija?

Por el bien de su padre, Owen decidió que trataría de descubrir las respuestas, sin importar lo sórdidas que fueran.

—El motivo puede salir a la luz durante el juicio...

—No iré al juicio —le espetó su padre—. No puedo. Si lo hiciera, tomaría una pistola y le dispararía al conde yo mismo. Y eso no beneficiaría a tu madre.

—No, me atrevo a decir que verte bajo rejas después de perder a Sophía no sería aconsejable.

Owen sabía cómo se sentía su padre. Querer hacer justicia con rapidez, incluso mirar a Smythe a los ojos mientras lo hacía, sería mucho más satisfactorio que simplemente verle colgado. Sin embargo, eso tendría que ser suficiente cuando llegara el momento.

No podía imaginar cómo manejaría Adelia ese momento, pero Owen sabía en su corazón que la destruiría.

Y en cuanto pensó en ella, volvió la persistente sensación de que algo que había oído o visto relacionado con Adelia era importante. Y la única manera de averiguarlo era hablar con ella de inmediato antes de que le volviera loco.

Capítulo 22

Owen se encontró llamando a la puerta de Adelia a una hora intempestiva de la noche, con la esperanza de que ella hubiera terminado de cenar y estuviera en su salón. Su mayordomo abrió la puerta.

—Le conozco —le dijo Owen al hombre, sobresaltándolo—. ¿No es así?

—Efectivamente, milord. Ya le he abierto esta puerta antes.

—No, no —dijo Owen en tono de protesta, entrando a grandes zancadas en el vestíbulo—. De otro lugar. Acabo de darme cuenta. ¿Ha sido usted el mayordomo de los Smythe durante mucho tiempo?

—Doce años para ser exactos, milord.

—¿Estuvo en Eton antes?

Los ojos del hombre se abrieron de par en par.

—Lo estuve, milord. Serví al antiguo director durante varios años hasta que se retiró.

¿Podría ser esto lo que le inquietaba, un rostro familiar que no había ubicado hasta ahora?

—¿Y qué le parece servir a los Smythes?

—Milord, esa es una pregunta muy inusual. ¿Está buscando un mayordomo? Si es así, puede que conozca a alguien. En cuanto a mí, estoy contento con mi posición aquí.

Al parecer, el hombre asumió que Owen estaba tratando de contratarle.

—Está bien, señor Lockley. No necesito personal. Siento haber sacado el tema. A veces, las cosas parecen un poco extrañas con los Smythes, eso es todo —añadió Owen, teniendo en cuenta el comportamiento un tanto extraño de Adelia como dama soltera, y que el conde se vestía por debajo de su clase para ir a pubs de mala muerte.

Nada más decirlo, se mordió la lengua. Owen había murmurado ante un criado, y si pudiera devolver las palabras, lo haría. ¡Qué asno era!

—Milord, eso que ha dicho también es inusual.

Owen casi sonrió. Era el término del señor Lockley para aludir a algo inapropiado o impertinente, pero el hombre no podía reprender sin más a un par del reino.

—Bien, señor Lockley. Dejemos el asunto.

Estaba a punto de preguntar por lady Adelia, a pesar de que la casa parecía más vacía y silenciosa de lo habitual, lo que indicaba que ella tal vez no estaba en casa, cuando el señor Lockley le habló de repente.

—El conde y su hermana han disfrutado de un ambiente mucho menos extraño este último año.

Ah, eso sería desde la muerte del viejo conde, supuso Owen.

Sin duda, el mayordomo se refería a que los Smythes estaban mejor desde la muerte del padre de estos. Owen había oído rumores de que el hombre era un tirano de cabeza dura. De hecho, Adelia había empezado a decírselo al defender a su hermano, pero Owen no sabía nada de él personalmente.

Si la situación de los Smythes había mejorado, ahora había vuelto a empeorar mucho. Quizá el joven conde había aprendido de su padre a ser un salvaje.

—Estoy aquí para ver a lady Adelia.

—Ninguno de los Smythes está en casa, milord.

El mayordomo lo dijo como si el conde estuviera en una fiesta o en una obra de teatro. ¿Sabía él dónde residía actualmente su señor? Tal vez Adelia había ocultado la verdad al personal.

—No me interesa Su Señoría, solo su hermana. ¿Sabe cuándo volverá a casa?

El hombre tenía una expresión de dolor en su rostro.

—Hace poco que ha salido.

—Eso no me dice mucho. ¿Está cerca, al otro lado de Hyde Park, o se dirige a España?

El señor Lockley hizo una mueca.

—Vamos, mi buen hombre —le instó Owen—. Parece usted inclinado a decírmelo. ¿Por qué no lo hace?

Las fosas nasales del señor Lockley se abrieron con desagrado. El hombre parecía torturado por la posibilidad de romper la sagrada confianza de su posición.

—Por regla general, milord, no doy información privada sobre el paradero de mi ama o amo.

Un pinchazo de alarma recorrió la piel de Owen.

—Si lady Adelia está en algún tipo de apuro, tal vez quiera que me lo diga.

El mayordomo, obligado por la etiqueta profesional, levantó los ojos hacia el techo y luego hacia el suelo; evidentemente era un hombre que luchaba consigo mismo. Owen conocía bien esa sensación. Además, el señor Lockley podía perder su puesto si decía algo que no debía y llegaba a oídos de los Smythes.

—Vamos —insistió Owen—. Dígamelo de una vez. ¿O tengo que amenazarle físicamente?

El señor Lockley, con los ojos muy abiertos, dio un paso atrás.

—Soy todo un púgil —añadió Owen—. Y la gente me conoce por mi temperamento, que aumenta cuando me hacen esperar. Dígame dónde está lady Adelia por el bien de ella y el suyo propio, para que no tenga que retorcerle su viejo y quebradizo brazo.

—Si no estuviera alarmado por su destino, dejaría que me golpeara antes que revelar el paradero de *mi*lady —declaró el mayordomo.

—He tomado nota de su lealtad y discreción. Si lady Adelia me lo pide, le defenderé.

—Muy bien, milord. Su señoría se ha ido al East End. Para ser precisos, como le oí decir al cochero, a las calles Whitechapel y Osborn.

¡A la casa de la amante del conde!

—Seguro que no ha ido sola —dijo Owen, con el corazón palpitando de miedo y furia por su estupidez de ir a una zona así al anochecer.

—No, milord. Se llevó a un lacayo y a una de nuestras criadas.

Eso hizo poco para calmar la inquietud de Owen. Ya estaba bajando la escalera, gritando la dirección a su cochero y subiendo a su carruaje antes de que el mayordomo hubiera cerrado la puerta principal.

—Y dese prisa —ordenó por la ventana. Los caballos se pusieron en marcha y comenzaron a recorrer Mayfair a buen ritmo.

ADELIA HABÍA ESPERADO HASTA después de la puesta de sol para ir a ver a la señorita Moore en su casa, sabiendo que la joven tenía un trabajo por el mero hecho de habitar un piso sola.

Era muy diferente estar en el East End sin Owen ni su hermano. De hecho, era más que aterrador. Cuando llegó a la calle en la que vivía la señorita Moore, justo al lado de Whitechapel High Street, solo la acompañaba el cochero, ya que había permitido a sus dos sirvientes visitar a sus respectivas familias.

Por supuesto, se dio cuenta de su locura demasiado tarde. No podía llevar al cochero con ella, dejando su caballo y su carruaje sin vigilancia. Hizo que Henry se acercara lo más posible al edificio, y Adelia se bajó del carruaje con la cabeza baja, tratando de parecer que sabía lo que estaba haciendo. En un par de pasos, entró en el portal y subió las escaleras hasta el dormitorio.

—Señorita Moore —llamó a través de la puerta, golpeando al mismo tiempo. Al darse cuenta de que sus nudillos enguantados hacían poco ruido, se quitó el guante derecho y volvió a golpear la puerta.

Confiando en que la mujer estuviera en casa y que no se abriera ninguna otra puerta a lo largo del pasillo, Adelia esperó.

—¿Quién está ahí? —preguntó la señorita Moore.

El alivio inundó a Adelia.

—Soy lady Adelia Smythe, la hermana de Thomas. ¿Podría dejarme entrar, por favor?

De inmediato, la puerta se abrió y Adelia se encontró con el rostro sorprendido de la señorita Moore.

—¿Qué diablos está haciendo aquí? —Ella miró más allá de Adelia—. ¿Y usted sola?

Con eso, la joven extendió la mano, la agarró por el brazo y tiró de ella hacia el interior, haciendo que Adelia chillara de sorpresa.

—Lamento... venir sin invitación y sin avisar —dijo esta cuando se recuperó.

—No importa, *mi*lady. Es usted muy bienvenida, pero no es seguro que personas como usted merodeen por el East End.

—No merodeo —dijo Adelia—. Solo he venido a hablar de Thomas.

El rostro de la señorita Moore se contrajo y sus ojos se llenaron de lágrimas.

—¿Qué ha pasado? Algo terrible, lo sé. Si no, me habría visitado o enviado una nota.

—Está en Newgate, bajo sospecha de asesinato.

—Newgate —repitió la mujer y se desplomó en el sofá.

—¿Puedo? —preguntó Adelia, señalando el asiento a su lado.

Angustiada, la señorita Moore no pudo hacer otra cosa que asentir. Antes, cuando Owen irrumpió en la habitación y golpeó a Thomas, Adelia había sido incapaz de concentrarse en la joven, pero ahora tuvo tiempo de hacerlo. Tenía un semblante agradable, su ropa era pulcra y limpia, y su cabello oscuro estaba recogido en un moño ordenado. Probablemente tenían casi la misma edad, y la señorita Moore podría ser incluso unos años más joven. Esta era la amante de su hermano.

—Espero que pueda ayudarme a limpiar su nombre —dijo Adelia, pero la mujer de su hermano apoyó la cabeza en las manos y gimió.

—Mi pobre Thomas —murmuró.

A Adelia se le revolvió el estómago al escuchar su dolor. Obviamente, ella lo amaba.

—He conseguido un abogado —le dijo Adelia—. Y he visitado a Thomas en la cárcel.

La señorita Moore levantó la cabeza.

—¿Cree que podré ir a verlo? ¿Me dejarán?

—No lo sé. —Realmente, Adelia no tenía ni idea de si se permitía entrar en la cárcel a personas que no estuvieran emparentadas por matrimonio o familia—. No veo por qué no lo harían.

—En todo caso, él podría enfadarse si voy.

—¿Por qué? —Adelia no podía imaginar la respuesta.

Una risa que en parte era un sollozo escapó de los labios de la joven.

—Porque, francamente, *mi*lady, no soy un miembro de su clase.

Adelia se encogió de hombros, recordando al señor Brassel.

—Parece que eso no le molesta a Thomas. ¿Cree que se avergüenza de usted?

—No —replicó ferozmente la señorita Moore—. Le preocupa que la sociedad me destroce a mí, no a él. Así que viene aquí, donde puede encajar más con facilidad que yo en su mundo.

Eso parecía muy propio de su hermano. Sin embargo, Adelia sabía que él no tenía intención de continuar con este acuerdo secreto para siempre. ¿Ya le había pedido a la mujer que se casara con él?

—¿Conoce sus intenciones?

La señorita Moore esbozó una radiante sonrisa.

—Tiene la intención de que nos casemos.

Adelia suspiró. ¡Qué camino tan difícil tendrían que recorrer! Sin embargo, si se amaban de verdad, valdría la pena.

—¿Cuándo? —preguntó.

—Después de que usted haya conseguido un marido, por supuesto. —La señorita Moore lo dijo sin malicia alguna, pero Adelia se encogió sobre el sofá.

—Oh, no se alarme, *mi*lady. Es solo porque no quiere que un escándalo sobre nosotros ponga ningún tipo de mancha en usted ni arruine sus posibilidades de encontrar una buena pareja. —Entonces el rostro de la mujer se arrugó—. Pero ahora nunca me casaré con él. ¡Newgate! ¿Y si lo cuelgan por asesinato?

Poniendo la cara entre las manos, terminó con una nota de lamento, haciendo que a Adelia se le pusiera la piel de gallina. Esta le dio una suave palmadita en el hombro a la señorita Moore. Si tan solo pudiera asegurarle que todo iba a ir bien...

Tras unos cuantos sollozos más, la joven levantó la cabeza.

—Es difícil no sentirse derrotada —continuó la señorita Moore—, no solo con respecto a Thomas, sino con la vida en general, siendo una mujer trabajadora con una buena educación. Sabemos lo que podemos esperar y lo que no. He oído al vicario dar sermones sobre la esperanza. —Levantó la cabeza y miró a su alrededor—. Cuando veo el comienzo y el final de cada día como es, empezando en la pobreza, a veces en la desesperación, y terminando igual a la hora de dormir, ¿cómo puedo tener esperanza? —Fijó sus ojos castaños en Adelia, con una inteligente mirada—. Y entonces conocí a su hermano. Y como yo estaba fuera de mi elemento, es decir, no detrás del mostrador de una tienda, y él sí estaba en el suyo, en Mayfair, pudimos encontrarnos como... Bueno, iguales es una palabra demasiado fuerte. Nunca diría eso, *mi*lady. Pero llevaba mi traje de los domingos, el que usé en el funeral de mi padre y en la boda de mi hermana.

Adelia asintió animada.

—¿Tiene familia cerca?

—Mi madre y mi hermana viven en Romford, al noreste, así que no están muy lejos.

Adelia no tenía ni idea de dónde estaba Romford ni a qué se refería la señorita Moore con lo de estar fuera de su elemento. Este tipo de charla le resultaba extraña, pero no era del todo horrible. Si no fuera por las terribles circunstancias que se daban, sería, de hecho, agradable, sobre todo, porque la señorita Moore llevaba la mayor parte de la conversación.

—Allí todo son molinos y vacas —continuó esta—. Y ese maldito canal fallido. Quería algo más en mi vida, así que vine a Londres. Llevo siete meses aquí, y es fácil volver a casa en tren cuando necesito regresar.

La joven asintió para sí misma, sumida en sus pensamientos, hasta que las lágrimas volvieron a sus ojos. Adelia sabía que estaba pensando de nuevo en Thomas.

—¿Cómo conoció a mi hermano exactamente? —Adelia formuló la pregunta que había deseado hacer desde el primer encuentro con la señorita Moore.

Ella se sonrojó y levantó ligeramente la barbilla. Adelia esperaba que la señorita Moore no pensara que la desaprobaba.

—Estaba buscando un sombrero nuevo, lo bastante bueno para mi nueva vida en Londres. Fui a New Bond Street, porque había oído que era el lugar adecuado. Dios mío, no tenía ni idea. —Sacudió la cabeza—. No podía creer lo que costaba. Fue en una encantadora sombrerería, frente a una tienda llena de chucherías brillantes.

—La joyería de Asprey —dijo Adelia.

—Creo que sí. De todos modos, Thomas tenía un sombrero de mujer en la mano, y cuando me pidió mi opinión, le dije que era feo. Dijo que nunca había escuchado a alguien tan sincero, y lo dijo con su hermosa y clara voz. ¿No cree que tiene una bonita voz?

Adelia nunca había considerado la calidad de la voz de su hermano, así que simplemente asintió y dejó que la señorita Moore continuara.

—Thomas dijo que la mayoría de la gente, antes de hacer una declaración tan franca, trataría de descubrir primero la opinión de la otra persona. Y aun así, encubrirían la suya propia con sutilezas anodinas hasta que no valiera casi nada. Además, la mayoría pensaría que un sombrero tan caro debía de ser precioso, pero no lo era. —Hizo una mueca—. Sinceramente, lady Adelia, usted habría odiado ese sombrero. Cuando terminó de hablar, ya casi lo amaba. Pero estaba comprando para una mujer, así que me dije que no podía fijarme en ese hombre. —La señorita Moore suspiró antes de continuar—. Luego dijo que quería comprar algo bonito para el cumpleaños de su hermana, y pensé que era encantador.

—Sí me regaló un sombrero para mi cumpleaños —recordó Adelia.

—Le ayudé a elegirlo —confirmó la joven.

—Parecía especialmente feliz por haberme hecho ese regalo —reflexionó Adelia—. ¿Por qué no me habló de usted?

—Porque le dije dónde vivía, y cuando vino a recogerme para nuestra primera salida, se dio cuenta de que no mentí sobre mi situación. —La señorita Moore se tapó la boca mientras bostezaba—. Disculpe, *mi*lady. Como le he dicho, ha sido una semana larga, y aún no ha terminado. Tengo dos empleos. Trabajo en una librería cuatro días a la semana y en una imprenta los otros dos días, ambas están en Pall Mall. He traído a casa una empanada de cerdo bien caliente, que ahora estará fría. —Infló las mejillas, con aspecto triste—. Intentaré visitar a Thomas el domingo por la mañana, cuando tenga un día libre.

—Espero que se lo permitan... —Adelia fue interrumpida por un golpe en la puerta que la hizo saltar casi fuera de su piel, mientras la señorita Moore se ponía en pie. Adelia lo hizo lentamente, con el miedo subiendo por su garganta, y las dos mujeres se miraron la una a la otra.

—No espero a nadie —dijo la amiga de Thomas—, pero tampoco la esperaba a usted, y aquí está.

Con eso, la señorita Moore se acercó a la puerta, justo cuando quienquiera que estuviera al otro lado, la golpeó de nuevo. Adelia se estremeció, con la boca seca de repente.

—¿Dónde está lady Adelia? —retumbó una voz.

¡Owen!

—Es lord Burnley —dijo Adelia.

Los ojos de la señorita Moore se abrieron de par en par.

—¿El que acusó a mi Thomas?

Ella asintió.

El rostro de la señorita Moore se endureció en una máscara de ira, y abrió la puerta de un tirón, sorprendiendo al vizconde, cuya mano se alzó para golpear de nuevo.

Sin saludar, miró más allá de ella para ver a Adelia.

—¿Se encuentra bien?

—Por supuesto. ¿Por qué está aquí?

Owen entrecerró los ojos.

—¿Y usted?

¡Hombre imposible!

—Estoy reuniendo pruebas.

—Eso lo tienen que hacer los detectives.

—Bueno, usted lo hizo —señaló ella—. Y lo ha hecho mal. —Con un resoplido, Adelia se cruzó de brazos y volvió a sentarse en el sofá.

—Vendrá conmigo de inmediato —le ordenó él.

—No lo haré. Gritaré si intenta llevarme con usted.

Owen sacudió la cabeza con ironía.

—Señorita Moore, ¿qué pasaría si Su Señoría gritara?

La joven lo miró con cara de disgusto.

—Me temo que no mucho. Tal vez algunos tipos vengan de abajo para ver si la han asaltado con la esperanza de que la hayan dejado inconsciente para poder robarle.

Adelia se estremeció y se levantó de nuevo.

—¿Dónde están su criada y su lacayo? —preguntó Owen—. Tenía entendido que ambos han venido con usted.

Adelia se dio cuenta de que el señor Lockley no se había alegrado demasiado por su salida y, evidentemente, había hablado fuera de lugar.

—Traje a Penny para que pudiera visitar a su hermana, que trabaja en una taberna al final de la calle. La recogeré de nuevo de camino a casa. Y mi lacayo, Ned, está con su padre. Lo dejé en Butcher Row cuando pasábamos por allí.

Owen levantó las manos ante sus palabras.

—¿Su cochero tiene que cuidar de su carruaje y de usted? ¿Él solo?

—Estoy bien —reiteró ella.

—Y lo seguirá estando si viene conmigo de inmediato.

—No iré. La señorita Moore y yo estamos discutiendo asuntos personales.

Owen golpeó el marco de la puerta.

—Vendrá conmigo.

—¿O qué? —exigió ella.

—O me la echaré al hombro y la llevaré a la fuerza —amenazó él, y ella pudo ver por la mirada de su apuesto rostro, ahora contorsionado por la frustración, que lo decía en serio.

Adelia miró a la señorita Moore.

—Por favor, ¿es posible que recuerde si mi hermano estuvo con usted un viernes por la noche, el último día de junio?

Owen maldijo con brusquedad.

—¡Es ridículo! Naturalmente, le dirá que estuvo con ella. Además, ¿cómo va a recordar una noche en particular? —Su tono era insultante, y la señorita Moore se erizó.

—No soy una simplona, lord Burnley. Muchos vivimos aquí porque no podemos hacerlo en otro lugar. El alto coste de las zonas más bonitas de la ciudad nos mantiene, incluso a los que trabajamos duro, atrapados en los barrios bajos de Londres. Con todo, vivimos lo mejor que podemos, y no todos somos deshonestos.

Él tuvo la delicadeza de poner cara de disgusto.

—Nos veíamos la mayoría de los viernes —continuó la señorita Moore—, para estar seguros, ya que yo voy a trabajar más tarde los sábados, a menos que lo acompañara a un baile o a una cena.

—¡Ya basta con este chisme! —Owen se quejó—. No significa nada.

—¿Y la noche de...? —Adelia se interrumpió para mirar a Owen—. ¿...De la muerte de lady Sophía?

—Su asesinato —dijo él, con la mandíbula apretada.

La señorita Moore miró a Owen y luego volvió a mirar a Adelia.

—Por desgracia, Su Señoría tiene razón. No puedo hablarle con certeza de esa noche en particular.

Adelia se sintió desanimada.

—Pero Su Señoría también tiene razón en otra cosa —añadió desafiante la señorita Moore, poniendo las manos en las caderas—. No obstante, diré que Thomas estuvo conmigo.

Owen volvió a maldecir.

—¿Protegería al asesino de mi hermana con una mentira?

—Protegería al hombre que amo, el cual sé que no es un asesino.

—Como lo haría yo —murmuró Adelia.

Owen rugió de furia. Adelia se acercó a él, sin dejarse intimidar por su ira.

—Es usted quien debe marcharse, lord Burnley. Haré mi camino a casa con total seguridad sin su interferencia.

De pronto, él alargó la mano y le agarró el brazo. Con sus miradas fijas, ella no podía imaginar su intención mientras él la acercaba lenta y tranquilamente. Al fin, Owen le susurró algo al oído.

Ella sacudió la cabeza y empezó a girarse hacia el otro lado, cuando la señorita Moore habló.

—Lady Adelia no puede oírle por ese oído.

Capítulo 23

Sorprendida de que aquella mujer supiera algo tan personal sobre ella, Adelia se quedó helada y miró fijamente a Owen mientras él seguía sujetándola con fuerza.

—¿Por qué? —preguntó él, con un rostro que reflejaba preocupación. Y de lástima, lo que ella aborreció.

Adelia apretó los labios y escuchó la respuesta de la señorita Moore.

—¡Porque su padre era un bruto, como usted!

La mirada de Owen se fijó de nuevo en la de Adelia antes de que ella desviara la vista hacia la mano de él sobre su brazo. Owen la soltó al instante.

—Le aseguro que lo que le he dicho al oído no ha sido de ninguna manera una brutalidad —protestó él, pero no lo repitió—. ¿Cómo... es...?

Adelia miró al suelo, deseando estar en casa.

—A mi padre le gustaba puntuar su ira con un sólido puñetazo en la cabeza —dijo ella—. No hay nada más que decir. Está muerto, y no me molesta en absoluto mi aflicción, excepto cuando la gente me lo recuerda.

Ella miró a la señorita Moore, que se sonrojó.

—O cuando alguien se compadece de mí —añadió, apartándose de Owen, que parecía que iba a decir algo por el estilo—. Volviendo al asunto que nos ocupa —continuó Adelia, dirigiéndose a la señorita Moore—. Si no lo recuerda… —¿Y por qué iba a recordar un viernes cualquiera—? Tal vez, si usted y Thomas fueron a algún lugar, otros podrían recordarlos a los dos. Una vez, usted acompañó a mi hermano a ver una obra de teatro. Pero eso fue otra noche diferente. Los vi allí.

Adelia volvió a mirar a Owen. Fue una velada maravillosa, él la había besado, despertando cada partícula sensual en su cuerpo.

—Tal vez tenga el programa o una entrada de teatro de la noche en cuestión.

La señorita Moore negó con la cabeza.

—Esa obra fue la única vez que nos aventuramos a un lugar público fuera del East End. A Thomas le parecía demasiado arriesgado, más aún después de que usted nos viera. Normalmente, comemos en un pub local, o... nos quedamos aquí. —Volvió a sonrojarse ante la insinuación de pasar horas en la intimidad de su casa.

Sin embargo, con cada palabra, las esperanzas de Adelia se desvanecían. La señorita Moore podía mentir por Thomas, pero sin alguien que respaldara sus declaraciones, ningún magistrado la creería.

—Les vi a los dos en otra ocasión. —Las sorprendentes palabras de Owen cortaron el silencio.

—Lo recuerdo —dijo la señorita Moore—. Nos fuimos en cuanto Thomas le vio.

—Otro hombre les siguió aquella noche —dijo Owen.

Ella ladeó la cabeza.

—¿Qué quiere decir?

—Se levantó no mucho después de que se fueran, y salió por la misma puerta hacia la parte de atrás.

—No se me ocurre quién podría ser —dijo la señorita Moore, y luego ahogó un bostezo.

—Lo siento —dijo Adelia—. Sin duda, ha tenido un largo día de trabajo y le he impedido disfrutar de su cena.

—No he disfrutado de nada desde que Thomas no está. Ahora que sé que se encuentra en la cárcel, no hay nada que pueda darme felicidad ni tranquilidad. —La joven miró fijamente a Owen, que se movió de un pie a otro, pero no dijo nada.

Cinco minutos después, Adelia estaba de nuevo en la calle. Su cochero parecía estar de los nervios con una barra de hierro agarrada en la mano, alerta al lado del carruaje hasta que vio a su señora acercarse del brazo de Owen.

—¿Tiene que parar dos veces, a estas horas, para recoger a sus sirvientes? —El tono del vizconde era irritado.

—Sí —casi siseó ella, ya que no era de su incumbencia.

—La seguiré detrás en mi carruaje y garantizaré que nada falle —insistió él.

Adelia puso los ojos en blanco, pero mientras una pandilla de malhechores se paseaba por el lugar, agradeció que Owen estuviera cerca. Al dejar que la ayudara a subir a su carruaje, recordó algo de repente.

—¿Qué me susurró en casa de la señorita Moore? —le preguntó asomándose por la ventanilla.

Él dudó, pero respondió.

—Dije que no podía dejar que le pasara nada.

Ella se preguntó si eso era realmente lo que él había dicho.

—Por mucho que se enfadase —añadió lord Burnley—, no podía dejarla allí.

—Oh —respondió ella. Se miraron fijamente.

—Igual que no puedo dejarla marchar sin asegurarme de que no sufre ningún daño parando en una taberna y en una maldita carnicería. ¿Quién va a decirle a su criada que está lista para partir?

—Mi cochero, por supuesto.

—¿Dejándola fuera y sin protección, en el carruaje de una persona obviamente rica?

Ella se mordió el labio.

—Supongo que yo podría entrar en el pub y buscar a Penny.

Owen sacudió la cabeza.

—Dejemos esta tontería y pongámonos en marcha. Iré a buscar a su criada y a su lacayo.

Cerrando la puerta con firmeza, Owen le dijo al cochero que los acompañaría, y desapareció de su vista, volviendo a su propio carruaje.

Aunque Adelia ya no podía verle, sintió su protección como una cálida manta y supo que estaría a salvo.

⁘

CUANDO EL SEÑOR BEAUMONT se presentó al día siguiente, Adelia no se sintió intimidada en lo más mínimo. Después de todo, había hecho una excursión al East End, casi sola.

Era cierto que no había conseguido la coartada que esperaba, pero no había terminado de buscar. Tenía la intención de escribir a la señorita Moore y preguntarle si podía acompañar a Adelia a los pubs locales a los que ella y Thomas solían ir. Tal vez algún tabernero o una camarera los recordara por algún motivo en aquella noche en particular.

Era poco probable, pero, por el momento, Adelia se había quedado sin ideas. Cuando el señor Lockley anunció al ingeniero de la compañía, sintió algo parecido al alivio por haber sido interrumpida de sus tortuosos pensamientos. Además, esta vez no se había presentado de improviso. Ella le había enviado una misiva para que viniera.

Él entró a grandes zancadas y, como había hecho anteriormente, le agarró la mano y se la llevó a la boca antes de que ella pudiera retirarla.

—Me preocupó recibir su invitación. Escribió en su mensaje que era un asunto de cierta importancia.

—Por favor, siéntese —le invitó Adelia sin tartamudear—. Habrá notado que mi hermano no ha estado disponible para reunirse con usted para hablar de negocios.

—En realidad no —dijo el hombre—. A menudo pasamos una o dos semanas sin reunirnos.

—Oh. —Tal vez debería haber esperado a que el señor Beaumont enviara una carta a la casa dirigida a Thomas. Aun así, era inevitable posponerlo—. Mi hermano ha sido acusado de un crimen que no ha cometido y está actualmente en la prisión de Newgate, a la espera de juicio.

La conmoción transformó el rostro amable del hombre.

—No lo entiendo. ¿Cómo puede ser eso?

—Estoy trabajando para conseguir que lo liberen y su absolución.

—¿Ha contratado los servicios de un abogado? —preguntó él inclinándose hacia delante—. Puede que conozca a alguien...

Adelia levantó la mano.

—Ya lo he hecho. Gracias.

Él se echó hacia atrás, sacudiendo la cabeza.

—Francamente, estoy sorprendido. Pero tengo contactos en los juzgados de la Corte —añadió—. Si desea decirme el nombre, tal vez lo conozca o, al menos, su reputación.

—Por supuesto. Es el señor Brassel, y vino muy recomendado.

El señor Beaumont asintió sin comprometerse, y Adelia no pudo saber si lo conocía o no.

—Hasta que mi hermano pueda volver a tomar las riendas de la empresa de nuestra familia, creo que lo mejor es que usted y el señor Arnold se encarguen de lo que pueda surgir. Usted, por supuesto, seguirá dirigiendo las actividades cotidianas. —Adelia dudó, pues no sabía realmente a qué se dedicaba él—. El señor Arnold puede encargarse de los asuntos financieros. Supongo que es él quien recibe y realiza los pagos.

El señor Beaumont puso cara de asombro.

—No podemos hacer que el contable que se encarga exclusivamente de llevar los libros de contabilidad sea también el que se encargue de las cuentas por pagar y por cobrar. Es muy impropio. Podría escribirse a sí mismo con demasiada facilidad un abultado cheque para cobrarlo.

Adelia consideró la infame posibilidad.

—¿No confía en nuestro contable?

El señor Beaumont pareció algo incómodo.

—No quise insinuar tal cosa. Indudablemente, es un hombre honesto, es solo que no suele hacerse eso. Como su director general, acostumbro a supervisar también todo lo relacionado con las operaciones y las finanzas. El empleado de nuestra oficina es nuestro contable, lo que significa que anota todas las cifras en los libros de contabilidad y extiende cheques bancarios cuando se lo indicamos yo o su hermano. Trimestralmente, los libros de contabilidad van al señor Arnold para comprobar la salud de la empresa, por así decirlo. Y yo le llevo a su hermano todo lo que necesita para firmar o tomar decisiones. Tal vez usted quiera tomar esas decisiones en su lugar.

Adelia negó con la cabeza.

—No creo que deba hacerlo.

Tras una pausa, él se acarició la barbilla.

—Supongo que podría hacerlo yo —se ofreció—. Podría reunirme con usted como lo hacía con lord Smythe y, con su aprobación, puedo dirigir la empresa hasta que Su Señoría regrese.

Le gustó su sugerencia, sobre todo porque parecía creer que Thomas volvería. Mientras el señor Beaumont no mostrara ningún interés en ella personalmente, no le importaba reunirse con él.

—Muy bien, creo que ese acuerdo funcionará, y solo puedo esperar que mi hermano sea liberado pronto.

El señor Beaumont se levantó y se inclinó.

—Lo tendré en mis oraciones, lady Adelia. Una acusación de asesinato es grave, pero no insuperable para el verdadero inocente. Si puedo ser testigo de su carácter o ayudar de alguna manera, por favor, hágamelo saber.

—Gracias. —El sonido del señor Lockley dando entrada a otro visitante la interrumpió. Agudizando su oído bueno hacia la puerta, Adelia escuchó la distintiva voz de Owen.

Su pulso comenzó a acelerarse. ¿Cómo podía ese hombre que había metido a su hermano en la cárcel seguir provocando esa fuerte reacción en ella? Debería odiarlo, pero ciertamente no lo hacía.

—Le deseo un buen día, lady Adelia —dijo el señor Beaumont, reclamando su atención.

Ella asintió con la cabeza y lo observó salir, sabiendo que su mayordomo lo acompañaría a la salida y haría entrar a Owen.

Un momento después de que el señor Beaumont desapareciera de su vista, Owen llenó la puerta abierta. Miró por encima del hombro, como si estuviera estudiando al ingeniero.

—*Umm...* —dijo volviéndose hacia ella—. Le he visto antes en alguna parte. ¿Quién es?

Owen se comportó como si tuviera todo el derecho a interrogar a las visitas de Adelia. Era indignante, y ella no respondió directamente al principio.

—Tal vez lo haya visto donde se reúnen los dueños de las empresas mineras.

Owen le sonrió, divertido.

—¿Como una jauría de perros salvajes?

Ella levantó el hombro.

—No sé de esas cosas.

—Entonces, ¿también es dueño de una mina? —preguntó Owen.

—No, es el señor Beaumont, nuestro gerente e ingeniero. Creo que se lo mencioné. También trabajó para mi padre.

—*Umm…* —dijo él de nuevo—. Ahora estoy intrigado. Su nombre me suena de algo que no puedo recordar. Y ahora, su cara también me resulta familiar. —Se acercó, le cogió la mano y la sostuvo, mirándola a los ojos—. Temía que fuera un pretendiente rival.

¿Rival?

—Eso implica que aún desea cortejarme.

—¿Me lo permitiría si lo hiciera? —preguntó Owen.

¡Mientras Thomas estaba en Newgate!

—Es totalmente inapropiado que salga a galantear con usted. ¡Mi hermano languidece en la cárcel porque usted lo considera un asesino! Además, ¿por qué querría relacionarse conmigo?

Owen sacudió ligeramente la cabeza, como si él mismo no lo entendiera. Estaban igualmente confundidos. Owen apenas podía creer que hubiera arrastrado a Thomas a la comisaría y lo hubiera entregado. Es más, ella no debería querer hacerle compañía. Era un enigma.

Le soltó la mano y ella suspiró, pensando cómo había superado él su mentira sobre el pañuelo. ¿Y por qué?

Al instante siguiente, Adelia tuvo la respuesta. El vizconde la atrajo hacia sus brazos, su familiar y delicioso abrazo, haciendo que su corazón galopara como un caballo en una pista de carreras. No dijo nada, saboreando el derecho de ser abrazada por Owen. Mientras se fundía con él, vio cómo su expresión cambiaba de interrogación y espera a otra de satisfacción. Cuando él bajó la mirada, ella solo vio... ternura antes de que la besara.

Cuando sus labios se tocaron, su cuerpo se encendió y empezó a sentir un cosquilleo desde sus pezones, que se endurecieron con rapidez, hasta el suave lugar entre sus piernas, que ahora palpitaba de calor. Todos los pensamientos racionales desaparecieron. Mientras la lengua de él le devoraba la boca, ella subió los brazos y le puso los dedos detrás del cuello.

Él gimió, o ella lo hizo. Adelia no podía saberlo. Él movió la pierna para que su muslo presionara su zona más sensible, y ella frotó el corpiño de algodón de su vestido contra su pecho.

Las manos de Owen rozaron la espalda de ella hasta posarse en su trasero, que agarró con ambas manos, atrayéndola hacia su pierna al mismo tiempo que le mordisqueaba el labio inferior. Al sentir que sus dedos apretaban su suave carne, Adelia gimió. Su piel ardía. De hecho, un rayo parecía bailar a través de ella.

El paso del tiempo se detuvo. En un descuido, sintiéndose muy feroz, Adelia hundió los dedos en el pelo de él y atrajo su boca hasta que la cubrió por completo. Cuando la lengua de Owen volvió a entrar en su boca, ella cedió al impulso y la chupó, haciéndole gemir de nuevo. Al mismo tiempo, podía sentir su virilidad presionando contra su estómago, excitándola con las posibilidades.

Cuando ella le soltó el pelo y él volvió a levantar la cabeza, Adelia le miró a los ojos y descubrió que se habían vuelto casi negros, tan grandes eran sus pupilas. Se estremeció. No se parecía al vizconde civilizado que ella conocía. Parecía un guerrero depredador, y se preguntó si, en cierto modo, ella también lo parecía.

De hecho, quería arrastrarlo hasta el sofá y tirarlo encima de ella. Deseaba desesperadamente experimentar el peso de su cuerpo musculoso y sentir la presión de su parte masculina.

Volviendo a bajar la cabeza, él apretó sus firmes labios contra el cuello de ella.

—Adelia —murmuró, con su boca sobre su piel. Arqueando el cuello, ella volvió a estremecerse.

¿Hasta dónde podían llegar en su salón?

No había nadie que le impidiera llevarlo a su alcoba. No estaba allí la mojigata señora Gundy, de la que todos se burlaban. Adelia debería tener la fuerza de carácter para detenerlo ella misma.

Cuando la mano de Owen le tocó el pecho a través del vestido, Adelia ignoró la voz moral en su cabeza, saboreando la sensación de su pulgar acariciándole el pezón. ¡Dios mío!

—Sí —dijo, deseando su contacto con la piel desnuda.

Él se congeló.

—¿Sí?

—Sí —repitió ella. Cualquier cosa. Lo que fuera, con tal de que él la tocara de nuevo y más a fondo.

Adelia jadeó cuando la habitación se inclinó a su alrededor. Cuando abrió los ojos, él la había levantado en brazos y se dirigía a grandes zancadas hacia el mismo sofá en el que ella había pensado segundos antes.

—La puerta —dijo ella. Él la depositó sobre los cojines y se apresuró a cerrarla.

—Y la otra —le recordó Adelia, observando cómo él buscaba con la mirada la otra entrada, la cual solían usar los sirvientes, casi oculta entre dos helechos. De nuevo, Owen se alejó corriendo hacia el otro extremo del largo salón. Ella se incorporó, recuperando el sentido común.

¿Qué estaba haciendo? Deseaba a Owen Burnley de la manera más íntima, a pesar de saber que era totalmente erróneo en todos los sentidos.

De repente, él volvió. En lugar de arrojarse sobre ella, se sentó en el borde del sofá y ella retrocedió para dejarle espacio.

—Probablemente sea algo bueno que su habitación sea tan grande y que la puerta esté tan lejos —señaló él.

Era cierto. Le había dado tiempo para pensar, para permitir que la pasión cediera un poco a la razón. ¡Que se fuera todo al diablo! Ella asintió.

—Quiero llevarla a mi casa —confesó él, pasándose una mano por el pelo.

—¿Por qué? —preguntó Adelia.

—¿Por qué? —repitió Owen—. Porque allí podría tenerla toda para mí, sin la amenaza de que su mayordomo o su criada se entrometan y luego cotilleen sobre lo que han visto. Aunque supongo que en mi casa, si alguien la viera entrar o salir, su reputación quedaría igualmente arruinada.

Ella consideró sus palabras.

—¿Sus propios sirvientes no dirían nada? —preguntó.

—Precisamente. Una vez dentro, sería invisible como el aire.

—¿Y luego qué? —dijo Adelia mirando el fuerte cuello de él.

Owen tragó saliva y ella observó cómo subía y bajaba su *pomum Adami*, o manzana de Adán, como había oído llamarla. Extrañamente, deseó poner su boca allí, besar su garganta como él había hecho con la suya. Su pulso volvió a acelerarse.

—La llevaría a mi habitación y la acostaría en mi cama como lo he hecho aquí.

Adelia tosió, con la boca repentinamente seca.

—Y empezaría a quitarle la ropa —continuó él, inclinándose hacia delante para depositar un cálido beso con la boca abierta en la parte superior de su pecho.

—Oh —gimió ella.

—Le subiría el vestido por las piernas, así. —Él bajó la mano y comenzó a hacer eso mismo, levantando las faldas más allá de las rodillas hasta que ella quedó expuesta hasta los muslos, donde las medias de seda se unían a sus calzones.

—Pensé que me iba a desvestir para que no tuviera las faldas puestas —señaló ella, observando la oscura pasión en su apuesto rostro, mientras miraba sus piernas.

Ignorando su lógica, él dijo:

—Procedería a tocarte donde sé que estás caliente y preparada para mí. —Los dedos de él se deslizaron por la abertura de su ropa interior, rozando sus rizos y luego, Dios mío, los suaves pétalos de su carne.

Cuando sus dedos tocaron su núcleo, acariciando su excitado botón, Adelia se arqueó contra su mano. Con los ojos cerrados, temblorosa, se dejó acariciar por él, casi sin poder respirar. Era tan...

Al recordar con brusquedad dónde estaba —y quién era—, abrió los ojos y se apartó de él hasta el final del sofá, bajándose el vestido.

Respirando con dificultad, sintiendo que su cuerpo iba a explotar por la tensión que se acumulaba entre sus muslos, Adelia sacudió la cabeza.

Adelia lo observó llevarse la mano hacia la cara y tocarse la nariz y los labios.

Ella abrió los ojos de par en par. Owen estaba oliendo su aroma como si fuera un exquisito perfume. Al parecer, había todo un mundo de intimidad que ella desconocía, pero que ansiaba descubrir con este hombre.

—Supongo que es mejor que no esté en su casa, milord.

—Yo, por mi parte, creo que es una maldita lástima —replicó él.

—Sin duda, acabaría dándole mi virtud. Y entonces, ¿dónde estaríamos?

Owen levantó su mirada hacia la de ella.

—Dónde, en efecto —Ladeando la cabeza, él estiró el brazo para poder recorrer el brazo desnudo de ella con un dedo, dejando su piel de gallina—. ¿Te arrepentirías?

—No... no lo creo. —No podía imaginarse, como dama soltera, tener a un hombre entre sus piernas, experimentando el éxtasis que pertenecía al lecho matrimonial. Iba en contra de su educación, sin duda. Pero con solo pensar en ella desnuda con él, sus entrañas parecían licuarse.

—Puedo garantizar que no lo harías —prometió él—. Me darías tu virtud y volverías a hacerlo una y otra vez antes de la mañana. Y de buena gana.

Tratando de difuminar la pesada sensualidad del momento, ella señaló:

—Creo que solo puedo entregar mi inocencia una vez.

El rostro de él se iluminó con una sonrisa perversa.

—Es cierto, pero hay formas de hacer que cada encuentro sea nuevo. En cualquier caso, cada vez que hacíamos el amor, experimentaba esta gran liberación que es excitante y relajante al mismo tiempo. Es como si mi alma se alimentara.

¿Lo decía solo para que ella le entregara su virginidad? Sonaba demasiado delicioso para ser real. Pero él nunca le había mentido. Y en el breve tiempo que la había tocado, había sido celestial. Si hubieran estado aislados en su casa, ella le habría entregado su cuerpo en ese mismo instante.

¿No habían sentido otras lo mismo por el encantador lord Burnley? Había sido testigo de damas en bailes que, o bien le rehuían con rabia, o bien le seguían a todas partes, esperando su atención después de haberse relacionado con él. Sin duda, había cortejado a muchas jóvenes, a algunas de las cuales debió de llevar a su cama. Una vez que la hubiera desflorado, ¿entonces qué?

—¿Y después? —preguntó ella.

El rostro de Owen se ensombreció y se levantó con brusquedad.

—Tengo honor, a pesar de que muchos piensan que soy un libertino.

—Nunca he dicho eso. —Aunque ella no podía afirmar honestamente que nunca lo había pensado. O que lo hubiese escuchado, en realidad, entre la sociedad.

Adelia se puso en pie y se alisó el vestido, con las mejillas sonrojadas al recordar cómo la mano de él había estado en sus partes más privadas.

—¿Por qué ha venido aquí?

De nuevo, en una forma reveladora de su tensión, Owen se pasó la mano salvajemente por el pelo. Con los dedos de ella revolviéndolo y ahora los de él, el ayuda de cámara del vizconde tendría que peinarlo de nuevo antes de que saliera por la noche.

—Necesitaba verla —dijo Owen—. Actualmente, es la única luz en mi vida.

Capítulo 24

Adelia dio un paso atrás, pues no esperaba tal confesión.

En realidad, Owen significaba lo mismo para ella. Su mundo, por lo demás solitario, él lo llenaba de compañía... ¡y de besos!

Sin embargo, ella creía que no era apropiado decírselo. Por el momento, lord Burnley era como una tabla para una mujer que se ahogaba, pero ella se vería obligada a cortar todos los lazos con él si su hermano era condenado.

—Valoro nuestra... —Adelia quiso decir amistad, pero se había convertido en mucho más que eso. Aun así, no veía ningún futuro si le arrebataban a Thomas, lo que hacía más imperativo que consiguiera la liberación de su hermano. Una acusación de asesinato, como había descubierto, solía acabar en la horca, un resultado que se negaba a contemplar.

Cuando no completó la frase, Owen le ofreció una sonrisa irónica.

—Estamos en un dilema.

—De acuerdo. ¿Desea quedarse a cenar? —preguntó ella sin pensarlo, considerando que ella era su punto brillante, y él, el de ella.

———————————◆———————————

ADELIA LE SORPRENDIÓ CON la invitación. En un momento, parecía considerarlo la perdición de su existencia, y al siguiente, parecía preocuparse por él como él lo hacía por ella.

—Apenas ha pasado el mediodía —señaló Owen, y ella se rio de su locura. Era un sonido glorioso.

—¡Oh, Dios! —dijo Adelia—. No me había dado cuenta. Sin duda, tiene otras cosas que hacer hoy, de todos modos.

Él se encogió de hombros.

—No diría que no a una taza de té.

—Por supuesto —dijo Adelia, y sus mejillas se volvieron de un bonito color rosa—. ¡Mis modales! Llamaré para pedir un poco de inmediato.

—No se preocupe —le dijo él mientras se dirigía al tirador de la campana—. Creo que la he distraído bastante desde que su ingeniero se fue.

Con la mano aún en el cordón, ella le devolvió la mirada, sus mejillas enrojecieron aún más, y él lamentó haberla avergonzado. Era simplemente adorable. Y sensual.

—Desde el instante en que escuché su voz, en realidad. —Ella frunció el ceño—. Estaba a punto de hacerle una pregunta al señor Beaumont antes de que se fuera.

De repente, la puerta sonó y recordó que había dejado fuera a su mayordomo. Los bonitos ojos de Adelia se abrieron de par en par. Sin embargo, manteniendo la cabeza alta, cruzó hasta la puerta, la desbloqueó y dejó entrar al señor Lockley.

Sin reconocer el indecoroso paso en falso, le indicó:

—Té, por favor, y un poco de ese pastel de especias con grosellas.

El mayordomo asintió y, con una rápida mirada hacia Owen y el asiento vacío de la criada junto a los helechos, se marchó.

Probablemente Owen debería insistir en que Adelia llevara a esa misma chica —Penny, ¿no se llamaba así?— a la habitación de inmediato para proteger la reputación de la señora de la casa, si no era ya tarde.

Adelia volvió al sofá, pareció pensárselo mejor y se dirigió al sillón. Owen se dejó caer en uno que hacía juego, contento de poder tener más tiempo en su compañía, y mantuvo la boca cerrada respecto a Penny.

—Hay hombres y mujeres en Newgate por muchos y diversos cargos, ¿no es así? —dijo Adelia—. Algunos son encarcelados por ser pobres.

Owen se puso serio. Pobre mujer. Los pensamientos sobre su hermano estaban siempre a flor de piel, lo que él podía comprender perfectamente. Deseó no sentir la más mínima culpa. No debería, pero lo hacía.

—Sí. Por muchas razones.

Adelia asintió.

—Así, me pregunto por qué nuestro ingeniero asumió que Thomas estaba bajo una acusación de asesinato.

Owen se encogió de hombros.

—¿Por qué vino aquí?

—Para hablar de la dirección de la empresa mientras mi hermano está... fuera.

—¡Qué insolente! —dijo Owen. El hombre podría estar sobrepasando sus límites.

—No, lo invité para hablar de eso mismo, pero cuando mencioné dónde estaba Thomas, dijo algo sobre la gravedad de una acusación de asesinato. Estaba a punto de preguntarle por qué pensaba que ese era el cargo cuando usted llegó.

—Imagino que fue una suposición.

Ella levantó un hombro con delicadeza.

—No importa. Se lo preguntaré al señor Beaumont cuando lo vuelva a ver.

—Tendrá un contable, espero —dijo Owen—. Alguien que pueda encargarse de las cuentas por pagar y por cobrar, para mantener todo en orden. O un contable profesional que supervise los libros.

Adelia volvió a fruncir el ceño.

—El señor Beaumont dijo que eso sería impropio.

—¿Qué? —Owen se inclinó hacia delante en su silla. ¿Un contable algo inapropiado? ¿Qué quería decir?

—Sugerí que el señor Arnold, nuestro contable, se encargara de las finanzas, y el señor Beaumont dijo que sería demasiado fácil para el hombre robar.

Owen frunció el ceño, empezando a tener un mal presentimiento.

—No —protestó Adelia mientras Meg traía la bandeja de té—. Por favor, no ponga esa cara de preocupación.

Creo que ambos hombres son completamente honestos, ya que estaban en la empresa cuando mi padre estaba vivo. Thomas tampoco ha tenido nunca un atisbo de preocupación.

—Este caballero, el señor Beaumont… —¿De qué le sonaba su nombre?— En cualquier caso, ya es su gerente y su ingeniero, y ahora quiere gestionar los pagos en nombre de Smythe Coal. No lo recomiendo. Incluso el individuo más honesto puede ser tentado.

—¿Qué debo hacer? —preguntó ella, sirviendo el té y entregándole a Owen una porción de pastel de especias.

Él dejó la taza de té en la mesa de al lado y apoyó el plato de pastel en su regazo. Solo las mujeres seguían permitiéndose tales delicadezas mientras discutían asuntos tan importantes. Era entrañable, pero también temía que Adelia pudiera dar un paso en falso y sufrir una gran pérdida.

Owen se llevó a la boca un bocado del manjar a la vez que consideraba sus próximas palabras. El bizcocho casi se deshizo en su lengua.

—Delicioso —declaró, devorándolo por completo antes de dejar el plato junto a su taza de té—. Si no le importa que lo diga, y ya que me lo ha pedido, yo le enviaría una carta a este señor Beaumont y le diría que lo ha pensado mejor y que le parece más conveniente que se encargue usted misma de todos los documentos y tareas que hacía su hermano, incluida la firma de los cheques.

—¿De verdad? —Ella dio un sorbo a su té.

—¿Por qué no? Es una mujer inteligente.

Adelia volvió a sonrojarse. Hacerlo se estaba convirtiendo en un hábito que él esperaba que nunca abandonara.

No le gustaba avergonzarla, pero era divertido darle color a sus mejillas con un cumplido genuino. O mejor, con un toque de maldad. En ese sentido, deseaba que ella nunca se volviera tan hastiada o llena de sangre fría que su rubor desapareciera por completo.

—¿Y si me equivoco? ¿Y si destruyo la empresa y dejo a todos los mineros sin trabajo?

—Es poco probable. Si tiene alguna pregunta —comenzó a decir Owen, pero dudó. Estaban en una zona en la que era totalmente inapropiado estar, dadas las circunstancias—. Como le dije antes, siempre puede preguntarme a mí o a mi padre, supongo. Puede que le venga bien para distraerlo.

—Tal vez —dijo Adelia sin mucha seguridad.

—También le sugiero que envíe la misma carta al señor Arnold, para que no haya confusión.

Los ojos de Adelia se abrieron de par en par.

—No había pensado en eso. Supongo que uno de estos hombres podría hacer algo deshonesto al mantener al otro en la oscuridad en cuanto a mis deseos.

—Precisamente. Por el momento, debe asegurarse de que ambos sean notificados de cualquier cosa que usted le diga al otro. Así ninguno podrá alegar ignorancia.

Owen dio un sorbo al té. Al igual que el pastel, era de primera calidad.

—Gracias —dijo Adelia en voz baja.

El líquido caliente bajó por la tráquea de Owen. Al toser, no pudo hablar. No es que la cortesía y los modales de Adelia fueran inusuales, pero él sabía cuánto le costaba agradecerle algo después de lo que él le había hecho a su familia.

—¿Está bien? —le preguntó Adelia cuando a Owen se le pasó la tos.

Él asintió.

—Debería irme. —Antes de que admitiera que se estaba enamorando perdidamente de ella. Quizá la asustara para siempre. Además, era descaradamente injusto. Él sabía que Adelia sentía algo por él. No habían sido tímidos el uno con el otro. Sin embargo, tenían por delante la enorme montaña del juicio y la sentencia del conde, un obstáculo tal vez insuperable.

Además, cuando llegara el día de la ejecución, como seguramente ocurriría, él quería ser el que consolara a Adelia y sabía que sería la última persona en la tierra a la que ella permitiría hacerlo. Lo mejor sería que él no le declarara sus profundos sentimientos hasta que hubiera pasado el mal trago. A partir de entonces, la cortejaría durante todo el tiempo que fuera necesario.

—La invitación sigue en pie para la cena, milord.

Él quiso gemir por la oportunidad perdida.

—Por desgracia, ya estoy comprometido en otro lugar. Sería un honor cenar con usted en otra ocasión, sobre todo, si hay más pastel.

Owen se puso en pie y ayudó a Adelia a levantarse.

—Puedo prometerle que disfrutará de algo mucho mejor que este pastel —dijo ella. Y cuando sus miradas se cruzaron, Adelia se sonrojó de nuevo—. Me refiero a nuestra cocinera.

Él casi se rio de sus palabras, involuntariamente tentadoras. Si ella supiera lo rápido que la había imaginado tumbada sin ropa sobre la longitud de una mesa de comedor, lista para que él la lamiera y la chupara, la probara y la devorara, se pondría roja desde la parte superior de su encantadora cabeza hasta los dulces dedos de sus pies.

Por su parte, se sintió como un colegial excitado por lo mucho que deseaba a esa mujer tranquila, sin pretensiones y absolutamente maravillosa que tenía delante.

—¿A las ocho? —preguntó, casi bajando la cabeza para besarla de nuevo. Tenía muchas ganas de hacerlo. Al mismo tiempo, no quería darle la impresión de que se estaba tomando libertades a cada paso.

Ella frunció el ceño, pero se rio con rapidez.

—Dijo que estaba ocupado.

—¿Qué? —Owen también se rio—. Sí, lo dije, y lo estoy.

—En otro momento, tal vez —dijo ella, y el «tal vez» le hizo a Owen reflexionar. Esperaba que lo dijera en serio. Ahora, se atormentaría toda la noche pensando en ella comiendo sola en su gran y silenciosa casa de la ciudad.

Sin embargo, Adelia no parecía preocupada por eso.

—Haré lo que dice y escribiré esas cartas.

Owen le besó la mano y la dejó hacer. En primer lugar, él tenía una reunión con el banquero de la familia, ya que, a pesar de que su padre había dicho que se retiraría de la política y se centraría en los negocios, el conde no estaba haciendo ninguna de las dos cosas.

Sus padres solo se habían apaciguado un poco con el encarcelamiento del conde de Dunford. Seguían perdidos, sin ningún propósito ni capacidad de experimentar satisfacción, y definitivamente, ninguna felicidad. Por ello, Owen se ocupaba actualmente de los negocios y de ocupar el escaño hereditario de su familia en el Parlamento. Y todavía esperaba obtener respuestas para su padre. Solo que no sabía cómo. Tal vez Smythe hiciera una confesión en la sala del tribunal —o en un cadalso— explicando su motivo.

***

DESPUÉS DEL BANCO, FUE a ver a sus padres. Exactamente igual que en las últimas semanas, las cortinas estaban echadas, tanto el señor como la señora de la casa estaban decididamente en casa, vestidos de negro, y los sirvientes andaban de puntillas, como si les aterrara hacer ruido.

Owen quería gritar. Lo que la muerte de Sophía había hecho a su vibrante madre y a su bullicioso y encantador padre era como si Smythe los hubiera embrutecido también a ellos. Al ver su continuo dolor, la furia floreció en su interior. Entró en el lúgubre salón haciendo ruido a propósito en aquel mausoleo en que se había convertido la casa. Esperaba que llevarle a su madre sus caramelos favoritos la alegrara, aunque fuera un poco, y también esperaba distraer a su padre con las noticias del día.

Naturalmente, su madre dejó la lata de caramelos en el aparador sin abrirla y volvió a su asiento. Disfrutar de un caramelo estaba ahora fuera de su alcance. Tras unos minutos de intentar mantener una conversación consigo mismo, Owen observó cómo su padre cerraba los ojos e inclinaba la cabeza hacia atrás, aislado del mundo.

En consonancia con la actual actitud de rechazo de su madre hacia todo lo social, omitió ofrecerle un té. Cuando él lo sugirió, Owen se acordó de su anterior conversación con Adelia, y quiso hablarles de ella. Sin embargo, a menos que mantuviera su apellido en secreto, cualquier mención sobre ella solo causaría más daño.

Al menos podía preguntarle a su padre sobre lo que le había estado molestando.

—¿Conoces a un ingeniero de minas llamado Beaumont?

Su madre jadeó. Los ojos de su padre se abrieron de golpe y se acercó para acariciar la mano de su esposa.

Owen frunció el ceño.

—¿Qué pasa?

—A tu madre le duele escuchar ese nombre —dijo su padre—. Fue una pérdida de tiempo cuando podríamos haber tenido a Sophía en casa, no muy lejos, en Francia.

Entonces, Owen recordó.

—Sophía se alojó con los Beaumont en París, ¿no es así?

—Sí, pero no recuerdo que ninguno de ellos fuera ingeniero o se dedicara a la minería.

Tal vez era solo una inquietante coincidencia. Owen había ido a París para traer a su hermana a casa, y allí conoció a *monsieur* y *madame* Beaumont y a su hija, Annalise. A Sophía le había dado mucha pena despedirse de ellos, después de un año divertido puliendo su vocabulario francés y su acento, además de ver gran parte del continente.

—¿De qué los conocemos? —preguntó Owen.

Para su sorpresa, ahora fue su siempre silenciosa madre quien le respondió.

—*Madame* Beaumont, Emma para mí, compartimos nuestra primera Temporada. Sus padres eran vecinos de los míos. Emma conoció a los Beaumont durante su segunda Temporada. Solo estuvieron aquí unos meses, y se enamoró perdidamente del hijo mayor. Tu padre y yo los hemos visitado más de una vez. Su marido es un exportador de vino de extraordinario éxito.

Owen sabía que la valoración del éxito de su madre significaba que su amiga era muy rica.

—Conocí a su hija —dijo Owen—. ¿Hay un hijo, por casualidad?

—Dos, de hecho —dijo su madre—. Uno pertenece al clero, y el otro está en el negocio familiar del vino.

—¿Y están todos en Francia?

—Por lo que sabemos, sí —dijo su padre—. ¿Por qué preguntas todo esto?

Owen no quería decirles demasiado.

—Sé de un Beaumont que trabaja para una empresa minera inglesa, y tenía curiosidad por saber por qué me sonaba el nombre. Ahora ya lo sé.

—¿Qué empresa? —preguntó su padre, como Owen podía haber garantizado que haría.

Por suerte, antes de que tuviera que decir el temido nombre de Smythe, su madre emitió un cacareo de molestia.

—Ya basta. Es indecoroso hablar de negocios, sobre todo después de... —dijo lady Bromshire.

Owen suspiró. Todo se clasificaría siempre como antes o después de la prematura muerte de Sophía. Y se preguntaba si alguna conversación volvería a ser considerada como algo apropiado.

Cuando se marchó una hora más tarde, seguía sin saber por qué creía haber visto a Beaumont en alguna parte. Estaba seguro de que no había conocido al hombre en Francia. De repente, se dio cuenta. Beaumont había estado con Smythe en Teavey's, pero no había nada siniestro en el hecho de que el conde y su representante boxearan juntos.

Una vez resuelto esto, Owen pensó en la velada que le esperaba. Iba a cenar con los Westing, y se le ocurrió lo tonto que había sido al no invitar a Adelia a acompañarlo.

Sin estar seguro aún de si era o no «indecoroso», usando el vocabulario de su madre, el desear ardientemente a la hermana del asesino de Sophía, Owen decidió que probablemente era mejor que no lo hiciera.

Por supuesto, las primeras palabras que salieron de la boca de lady Jane fueron: «Deberías haber traído a esa encantadora lady Adelia contigo».

Capítulo 25

Adelia esperaba recibir un mensaje del señor Beaumont en respuesta al suyo, en lugar de que la persiguiera por la calle cuando ella iba en su carruaje de camino a Newgate.

Oyó una voz que la llamaba, y su cochero respondió, deteniendo los caballos a una manzana de su propia casa. Cuando el lacayo llamó a la puerta, ella bajó la ventanilla para ver a Víctor Beaumont en la acera, respirando con dificultad, al parecer, por haber corrido tras su carruaje.

—Lady Adelia —dijo él, acercándose y metiendo la cabeza dentro, antes de que el lacayo pudiera preguntarle a Adelia si deseaba hablar con él—. Precisamente iba a verla.

Sus apariciones inesperadas y sin invitación tenían que llegar a su fin.

—Debería haberme enviado una nota, señor Beaumont. Como puede ver, estoy ocupada.

Ella se sorprendió de lo fácil que le resultaba ahora hablar con la gente, sobre todo, con quienes la molestaban. Con la vida de Thomas en peligro, ser tímida era un lujo que no podía permitirse.

—Debo hablar con usted de inmediato sobre asuntos de negocios. ¿Puedo acompañarla?

Era de lo más impropio. Había dejado a Penny en casa porque cuanto menos supieran sus sirvientes sobre el paradero de Thomas, mejor.

Cuando pensó en lo que solía ocurrir con Owen cuando estaban solos en el carruaje, dudó. Por otro lado, su lacayo estaría cerca para oírla si ella gritaba. Y debería pensar como una mujer de negocios por su hermano.

—Muy bien. —Con temor, se echó hacia atrás mientras él abría la puerta de un tirón y entraba.

Acomodado en el asiento de enfrente, él echó un vistazo al interior, admirando las planchas de cuero y las colgaduras de terciopelo de la misma manera que había inspeccionado las molduras de la casa.

«Muy inusual, y un poco vulgar», pensó Adelia. Además, el hombre se inclinó hacia delante como si quisiera tomar su mano en señal de saludo, pero ella la mantuvo firmemente sujeta en su regazo.

Después de decirle al lacayo que reanudara su camino, Adelia preguntó:

—¿Qué es lo que le ha impedido esperar hasta otro momento más oportuno, señor Beaumont?

—Lamento interrumpirla, *milady*. Recibí su misiva y me preocupó su cambio de opinión respecto a mi firma de documentos y manejo de las finanzas.

Ella se encogió de hombros.

—No le corresponde a usted preocuparse. —Adelia esperaba que eso fuera el final y que él abandonara su carruaje.

Beaumont abrió la boca, la cerró y la volvió a abrir.

—Sin embargo, estoy preocupado. ¿Ha hablado con alguien más sobre nuestros asuntos? Debo advertirle que hay depredadores por doquier, sobre todo, aquellos que podrían ser rivales de los clientes de nuestra empresa. No se lo pensarán dos veces a la hora de intentar influir en usted para que tome malas decisiones mientras Thomas está ausente, o tal vez para embaucarla y así poder maniobrar para conseguir una posición de poder.

Él utilizó dos veces el término «nuestro», y no debería haber usado el nombre de su hermano de manera tan informal. Era demasiado atrevido y familiar, y a Adelia le produjo una sensación desagradable.

Además, parecía tener una fuerte paranoia. ¿Sabía él de su asociación con Owen? Podía entender que el señor Beaumont no aprobara que ella pasara tiempo con el propietario de una empresa minera rival, pero no le correspondía decir nada.

—Es mi deber dirigir los negocios de mi familia hasta que lord Smythe regrese —dijo Adelia, recordando el consejo de Owen—. Aunque aprecio su preocupación, le aseguro que es innecesaria. Además, recibí una nota del señor Arnold. Parecía tener la impresión de que usted dirigía Smythe Coal completamente solo.

El señor Beaumont se sonrojó con intensidad.

—No tengo ni idea de cómo el contable llegó a esa conclusión.

—No importa. Le he comunicado mi decisión de ocuparme de todo lo que mi hermano manejaba hasta su regreso.

—Muy bien. —Beaumont hizo una pausa—. ¿Y qué pasa si lord Smythe no regresa?

Ella jadeó.

—No voy a discutir tal cosa.

—Por supuesto —dijo él. Entonces su tono cambió—. Lady Smythe, ¿puedo llamarla Adelia?

—En absoluto —le espetó ella.

Él se rio como si ella hubiera dicho algo ingenioso.

—Me gustaría mucho visitarla en el futuro.

Ella se revolvió ante su sorprendente giro de la conversación. Podía hacerse la tonta.

—Por supuesto. Debe venir y traer cualquier documento que deba ver, etc.

—Sí, lo haré. Pero yo hablaba de una visita personal, *mi*lady. Esperaba poder saludarla y acompañarla por la ciudad, tal vez a una carrera de caballos.

Ella sintió que debía proceder con cautela. Una respuesta de «ciertamente no», con el estremecimiento que había surgido en su interior, no sería bien recibida. A los hombres no les gustaba que los rechazasen. Lo había aprendido desde su posición privilegiada como soltera, escuchando los dramas, grandes y pequeños, que se desarrollaban a su alrededor.

Hasta hace poco, nunca había formado parte de uno y no se había dado cuenta de lo afortunada que era. Ahora, al parecer, estaba en medio de uno tras otro.

—Vaya, señor Beaumont, es muy amable de su parte. Sin embargo, como debe comprender, mientras mi hermano está pasando por tales tribulaciones, no puedo pensar en otra cosa que en asegurar su liberación.

Él entrecerró los ojos. De nuevo, Adelia se preguntó si sabía lo de Owen. ¿La había visto cabalgando con él en Hyde Park? Ahora era ella la que estaba paranoica.

En el silencio cada vez más tenso, ella golpeó con rapidez el techo del carruaje y este se detuvo con un movimiento de balanceo. Su lacayo bajó de un salto y abrió la puerta.

—Buenos días —dijo Adelia, sin dar al señor Beaumont otra opción que salir.

—Buenos días, *mi*lady. —Esta vez, él no se molestó en tratar de tomar las manos de ella. Bajó de un salto a la acera y se alejó.

CUANDO LLEGÓ A NEWGATE, Adelia se encontró con que su hermano ya tenía una visita. Esta vez, sin la compañía de un abogado, Adelia se había visto obligada a ir a uno de los patios interiores en los que los presos tomaban el aire y hacían un poco de ejercicio. Constance Moore ya estaba contra una verja de hierro, con los brazos extendidos hacia Thomas, que le cogía las manos.

A Adelia le dolió el corazón al verlo. Y, de hecho, tenía peor aspecto, a pesar de los sobornos que habían pagado. Su cabello estaba obviamente sin lavar y despeinado, y tenía las mejillas hundidas.

Como no quería interrumpir su encuentro, se quedó atrás, hasta que Thomas se fijó en ella.

—¡Chica tonta! —Su rostro se iluminó y la señorita Moore se volvió para saludarla.

Adelia pudo ver el rastro de lágrimas en la cara de la joven, lo que hizo que sus propias emociones salieran a la superficie. A pesar de ello, no causaría más dolor a su hermano uniéndose a las volátiles emociones femeninas.

—¿Cómo estás? —le preguntó—. Comiendo bien, espero. —Adelia logró mantener una nota de alegría en su voz.

—Bastante bien. Pero no es como la comida de nuestra cocinera, eso es seguro.

Adelia asintió, tragándose el nudo en la garganta, y se volvió hacia la señorita Moore.

—Estoy muy contenta de que le hayan permitido visitarlo.

La mujer le dedicó una sonrisa titubeante.

—No les importaba quién era yo, en realidad. Cualquiera puede entrar aquí.

Si se pudiera salir con la misma facilidad…

—Te he traído más dinero —le dijo Adelia a su hermano—. Espero que te sirva. —Ella pasó un pequeño monedero entre las rejas, que él cogió y se guardó.

—Sí que me sirve. Una ración extra de pan o guiso, una manta más caliente. Ese tipo de cosas. Pero veros a las dos hace más bien por mi salud que cualquier otra cosa. Ya ha sido un día ajetreado.

—¿Qué quieres decir? —preguntó Adelia.

—También tuve una visita de Víctor Beaumont.

—¡¿De verdad?! Qué raro.

—¿Por qué? —preguntó Thomas—. Todavía trabaja para mí. —Sonaba como si su orgullo estuviera herido.

—Por supuesto que sí. Sin embargo, acabo de hablar con él antes de venir aquí, y no lo ha mencionado.

—Eso es extraño, sobre todo, teniendo en cuenta que su visita se refería a ti.

A Adelia se le revolvió el estómago.

—Quiere cortejarme, ¿no es así?

Thomas frunció el ceño.

—Tal vez, pero no me refería a eso. Estaba preocupado...

—¡Acerca de Smythe Coal! —Adelia sacudió la cabeza ante el descaro del hombre.

—Sí. Para ser sinceros, creía que estabas confundida y necesitabas orientación, y estaba convencido de que ibas a acudir a Burnley en busca de consejo.

—Aunque fuera a hacerlo, eso no es motivo para que el señor Beaumont diga nada. —Así que su astuto ingeniero sí sabía lo de Owen.

Thomas la miró fijamente.

—No estarás hablando con Burnley, ¿verdad? ¿Después de lo que ha hecho?

Ella consideró cómo responder a su pregunta. Owen no había tratado de interferir con Smythe Coal de ninguna manera. Solo había intentado ayudarla.

Thomas rompió el silencio.

—¡Dilly! ¿Por qué querrías hablar con él?

—Tenías la intención de pedirle consejo al mayor de los Burnley, el conde de Bromshire, ¿no es así? —preguntó Adelia.

—Eso fue antes de... ¡esto! —Su hermano señaló a su alrededor—. Y ese era el padre, no el hijo. ¡Tu vizconde cree que soy un asesino!

Ella no sabía qué decir, salvo defenderse.

—No he hecho nada malo. No he revelado ningún secreto de la empresa. No conozco ninguno para contarlo. Y no apruebo que el señor Beaumont te moleste. Primero, quería que aceptara que él se encargara de todo, incluyendo lo que creo que es competencia del señor Arnold. Y cuando le dije que había decidido que este debía inspeccionar los documentos y firmar en su lugar, vino corriendo a verte. ¿Crees que es una conducta apropiada?

—¡No creo que hablar de nuestra empresa con Burnley sea una conducta apropiada!

Adelia suspiró. No iba a superar ese punto para convencer a Thomas de lo inapropiado y prepotente que se había vuelto el señor Beaumont.

—¿Qué le dijiste a nuestro estimado gerente e ingeniero? —preguntó ella, preparada para que su hermano le hubiera dado permiso al hombre para hacerse cargo de todo.

Thomas dudó, frunciendo los labios con desagrado.

—Le dije que se atuviera a tus deseos en todo.

—¿Qué? —Ella no podía creerlo.

—Por supuesto. A la hora de la verdad, solo puedo confiar en ti y en Constance. —Las miró a cada una por separado.

—No te defraudaré, Thomas —prometió Adelia, y las lágrimas que había combatido antes volvieron sin proponérselo antes de que pudiera detenerlas.

Él puso los ojos en blanco.

—Tontina. Ya he tenido bastantes lágrimas de esta otra. —Thomas señaló con un pulgar a la señorita Moore, que se había quedado en silencio junto a Adelia—. No empieces. No hay por qué llorar. Tu abogado hará que me declaren inocente cuando vayamos a juicio, y dejaremos esto atrás.

Ella asintió, sin estar convencida, pero sin querer que él lo supiera. Tal vez cuando se reuniera de nuevo con el señor Brassel y el señor Jaggers, cosa que haría en una hora, se sentiría más segura de su eventual éxito.

—Creo que el señor Beaumont estaba intentando tomarme el pelo, tratando de convencerme de que le dejara hacerse cargo de todas sus funciones —declaró Adelia.

—Él solo quiere lo mejor para la empresa —insistió Thomas—. Siempre está más preocupado por que sigamos teniendo éxito.

Ella asintió, esperando que su hermano tuviera razón. Luego, miró a Constance, que parecía agotada.

—Es tú único día libre —le dijo a la joven—. Os dejaré para que tengáis tiempo a solas. Por favor, contactad conmigo si necesitáis algo.

—Es muy amable, *mi*lady —dijo la señorita Moore.

Adelia abrazó a su hermano a través de los barrotes, conteniendo las lágrimas que volvían a brotar.

—No te preocupes —le dijo.

Él negó con la cabeza.

—No lo haré. —Pero sus ojos contenían un brillo de aprensión que no podía ocultar.

Esperando disiparla pronto, Adelia dirigió a su cochero hacia el despacho de Gray's Inn.

———◆———

—HE PREPARADO MI DECLARACIÓN inicial. ¿Le gustaría escucharla?

Adelia se sentó junto al señor Brassel y observó cómo el abogado Jaggers se paseaba por su despacho.

—Después de pensarlo mucho, y a la luz de las sólidas pruebas y la falta de una coartada creíble, he decidido abordar la regla McNaughten.

—*Umm...* —dijo el señor Brassel, mirando de reojo a Adelia antes de dirigirse a su socio—. Después de conocer al acusado, dudo que él esté de acuerdo con eso.

—No le corresponde a él aceptar o no —dijo el señor Jaggers, con gesto afrentado—. Es mi trabajo asegurar su liberación o, al menos, su vida. De hecho, ni siquiera hablaré con él al respecto.

Adelia esperó a que uno de ellos se explicara, pero como no lo hicieron, intervino.

—Estoy segura de que mi hermano estará encantado con cualquier defensa que haya ideado, señor. ¿Qué es esa regla M... M...?

—La regla McNaughten —dijo el señor Jaggers por ella—, fue creada tras la brillante defensa del señor Daniel McNaughten por mi propio mentor, sir Alexander Cockburn. Un hombre pequeño con una gran cabeza. Cockburn, no McNaughten. También, actualmente nuestro fiscal general.

—¿Cockburn? —preguntó ella—. ¿O McNaughten?

El abogado entrecerró los ojos, al parecer, considerando si se estaba burlando de él. Adelia decidió callar si iba a escuchar la explicación de la regla que él había mencionado.

El señor Jaggers se aclaró la garganta.

—En 1843, McNaughten fue acusado del asesinato a sangre fría de Edward Drummond, el secretario del primer ministro, lo cual fue totalmente un error.

—¿Él no lo hizo? —preguntó ella.

—Por supuesto que lo hizo. La gente lo vio —insistió el abogado—. Por suerte, un agente de policía estaba presente para evitar que hiciera más daño.

—¿Cómo se puede hacer más daño a alguien que ha sido asesinado? —preguntó ella.

—La víctima no murió en el acto. De hecho, regresó a su oficina, solo para fallecer días después, probablemente debido a los terribles cuidados de sus médicos, el señor Guthrie y el señor Bransby Cooper. —El señor Jaggers agitó los brazos, haciendo volar sus mangas—. Son ellos los que deberían haber sido acusados de asesinato, si quiere saber mi opinión.

Adelia frunció el ceño.

—¿Está diciendo que porque el hombre no murió de inmediato, el señor McNaughten fue absuelto?

—Eso no es ningún motivo de absolución —la regañó el señor Jaggers, prácticamente como si ella fuera una estudiante de Derecho—. En cualquier caso, McNaughten tenía la intención de disparar al primer ministro Peel, por lo que está claro que el asesinato fue un error —explicó el abogado.

Adelia odiaba admitirlo, pero sus palabras no eran más claras que el barro.

—Entonces, ¿este señor McNaughten fue declarado inocente porque disparó al hombre equivocado?

Ambos abogados se echaron a reír, lo que a ella le pareció sumamente grosero. El señor Brassel fue el primero en recuperar el aliento.

—No, *mi*lady, no fue encontrado inocente exactamente.

—Pero tenía entendido que vamos a utilizar esta brillante defensa para sacar a mi hermano de Newgate.

—Sí, querida señora —proclamó Jaggers—. Mi mentor consiguió que McNaughten fuera absuelto, al igual que yo lo haré con su hermano. Se le considerará culpable, pero demente.

—¿Qué? —exclamó ella—. ¡Pero Thomas no está loco!

—¿De qué otra manera podemos explicar o defenderlo de que haya estrangulado a esa joven? —preguntó el señor Jaggers, agitando de nuevo los brazos.

Adelia se puso en pie en señal de protesta.

—Él no la estranguló. Es inocente.

El señor Brassel también se puso en pie.

—El veredicto a veces se resuelve con la inocencia por razón de locura —dijo el abogado tras un largo suspiro—, así que no es realmente culpable en absoluto.

—¡Pero sí demente! —protestó ella—. ¿Y entonces qué?

El señor Brassel hizo una mueca, pero fue el señor Jaggers quien respondió con un tono de triunfo.

—Al igual que en el caso de McNaughten, su hermano será trasladado de Newgate al manicomio estatal de criminales del hospital Bethlem.

Adelia se sintió desfallecer y sin aliento. Cuando el despacho del abogado comenzó a girar sobre ella, se sentó de nuevo con rapidez, inclinando la cabeza hacia atrás y cerrando los ojos.

De inmediato, el señor Brassel le cogió la mano y empezó a masajearla, mientras el señor Jaggers agitaba su bloc de notas para darle aire.

Al cabo de unos minutos, se sintió un poco reanimada y más decidida que nunca a resolver ella misma todo el asunto.

—Sabía que a usted no le iba a gustar esta idea —dijo el señor Brassel. Era evidente que el abogado conocía las graves consecuencias de ser declarado demente.

—No —dijo ella—. No me gusta de ningún modo. Incluso si es absuelto, la vida de Thomas estará arruinada.

—Querida señora —dijo el abogado—, al menos tendrá una vida.

El miedo la recorrió. Si estaba de acuerdo con esta forma de actuar, aunque el señor Jaggers no parecía pedir su aprobación, sabía que Thomas no la aceptaría. Y de estar presente en el tribunal cuando el abogado comenzara con tal defensa, Adelia no dudaba de que su hermano se opondría.

—¿Cómo va a demostrar que está loco? —se preguntó en voz alta el señor Brassel.

—Como usted sabe, la regla McNaughten dice que debo probar con toda claridad que el conde estaba trabajando con la razón alterada por una mente enferma en el momento del asesinato. Creo que cualquier hombre del tribunal, incluido el magistrado, mirará a lord Smythe con su título, su casa de la ciudad, su fortuna, su empresa minera y todo lo demás, y declarará que debía de estar loco para asesinar a la chica, sin ningún beneficio posible. —Se frotó las manos antes de continuar—. Me centraré una y otra vez en que no eran amantes, como atestiguará la familia de ella, y en que no hay indicios de ningún chantaje ni ningún otro motivo para estrangularla. Sin embargo, él estaba fuera de sí, y ahí está el flagrante defecto de razón que necesito probar. En el momento del crimen, estaba clara y obviamente loco.

—Con sus habilidades de abogacía —dijo el señor Brassel—, creo que funcionará.

«Puede que sí», pensó Adelia, pero ¿a qué precio? Siempre había oído que los abogados eran extraordinarios lenguaraces, y ahora entendía por qué.

Capítulo 26

Owen ya no tenía que rondar las sórdidas tabernas y calles del East End, pero sus pensamientos volvían a ellas, no obstante.

¿Por qué su hermana había ido allí a la llamada de Smythe? ¿Qué poder tenía él sobre ella para convencerla?

Las inquietantes preguntas de su padre solo podían ser respondidas por un hombre que negaba cualquier conocimiento del hecho y que residía en Newgate. Sin embargo, tal vez se pudiera encontrar alguna pista entre los amigos del conde. Seguramente, ellos sabrían si era inestable, si estaba celoso, si había sido visto con Sophía antes del asesinato.

Hasta ahora, Owen no había hablado con nadie sobre el hermano de Adelia, pues no quería causarle a esta ningún escándalo. Sin embargo, por su propia cordura y la de su padre, había decidido ir al club favorito del conde y empezar a hacer preguntas... si es que averiguaba qué club frecuentaba el conde. No era el Carlton, ya que no lo había visto nunca allí, y Adelia decía que su hermano no apostaba, así que tampoco era el Crocky's.

¿Cómo iba a descubrir el club de Smythe y sus amigos? No podía simplemente entrar en el Union o en el Wellington's o en el Garrick's y empezar a preguntar. Sin embargo, en Teavey's, su terreno común, tal vez podría encontrar información.

Con ese fin, Owen se subió a su carruaje y se dirigió al club de lucha. Había visto a Smythe allí con el ingeniero de este, Beaumont. Con suerte, podría encontrar a otros que hubieran hecho de *sparring* con el conde y conocieran más de su naturaleza.

Dos horas más tarde, mientras entablaba una conversación ociosa después de cada combate de boxeo, Owen había encontrado a varios jóvenes que conocían a lord Smythe, a quienes el conde les caía bien y que se preguntaban en voz alta dónde había desaparecido. Algunos llegaron a mencionar a la encantadora y codiciada hermana del conde, y cómo habían intentado conversar con ella solo para ser rechazados durante esta Temporada o la anterior.

Eso le dio a Owen una sensación de satisfacción personal. No podía evitar alegrarse de que ella hubiera rechazado a todos esos jóvenes ansiosos que parecían verla como poco más que un premio. Al mismo tiempo, deseó que uno solo de ellos hubiera mencionado un lado oscuro de Smythe, alguna mancha en su nombre, por pequeña que fuera. En cambio, todos le consideraban un tipo generoso y bueno.

Pensando en Beaumont, una vez más, Owen decidió reunirse con él. Si Smythe era un personaje turbio, tal vez el hombre que trabajaba para él supiera algo. Tal vez, ahora que su jefe estaba ausente, el ingeniero estaría dispuesto a ofrecerle unas cuantas palabras de interés sobre la clase de hombre que era realmente el conde.

Para ello, Owen se dirigió a la Bolsa del Carbón, de cuatro pisos, situada en la esquina de St. Mary-at-Hill y Thames Street, frente a las oficinas de la Aduana. En el interior, bajo la cúpula de sesenta pies de diámetro, se apresuró a subir las escaleras hasta la oficina de Smythe Coal, un piso más abajo, donde el propio gerente de Burnley Mining y su equipo realizaban sus operaciones diarias.

Owen golpeó la puerta con fuerza, una de las muchas que había a lo largo de la galería, todas con paneles de madera y cristales opacos para que la luz de la cúpula llegara a todas las oficinas.

—Entre —dijo una voz.

Al empujar la puerta, Owen se encontró en una habitación pequeña, sin empleado ni secretaria, con solo Beaumont sentado frente a un escritorio pulido leyendo un periódico.

El hombre lo miró y tuvo una peculiar reacción. Sus ojos se abrieron de par en par, se quedó boquiabierto y su rostro palideció hasta que se puso en pie de un salto, con una expresión de alarma.

«Es extraño», se dijo Owen, sin saber qué pensar. Tal vez el hombre no estaba acostumbrado a tratar con la nobleza, o se sentía inseguro ante el propietario de una mina rival.

—Buenos días —dijo Owen, a pesar de que la cortesía exigía que el ingeniero lo saludara primero—. Señor Beaumont, ¿no es así?

Al fin, este hombre salió de su estupor y se relajó visiblemente. Quizá fue el tono agradable de la voz de Owen.

—Buenos días —respondió al fin.

Adentrándose más en la habitación, Owen preguntó:

—¿Puedo disponer de unos minutos de su tiempo?

Las cejas de Beaumont se alzaron, pero asintió.

—Por supuesto, milord.

—¿Sabe quién soy?

El ingeniero dudó, pero volvió a asentir.

—Sí, lord Burnley.

—¿Puedo preguntar cómo lo sabe?

—Primero, ¿le gustaría sentarse? —dijo Beaumont, señalando una de las sillas junto a los escritorios vacíos repartidos por la sala.

Todas parecían incómodas, pero Owen apartó una de lo que sin duda era el escritorio de un oficinista, con sus signos reveladores de cera verde seca de sellar documentos. Dejó la silla frente al escritorio de Beaumont y trató de recostarse en ella. Si quería obtener respuestas del ingeniero, era mejor que se mostrara amable.

—Me dedico a conocer las otras empresas mineras y a sus dueños —explicó el señor Beaumont—. Además, recuerdo que lord Smythe le señaló en Teavey's.

Bien, había sacado el tema de Smythe por su cuenta.

—Estoy al tanto de las difíciles circunstancias del conde —dijo Owen, observando al hombre con atención.

En lugar de parecer sorprendido, Beaumont asintió.

—Supongo que es inevitable que se corra la voz. Solo espero que no afecte a nuestro negocio. El carbón es carbón, y la gente lo necesita, independientemente de que el propietario sea un asesino.

A Owen le tocó poner cara de asombro. Había supuesto que el hombre defendería a su patrón, y no que se expresara como si ya supiera que el conde era culpable. Además, el hilo de rabia que parecía haberse enrollado de forma permanente en el corazón de Owen, se tensó ante la alegre referencia del ingeniero a la muerte de Sophía. Una cosa era evidente.

—No sabe a quién ha matado, ¿verdad?

—No, milord.

Owen estuvo a punto de darle la respuesta, pero se abstuvo. Cuanta menos gente lo supiera, mejor. Aun así, era difícil escuchar la mención casual de su asesinato.

Con la ira burbujeando en sus venas, a Owen le resultaba difícil mantenerse en su sitio. Era mejor que hablara rápido y sin rodeos y que se fuera antes de que su enfado se desbordase.

—¿Por qué cree que Smythe lo hizo? —preguntó Owen.

—¿Milord? —inquirió Beaumont, con aspecto de estar molesto.

—Vamos, usted lo conoce hasta cierto punto, y tengo entendido que también conoció a su padre. Algunos dicen que el viejo conde era un hombre violento. ¿Ha sido testigo del comportamiento aberrante de Smythe? ¿O mencionó a un enemigo o tal vez... —apenas pudo decirlo—, a una amante?

Beaumont no habló de inmediato. Se quedó pensativo durante unos instantes.

—¿Necesita un ingeniero o un gerente, milord? —preguntó al fin.

Owen negó con la cabeza.

—No. ¿Por qué lo pregunta?

—A menos que no me preocupe por mi posición y mi sustento, sería un tonto si hablara mal de mi empleador, ¿no es así?

El hombre expresaba lealtad a su manera, pero parecía mucho más mercenario que el señor Lockley, el mayordomo de los Smythe.

—¿Está diciendo que aceptaría un puesto en, por ejemplo, Burnley Mining y que, si lo hiciera, podría tener información sobre la culpabilidad de su actual jefe?

Beaumont dudó, y Owen deseó conocer los verdaderos pensamientos del hombre durante esa breve vacilación.

—No, milord —dijo Beaumont al fin—. Me va muy bien aquí y espero que me vaya mejor. Además, no tengo ninguna información sobre lord Smythe. Siempre ha sido honrado y me ha tratado con justicia, al igual que su padre. —El hombre se levantó con brusquedad—. Me temo que tengo mucho que hacer hoy, ya que lord Smythe no está.

El hecho de que hubiera estado leyendo un periódico desmintió sus palabras, pero Owen también se puso en pie. Esto no le estaba llevando a ninguna parte, y parecía que el ingeniero lo estaba echando con la mayor delicadeza con la que uno puede deshacerse de un noble sin ofenderlo.

No obstante, su comentario sobre que esperaba que le fuera mejor confundió a Owen.

—Le confesaré que soy amigo de lady Adelia Smythe. Aunque no interferiré de ningún modo en la empresa minera de su familia, no me tomaría a mal que alguien más intentara aumentar su beneficio personal aprovechando su falta de conocimientos en este campo.

Beaumont pareció afrentado.

—Entendido e innecesario, milord. Solo quiero lo mejor para Smythe Coal.

Owen se marchó insatisfecho y preguntándose a dónde acudir después para encontrar respuestas a las preguntas de su padre.

No fue hasta muchos minutos después, mientras se preparaba para comer con Whitely en Dolly's Chop House, cerca de Paternoster Row, que Owen al fin recordó algo que le pareció extraño.

Bebió un sorbo de cerveza y observó cómo Whitely se zampaba un bocado de patatas fritas untadas con mantequilla.

—Acabo de recordar dónde vi antes a ese tal Beaumont.

—En Teavey's —dijo George alrededor del gran bocado.

—Sí, pero después de eso. Creo que era el hombre que seguía a Smythe y a su amiga cuando los vi por primera vez en una taberna.

—¿Estás seguro? Recuerdo que estabas bastante bebido, o eso me dijiste.

Owen asintió.

—Estoy casi seguro. ¿Por qué iba a seguir el hombre a su patrón?

Whitely se encogió de hombros y dio un mordisco a su chuleta. Puso los ojos en blanco con satisfacción.

—Esto es incluso mejor que la comida del club Crocky, ¿no crees, incluso con su chef francés?

Owen no respondió. ¿Debía hacer otra visita a Beaumont y preguntarle directamente? Tal vez este había sospechado que Smythe realizaba actividades atroces y estaba tratando de averiguar el alcance del daño. O tal vez esperaba encontrar pruebas y chantajear a Smythe para obtener un beneficio económico.

Eso parecía más probable. Y Owen había intervenido y hecho detener a Smythe antes de que Beaumont pudiera vaciar las arcas de la empresa con amenazas. Tal vez eso significaba que Beaumont tenía pruebas de otros crímenes, tal vez de otro asesinato. Si se trataba de una enfermedad de Smythe, al menos podría llevar esa respuesta a su padre. Tal vez no tenía nada que ver con Sophía, y ella había sido una víctima al azar.

Excepto que estaba la nota condenatoria, atrayéndola hacia allí. Owen soltó una maldición exasperada ante tantas piezas que faltaban en el rompecabezas, y la furia lo invadió de nuevo.

—Tranquilo —le advirtió George, mirando a su alrededor—. Eso fue un poco fuerte, viejo amigo. ¿En qué estás pensando?

—Echo de menos a Sophía —confesó—. Y no importa lo que haga, ya no puedo protegerla ni puedo ayudar a mis padres. Me siento inútil.

—Eso es absurdo. Has atrapado al asesino. —Whitely levantó su cerveza con una inclinación de cabeza hacia Owen—. Eso es más de lo que pudieron hacer los policías.

Owen se encogió de hombros. Quiso decirle a Whitely lo mucho que echaba de menos a Adelia, pero le pareció inapropiado.

—Creo que preguntaré al sargento detective Garrard si hay otros asesinatos similares sin resolver en esa zona. Probablemente me lo habría dicho. Sin embargo, si existe la posibilidad de que Smythe estuviera perturbado y hubiera matado antes, eso tranquilizaría a mi padre. Sería una respuesta de algún tipo.

⁂

ADELIA NECESITABA AYUDA Y solo se le ocurrió un lugar al que acudir. Se dirigió a Whitehall y al despacho del detective que se había encargado del asesinato de lady Sophía.

Cuando el sargento Garrard le ofreció un asiento, quiso desplomarse en él y lloriquear como una niña. Pero no lo hizo. Con serenidad, se sentó y dirigió sus ojos cansados hacia los del oficial.

—¿Tiene algún otro sospechoso en relación con el asesinato de lady Sophía?

—Me temo que no, *mi*lady.

—¿Cree que mi hermano la mató? —preguntó Adelia tras tomar aliento.

El hombre se pasó una mano por la frente y se pellizcó la nariz.

—Mis disculpas. Hoy me duele la cabeza. Como casi todos los días —murmuró. Pero le dirigió una mirada amable—. No me corresponde a mí decirlo. Había pruebas importantes, sin duda. Y aun así...

—¿Sí?

—Nunca he conocido a un criminal que pareciera tan normal y, sin embargo, pudiera ser tan estúpido, casi un imbécil, en realidad.

Esto ya lo había escuchado del señor Brassel.

—Solo alguien que no piensa racionalmente dejaría esas pistas —dijo ella, haciéndose eco de las palabras del abogado.

Tal vez el detective pensaba que su hermano estaba tan loco como parecía creerlo el señor Jaggers.

—El pañuelo es una cosa que me preocupa —continuó el sargento detective Garrard—. Si lord Smythe se tomó la molestia de coger el perfume, lo que significa, según lord Burnley, que su hermano vació el ridículo de la víctima, ¿cómo pudo no darse cuenta también del pañuelo? E incluso si no lo vio, ¿por qué le daría su hermano el perfume a usted, sabiendo que se relacionaba con lord Burnley?

Adelia sintió que sus mejillas se ruborizaron ante la mención de su asociación con Owen.

—¿Y por qué dejó atrás el ridículo? —insistió el detective—. Tal vez podría habérselo dado a su amada, ya que estaba repartiendo libremente las cosas de la mujer muerta.

Adelia podía oír la frustración en su voz, la cual se reflejaba en su propio cerebro, ya que esas mismas preguntas habían dado vueltas y vueltas en su cabeza durante días.

—¿Ha hablado con la señorita Moore? —preguntó ella.

Él asintió.

—No ha dicho nada útil, lo siento. Pero volviendo al ridículo, ¿por qué no cogerlo y hacer que parezca un robo, ya que nadie iba a sospechar de un conde rico?

—Esperaré —dijo una voz familiar que llegó desde la cámara exterior, deteniendo cualquier respuesta que ella pudiera hacer. ¡Owen! Adelia se puso en pie y se giró cuando él apareció.

Sus miradas se cruzaron a lo largo de los pocos metros que los separaban, y un escalofrío la recorrió. Adelia temía que eso no cambiaría nunca.

Owen frunció el ceño y, en lugar de esperar como acababa de indicar, irrumpió en el despacho del detective como si fuera su dueño.

—¿Qué hace aquí? —le preguntó Owen a Adelia.

Antes de que ella pudiera responder, el sargento detective Garrard, que también se había puesto en pie, tomó la palabra.

—La señora puede venir a verme cuando quiera, en lo que respecta a su hermano o a cualquier otro asunto. Por favor, espere en la habitación de al lado.

—Está bien —dijo ella, con Owen enfurecido a su lado. Era evidente que el detective estaba molesto con el vizconde. Sus bravuconadas y su brusquedad probablemente habían molestado al esforzado policía—. Creo que hemos concluido nuestra discusión, detective. Siento haberle hecho perder el tiempo. Espero que su dolor de cabeza mejore.

—Gracias, *mi*lady.

Adelia se volvió hacia Owen, asintió con la cabeza y trató de pasar por su lado.

—Puede quedarse si lo desea —le dijo él—. Después de todo, cualquier cosa que tenga que ver con el asesinato implica a su hermano y, por tanto, a usted también, supongo.

Le tocó a ella enojarse.

—No creo que nada de lo que tenga que ver con el asesinato implique a mi hermano en absoluto. Sin embargo, como ya está encerrado, ¿qué más necesita del detective?

Owen tomó aire.

—Quiero saber si hubo otros asesinatos en esa misma zona.

El detective hizo un gesto para que ambos se sentaran y se hundió de nuevo en su silla.

—¿Quiere decir que después de que lord Smythe fuera detenido? ¿Está intentando ahora limpiar su nombre?

Owen miró a Adelia y al detective.

—No, de hecho, me refería a antes de su encarcelamiento. Me pregunto si mató a alguien más.

—¿Qué? —Adelia se puso en pie, y ambos hombres hicieron lo mismo—. ¿Por qué pensaría una cosa tan escandalosa?

—Lo siento, lady Adelia. Mi padre necesita saber por qué ha ocurrido esto. Me preguntaba si tal vez mi hermana era una más en un patrón de comportamiento atroz.

Adelia frunció los labios. Estaba enfadada, pero no podía culpar a Owen. Por otro lado, no volvería a sentarse mientras esta vil línea de interrogatorio continuara.

—Responda a Su Señoría, por favor —le indicó Adelia al detective.

—No hubo otros asesinatos similares —dijo este con firmeza—. Tenemos más apuñalamientos que estrangulamientos, para ser sinceros. De vez en cuando un ahogado o un golpe en la cabeza. Pero ninguna de las víctimas de este año pertenecía a la aristocracia ni tenía relación con esta. No veo ninguna conexión.

Owen suspiró, lo que también molestó a Adelia. Como si más mujeres muertas fueran a ayudar a su familia.

—¿Eso es todo? —preguntó el detective.

—En realidad —dijo Owen, sin dejar de mirarla—, hay otra cosa. Hice una visita al señor Beaumont...

—¿Qué? —volvió a exclamar Adelia. ¡Qué descaro el de este hombre!

Owen se dirigió a ella esta vez.

—Para determinar si había oído algo sobre su hermano y mi hermana.

—¿Y lo había hecho? —preguntó el detective.

Owen se encogió de hombros.

—Creo que usted debería interrogarlo.

—Seguro que no tenía nada malo que decir sobre Thomas —insistió ella.

—No, no lo tenía —admitió Owen—, pero vi a Beaumont una noche en el East End y, extrañamente, parecía estar siguiendo a su hermano y a la señorita Moore.

—¿Por qué no me dijo esto antes? —preguntó el sargento detective Garrard.

—Me avergüenza decir que había bebido demasiado esa noche. —Dirigió a Adelia una mirada tímida—. Solo cuando volví a encontrarme con Beaumont me di cuenta de que era él a quien había visto aquella noche.

El detective asintió.

—Muy bien. Hablaré con él.

—Todo esto es una locura —dijo Adelia, sintiéndose derrotada, y entonces recordó la defensa del abogado. No se lo contaría a Owen, ya que este podría tratar de encontrar una forma de detener al señor Jaggers. Y, en ese momento, Adelia empezaba a pensar que hacer que Thomas fuera declarado demente era su única posibilidad de no ser ahorcado.

En cualquier caso, tenía la intención de preguntar al señor Beaumont por qué había estado siguiendo a su hermano. Si tenía un motivo para ello, tal vez lo había hecho más de una vez y podría proporcionarle a Thomas una coartada la noche del asesinato.

Guardando su plan para sí misma, salió de la comisaría con Owen a su lado.

Capítulo 27

Parecía absurdo tener sentimientos tan fuertes por Owen —o de estar ardientemente enamorada de él, si Adelia era sincera—, y al mismo tiempo oponerse firmemente a sus acciones y a sus conclusiones. Además, a pesar de sentir simpatía por la horrible tragedia de la familia de lord Burnley, tuvo que reprimir los destellos de ira hacia él por su defectuoso razonamiento.

Si uno miraba las pruebas de la forma en que lo hacían el detective y el señor Brassel, estas parecían ridículamente descuidadas, como si Thomas quisiera ser atrapado.

O como si alguien quisiera que lo culparan a él. La idea se le ocurrió por primera vez. Ella no había considerado tal malicia en el mundo. ¿Y con qué propósito?

Los crímenes pasionales no le eran ajenos. Había oído algunas historias de este tipo mientras escuchaba a escondidas a lo largo de los años y había escrito algunas en sus historias. La razón más obvia sería que alguien más compitiera por la atención de la señorita Moore.

—Está usted muy distraida hoy, *mi*lady —dijo Owen, trayéndola al presente.

—Me pregunto si alguien más está enamorado de la señorita Moore —dijo Adelia sin pensar.

Estaban casi de vuelta en su carruaje, donde la esperaba su cochero.

—¿Por qué se pregunta algo así? —Quiso saber Owen.

No estaba dispuesta a contarle su última teoría, que alguien podría haber querido hacer que Thomas pareciera culpable. Sin duda, él la descartaría de todos modos.

Ella levantó un hombro.

—Es agradable, educada y tiene trabajo.

—Y bonita —añadió él.

Adelia frunció el ceño.

—Cierto. —Deseó que él no lo hubiera notado, pero, por supuesto, el lord Burnley al que había llegado a amar era un reconocido admirador de las mujeres.

—¿Por qué estamos hablando de la señorita Moore? —preguntó él—. Supongo que se siente responsable de ella y tiene la intención de cuidarla el resto de sus días.

Adelia se sintió sorprendida. En realidad, su idea no era descabellada. Si Thomas tenía la intención de casarse con Constance Moore, podría ser el deber de Adelia cuidar de ella, al menos hasta que Thomas pudiera volver a hacerlo. Ciertamente, eso sería algo que haría lady Jane.

Adelia asintió a su cochero, que abrió la puerta del carruaje.

—No vamos a hablar de la señorita Moore. Al menos, no por ahora —dijo ella con un tono cortante y despreocupado. Lo que realmente quería era arrojarse a sus brazos—. ¿Hay algo más que quiera decirme?

Owen la miró con sus ojos azules y cristalinos, y a Adelia se le agitó el estómago.

—La verdad es que sí, pero no aquí ni todavía —declaró lord Burnley.

Le sorprendió la seriedad de su voz. Era casi como si fuera a declararse ante ella.

—¿Cuándo? —le preguntó Adelia.

Owen negó con la cabeza, mirando hacia la comisaría.

—Ojalá lo supiera.

La esperanza huyó de ella como un conejo de un zorro.

—Buenos días —dijo, y dejó que su cochero la ayudara a subir a su carruaje. A través de la ventanilla, observó a Owen de pie mientras se alejaba, y se preguntó si alguna vez llegaría a oírle expresar lo que había visto en su mirada.

⁕

ADELIA FUE DIRECTAMENTE A la oficina de la empresa familiar en la Bolsa del Carbón. Tras la muerte de su padre, Thomas la había llevado a ver el impresionante edificio construido en hierro fundido y piedra. Atravesó la entrada, un templo romano de columnas dóricas bajo una alta torre circular que parecía extenderse hasta el cielo.

En el interior, el vestíbulo principal del edificio estaba coronado por una elevada rotonda, con una cúpula que se alzaba muy por encima y que estaba decorada con pinturas de flores y plantas fósiles encontradas en las zonas productoras de carbón. La cúpula de cristal, situada en lo alto, dejaba pasar la luz natural, y todo ello se apoyaba en ocho pilares.

Bajo sus pies había cuatro mil piezas de madera incrustada, como había señalado Thomas, que representaban una brújula de marinero. Adelia apenas se detuvo a mirarlas. En su lugar, subió un tramo de escaleras, pasando junto a cuadros de Percy Pit, Wallsend Colliery, Regent's Pit y otras famosas minas de carbón. Era emocionante pensar que su familia participaba en esta tremenda empresa de calentar los hogares de los británicos y proporcionarles combustible para cocinar.

Un empleado de mediana edad la recibió en la modesta oficina de Smythe Coal, en el segundo piso. Había conocido al hombre cuando Thomas la había traído previamente. Antes de eso, nunca había visto la gran estructura ni había tenido motivos para estar en esa parte de la ciudad, entre los puentes de Londres y la Torre. Su padre no lo había considerado un lugar adecuado para las mujeres.

El señor Beaumont no estaba, aunque se le esperaba de vuelta muy pronto, lo cual le convenía a Adelia. Le daba la oportunidad de preparar la mejor manera de abordar el tema de la amiga de su hermano y sus posibles rivales, y cualquier cosa que él pudiera saber que pudiera ser útil.

Cuando le aseguró al empleado que podía dedicarse a sus asuntos y que no necesitaba nada de él, este dejó la puerta abierta para su comodidad y volvió a copiar documentos y a rellenar sobres para el correo. Recorriendo la oficina, Adelia se paró al fin junto al escritorio del señor Beaumont, y se fijó en un sobre en la parte superior de una pila que el empleado había terminado recientemente. Estaba dirigido a alguien de Romford. El nombre le hizo cosquillas en la memoria.

Alguien le había mencionado hacía poco la misma ciudad. La señorita Moore.

En ese preciso instante, el señor Beaumont entró por la puerta abierta con cara de satisfacción, hasta que la vio. Su expresión se tornó preocupada.

—Lady Adelia, no tenía ni idea de que iba a venir. ¿En qué puedo ayudarla?

Cientos de pensamientos pasaron por su cerebro, el principal de ellos era por qué el señor Beaumont tenía un sobre dirigido al mismo pueblo donde residían la hermana y la madre de Constance Moore. ¿Coincidencia?

Una pregunta totalmente diferente salió de la boca de Adelia.

—¿Estuvo siguiendo a mi hermano y a su amiga una noche hace unas semanas?

Él abrió la boca para decir algo, pero pareció pensarlo mejor.

—¿Cómo lo sabe?

Esta admisión hizo que un escalofrío recorriera su columna vertebral. ¿Debería tener miedo del señor Beaumont?

—Lord Burnley lo vio —respondió ella con calma.

—Entiendo. —Él miró al secretario—. Señor Bunning, por favor, lleve el correo que ha preparado a la oficina de correos.

—Sí, señor. —El empleado se quitó el delantal que protegía su ropa de la tinta que utilizaba antes de ponerse el abrigo y el sombrero. Con eficiencia, recogió una pequeña pila de sobres de su escritorio y, al pasar junto a la del señor Beaumont, la recogió también.

Cuando la puerta se cerró tras él, Adelia se dio cuenta de la precariedad de su situación, a solas con un hombre en un despacho cerrado. Como solo iba a la comisaría, no había traído a Penny.

Mirando despreocupadamente la habitación en el silencio, Adelia empezó a pasearse como si fuera hacia la ventana, que daba al Támesis. Echó un vistazo al exterior con la mayor calma posible y luego comenzó a caminar hacia la puerta.

El señor Beaumont se le adelantó. El corazón de Adelia se aceleró y contuvo la respiración cuando el señor Beaumont tocó el picaporte. ¿Iba a encerrarla con él?

Un segundo después, la abrió de un tirón.

—El señor Bunning debería haber sido más discreto, *mi*lady. Le pido disculpas.

Su corazón seguía latiendo con fuerza, y Adelia se hundió en la silla más cercana.

—¿Está usted bien, lady Adelia?

—Sí, señor Beaumont. Gracias. Iba a decirme por qué siguió a mi hermano.

—Por supuesto. Naturalmente, no quería hablar delante del secretario. Lleva un par de años con nosotros, pero uno nunca sabe en quién puede confiar.

—Naturalmente —repitió ella.

—Le mencioné a usted una vez que estaba preocupado por su hermano. Lord Burnley vino a verme hace poco, preguntándome por lord Smythe. Parecía que quería que yo le informara de algo desagradable respecto a él. Como era de esperar, le dije que mi patrón nunca había actuado de forma inapropiada.

—Gracias —dijo ella, deseando que Owen dejara en paz a su familia y a sus empleados.

—De nada. —Él hizo una pausa—. Sin embargo, le mentí.

—No entiendo —dijo ella, volviendo la alarma—. ¿En qué sentido?

—Lord Burnley tenía razón. Aquella noche vigilaba a su hermano, pero solo porque le había visto en otras ocasiones con otra mujer, una que creía que podía causar problemas a nuestro negocio.

Ella ignoró la forma familiar en que él parecía reclamar de nuevo la propiedad de Smythe Coal. Porque ella solo podía pensar en una mujer a la que podría referirse.

—¿Con quién lo vio? —preguntó Adelia, temiendo la horrible respuesta.

—Con *lady* Sophía Burnley.

—Eso es imposible —declaró Adelia en un tono plano.

—Sin embargo, es la verdad. Lo vi con ella un día en la zona de Knightsbridge, juntos en el carruaje del hermano de usted. Cuando vi el escudo del conde, fui a saludar —añadió, mirando por encima de su cabeza como recordando el momento—. Al acercarme, la puerta se abrió y él salió de un salto. Después de mirar a ambos lados de la acera, él la ayudó a bajar.

Adelia frunció el ceño.

—¿No le vio a usted?

—No, *mi*lady. Como no quería avergonzar a la joven, entré en un portal. Tenía la intención de saludarla después de que se separaran. No sabía quién era en ese instante, pero la vi otro día en este mismo edificio con lord Burnley y me di cuenta, por su parecido familiar, de quién era. Burnley Mining está en el piso de arriba, ya sabe.

Adelia asintió. De hecho, lo sabía. ¿Por qué Thomas había negado conocer a lady Sophía?

—¿Eso es todo?

—En otra ocasión, su hermano vino y me pidió que el señor Bunning copiara dos de nuestros contratos, ya que tenía un inversor al que deseaba mostrar nuestro negocio. Algo peculiar, ya que actualmente no necesitamos ningún capital externo.

Adelia esperaba que no entrara en grandes detalles, pues ya estaba pensando en volver de inmediato a Newgate para interrogar a Thomas.

—Por supuesto, hice lo que Su Señoría me pidió, y bajó las escaleras, donde esperaba un coche con el escudo de Burnley tan claro como el agua. Le vi entregar los documentos a alguien en su interior.

—¿Cómo sabe que era lady Sophía? —A Adelia le empezaban a palpitar las sienes.

—Mientras el carruaje se alejaba, ella se asomó y le dijo adiós con la mano. Después de eso, decidí seguirle en otro coche. Como gerente, me correspondía preguntarle si planeaba fusionarse con Burnley Mining o vender el negocio por completo. No volví a verlo con lady Sophía, y lo siguiente que supe fue que él estaba en Newgate.

Adelia se puso en pie de inmediato. No podía respirar en ese despacho ni un segundo más. Tenía que irse. Y enseguida.

—Por supuesto, no se lo dije a lord Burnley cuando me preguntó. Probablemente intervenía en el plan con su hermana. De todos modos, si un agente de la ley me interrogase al respecto...

Adelia sintió que la sangre se le drenaba de la cara.

—A menos que me pida que no diga nada, *mi*lady. Lo cual haré con mucho gusto para proteger no solo a nuestra empresa, sino también a su hermano. —El señor Beaumont hizo una pausa antes de continuar—. Teniendo en cuenta lo que está pasando, me pregunto si no sería mejor que me permitiera asumir las funciones de lord Smythe, en lugar de hacerlo usted.

Ella lo miró fijamente, comprendiendo su demanda de más poder a cambio de mantener su silencio sobre Thomas y lady Sophía. Adelia no tenía más palabras que decirle, aparte de las que la alejaran de él.

—Buenos días, señor Beaumont.

Él pareció sorprendido por su abrupta despedida, pero ella necesitaba que Penny le aflojara las cintas del corsé cuanto antes.

Ya en la puerta, incapaz de esperar su respuesta o de despedirse educadamente, Adelia salió a toda prisa. Tenía la mano en la barandilla y el pie en el primer peldaño de la escalera cuando lo oyó llamar tras ella.

—Espero no haberla molestado....

El sonido de sus propios pasos, que resonaban en las escaleras de madera mientras ella bajaba apresuradamente, ahogó la voz del ingeniero. Menos mal.

O su hermano le estaba mintiendo o, como ella sabía en su corazón, el señor Beaumont acababa de recitar un enorme montón de basura. Puras tonterías. Su hermano había nacido y se había criado para la discreción, al igual que, sin duda, la difunta lady Sophía. Y ningún caballero de la alta sociedad saldría a la calle en Knightsbridge o en cualquier otro lugar y permitiría que una mujer bajara de su carruaje sin compañía, a plena luz del día, justo después de él. En una palabra, ¡mentira!

Además, ninguna dama sacaría la cabeza de un carruaje en movimiento para despedirse de un hombre por miedo a perder su peinado junto con su reputación. Evidentemente, se trataba de las imaginaciones de un hombre que no conocía nada mejor y que había fabricado una historia con mala intención. Una ficción de principio a fin. Eso estaba claro.

Desde el terrible malentendido que envió a su hermano a Newgate, el señor Beaumont había intentado hacerse con el control de su empresa. Ella lo había frustrado temporalmente recuperando el poder de firma y aprobación. Ahora, él se estaba aprovechando del encarcelamiento de Thomas y, con esta perfidia, amenazaba con enviar a su hermano a la horca.

Había una cosa cierta, Adelia no iba a dignificar ni validar sus ridículas historias accediendo a cualquier chantaje a cambio de su silencio. En ese instante, lo único en lo que podía pensar era en volver a casa, quitarse el corsé y pensar qué iba a hacer. No podía confiar en nadie. Ni en Owen, que quería colgar a Thomas por asesinato, ni en el señor Beaumont, que con toda claridad estaba distorsionando la verdad detrás de los hechos. Y tampoco en Constance Moore, que clamaba amar a Thomas, pero podía estar ocultando la mayor mentira de todas.

Una vez en casa y con una cómoda bata, Adelia escribió una nota a la señorita Moore, pidiéndole que fuera a Hyde Park Street el domingo. De una forma u otra, iba a llegar al fondo de toda esta infamia. Pero, desde luego, no iba a arriesgar su vida de nuevo volviendo al East End.

Capítulo 28

-Una tal señorita Moore está en el salón, *mi*lady. Desea verla. ¿Le digo que está usted...?

Adelia pasó a toda prisa por delante del señor Lockley, que había entrado en su pequeño estudio del piso superior, y bajó corriendo la escalera. ¡La señorita Moore estaba en su casa de Mayfair! Por fin.

Al otro lado de la puerta, Adelia encontró a la joven de pie en el centro de la habitación, con los ojos de par en par y la boca abierta, contemplando todo lo que la rodeaba.

¿Había estado la señorita Moore alguna vez en una casa de Londres? Adelia lo dudaba.

—¿Está usted bien? —preguntó esta en medio del silencio, estudiando a su visitante, que llevaba un vestido de algodón sencillo, pero limpio.

La señorita Moore, por lo general tan locuaz, tenía la lengua trabada. De hecho, su rostro pálido y asustado y su comportamiento, como si quisiera encogerse, le resultaban a Adelia lamentablemente familiares. La joven podría ser ella misma hacía un mes, en cualquier salón de baile de Londres.

—¿Le apetece un té? —ofreció Adelia, a pesar de estar deseando empezar a interrogarla.

En todo caso, los ojos de la señorita Moore se agrandaron. Quizá la idea de tomar el té en el salón de un noble la asustaba. Bueno, había una primera vez para todo.

—Por favor, tome asiento —le dijo Adelia, dirigiéndose a la campanilla para pedir el té.

Cuando se volvió, la señorita Moore no había movido un músculo. Adelia se acercó a ella con un suspiro, la tomó del brazo y la condujo al sofá.

—No pasa nada, de verdad. El té es té, ¿no cree? No importa si se sirve en una taza o en un vaso de porcelana.

Adelia tuvo que empujarla ligeramente para que se sentara, antes de hacer ella lo mismo en su sillón favorito.

—¿Cómo ha llegado? ¿En un hackney?

La señorita Moore asintió y no dijo nada más. Después de que Meg trajera la bandeja de té y lo sirviera, Adelia decidió que le había dado a la supuesta amiga de Thomas mucho tiempo para recomponerse.

—Vamos, señorita Moore, no puede dejarse llevar por una habitación lujosamente decorada, hasta el punto de que su intelecto se reduzca al de un erizo.

Eso llamó su atención. La joven respiró hondo.

—Lo siento. Tiene usted razón, *mi*lady. Pero imagine que Thomas quiere que yo viva aquí y sea la señora de tal. Yo.

—Sí, lo imagino. Usted. —Adelia trató de mantener su tono agradable, pero estaba hirviendo de ira—. ¿Y qué pensará su familia en Romford al respecto?

—Oh, estarán encantados. Naturalmente, mi madre se alegraría igualmente por mí con cualquier hombre que encontrara, si me ama de verdad.

Adelia asintió.

—Y al que usted ama a su vez. Con todo su corazón.

—Por supuesto —convino la señorita Moore.

—¿Y qué hay del señor Beaumont? ¿Estaría contento? —preguntó Adelia en un tono agudo.

El entusiasmo de la señorita Moore decayó y su expresión se tornó cautelosa.

«Por el amor de Dios», pensó Adelia. Que no empiece a mentirme a la cara. Sería demasiado para soportarlo.

Las mejillas de la joven se tornaron rosadas.

—¡El señor Beaumont puede irse al diablo!

Adelia sabía que la había oído bien, pero ¿por qué?

—¿Perdone? —le preguntó a la señorita Moore.

—Sé que todos lo consideran bien, y puede que haya hecho un buen trabajo para Smythe Coal, como ha dicho Thomas, pero no me fío de él.

—Y usted lo conoce, ¿no es así? ¿Es pariente suyo?

Los ojos de la señorita Moore se abrieron de nuevo.

—¿Cómo lo sabe?

—Solo sé que él tiene vínculos en Romford, al igual que usted —le dijo Adelia—. ¿Por qué no me lo cuenta todo? —«Antes de que lo eche a la calle con su culo de avaricioso», pensó Adelia.

La señorita Moore asintió.

—El primo del señor Beaumont se casó con mi hermana. Ella es muy feliz, y mi cuñado es un buen hombre. Cuando vine a Londres a trabajar, el señor Beaumont me hizo una visita.

Adelia sirvió el té, para tener algo que hacer. En su corazón, temía escuchar el resto. Sin embargo, después de entregarle a la señorita Moore un platillo y una taza de té, dijo:

—Continúe.

—El señor Beaumont dijo que solo estaba cuidando de mí como lo hace la familia. Luego me dijo que fuera a una tienda particular de Bond Street para conseguir unos buenos guantes y un sombrero. Dijo que con ambos llegaría más lejos en el mundo. —Ella se llevó la mano a la cabeza y palpó su sombrero, sencillo, pero elegante.

—Curioso por su parte —dijo Adelia, notando que la señorita Moore había omitido quitarse los guantes como era costumbre.

—Él... me dio dinero —confesó esta.

Adelia se lo había temido.

—¿Para hacer qué? —Su voz era quebradiza y su garganta estaba seca como las hojas de otoño.

—Para comprar el sombrero y los guantes —respondió la señorita Moore, mirando fijamente la taza de té. Al fin, su mirada se elevó a la de Adelia—. Y a quedarme en la tienda hasta que viera a su hermano y hablara con él.

Todo el aire abandonó la habitación. Pobre Thomas. Engañado y estafado por esta mujer y el primo de su cuñado.

—Pero usted me dijo que mi hermano habló con usted primero. ¿Mintió?

La señorita Moore negó con la cabeza.

—Cuando Thomas entró en la tienda, me aseguré de mantenerme cerca. De hecho, era tan guapo que no podía hablar. Lo seguí como una tonta hasta que me mostró el feo sombrero.

—Dándole la excusa perfecta —dijo Adelia en tono decepcionado.

La joven inclinó la cabeza.

—Oh, lady Adelia, no me malinterprete. Quiero a Thomas con todo mi corazón. Debería dar las gracias al señor Beaumont, porque nunca habría ido a Bond Street y nunca habría conocido a Thomas, ni en cien años. Pero una vez que empezamos a hablar, fue como si siempre lo hubiera conocido. —Sonrió—. O como si él estuviera destinado a mí y yo a él. Es difícil de explicar.

Adelia no necesitaba que lo hiciera. Conocía la sensación demasiado bien.

—¿Alguna vez le preguntó al señor Beaumont por qué quería que se encontraran?

La señorita Moore dejó la taza y el plato.

—Sí, por supuesto. Antes de ir a la tienda, le pregunté el motivo. Dijo que Thomas —él lo llamaba el conde— no había encontrado aún a la mujer de sus sueños en la alta sociedad.

Adelia parpadeó. ¡El señor Beaumont tenía mucho valor!

—¿Y pensó que usted...?

—No hace falta que lo diga —interrumpió la señorita Moore—. Sé lo extraño que es. ¿Por qué alguien pensaría que una muchacha como yo, una chica de librería, podría ser el sueño de un hombre? Y mucho menos de un conde.

Adelia se sintió avergonzada. ¿Por qué no podría serlo Constance Moore?

La joven continuó.

—El señor Beaumont dijo, después de lo que sabía de la alta sociedad londinense, que una chica educada de la clase media podría tener posibilidades. Aun así, me advirtió que me permaneciese alejada de Mayfair cuando estuviera con Thomas y que lo mantuviera conmigo en el East End, cosa que su hermano estuvo encantado de hacer. Por mi bien.

Esto era cada vez más extraño. Adelia no podía creer que el señor Beaumont se preocupara realmente por la felicidad de Thomas, pero así había encontrado una mujer de la que su hermano se había enamorado. Tal vez lo había juzgado mal. Ciertamente, el señor Beaumont no tenía nada que ganar con la relación de Thomas con la señorita Moore. Y en realidad podría haber tenido los mejores intereses de la empresa en mente cuando trató de tomar el control. Después de todo, su sustento dependía del éxito continuado de Smythe Coal.

Adelia suspiró.

—¿Por qué ha dicho que no confiaba en el señor Beaumont?

—Oh, lady Adelia. Sé que es pariente de mi hermana por matrimonio, pero creo que no fue natural que me pagara para conocer a su hermano. Si de verdad creía que yo era buena para Thomas, ¿por qué no se limitó a presentarnos adecuadamente? ¿Y por qué me hizo jurar que guardaría el secreto sobre todo el asunto?

—Supongo que el orgullo de mi hermano podría verse herido si supiera que usted mostró interés por él a cambio del dinero de los sombreros y los guantes —adivinó Adelia. ¿El señor Beaumont había estado protegiendo los sentimientos de Thomas?—. No sé qué pensar, francamente —añadió.

—Nunca le dije la verdad a su hermano. Podría enfadarse, y yo no podría soportar la posibilidad de perderlo.

Ambas podrían perderlo en cualquier caso, pero Adelia consideró innecesario mencionar ese hecho.

En su corazón, creía a la señorita Moore.

—Puede llamarme Adelia, si lo desea.

—Gracias. Mi nombre de pila es Constance, si lo recuerda.

Adelia asintió. La mujer le caía bien, a pesar de que podría acusarla de la peor traición y decírselo a Thomas.

—Debo admitir, Adelia, que el té puede ser té, como usted dice, pero sabe mejor en una taza de porcelana. Y eso no es mentira.

Adelia se rio, a su pesar.

—Por favor, pruebe uno de los bizcochos, pero le sugiero que se quite los guantes primero. Por cierto, ¿lee los libros que vende?

—Me encanta leer —declaró Constance, y un pequeño brote de afecto floreció en el corazón de Adelia—. Es más, reviso lo que se va a imprimir en la imprenta para la que trabajo. Es parte de mis funciones asegurarme de que todo está correcto.

—Por lo tanto, debe de tener una fina atención a los detalles. —Cada vez mejor. Si las cosas hubieran ido como su hermano y Constance habían planeado, llevar una casa no habría sido un problema para la mujer, una vez que le hubieran enseñado algunas de las convenciones sociales.

Ahora, puede que nunca tuvieran la oportunidad. De hecho, se consideraría afortunada si alguna vez llegaban al punto de que el hecho de que Constance encajara como condesa de Dunford fuera su principal preocupación.

⁂

OWEN NO PODÍA MANTENERSE al margen. No tenía ninguna razón para presentarse en la puerta de Adelia ni para tocar el timbre. Pero hizo ambas cosas.

Con el ritual de costumbre, el señor Lockley le hizo pasar, le quitó el abrigo y el sombrero y lo acompañó al salón. Este era casi más familiar que el suyo. Era muy posible que ella se negara a verlo. De hecho, debería hacer exactamente eso. Sin embargo, él sabía que no lo haría.

Cuando ella entró en la sala, lo dejó sin aliento, como siempre.

—¿Cómo es que se vuelve más encantadora cada vez que la veo?

Su piel cremosa se volvió del color de las rosas, incluso en su esbelto cuello. ¿Cuánto se sonrojaría su piel de placer después de hacer el amor apasionadamente? Owen ansiaba averiguarlo.

—Al parecer, la preocupación constante me sienta bien —dijo ella con cansancio. El tono de otra mujer habría sido agrio por la censura y la ira, pero Owen rara vez sentía que ella le dirigiera alguna de ellas.

—Siento de verdad la preocupación que esta situación le ha causado —dijo él de todo corazón—. Si pudiera aliviársela, lo haría.

—Dígale a la policía lo ridícula que es su acusación —dijo ella en voz baja—. O dígame por qué mi hermano haría lo que usted dice que hizo. Deme una razón que tenga sentido.

Owen la miró fijamente, incapaz de responder, y negó con la cabeza. Al fin, dijo lo único que podía imaginar que había causado el terrible acto.

—Un crimen pasional.

Adelia dejó escapar un suspiro exasperado y pasó junto a él.

—¿Qué quiere decir?

—Significa que podría desgarrar a su hermano miembro por miembro por lo que hizo, tan enorme era mi amor por Sophía, tan profunda es mi ira. —Él cerró la manos en sus puños mientras ella parpadeaba con sus preciosos ojos verdes. Pero él tenía que decirlo, ya que nunca le había mentido—. Si, como sospecho, su hermano y mi hermana eran amantes.

Ella exhaló una bocanada de incredulidad, pero él continuó.

—Solo puedo imaginar que, de alguna manera, su hermano pensó que la perdería o que ella le había jugado una mala pasada. En el calor del momento, la mató.

Esta vez, Adelia se estremeció ante sus palabras.

—¿Es así como piensan los hombres?

—No solo los hombres. Las mujeres han hecho actos terribles por amor, por celos o por venganza.

—¿Alguna vez me haría usted daño? —le preguntó ella, parpadeando hacia él sin ningún tipo de tapujos.

Su pregunta le cogió desprevenido, pero su respuesta fue rápida.

—En absoluto.

Ella dio un paso hacia él, lo contrario de lo que haría una persona en su sano juicio cuando discutían sobre un tema así.

—Si la situación fuera como la ha descrito, si fuéramos... amantes y yo le hubiera jugado una mala pasada, ¿entonces qué? En su pasión —y he visto que tiene mucha—, ¿la desataría sobre mí con rabia?

Él tragó y buscó en su corazón. Acortó la distancia entre ellos y la tomó en sus brazos.

—Nunca podría hacerle daño. Si me engañara, podría despreciarla y, posiblemente, ir en busca de quien me la hubiese robado. Sí, podría hacerle daño a ese hombre, ¿pero a usted? No. No soy así, lo juro.

—Tampoco es así mi hermano —insistió ella.

Owen cerró los ojos. Un instante después, se inclinó hacia lo que ahora sabía que era el oído malo de Adelia, y susurró contra él.

—La quiero.

Ella se apartó.

—No puedo oírle.

Él asintió.

—Su padre fue una bestia al hacerle daño, al ponerle las manos encima a una chica, su propia carne y sangre. Me da asco.

—A Thomas también le daba asco, y me protegió en cuanto tuvo la edad suficiente. Después de esto... —Adelia se tocó la oreja—, mi hermano se aseguró de que mi padre no volviera a acercarse a mí.

—¿Y qué motivó la ira de su padre? —Owen la abrazó con más fuerza, deseando poder borrar el daño que el viejo conde había hecho.

Ella echó la cabeza hacia atrás y lo miró.

—No tenía ninguna paciencia con mi tartamudez y mi timidez. Consideraba que ambas cosas eran faltas morales, algo que yo podía controlar con una voluntad más fuerte. La suya, no la mía.

—Lo siento mucho.

Ella se encogió entre sus brazos, y él no pudo resistirse a besarla un segundo más. De una manera fugaz, esperó que a ella no le importara mientras bajaba su boca hacia la suya.

Evidentemente, a ella no le importó, porque deslizó sus manos por el pecho de él y las sujetó detrás de su cuello. Sentir los dedos de Adelia en su nuca, tirando de su pelo, era asombrosamente excitante.

Owen abrió la boca y deslizó su lengua entre los acogedores labios de ella. No podía devolverle el oído, pero podía hacerle saber con toda claridad lo mucho que significaba para él.

Un golpecito en la puerta le impidió seguir adelante y se separaron. Ella se alisó la parte delantera del vestido y se alejó unos pasos de él.

—Entre —dijo Adelia.

Por supuesto, era el señor Lockley, el hombre infernal, siempre rondando. Por otra parte, Owen apreciaba la dedicación del mayordomo.

—Una nota para usted, *mi*lady. —Le tendió una bandeja de plata, en la que había un papel doblado.

No tenía sello impreso, solo una desgarbada mancha de cera verde en el pliegue. Ella lo cogió, le echó un vistazo y miró interrogativamente a su mayordomo.

—Un poco tarde para el correo, ¿no es así?

El señor Lockley asintió.

—Un mensajero muy joven lo entregó, *mi*lady.

Ella le dio las gracias, tomó el afilado abridor de plata de la bandeja y abrió la carta. Owen observó su rostro mientras ella examinaba con rapidez el contenido. Salvo un gesto de levantar la ceja derecha, no dio ninguna indicación de su importancia.

—¿Hay algo en lo que pueda ayudarla? —le preguntó Owen. Por la expresión neutra de Adelia, él intuyó que la nota tenía que ver con Thomas.

—No, gracias. Adelia negó con la cabeza mientras doblaba el papel y lo metía en el bolsillo de la costura lateral de su vestido.

—¿Me dirá qué contiene esa misiva? —preguntó Owen sin rodeos.

—No —dijo ella, pero sonrió.

Él se rio.

—Está bien. Siempre y cuando no sea una petición de otro pretendiente, tratando de alejarla de mí.

—Le prometo que no lo es.

—Eso es bueno, porque deseo invitarla a cenar conmigo esta noche en casa de lord y lady Westings. Lady Jane me regañó por no haberla llevado la última vez.

Adelia se sonrojó.

—¿Ella me mencionó?

—Sí. Le gusta. —Owen se acercó de nuevo—. A mí me gusta. Sé que es muy precipitado, pero había olvidado por completo la cita de esta noche. No es nada formal. Más bien como una cena en familia.

Adelia suspiró.

—Sabe que pasado mañana es el comienzo del juicio. Nos reuniremos en el Old Bailey en la sala principal a primera hora de la mañana.

Owen se sintió un poco mal. El juicio podía avanzar muy rápido. No había testigos ni mucha defensa que el abogado pudiera presentar.

—Yo la llevaré esa mañana al juzgado, si lo desea —se ofreció él.

Adelia negó con la cabeza.

—No creo que sea una buena idea. Iré con mi procurador, y él y yo nos encontraremos allí con el abogado.

—No quiero que se haga ilusiones.

En lugar de parecer preocupada como él esperaba, Adelia inclinó la cabeza y le ofreció una sonrisa esperanzadora.

—Creo que todo se resolverá satisfactoriamente.

¡Dios mío! ¿Cómo se había convencido de eso? Puede que él no la acompañara, pero se alegró de que estuviera cerca para consolarla en lo que pudiera cuando todo terminara. Ella no parecía darse cuenta del probable resultado.

—Muy bien. No me ha contestado sobre la cena de esta noche. Puedo esperar a que se cambie y podemos ir un poco antes, escandalizando a nuestra anfitriona, o puedo volver a recogerla dentro de dos horas.

—Sí —aceptó ella—. Vuelva en dos horas.

La felicidad lo inundó, pues había temido que ella lo rechazara. Extendió la mano para coger su barbilla y fijar su mirada en la de ella.

—Espero que Penny se siente con el cochero —dijo, dejando que su imaginación se uniera a la suya para imaginar otro encuentro sensual dentro de su carruaje.

Ella negó con la cabeza, pero sus ojos le hicieron saber que esperaba otro beso en ese momento. Owen no tardó en reclamar su boca, pues no estaba dispuesto a decepcionar a una dama.

⁂

EN CUANTO SE MARCHÓ, Adelia volvió a sacar la carta para asegurarse de que la había leído correctamente. No podía creerlo. Sus oraciones habían sido escuchadas. Si el señor Brassel no le hubiera advertido que no se lo dijera a nadie, habría gritado de alegría delante de Owen y le habría contado la verdad.

No esperó a que tocaran el timbre, sino que se apresuró a entrar en el vestíbulo para perseguir al señor Lockley, que apenas había tenido la oportunidad de ver a Owen salir por la puerta.

—Por favor, que Henry prepare mi carruaje de inmediato.

—Sí, *mi*lady —dijo el señor Lockley y desapareció.

No habría necesidad de presentar una defensa por locura. Su hermano estaba a punto de ser exculpado por completo. Después de reunirse con el señor Brassel, le pediría su consentimiento para contárselo a Owen y a los Westing en la cena de esa noche. Adelia no veía cómo podría ir a cenar de otra manera. Sería imposible sentarse a su mesa sin que las buenas noticias brotaran de ella.

Apareció el señor Lockley.

—Su carruaje está listo y en la puerta, *mi*lady. ¿Adónde le digo a Henry que la lleve?

Capítulo 29

En menos de media hora, su cochero se detuvo frente a Gray's Inn. Era un aviso poco común del procurador, quien esperaba que ella estuviera libre, pero Adelia supuso que la mayoría de los hombres imaginaban que las mujeres no hacían más que estar sentadas en casa todo el día, tal vez haciendo punto de aguja. O, en su caso, escribiendo novelas. La verdad era que, respecto a las damas de su clase, él tenía razón.

Debido a su destino, una vez más, no había traído a Penny. Adelia encontraba algo casi reverencial en los juzgados de la Corte y en el señor Brassel. De hecho, el trabajo que se realizaba en Gray's Inn parecía tan benigno como el de la Iglesia, especialmente ahora que su abogado había descubierto una coartada para su hermano.

Cuando bajó de su carruaje, Adelia fue recibida por el señor Beaumont, quien se acercó a ella.

—Me alegro de que haya podido venir, lady Adelia —le dijo, inclinándose.

—No entiendo. ¿Cómo sabía que me iba a reunir con el abogado?

—Soy yo quien ha determinado una coartada para el conde —cacareó el señor Beaumont—. Me quedó claro cuando consideré la fecha. Y recordando que usted me había dicho el nombre del procurador, vine directamente a hablar con él. El señor Brassel me prometió que la llamaría de inmediato para tranquilizarla.

—Así lo hizo —aceptó ella—. ¿Me dirá lo que le dijo al señor Brassel?

—Oh, mejor que eso, querida señora. Se lo mostraré. Venga, por aquí.

Él la tomó del brazo antes de que ella se diera cuenta. Media manzana más allá, un coche de caballos esperaba.

—Pero señor Brassel —dijo ella—. Creo que debo...

—Sí, sí. Él lo sabe todo. Se reunirá con nosotros allí. De hecho, ya está en camino. Muy emocionante —añadió. Con eso, el señor Beaumont abrió la puerta de un tirón y la ayudó a entrar.

Adelia supo, en cuanto se cerró la puerta del coche de alquiler, que se había equivocado. Lo sintió por la forma en que el señor Beaumont bajó las persianas negras baratas a ambos lados y se desparramó despreocupadamente contra el asiento.

—Por fin estamos aquí —dijo él.

—Sí —aceptó ella—. Debería haberle preguntado exactamente a dónde vamos.

—Pues al East End, por supuesto, al lugar del asesinato.

La alarma la recorrió y golpeó el techo para avisar al cochero de que se detuviera.

—¿Qué está haciendo? —preguntó él, cruzando las manos sobre su regazo mientras el carruaje continuaba sin reducir la velocidad.

Ella volvió a golpear.

—Me he dado cuenta de que debería haber cogido mi propio carruaje, para poder llegar a casa con facilidad después. Tengo un compromiso para cenar. Deberíamos parar de inmediato y dejarme ir por mi cuenta.

—Oh, no —dijo él, su cara era una imagen de preocupación—, eso no sería nada seguro. Parece que no ha traído a nadie, ninguna criada u otra chaperona, y no podría permitir que una dama elegante como usted fuera sola al East End.

—No —dijo ella en voz baja—. No he traído a nadie.

Recordando la nota, Adelia preguntó:

—¿Dice que el señor Brassel se reunirá con nosotros allí?

—Indudablemente —le contestó él, y ella se sintió un poco mejor. Además, no era tan tarde, aunque el sol se estaba poniendo con rapidez.

—Muy bien. —Adelia trató de sofocar su creciente ansiedad por estar a solas con el señor Beaumont, a pesar de que este no había hecho nada impropio. En cambio, permaneció recostado de forma relajada, observándola. Su expresión era vaga e inquietantemente petulante.

—¿Me dirá lo que ha descubierto durante el viaje? —preguntó ella, esperando que dejara de mirarla.

Él hizo una mueca.

—Preferiría mostrárselo. De todos modos, puede dejar de preocuparse por su hermano.

Adelia asintió. Y como no se le ocurrió nada más que decirle al señor Beaumont, guardó silencio.

Después de unos cinco minutos, el señor Beaumont habló de pronto.

—Nunca me consideraría como pretendiente, ¿verdad?

Ella logró impedir estremecerse.

—Ese es un tema in... inapropiado —le dijo ella—, dado nuestro estrecho... estrecho confinamiento y la falta de chaperona. —¡Maldición! Su nerviosismo estaba a flor de piel.

Él se encogió de hombros.

—Después de todo lo que estoy haciendo por nuestra empresa, y sabiendo cómo puedo hacerla crecer y prosperar, especialmente cuando mis manos no están encadenadas por el control de su hermano, ¿cuál es su respuesta?

Odiando sentirse atrapada y presionada, por no hablar del miedo a las represalias, Adelia se dio cuenta de repente de que se sentía justo como si estuviera en compañía de su difunto padre. No creía que aplacar al señor Beaumont fuera a funcionar, ni tampoco decirle cómo él le erizaba la piel. Así que decidió decir la verdad.

—Tengo un acuerdo con otra persona. Mi corazón ya está comprometido.

—Su corazón, ¿eh? —dijo el señor Beaumont—. ¿Pero no un compromiso formal todavía? Lord Burnley está arrastrando los pies. Sin duda, piensa que es mejor no declararse hasta después de ver colgado a su hermano.

Ella se quedó sin aliento ante sus crudas palabras y la terrible imagen que evocaban. Y él sabía demasiado sobre su relación con Owen para su gusto.

El señor Beaumont ladeó la cabeza.

—Su vizconde me hizo una visita, casi para rogarme que le contara más hechos nefastos que imputar al conde. No entiendo cómo puede entregar su corazón a un hombre que quiere destruir a su hermano. —Su tono era rudo por la desaprobación.

—Supongo que es bueno entonces que usted haya descubierto una manera de salvarlo. —Adelia se preguntó si el señor Beaumont estaba realmente enfadado. O tal vez, solo estaba herido por haber sido rechazado. Recordando su anterior revelación sobre Thomas y lady Sophía, decidió hacerle saber que no estaba tratando con una tonta.

—Creo que me dijo que había visto a mi hermano con lady Sophía Burnley porque así usted esperaba asustarme para que le dejara tomar el control mientras lord Smythe estaba encarcelado.

Él no dijo nada a eso, y le dirigió una mirada perdida.

—Agradezco que no le haya contado la misma historia a la policía o a lord Burnley —declaró Adelia.

Él asintió con la cabeza.

—Solo esperaba demostrar mi lealtad —dijo—. Supongo que lo hice mal.

«Un eufemismo», pensó Adelia, deseando haberle contado a alguien las mentiras del ingeniero. Sin embargo, él había dicho que le había hablado al señor Brassel de una coartada.

—Ahora que el conde será liberado —continuó Adelia—, todo volverá a la normalidad. Estará agradecido por su ayuda.

—¿Y qué hay de usted? —preguntó el señor Beaumont, inclinándose hacia delante—. ¿También estará agradecida?

—Naturalmente —dijo ella, sintiéndose incómoda.

Por suerte, antes de seguir discutiendo, el coche de alquiler se detuvo. Los cocheros rara vez se bajaban para abrir la puerta, por lo que el señor Beaumont se apresuró a abrirla y salir, ofreciéndole a Adelia su mano.

Ella se resistió a cogerla, pero lo hizo, pensando en retirarla en cuanto sus botines tocasen la acera. Por desgracia, antes de que pudiera hacer nada más que recuperar el equilibrio, el ingeniero le pasó el brazo por el suyo, pegado al cuerpo, y la condujo al interior de una taberna. Adelia solo tuvo tiempo de ver el letrero, El Cerdo y el silbato, que colgaba torcido de una cadena de hierro.

Cuando Owen la llevó de taberna en taberna en busca de Thomas, no la trajo a esta. Tan pronto como los ojos de Adelia se acostumbraron al lúgubre interior, el señor Beaumont la empujó hacia la escalera que estaba a su derecha. Ella pisó con sus tacones lo mejor que pudo, ayudada por la pegajosidad de las tablas del suelo salpicadas de cerveza.

El señor Beaumont la soltó y se volvió, sorprendido. Nadie más en el lugar levantó la cabeza de sus jarras de cerveza y grandes vasos de ginebra.

—¿Qué significa esto? —preguntó ella—. ¿Y dónde está el señor Brassel?

—Arriba, espero que ya esté con el detective. Sargento detective Garrard, creo que era su nombre. ¿No es así? —Se apartó de ella y subió las escaleras.

Adelia supuso que si él conocía al señor Brassel y al detective, no podía estar mintiendo. Volvió a mirar a los tristes huéspedes del establecimiento, pensando que uno de ellos podría animarse en cualquier momento y exigir su ridículo a punta de cuchillo, y lo siguió.

Al final de la escalera había un corto pasillo con tres puertas. La más cercana a ella estaba parcialmente abierta. Con un pinchazo de alarma, Adelia tuvo la espantosa idea de que lady Sophía también había estado allí, donde había encontrado su horrible destino.

Adelia perdió los nervios, y estaba a punto de bajar corriendo las escaleras, cuando la puerta del fondo se abrió y salió lo que solo podía ser una ramera, con una bata transparente, un vulgar color rojo en los labios y demasiado colorete.

Adelia se quedó paralizada, mirándola fijamente. Podía ver con toda claridad los pechos de la mujer y sus partes femeninas a través del ridículo vestido de gasa. La ramera se reía, tal vez borracha. Un instante después, un hombre salió detrás de ella, poniéndose el abrigo.

El hombre dio unos pasos por el pasillo y vio a Adelia. Una sonrisa se extendió por su cara picada, mostrando los pocos dientes que tenía.

—Bueno —dijo el desconocido—. ¿Qué tenemos aquí? Un buen material, sin duda.

Adelia no podía hablar ni moverse, tratando de aplastarse contra la pared entre las puertas para que él pudiera pasar.

—Creí que ya había tenido suficiente —dijo él mirando a la mujer casi desnuda, que asintió de forma alentadora, para mirar de nuevo a Adelia—. Pero mi bastón se ha levantado otra vez al verte, cariño.

En ese momento, el señor Beaumont reapareció.

—Aquí está. Entre —la instó.

Enfrentada al hombre lascivo y a la ramera, o al relativamente civilizado señor Beaumont, Adelia se apresuró a pasar junto a este y entrar en la pequeña habitación. Las persianas de las ventanas estaban bajadas, pero una lámpara estaba encendida, por lo que Adelia pudo ver el mobiliario, que consistía en una cama y nada más.

—¿Dónde están el señor Brassel y el sargento Garrard? —preguntó, volviéndose hacia el hombre que la había llevado hasta allí.

El señor Beaumont había cerrado la puerta y se apoyaba en ella. Lentamente, negó con la cabeza.

—Siento decirle, *mi*lady, que no tengo ni idea.

Sus sencillas palabras, su calma, su plácida expresión, la helaron. Obviamente, esos hombres nunca habían estado en El Cerdo y el Silbato y no iban a venir.

Ella había cometido su segundo grave error.

❖

POCO DESPUÉS DE QUE Owen llegara al Carlton Club, apareció Whitely. Tomaron asiento frente al fuego crepitante y pidieron brandy.

—El juicio comienza en dos días —le dijo Owen a su amigo.

Whitely asintió.

—Iré contigo. ¿Irás a casa de Westing esta noche?

—Sí. —Su humor se animó—. Y voy a llevar conmigo a lady Adelia.

—¿De verdad? —preguntó George—. ¿Cómo lograste ese milagro? Solo tú, viejo amigo, podrías enviar al hermano de una mujer a Newgate y aun así cortejar con éxito a la dama.

En un instante, el humor de Owen cambió de nuevo.

—Si mi cortejo tiene éxito, esto va a pesar como una losa sobre nuestro matrimonio para el resto de nuestras vidas.

—¿Matrimonio? —repitió George, con cara de asombro, hasta que sacudió la cabeza con pesar—. Algo va a pesar, y no será solo una losa. Sin embargo, piénsalo. Si la dama se casa contigo, a pesar de lo que va a tener lugar dentro de dos días, y lo que es peor, al final del juicio, maldita sea, ella debe de amarte de verdad.

—Maldita sea —repitió Owen en voz baja.

—Supongo que eso significa que no iremos juntos a casa de los Westing —adivinó George, ofreciendo una sonrisa irónica, que Owen no devolvió, incapaz de recuperar el ánimo.

—Seríamos demasiados en mi carruaje. —Owen debería estar exultante ante la idea de volver a estar a solas con

Adelia, pero conociendo la única sentencia posible para el conde, y que ella perdería a su único hermano, se mantuvo cabizbajo.

Whitely dio un sorbo a su brandy.

—Prométeme que no discutiréis sobre el juicio en la cena de los Westings, aunque si estos consiguen que lady Adelia hable libremente frente al asado con normalidad, brindaré por vosotros en cuanto pasemos a fumar los cigarros.

—Parece mucho menos reticente últimamente. —Excepto cuando quiere serlo. Owen recordó su comportamiento reservado al recibir la carta.

De repente, las palabras de Lockley volvieron a él con claridad. «Un mensajero muy joven la entregó». A Owen se le puso el pelo de punta.

—¡Diablos! —exclamó, poniéndose en pie con tanta violencia que sacudió la mesa, derramando las bebidas de ambos.

Whitely se levantó de un salto.

—¿Qué demonios ocurre, Burnley?

—Estaba en casa de Adelia hace un rato cuando ella recibió una misiva de algún tipo, traída por un chico. De repente, ella quiso que me fuera y volviera más tarde a recogerla para la cena.

—¿Qué decía la nota? —preguntó George, con un tono igualmente serio. Al parecer, él también pensó en el chico de pelo arenoso que había mencionado la dependienta.

—No me lo quiso decir, pero ahora me temo que la nota era una invitación, al igual que la de Sophía.

—Eso es solo una conjetura, viejo amigo, y un salto bastante grande de aquí a allá, pero...

—Pero será mejor que me vaya de inmediato —intervino Owen.

—De acuerdo —dijo George—. ¿Te acompaño?

—Voy a ir directamente a ese horrible agujero donde encontramos a Sophía. ¿Podrías ir a casa de lady Adelia? Sabes dónde, ¿no?, en el 78 de Hyde Park Street, y asegurarte de que estoy loco? Ruego que ella esté allí, preparándose para esta noche.

—Por supuesto. Iré allí ahora y te veré más tarde. Todo irá bien.

Owen no le oyó por encima de los latidos de su corazón mientras salía corriendo del club, llamando a su cochero en cuanto salió por la puerta.

Capítulo 30

El señor Beaumont le entregó a Adelia un pañuelo.

Ella se quedó mirando el inesperado objeto sobre su mano, de repente temblorosa. Era uno de los pañuelos de Owen, con la *B* magníficamente bordada en plata sobre una tela blanca almidonada.

Por un momento, el terror de que Víctor Beaumont hubiera hecho daño a Owen y le hubiera quitado el pañuelo por la fuerza, hizo que su corazón quisiera saltar de su pecho.

—¿De dónde ha sacado esto? —preguntó Adelia con apenas un susurro.

—Ah, fue mucho más difícil que conseguir el de su hermano, y no le miento. Pero casi todos los sirvientes pueden ser sobornados. Si esperas en la puerta de servicio el tiempo suficiente, en algún momento te topas con el sirviente más bajo de todos, ¡la lavandera!

—¡Está loco! —declaró Adelia. ¿Por qué si no iba a estar robando pañuelos para dárselos a las mujeres a las que pretendía...? ¡Dios mío!

—Al contrario, soy inteligente —se regodeó él—. Demasiado inteligente, de hecho, para gestionar el negocio de otra persona, que he construido con mis propias manos. —El señor Beaumont levantó las manos y las miró. Tras unos segundos, observó a Adelia a través de sus dedos—. Si hubiera tenido el dinero inicial para crear mi propia empresa minera —continuó—, estaría muy por delante de los Smythes y los Burnley. En cambio, he estado haciendo rica a su familia desde el día en que su padre me contrató.

—Le pagaron muy bien —protestó Adelia, que había tenido una discusión con su hermano sobre ese mismo hecho. Además, Smythe Coal había funcionado con éxito durante una generación antes de la llegada de Víctor Beaumont.

Este se encogió de hombros.

—Eso dice usted, con su casa de Mayfair, su criada y su carruaje. No olvidemos sus reuniones de alta sociedad, a las que no puedo asistir por falta de título o linaje.

—¿Quiere ir a un baile? —preguntó ella.

Una parte de ella tenía realmente curiosidad, con la fascinación de un narrador, por entender qué movía a este hombre, además de la codicia. Adelia esperaba mantenerlo hablando con calma hasta que pudiera atraerlo de alguna manera lejos de la puerta. Puede que ella no encontrase ayuda al otro lado, y tampoco abajo, con aquellos borrachos y malhechores, pero quizá en la calle pasase un coche de caballos. O podía huir a la casa de Constance, que sabía que estaba cerca.

Su captor se rio de su pregunta.

—No, *mi*lady. No tengo ningún deseo ardiente de mezclarme con la plebe, salvo el de enseñorearme con ella en todo el sentido de la palabra. Quiero una gran casa propia, ropa bien confeccionada, un buen caballo y, supongo, una esposa cariñosa. Y no una esposa de clase media. Quiero una buena dama.

Ella notó cómo él equiparaba el valor de un caballo con el de una esposa imaginaria.

—Y tendré todo eso —insistió él—, cuando sea el único propietario de Smythe Coal. La convertiré en la primera empresa minera de Gran Bretaña. Ya lo verá.

Entonces, el señor Beaumont hizo una mueca irónica.

—Pero supongo que usted no lo verá, ¿verdad? Estará bien muerta.

Adelia no pudo evitar que se le escapara un jadeo asustado mientras apretaba el pañuelo de Owen entre sus manos, como si fuera un talismán para alejar a ese hombre malvado. Sin duda, su ambición desmedida le había llevado a asesinar a Sophía. Ahora su vida estaba a punto de apagarse también.

—Debería haberme dejado sustituir a su hermano, de voluntad débil. Pero usted tuvo que decirle al señor Arnold que yo ya no estaba al mando. —El señor Beaumont sacudió la cabeza y dio un paso hacia ella—. Usted, tan ñoña como el membrillo, ¿quiere dirigir esta empresa, en lugar de su hermano?

Adelia dio un paso atrás, preguntándose si podría conseguir abrir una ventana. Si hubiera habido una sola silla en la habitación, la habría utilizado como arma.

—Todo lo que me dijo sobre que había visto a mi hermano con lady Sophía era mentira, ¿no es así? —Adelia intentó mantener la calma, negándose a creer que su vida acabaría allí.

—Por supuesto —confesó el señor Beaumont—. Solo estaba vigilando a su hermano para asegurarme de que lo vieran en el East End. El hecho de que su lord Burnley estuviera una noche en el pub y lo encontrase allí fue una afortunada casualidad. De no haber sucedido, yo habría encontrado a otra persona que dijera que su hermano frecuentaba las tabernas de Whitechapel, tal vez Constance.

—¿Me dirá por qué mató a lady Sophía? —Si se libraba de esta situación, al menos tendría una respuesta para Owen.

Él ladeó la cabeza, frunciendo el ceño ante su pregunta, y se encogió de hombros.

—Supongo que no hace falta que se lo cuente. En París, ella me oyó hablar con un primo sobre mis planes de dirigir Smythe Coal. No me di cuenta de que tenían a una joven alojada con ellos. Probablemente, lady Sophía no entendió lo que escuchó, pero yo no podía correr ese riesgo. Me propuse llegar hasta ella a través de mi otro primo, con quien lady Sophía mantenía una relación. Ella era muy consciente de que si se revelaba la verdad, caería de las alturas de los círculos sociales de Londres —declaró el señor Beaumont, manteniendo su vista fija en el rostro asustado de Adelia—. Por desgracia, usted será la segunda víctima en un trágico caso de dos familias que se disputan los derechos mineros. Será el *quid pro quo* del violento lord Burnley, una forma de venganza por el brutal asesinato de su hermana.

Primero la cortejó para acercarse a usted y, naturalmente, al fin la asesinó como represalia.

Adelia se estremeció. En realidad podría ser plausible si no fuera por el ridículo uso del pañuelo. Nadie creería que Owen querría ser atrapado por asesinato. Tampoco era creíble que tanto ella como Sophía hubieran conseguido coger el pañuelo de su respectivo asesino en el último momento.

Al esforzarse por dejar una pista que acusase a Owen como el asesino, Víctor Beaumont iba a dejar dolorosamente claro que el vizconde no lo era. Adelia supuso que debía estar agradecida por ello. Además, otro estrangulamiento similar probablemente liberaría a su hermano de Newgate.

Le pareció que Víctor Beaumont, en su cerebro desquiciado y orgulloso, quería el crédito de ambos asesinatos, al igual que quería el crédito por el éxito de la empresa minera de su familia. Era demasiado vanidoso para matarla con tranquilidad y arrojar su cuerpo al Támesis, como sería el método más fácil. Si Owen estuviera realmente dispuesto a una venganza sanguinaria, eso es lo que haría.

Adelia pensó que el orgullo podría acabar siendo la perdición del señor Beaumont, pero ella no estaría allí para verlo. A menos que...

—Supongo que podríamos c... casarnos para que usted pudiera hacerse cargo de la empresa con facilidad sin tener que involucrar a los tribunales. El tribunal de la Cancillería tarda años, según tengo entendido, en resolver estos asuntos.

Él se echó a reír. Se rio tan fuerte que las lágrimas corrieron por su cara. Cuanto más lo hacía, más se asustaba Adelia. Al fin, el señor Beaumont se recompuso y suspiró.

—Casualmente, *mi*lady, ese era el plan original. Habría sido mucho más fácil, como usted dice, y habríamos hecho una pareja espléndida. Aun así, habría tenido que quitar de en medio a su hermano poniéndolo como asesino. No podía matarlo directamente, por supuesto, ya que todas las miradas se habrían dirigido a mí, una vez que entrara a dirigir nuestra empresa. Así, la ley se encargará de él por mí.

Adelia debería haberse dado cuenta antes, pero su padre había confiado en el hombre, como también lo había hecho Thomas. Solo podía esperar que él cediera si ella seguía intentándolo.

—En lugar de tener más sangre en sus manos, señor Beaumont, ¿no preferiría llegar a un acuerdo conmigo?

—Es demasiado tarde para eso —dijo él secamente—. Acabemos con esto, ¿de acuerdo?

Adelia tenía la boca tan seca por el miedo que no pudo tragar ni decir otra palabra. De repente, el señor Beaumont se agachó y ella vio con horror cómo sacaba una cuerda de debajo de la cama.

Jadeando de miedo, supo que no conseguiría pasar por encima de él en la pequeña habitación. No pudo hacer nada más que sacudir la cabeza en señal de protesta mientras él le ponía la cuerda alrededor del cuello, con suavidad, como si le colocara un chal.

—Puede ponerse de rodillas y rezar, si quiere, y confesar cualquier pecado.

Adelia inclinó la cabeza, sin poder imaginar por qué él sugería eso.

Beaumont se encogió de hombros.

—Soy católico —admitió—. Supongo que usted es protestante, pero le concederé esta misericordia a su alma.

Seguramente, el alma de él era la que estaba condenada al fuego eterno, no la de ella.

—Dese prisa —la instó—, y hágalo en voz baja.

Por primera vez en su vida, Adelia estaba deseando romper su silencio. Si iba a ser su último acto, dejaría este mundo haciendo todo el ruido posible. Se relamió los labios y lanzó el grito más fuerte que pudo imaginar, un grito espeluznante que resonó en su oído bueno con su intensidad.

Beaumont, saliendo de su asombro, dio un paso adelante y la golpeó, tirándola al suelo.

———— ❧ ————

OWEN CASI NO RECONOCIÓ la voz, ya que nunca había escuchado gritar a Adelia. No importaba, por supuesto. Habría acudido a socorrer a cualquier mujer —u hombre, en realidad— que gritara con tanto terror.

Había subido corriendo las escaleras de la taberna un momento antes, con el corazón acelerado mientras se dirigía a la habitación en la que Sophía había muerto. En el rellano, había oído el terrible grito.

Intentó abrir la puerta, pero esta no se movió. Golpeó el hombro contra ella, una, dos veces. Después de retroceder unos pasos para aumentar la potencia de su carga, al tercer intento, la derribó.

Al irrumpir en la habitación, Owen contempló un espectáculo que le congeló hasta los huesos. Adelia estaba en el suelo, con sangre goteando por su boca, y Víctor Beaumont estaba encima de ella, estrangulándola con una cuerda.

El mundo se inclinó sobre Owen. Con un rugido de rabia, se abalanzó sobre Beaumont, lo apartó de ella y lo arrojó a unos metros de distancia. El bruto empezó a luchar a cuatro patas para escapar, pero Owen le puso con facilidad un pie en las costillas y le dio una patada en la espalda. Mientras Beaumont estaba aturdido, se abalanzó sobre él. Owen sujetó al fornido canalla por la parte delantera de su chaqueta, y le dio un puñetazo en la cara. Una y otra vez.

De hecho, con una neblina roja de furia en sus ojos, y la satisfactoria sensación de su puño golpeando el cráneo de Beaumont, Owen no podía detenerse.

Entonces oyó a Adelia susurrar su nombre.

Al volverse hacia ella, vio que tenía los ojos abiertos y que lo miraba con los labios ligeramente separados, respirando. Toda idea de matar a Beaumont a golpes se disipó al instante.

Cuando el animal insano de la rabia lo liberó, Owen dejó caer al hombre inconsciente para ir a consolar a la mujer que amaba. Enseguida levantó a Adelia del suelo como si no pesara más que una pluma, y se sentó en la cama hundida con ella en brazos.

La apoyó en su pecho y utilizó la mano libre para tirar de la maldita cuerda y lanzarla al suelo. Al mismo tiempo, Whitely entró corriendo con el sargento detective Garrard, deteniéndose con brusquedad al verlo. En una ráfaga de órdenes, los dos agentes levantaron al inconsciente Beaumont del suelo, lo sujetaron por debajo de los brazos y lo sacaron de la habitación, con la cabeza colgando y arrastrando los pies.

Adelia miró a Owen con los ojos llenos de vida, y la opresión del pecho de este se alivió.

—Está sangrando. —Él intentó buscar un pañuelo en su bolsillo, pero ella estaba apoyada sobre su abrigo.

Adelia levantó la mano y la abrió. Allí, arrugado en la palma, ella tenía uno de sus pañuelos. La mirada de Owen voló hacia la de ella, ahora rebosante de lágrimas. Sus propios ojos se humedecieron mientras un centenar de pensamientos y recuerdos se estrellaban en su interior.

Era demasiado tarde para Sophía, pero él había salvado a Adelia del mismo destino. Esperaba que su hermana lo estuviera mirando y les diera su bendición. Owen cogió el pañuelo de lino y limpió con él la comisura de los labios de Adelia.

—Es solo un corte —dijo esta en voz baja, pero su otra mano se dirigió a la garganta—. Me duele un poco el cuello.

La cuerda gruesa había provocado una abrasión roja en su pálida piel, y Owen la rozó con el dorso del nudillo, recordando haber hecho lo mismo con el cuerpo sin vida de su hermana.

—Y también me duele la garganta, un poco —añadió Adelia.

—Eso puede haber sido por los gritos —dijo él con las lágrimas cayendo sin control por sus mejillas—. Tu maravilloso grito. Tu voz te salvó, ¿sabes?

—Tú me salvaste —susurró ella, acercándose y tocando una de sus lágrimas.

Owen apenas podía verla a través de sus ojos llorosos. Fue a limpiárselos con el dorso de su mano enguantada, vio la sangre de Beaumont y se despojó del guante, que lanzó junto a la cuerda. Al frotarse después la mejilla, descubrió que estaba temblando. Había estado tan cerca de perderla, que le había llevado al borde de la locura.

No pudo evitar inclinarse y besarla.

—¡Ay! —murmuró Adelia, pero ella le rodeó el cuello con las manos.

Él saboreó su sangre y sus lágrimas, y probablemente también las suyas. Cuando levantó la cabeza, los párpados de ella se abrieron y él cayó de cabeza en las profundidades esmeralda donde quería quedarse el resto de su vida.

—¿Quieres casarte conmigo? —le preguntó.

Oyó a Whitely, totalmente olvidado, toser con fuerza, como si quisiera advertirle de cualquier imprudencia. Lo ignoró.

Owen vio cómo Adelia abría los ojos de par en par y se llenaban de lágrimas de nuevo.

—Sí. —Y eso fue todo lo que dijo.

Ninguno de los dos se deshizo en discursos floridos. No lo necesitaban.

Entonces, Owen oyó un carraspeo detrás de él. Esta vez, era el sargento detective Garrard, que seguía de pie junto a la puerta destrozada.

—¿Sí, detective? Supongo que está tratando de llamar mi atención —dijo Owen, guiñando un ojo a Adelia.

—Lord Burnley, ¿va a llevar a la joven a casa, o al hospital?

—Definitivamente, a mi casa —dijo Owen—. Mi médico irá allí. —Sintió que Adelia se movía inquieta en sus brazos y la ayudó a sentarse.

—Debería irme a casa —empezó a protestar ella.

Él la puso de pie y le rodeó los hombros con su brazo.

—No puedo dejarte ir, no esta noche.

Tras una larga pausa, ella asintió.

—Tendré que hacerle algunas preguntas, *mi*lady —dijo Garrard.

—Mañana —insistió Owen—. La llevaré a su despacho. ¿Puedes caminar? —le preguntó a Adelia.

—Sí, por supuesto —insistió ella, levantando la barbilla. El corazón de Owen se hinchó de admiración por su valentía.

—Muy bien —aceptó el detective—. Mañana.

—Y no se olvide de lord Smythe —le recordó Owen a Garrard mientras mantenía su mirada fija en la de Adelia. No quería quitarle los ojos de encima, nunca.

—Iré a pedir la liberación inmediata del conde. —El detective se marchó.

Adelia se hundió contra él.

—Gracias —murmuró.

—Tú lo hiciste —le recordó él.

—Whitely, preséntale a los Westings nuestras disculpas. Lady Adelia y yo no asistiremos a la cena.

—Por supuesto —respondió su amigo—. Y de nada —añadió George con ironía.

—Creo que lo tenía bien controlado para cuando aparecisteis —señaló Owen.

—Es cierto, pero es bueno tener todo ordenado y un detective a mano. Cuando descubrí que lady Adelia no estaba en casa, decidí que era mejor que la policía viniera conmigo. Así nos ahorramos dar muchas explicaciones después.

—Es cierto. Y te estoy agradecido —le dijo Owen, evitándole una mirada—. Has estado a mi lado durante todo esto, y nunca lo olvidaré.

—Puedes ponerle mi nombre a tu primer hijo —bromeó George antes de dirigirse a Adelia—. Me alegro mucho de verla relativamente ilesa, *mi*lady.

—Gracias —dijo ella, pero su mirada permaneció fija en Owen. Le sonrió, se acercó a él y le acarició la mejilla—. Por fin ha terminado.

«Para ti, así es», pensó Owen. Si el corazón de sus padres pudiera repararse con tanta facilidad...

Capítulo 31

Adelia se despertó en la casa de Owen, en una soleada habitación de invitados. A pesar de un labio ligeramente dolorido y una mejilla magullada, había dormido mejor que en semanas. Sonrió para sí misma al recordar todo lo que había ocurrido.

Aunque aún no lo había visto, sabía que Thomas había sido liberado y, sin duda, la esperaba en casa. Curiosamente, Adelia no tenía ningún deseo de volver a Hyde Park Street, ya que se sentía completamente en paz en casa de Owen.

Estiró los brazos hacia arriba.

—Estás despierta.

—Oh —exclamó ella, levantándose de la almohada para ver a Owen, ¡su prometido!, sentado en un sillón de orejas junto a la ventana de cristal. Estaba vestido solo con pantalones y una bata, que colgaba abierta, revelando su pecho desnudo. No llevaba calcetines ni camisa.

—¿Estuviste ahí toda la noche? —preguntó ella, incapaz de mirar a otra parte que no fuera la extensión de piel masculina que nunca había visto antes.

Él sonrió.

—Intenté mantenerme alejado. Te acomodé y fui a mi estudio a tomar una copa de brandy. Incluso intenté retirarme a mi habitación, pero me preocupaba que necesitaras algo, tal vez láudano o agua. O que te despertaras asustada por estar en un lugar extraño.

Ella se echó a reír, se sentó y se apoyó en la almohada de plumón.

—¿Te parezco tan tonta?

Él la miró fijamente, con una mirada intensa.

—No. —Levantándose, se acercó a su cama—. La verdad es que no podía descansar estando tan cerca, no a menos que te vigilara.

—¿Dormiste algo? —preguntó ella.

—¿En este sillón? ¿Estás loca, mujer?

Ella volvió a reírse y le observó tragar saliva, su mandíbula tensa tenía la sombra de una barba.

—Cada vez que te ríes, tu... um... es decir...

Adelia no recordaba que hubiera tartamudeado antes. En lugar de avergonzarla, como siempre le hacía su afección del habla, esta vez le pareció entrañable. Hasta que él hizo un gesto con la barbilla y ella miró hacia abajo.

El fino tejido de su camisa, que era lo único que llevaba en ese momento, dejaba ver el color rosado de sus pezones.

—¡Oh! —exclamó Adelia de nuevo, agarrando la sábana y tirando de ella hacia arriba.

—*Umm...* —murmuró él, sentándose en el borde de la cama—. No debería habértelo dicho, pero era difícil conversar con sensatez cuando solo quería tirar del escote y verlas totalmente descubiertas.

Ella sintió que sus mejillas se ruborizaron ante la idea de que él se refiriera a sus pechos como si estuvieran hablando de algo que no era de su cuerpo, como las manzanas. Pero no pudo evitar la risa.

—Creo que te has reído más en los últimos cinco minutos que en todo el tiempo que te conozco.

—Estoy aliviada, emocionada y feliz, todo a la vez.

Él asintió, y ella pudo ver que sentía algo de eso, pero aun así...

Adelia gimió y se llevó la mano a la frente.

—Owen, lo siento. Qué desconsiderada soy.

Su querida hermana se había ido para siempre. Además, él había tenido que revivir el horrible descubrimiento del cuerpo de Sophía al encontrar una soga alrededor de su cuello.

Adelia se estremeció, pensando en lo cerca que estuvo todo de haber acabado mal. Podría haber muerto. Thomas no habría salido libre, y Owen podría haber acabado siendo acusado de su asesinato.

—Por favor —dijo—, no te pongas tan sombría. Adoro a la Adelia feliz.

—¿Cómo me encontraste? —preguntó ella.

—Con mucha suerte, supongo. Tenía el presentimiento de que lo arriesgarías todo en un plan absurdo para demostrar la inocencia de tu hermano.

—Lo cual hice —le recordó ella.

—Así es —dijo Owen—, y por eso le pediré disculpas durante el resto de nuestras vidas cuando sea mi cuñado.

Adelia volvió a sonreír.

—No puedo decirte el terror que sentí mientras me dirigía a Whitechapel. Una parte de mí creía que encontraría lo mismo que la última vez. Oír tu grito, saber que estabas viva, fue el mejor y el peor sonido del mundo.

Adelia levantó la palma de la mano hacia su mejilla, y él se volvió hacia ella, sosteniéndola allí con su mano grande y cálida.

—Si Beaumont era culpable de algo, como yo sospechaba, pensé que volvería al mismo lugar que le había funcionado tan bien anteriormente. En los desagradables bajos fondos del East End de Londres.

Ella asintió.

—Dijo que te culparían de mi asesinato, como venganza contra Thomas.

Owen se encogió de hombros.

—Es poco probable. Garrard dijo que tenía dudas sobre la culpabilidad de tu hermano por lo obvio de las pistas.

—Intenté decírtelo.

—Lo sé —convino él—, pero yo necesitaba creer que había logrado algo.

—Ahora, lo has hecho.

—Con tu ayuda, sí. ¿Puedo besarte? —preguntó Owen, cambiando con brusquedad de tema.

—Sí, por favor. Ahora mismo.

Bajó la cabeza hacia la de ella. Cuando reclamó sus labios dispuestos, un fuego líquido se encendió en su cuerpo. Él inclinó la cabeza y posó sus labios en los de Adelia.

—Ay —dijo ella en su boca, ya que aún le dolía el labio, pero no dejó que se apartara. Lo rodeó con los brazos y lo abrazó con fuerza hasta que Owen se hundió en el colchón, a su lado.

—No puedo creer que esté aquí, en tu casa.

—Francamente —dijo él—, yo tampoco.

Su confesión la hizo reír de nuevo.

—¿Cómo está mi cara? —preguntó ella después de un momento.

—Un poco magullada. —Él le tocó la mejilla con la yema del dedo—. ¿Estás segura de que no quieres ver a mi médico?

—Lo estoy. ¿Me has limpiado toda la sangre?

—Completamente. Estás tan guapa como siempre, a pesar de los moratones. —Owen dudó antes de hablar de nuevo—. Recuerdas haber dicho que te casarías conmigo, ¿verdad?

—Por supuesto. Si no, no estaría en la cama contigo.

Owen sonrió.

—Y supongo que tampoco me dejarías hacer esto. —Él le deslizó el camisón por el hombro hasta que uno de sus pechos quedó totalmente expuesto—. O esto. —Lo cogió y pasó el pulgar por el pezón hasta que llegó a su punto máximo—. Hermoso —murmuró.

Sorprendida, Adelia no podía hablar, a causa de las sensaciones salvajes que la recorrían. Esperaba que hubiera algo más. De hecho, podía ayudar quitándole la prenda si él quería...

La boca de él se aferró a su pezón, y ella dio un suspiro, asustada, apoyó la cabeza en las almohadas y cerró los ojos. Cuando él jugueteó con la lengua, el resto de su cuerpo se derritió desde su delta hasta los muslos.

Owen agarró el otro pecho aún cubierto y lo apretó con suavidad antes de pasar el pulgar por la punta hasta que también se tensó.

—Demasiado calor —murmuró Adelia al fin, dándose cuenta de que sus manos estaban ahora en el pelo de él, con la boca contra su piel. Quiso quitarse las sábanas y la ropa de cama. Más que eso, quería ver a Owen completamente desnudo.

—¿Podemos desnudarnos? —le preguntó.

Él emitió un sonido ahogado y luego levantó la cabeza, con la mirada fija en la de ella.

—Me será muy difícil no hacerte mía por completo si lo hacemos.

—Sí —aceptó ella. Eso era lo que quería.

—¿Sí? —repitió él—. ¿Estás diciendo...?

—Sí —lo interrumpió Adelia—. ¡Cuatro temporadas! —le recordó. Cada año pensó que nunca encontraría un hombre que despertara su interés ni su pasión, un hombre al que pudiera imaginar desnudándose delante de ella y que la deseara tanto como ella a él. Adelia no quería esperar ni un segundo más para entregarse al excitante acto de hacer el amor.

Al parecer, sus palabras no explicaban su anhelo y frustración, pues él ladeó la cabeza, enarcó una ceja y esperó.

Ella volvió a intentarlo.

—No tengo dieciocho años. —Empezó a apartar las sábanas de una patada—. Mis padres han muerto. —Se agachó para coger el dobladillo de su camisón y lo deslizó por su acalorado cuerpo—. Mi vida estuvo a punto de terminar anoche. —Se pasó la prenda por encima de la cabeza y la tiró al suelo—. Me he mantenido alejada de todos y de todo durante mucho tiempo.

A continuación, cogió la bata de Owen y se la dio, pero él se encogió de hombros y se sentó con el torso desnudo frente a ella.

—Claramente, sin duda, te deseo, Owen Burnley. Ahora mismo. Así que, ¡sí!

Owen saltó de la cama y se quitó a toda prisa los pantalones. Cuando se subió de nuevo al colchón, lo hizo justo entre las piernas de Adelia, besando su camino hacia los tobillos desnudos, rozando con sus labios primero una de sus rodillas, luego la otra, hasta subir por los temblorosos muslos hacia ella. ¡Por Dios!

Por fin, sus manos se deslizaron por debajo de su trasero, amasando su suave carne e inclinando las caderas de Adelia hacia él. Cuando su magistral boca bajó hasta su núcleo, ella jadeó.

Su lengua rozó con suavidad su punto más sensible, haciéndola retorcerse bajo él. La tensión la envolvió de inmediato, aumentando deliciosamente. Cuando su boca perversa se aferró a su botón, ella arqueó el cuello, sintiéndose deseada y amada al mismo tiempo.

Incapaz de no temblar contra él, en un abrir y cerrar de ojos, Adelia sintió que su mundo estallaba detrás de sus párpados cerrados, que los músculos se encogían y se relajaban, que sus pulmones se llenaban y expandían. Al fin, se dejó llevar con suavidad, como si regresara de un viaje extraordinario.

—¡Dios mío! —murmuró y abrió los ojos—. ¿Siempre es tan rápido?

Owen se arrastró por la cama y, apoyándose en los codos, la miró con una expresión de suficiencia. Alzó una ceja.

Ella deseaba desesperadamente volver a reírse, pero no estaba segura de que fuera apropiado. Sin embargo, se sintió ligera como una pluma e incluso un poco somnolienta de nuevo.

—¿Bien? —preguntó él, aunque ella creía que él entendía lo bien que se sentía.

—Extraordinario, en realidad.

Él volvió a sonreír, y ella no pudo evitar pasar las yemas de los dedos por su boca. Su maravillosa y cálida boca que acababa de estar sobre ella...

—¿Y ahora qué? —preguntó Adelia.

—¿Qué quieres decir? Puedes darte un baño caliente si lo deseas. O desayunar. Incluso puedes desayunar en la bañera.

¿Estaba siendo evasivo a propósito?

—Me refiero a hacer el amor. ¿Qué viene después? ¿Y tú cuándo te involucras?

Owen cerró los ojos y se rio.

—Te aseguro que ya lo he hecho. —Le pasó la palma de la mano por el vientre desnudo hasta el vello rizado—. Y mucho.

—Lo sé —dijo ella, distraída de nuevo por su contacto—. Pero tú y tu... —Adelia señaló el torso desnudo de Owen y apuntó más abajo, sintiendo que sus mejillas se ruborizaban—. Es tu turno para ese disfrute, y debes insertarte... dentro de mí.

—No —dijo él, rozando ociosamente primero uno de sus pechos y luego el otro.

—¿No? —¿Qué podía querer decir?

—No. Te provocaré, te acariciaré, te lameré, te chuparé y te morderé —afirmó Owen.

—¿Morderme? —repitió ella, pensando en todo tipo de lugares sensibles en los que él podría hacerlo. Se estremeció al imaginarlo.

—Pero no te penetraré hasta nuestra noche de bodas. Algunas cosas se hacen de una manera determinada, y eso es todo. La tradición, el respeto, el amor, todo tiene sentido cuando pienso en ti como mi esposa virginal en nuestra primera noche como marido y mujer. Y en respuesta a tu pregunta, no siempre es tan rápido. Dudo que ninguno de los dos duerma en nuestra noche de bodas.

Los ojos de Adelia se abrieron de par en par. Sonaba maravillosamente excitante, pero la hizo reflexionar.

—No quiero que vayas a otra parte para satisfacerte.

Él se puso serio de inmediato.

—Por supuesto que no. Nunca más —prometió—. Tienes mi corazón y mi cuerpo, mientras yo viva.

—Podrían pasar meses hasta que nos casemos —le recordó ella.

—¿Meses? —repitió él con menos entusiasmo.

Adelia soltó una risita.

—Muéstrame cómo provocarte las mismas sensaciones que me has provocado a mí, y guardaremos el resto para la noche de bodas.

—Muy bien. —Owen rodó sobre su espalda y suspiró—. Qué mujer tan exigente. No he pegado ojo y ahora quiere que le enseñe a darme placer. ¿Y ahora qué?, pregunto.

Adelia le dio un puñetazo en el hombro por burlarse de ella y se puso de lado, para tener mejor acceso a su gloriosa desnudez. Apenas podía creer que este hombre tan hermoso, fuerte y sano fuera todo suyo, y se deleitó con su visión, admirando sus anchos hombros y sus musculosos brazos, su vientre plano y su... ¡oh, Dios! Estaba creciendo mientras ella lo miraba.

—*Umm...*

—Si lo envuelves con tus dedos —dijo él con voz ronca—, te diré qué es lo que mejor funciona.

Adelia hizo lo que él le dijo y, a pesar de sus manos inexpertas, Owen dijo muy poco después de eso. Ella captó con facilidad lo esencial, maravillada por la sensación de que él era tan suave como la seda y a la vez tan firme bajo su tacto.

Cuando volvió a mirarlo, sus ojos se habían cerrado y su expresión era intensa mientras ella lo acariciaba y apretaba íntimamente. En poco tiempo, él gimió y se derramó sobre la sábana mientras ella lo observaba, fascinada.

—Ya puedes soltarme —dijo él al cabo de unos instantes, con una voz que sonaba perezosa y satisfecha. Ella comprendió el dichoso viaje que él había hecho. Además, debía de estar agotado después de cuidarla toda la noche.

—¿Deseas dormir un poco, aquí a mi lado? —preguntó ella.

En respuesta, él la atrajo hacia la parte seca de la cama y, en pocos minutos, Adelia se quedó dormida junto a su prometido, que ya roncaba.

OWEN SE DESPERTÓ CON el desconcertante sonido de gritos, algo que nunca oía en su casa, a menos que fuera él quien gritara. Con el corazón acelerado, pensando en asesinos y cuerdas, miró para ver que Adelia seguía segura a su lado, y comprobó que ella había empezado a moverse.

—Quédate aquí —le ordenó él saliendo de la cama.

—¿Qué ocurre? —dijo ella mientras se frotaba los ojos y se sentaba, todavía desnuda y hermosa—. Me pregunto qué hora será.

—Cerca del mediodía, seguramente —declaró Owen, buscando sus pantalones. Se los puso de un tirón y decidió prescindir del batín, ya que los gritos se hicieron más fuertes.

Salió corriendo de la habitación y, al bajar las escaleras, se dio cuenta de que debería haber esperado esa imagen: el hermano de Adelia, bañado y vestido de nuevo como un conde, llamaba a gritos a su hermana. Por suerte, el mayordomo de Owen era la lealtad personificada, vigilando las escaleras y el resto de la casa de una invasión no deseada.

—Ajá, ¡ahí está! —gritó lord Thomas Smythe al ver a Owen a mitad de la escalera—. ¿Dónde está Adelia?

Owen bajó despacio los escalones.

—A salvo arriba —explicó.

—¡Qué! ¡Y usted, caminando sin camisa! —Su futuro cuñado se puso rojo de ira.

—Al menos encontré mis pantalones —bromeó Owen, pero se sintió mezquino al ver que el rostro del joven conde se enrojecía aún más de furia. No debería burlarse del hombre, después de todo lo que había pasado. Además, era probable que Owen recibiera una paliza si no era precavido.

Smythe se paseó de un lado a otro de la entrada de baldosas.

—Cuando me dijeron que Adelia estaba en la casa de los Burnley, estaba seguro de que el detective se refería a la casa de sus padres. Porque es inconcebible que un caballero traiga a una joven inocente a su propia casa, donde lleva una vida de soltero, además de libertina y lasciva. ¡Absolutamente inconcebible! Y ruin, despreciable e imperdonable —dijo Thomas. Luego levantó la voz más aún—. ¿Por qué, en nombre de todo lo que es bueno en el mundo, después de conocer la verdad de mi inocencia, se venga arruinando a mi hermana?

—Hola, Thomas.

Owen levantó la vista al escuchar el dulce sonido de su voz, su querida, firme y tranquila voz. Smythe gruñó de rabia, y estaba claro por qué. Adelia llevaba puesta la bata azul de Owen, que le quedaba grande. Sin embargo, incluso con el cinturón tan apretado como era posible, el escote se le abría. Por suerte, él pudo ver que ella también se había puesto su vestido.

Owen deseó que ella se hubiera quedado en la cama como le había indicado, ya que el conde tendría asegurada su total perdición. Y aunque Owen lo arreglaría al final, no le gustaba pensar que hermano y hermana tuvieran una disputa ni que Smythe pensara mal de ella.

Desmintiendo su apariencia, Adelia dijo con calma:

—Nadie está arruinado. —Se arremangó la bata, dejando al descubierto los tobillos y los pies descalzos, y se apresuró a bajar las escaleras, pasando por delante de Owen y llegando a los brazos de su hermano.

Fue bueno ver cómo Smythe la recibió y la abrazó con fuerza.

—No te enfades —le dijo Adelia—. Todo está bien ahora. Absolutamente todo.

Owen hizo una pausa cuando la familiar punzada de dolor lo atravesó, sabiendo que, en su felicidad, Adelia había olvidado de forma involuntaria que Sophía no iba a volver. Sin embargo, no podía envidiarle a su prometida su alegría, ni por un instante.

Cuando se apartó, Adelia anunció:

—Lord Burnley y yo vamos a casarnos.

El expresivo rostro de Smythe mostraba sorpresa, tal vez algo parecido a la felicidad.

—¿De verdad? —Thomas miró a Owen—. ¿Me va a quitar de encima a mi hermana solterona?

Owen estaba dispuesto a darle un puñetazo por una declaración tan grosera, pero Adelia se rio, así que supuso que a ella no le había importado.

—Así es —confirmó Owen—. No puedo esperar a darle mi nombre y mi futuro a esta encantadora joven.

Tras dudar, Thomas dijo:

—¡Eso no viene al caso! —La nota de censura en su voz continuó—. Esto ha sido descaradamente incorrecto.

—Señaló a Adelia—. Ella no debería estar aquí, y me la llevo a casa de inmediato. Supongo que su personal será discreto.

Owen asintió. Con suerte, el detective también lo sería.

—Sus gritos pueden haber despertado a mis vecinos —dijo Owen—. No puedo asegurar que ninguno de ellos esté asomándose a su ventana incluso ahora, mientras observa el carruaje de los Smythe esperando fuera.

El conde suspiró.

—Creo que deberías ir a vestirte adecuadamente antes de que nos vayamos. Oh, Dilly, mira tu pobre cara.

—Unas cuantas magulladuras —dijo ella, girándose hacia Owen—. Sigo siendo hermosa, ¿no?

Él no pudo evitar sonreírle. Adelia era ahora una mujer segura de sí misma —toda suya—, convertida también en una coqueta. Él se aseguraría de que ella no volviera a intentar desaparecer de espaldas al papel pintado.

—Más hermosa que nunca, mi amor. Creo que ese tono de azul violáceo te sienta bien.

Con una risa, ella subió corriendo las escaleras, con su vestido volando detrás de ella.

—Si quiere venir a mi salón —le dijo Owen a Thomas—, podremos discutir el acuerdo matrimonial.

—Muy bien —aceptó este, siguiéndolo—. Ya que la ha comprometido, ¿qué tal si no hay dote para usted y le entrega un generoso estipendio mensual, que ella pueda gastar como quiera? Normalmente, solo compra papel y plumas.

Owen puso los ojos en blanco. Al joven conde le iba a ir bien como hombre de negocios.

—Sé que es temprano, pero tal vez necesitemos un poco de brandy mientras hablamos.

ADELIA NO PODÍA PERDER la sensación de estar flotando. Sus pies simplemente no tocaban el suelo. Y así había sido desde que se despertó en la casa de Owen, que pronto sería la suya. ¿Cómo era posible ser tan feliz? Y pensar que casi se lo había perdido todo...

Tanto Owen como Thomas la habían acompañado al despacho del detective después del almuerzo para relatar los aterradores sucesos de la noche anterior. Adelia pudo explicar lo que había averiguado respecto a que lady Sophía había escuchado algo relacionado con los planes del señor Beaumont para hacerse con Smythe Coal. En cuanto a cualquier comportamiento inadecuado por parte de la hermana de Owen, que la hiciera vulnerable al chantaje, Adelia no dijo nada. Solo causaría un daño innecesario a los Burnley, y la joven había pagado sus indiscreciones con su vida.

Thomas, que había vuelto a su rutina habitual con facilidad, estaba ahora a la caza de un nuevo director general.

«Búsquelo dentro de la empresa, si es posible», le había aconsejado Owen. Y Thomas tenía la intención de intentarlo. Para ello, se dirigiría a su mina principal en Bolsover, cerca de Chesterfield, para ver si uno de los gerentes locales podía hacerlo.

—Tengo otras noticias —le dijo Thomas a Adelia después de anunciarle que partiría en unos días—. La señorita

Moore y yo tenemos la intención de seguiros a ti y a Burnley hacia el altar tan pronto como sea conveniente.

—Me alegro mucho por ti. —En verdad, Adelia lo consideraba un poco joven. Por otra parte, si estaba enamorado, ¿por qué esperar—? ¿Estás preparado? ¿Y ella? —le preguntó a Thomas.

Él asintió. Ambos sabían la ardua batalla a la que se enfrentarían los recién casados una vez que todos supiesen del linaje de la futura condesa de Dunford, o de la falta de él. Podría significar un ostracismo extremo.

Adelia no expresó la preocupación real de que algunas personas se desquitasen con Thomas cancelando sus pedidos de carbón. Si había algo en lo que la élite británica destacaba, además del esnobismo, era en la mezquindad. Y cuando se consideraba que un conde había malgastado su título con alguien ajeno a su clase, las represalias podían ser rápidas y contundentes. Su hermano tendría que lidiar con ello lo mejor que pudiera. Pasara lo que pasara, cualquier vida era mejor que lo que casi le había pasado a él. A los dos.

—Todo lo que pueda hacer para ayudar, lo haré —ofreció Adelia—. Supongo que sería beneficioso si hubiera tenido más éxito social, como lady Jane Westing. —Luego se animó—. De hecho, estoy segura de que los amigos de Owen son generosos de corazón y espíritu. Si los Westing y los Burnley acogen a la señorita Moore en su seno, todo irá mejor.

—Eso sería de agradecer —dijo Thomas—. Aunque estoy decidido a seguir adelante con mi matrimonio, sería mejor que tu boda tuviera lugar antes de que yo anunciara públicamente mi compromiso con la señorita Moore.

Ella le sonrió.

—Bien. Eso nos da a Owen y a mí aún más incentivos para organizar una boda rápida.

Las cejas de Thomas se alzaron.

—No vayas a buscarte problemas. No queremos rumores de incorrección después de que hayas llevado una vida tan ejemplar. Ya es bastante malo que tu futuro marido arrastre una reputación tan escandalosa.

Adelia negó con la cabeza.

—Nunca fue tan mala.

—Tampoco fue tan buena.

—No estoy preocupada. —Adelia realmente no lo estaba. Owen no había sido más que sincero con ella.

—Ni yo —dijo Thomas, para sorpresa de Adelia—. Mientras él envejece, yo siempre seré más joven y estaré más en forma. Si alguna vez hace algo que te cause dolor, le daré una buena paliza.

—Esa no es su forma de ser —protestó ella, queriendo dejar atrás todos los pensamientos de esa violencia. Además, teniendo en cuenta el físico musculoso de Owen, dudaba que su hermano pudiera derribar al vizconde con sus puños.

—Tal vez le gane al billar, entonces.

Se rieron. Ella esperaba que su hermano y su marido se hicieran buenos amigos.

—¿Está la señorita Moore...?

—Constance —le recordó él.

—¿Está Constance nerviosa por entrar en la alta sociedad?

El rostro de su hermano se convirtió en una sonrisa radiante.

—Sí, naturalmente, pero también es capaz e intrépida.

Adelia estaba pensando en lo admirablemente fuerte que era Constance, en comparación con ella misma, cuando su hermano añadió:

—Es como tú, de hecho.

—Oh, Dios mío, espero que no.

Él le cogió la mano.

—Dilly, me salvaste cuando nadie más podía hacerlo, y ya no dudas ni tartamudeas en absoluto. Cuando hablaste con el detective, lo hiciste sin dudar. Te das cuenta de eso, ¿no?

Ella asintió.

—Ya no necesito esconderme detrás de mi timidez. Supongo que sirvió de algo. Después de haber estado tan cerca de perderte, y también a Owen, ahora me parece una tontería preocuparme de que la gente me mire o me hable. La vida es mucho mejor cuando no se vive con miedo.

—Además, has atrapado a uno de los solteros más codiciados de Londres, sin importar que sea un patán imprudente y con cabeza de chorlito. —Su hermano negó con la cabeza—. Todavía me gustaría saber cómo lo hiciste, todo desde la seguridad de tu posición junto al papel pintado.

—Eso es lo que decía la columna de sociedad el otro día cuando relacionaron el nombre de Owen y el mío. Algo parecido a cómo un alhelí capturó al dios del sol.

—¿Dios del sol? —Thomas puso los ojos en blanco.

—Él es bastante deslumbrante. —Adelia suspiró, imaginando al instante a su prometido rubio y de ojos azules.

—No voy a quedarme aquí sentado mientras te encandilas con Burnley. No puedo evitar sentir un poco de resentimiento cada vez que lo veo, para ser sincero. —De pie, Thomas se encogió de hombros ante la expresión de pesar de su hermana—. No te preocupes, lo superaré —añadió—. Te veré en la cena. Y, por favor, Dilly, si puedes, habla bien de Constance y de mí a los Westings, creo que tienes razón en que eso contribuirá mucho a abrir puertas.

Capítulo 32

Por fin iban a ver a los Westings como pareja comprometida. Adelia estaba emocionada por eso, pero sobre todo por las semillas de una idea que se habían plantado en su cerebro. Estaba un poco preocupada por decírselo a Owen, pero decidió desafiar su disgusto. Al fin y al cabo, incluso cuando estaba enfadado, era el hombre más tranquilo y pacífico que conocía.

Cuando la había llevado a conocer a sus padres —buena gente a la que le había ocurrido algo impensable—, el conde y la condesa de Bromshire la habían saludado calurosamente y habían mostrado verdadero entusiasmo por la prometida de su hijo y su próximo matrimonio.

Sin embargo, durante la cena en su casa, Adelia se tambaleó al ver un cubierto extra en la mesa, dándose cuenta de que lo habían puesto para Sophía.

Esperaba que la ejecución del asesino de su hija hubiera servido de algo, pero temía que, a pesar de tener respuestas, siguieran sufriendo en el vacío de su casa.

—Tengo una idea —dijo Adelia tan pronto como estuvo instalada en el carruaje de Owen, lanzando al aire cualquier norma de decoro al no llevar con ellos a Penny. Las parejas de novios tenían reglas estrictas, pero como Adelia era huérfana y él, un libertino reformado, decidió que las romperían y no tendrían ninguna chaperona.

Apenas habían empezado a girar las ruedas cuando Owen se inclinó hacia delante y la besó, un beso largo y minucioso que le hizo doblar los dedos de los pies en sus bonitas zapatillas de raso para la cena.

Cuando finalmente la dejó respirar, él le preguntó:

—¿Cuál es tu maravillosa idea?

Ella respiró hondo.

—No he dicho maravillosa. Puede que sea totalmente inaceptable. Puedes descartarla de inmediato, y yo lo entendería.

—Dímela.

—Los huérfanos de lady Jane —dijo ella—. Hay muchos que podrían necesitar un hogar bueno y limpio y el futuro brillante que tus padres podrían proporcionar.

Él se echó hacia atrás, con cara de asombro.

En el silencio, Adelia inclinó la cabeza.

—¿Te sientes ofendido?

—No, claro que no —insistió él, cogiendo su mano—. Solo me molesta no haber pensado en ello. A decir verdad, incluso cuando fui con Jane a uno de sus orfanatos, la idea nunca se me pasó por la cabeza. Quizá porque la muerte de Sophía estaba demasiado reciente. Pero ahora... —Hizo una pausa, con aspecto pensativo.

Alentada por su reacción, Adelia añadió:

—Lo sugiero solo porque tus padres son jóvenes, y el hueco en sus corazones no podrá ser llenado por la compañía minera o por los amigos. Pero si pudieran cambiar literalmente la vida de algunos jóvenes, con la esperanza de que lleguen a quererlos, tal vez…

—Tal vez sanarían y volverían a encontrar un propósito —convino Owen—. Parecía que ellos tenían un objetivo en ver a su hija llegar a su culminación, es decir, un buen matrimonio e hijos, incluso más del que tenían conmigo. Y con eso perdido, ahora no saben para qué sirven sus vidas. Estoy simplificando, por supuesto, pero más hijos en la casa, sobre todo para mi madre, le daría la oportunidad de mimar a alguien y guiarlo.

Adelia le contó lo que le había dicho lady Jane.

—Hay muchos huérfanos de entre siete y catorce años que no son adoptados. Han dejado atrás sus tiernos años de infancia, y los posibles padres pasan por alto a los mayores, como si fuera demasiado tarde para cambiar las cosas. Por desgracia, deben esperar a que termine su niñez, momento en el que son enviados a ejercer como sirvientes o aprendices.

Owen se pasó una mano por el pelo, deshaciendo el trabajo de su ayuda de cámara.

—Estás siendo muy amable con mi familia después de todo lo que hice.

—Sé que no actuaste con malicia. Y mi hermano llegará a entenderlo y, con suerte, no querrá matarte cada vez que te vea.

Owen no pudo evitar reírse.

—Se lo plantearé a mis padres con delicadeza y veré cómo reaccionan.

—Es una buena idea. Tal vez lady Jane pueda sugerir un niño adecuado.

⁕

MUCHAS HORAS DESPUÉS, CUANDO regresaban a casa de Owen para tomar una copa, este la alcanzó.

—Eres una mujer increíblemente considerada. Estoy muy contento de que seas mía. ¿Te lo he dicho?

—¿Soy tuya? —preguntó ella burlonamente, esquivando su contacto.

Con un rugido, él la agarró y tiró de ella hacia él, haciéndola gemir de excitación.

—Nunca pensé que querría que un hombre fuerte me tocara. Pero tu fuerza es controlada y nunca brutal —dijo Adelia.

—¿Estás diciendo que solo porque esperas aplacarme, no voy a cogerte en brazos y arrojarte sobre la cama?

—Oh no, lo digo con la esperanza de que lo hagas, mi amor. No hay nada que prefiera a tu cuerpo musculoso y desnudo que se eleva sobre mí y luego casi me aplasta, aunque nunca lo haces. Sabes exactamente cuándo ser suave... —Adelia se interrumpió con un suspiro.

Owen aprovechó ese momento para hacer lo que había dicho que haría, la cogió en brazos, subió a toda prisa las escaleras y recorrió el pasillo hasta su dormitorio. Luego cerró la puerta de una patada y la lanzó sobre la cama.

Adelia parecía estar saboreando cada segundo del secuestro. Y él se aseguraría de que ella también adorara cada minuto que siguiera. Él disfrutaba mucho de la intimidad que compartían, a pesar de abstenerse de tener relaciones sexuales. Era, a su vez, satisfactorio y extraordinariamente frustrante. Les acercaba y a la vez les reservaba algo. Estaban divididos mientras se sometían a la tradición y preservaba el verdadero significado del honor de ella, y a la vez ignoraban el decoro para adaptarse el uno al otro.

Y al mismo tiempo, Owen no podía esperar a que llegara el día de su boda. ¡Y la noche! Quería que todo el mundo supiera lo contento que estaba de hacerla su esposa, lo agradecido que se sentía de que fuera suya. Y se moría de ganas de mostrarle a ella todo lo que implicaba hacer el amor. También estaba deseando ser padre. De hecho, Owen estaba listo y ansioso por una vida con Adelia, algo que había decidido que nunca podría disfrutar después de la terrible desgracia que había sufrido su familia.

Era consciente del desagradable apelativo de lord Vengativo que se decía a sus espaldas y también a sus oídos. Además, deseaba no haberse visto nunca obligado a asumir el papel de vengador, por todo lo que había hecho.

Tenía la sensación de que Sophía aprobaría su nueva felicidad. Y, lo que era más importante, cómo había liberado la intensa ira que le había atenazado y teñido su mundo durante tanto tiempo. A pesar de haber ido a escuchar la sentencia de Beaumont, Owen no había asistido al ahorcamiento de la sabandija. Es más, había decidido que no le daría al asesino ni un ápice de poder sobre él al dedicarle otro pensamiento. Por fin se había hecho justicia.

DESPUÉS DE UN TIEMPO respetable como pareja de novios, tal vez un mes o dos menos de lo que la sociedad considerarían del todo aceptable, Adelia se puso al lado de Owen y pronunció sus votos. Se vistió de blanco como lo había hecho la reina una década antes, con metros de raso y encaje, un vestido totalmente frívolo con una sobrefalda igual de frívola, que probablemente no volvería a usar.

Entonces, a Adelia se le ocurrió guardar todo el conjunto y, tal vez, sacarlo para que su hija, si era tan afortunada, lo llevara el día de su boda.

—Con cuidado —le dijo a Owen, que le estaba quitando el vestido horas después del banquete de bodas—. No rompas nada —añadió mientras él jugueteaba con los últimos botones y le subía el corpiño por los hombros.

Él la cogió de la mano para que ella pudiera salir de la montaña de tela que le rodeaba los pies, antes de recoger el vestido y lanzarlo por el aire al diván de la esquina de su habitación. Su habitación, como sería ahora siempre.

Ella gritó de excitación ante su brusco movimiento. Cuando él la miró con pasión, oscureciendo sus ojos azules, la dejó sin aliento.

—¿Ve lo que me está haciendo, lady Burnley? —Se quedó desnudo frente a ella, con una parte de él que sobresalía de forma impresionante—. Es una maravilla que no haya destrozado el vestido por completo. Ahora, quítese sus... —gimió—, cientos de capas más.

Ella soltó una risita y Owen la ayudó a quitarse las enaguas y las faldas, así como el corsé, la camisa y los calzones, con una gran cantidad de tirones y fuertes suspiros por su parte.

Una vez más, la sostuvo de la mano mientras ella se despojaba de sus galas, y, algo menos caballeroso, él lo echaba todo a un lado de la habitación.

—Es una cantidad obscena de tela —murmuró Owen.

Adelia no podía hablar, no mientras estaba de pie frente a él, vestida solo con sus ligas y las medias. Quería meterse en la cama bajo las sábanas. Cuando se agachó para desabrochar la primera liga, él le detuvo la mano.

—Permítame, esposa. —Cayendo de rodillas, él le desabrochó la primera liga, sujeta justo por encima de la rodilla. Mientras le daba suaves besos en la piel, deslizó la sedosa tela por su pierna. Cuando hizo lo mismo con la otra media, Adelia se mordió el labio inferior de puro placer.

—Estás temblando —dijo Owen, y con malicia colocó su boca en su muslo, donde depositó otro beso.

La mirada de ella se clavó en la boca de él, tan cerca de sus partes íntimas. Sabiendo lo que vendría después en el lecho matrimonial y que iba a perder su inocencia, no pudo evitar un temblor nervioso.

—No es por miedo —dijo Adelia. Tal vez sí tenía un poco.

Él levantó los ojos hacia ella.

—Nunca te haré daño.

—Ni yo a ti.

Él asintió y besó el otro muslo mientras sus manos subían por la parte trasera de las piernas hasta acunar el trasero de Adelia. Sorprendentemente, Owen atrajo el núcleo femenino hacia su boca, y ella casi se cayó hacia delante si no llega a sujetarse a sus hombros.

Como había hecho durante su primer encuentro íntimo, la provocó con su boca y su hábil lengua hasta que Adelia se estremeció tanto que temió caerse. Pero él no la dejó llegar a su punto máximo. Parecía jugar con ella como nunca antes lo había hecho.

—Deja que me tumbe —susurró Adelia—. No puedo... yo...

—Lo harás —dijo él—. Lo haremos juntos, espero. —De pie, la rodeó con sus brazos y la atrajo hacia la cama. Cayeron juntos sobre el borde del colchón y tardaron unos segundos en subir a la cama.

—Lo siento —murmuró Owen cuando ambos estuvieron finalmente en la cabecera de la cama, él de lado, levantado sobre un codo, mirándola—. Pensaba que esto iría más fluido de lo que ha ido.

A Adelia se le escapó otra risa ansiosa.

—Creo que deberíamos seguir con el... el suceso principal de la noche de bodas —dijo ella—, para que pueda perder mi nerviosismo junto con mi virginidad y disfrutar del resto.

Owen abrió los ojos de par en par mientras ella hablaba, hasta que, por fin, sonrió.

—Muy bien, sigamos con ello —bromeó él—, a pesar de que lo haces parecer una tarea odiosa, como dar de beber a los cerdos o limpiar los establos.

—¡Owen, por favor!

La expresión de él se tornó seria.

—Sí, *mi*lady. —Pasó la mano por delante de ella hasta su mata de rizos y sumergió el dedo en sus pliegues—. Todavía está húmedo y listo, a pesar de mis tropiezos.

Al fin, como ella

Épilogo

Su futura cuñada, Constance, no podría haberse unido a la familia de Adelia en mejor momento. Después de que Owen, Constance y Thomas leyeran sus historias, Adelia estuvo segura de que eran lo bastante buenas como para ser publicadas.

Aunque la prometida de Thomas había dejado sus dos trabajos, preparándose para su papel como condesa de Dunford, ayudaría a Adelia en el proceso de publicación y haría imprimir los libros en su antiguo lugar de trabajo. Así, el editor de Adelia iba a ser Samuel Beeton, de quien se enteró con extraña y maravillosa coincidencia que había sido el primer editor británico de *La cabaña del tío Tom* ese mismo año.

—Por eso tu hermano y yo fuimos a ver esa obra en particular —le dijo Constance—. Mi jefe estaba muy emocionado por su éxito, ya que estimuló enormemente las ventas de libros. Quizá una de tus novelas se convierta en una obra de teatro.

¡Qué idea! Que le publicaran su historia era más que emocionante, y Adelia estaba escribiendo felizmente la última cuando Owen entró en el estudio.

Ella se sentó con un suspiro de placer y sonrió a su apuesto hombre.

—¿De qué te ríes, esposa?

Adelia se encogió de hombros.

—La vida es buena, y tenemos tanto que esperar...

—¿Como por ejemplo?

—Como los hijos —le recordó ella. No obstante, no le había molestado en absoluto que sus periodos llegaran puntuales, pues estaba disfrutando a fondo cada día como vizcondesa Burnley.

—Hablando de niños —dijo Owen—, mis padres fueron con lady Jane al orfanato, y han decidido adoptar a dos hermanas de cinco y siete años.

Ella asintió ante la naturalidad con que él se lo había dicho, libre de prejuicios. Le pareció maravilloso, pero la expresión de él le impidió a Adelia hacer una gran demostración de sus sentimientos.

—¿Cómo te sientes?

Él levantó las cejas, pero asintió ante el gesto comprensivo de Adelia.

—Te agradezco tu consideración, mi amor. Me alegro de verdad por mis padres y por esas niñas cuyas vidas se transformarán. Seré un hermano obediente para ellas, más bien un tío, en este momento. —Hizo una pausa y, cuando volvió a hablar, su tono sonó cargado de emoción—. Pero debo confesar que en mi corazón, sin Sophía, no me sentiré como si realmente tuviera una hermana. Eso suena poco amable, supongo.

Ella negó con la cabeza.

—Lo entiendo. Puede que ya no tengas a tu hermana, pero tienes a lord Whitely, a lord Westing y a lady Jane, y a mi hermano también. Y pronto, a la señorita Moore. Seremos como una gran familia.

Owen asintió.

—Y algún día, empezaremos la nuestra.

Inclinándose, él la besó antes de tomar asiento en su propio escritorio, al otro lado de la habitación. Compartir su estudio era uno de sus mayores placeres, y a él nunca parecía importarle escuchar cuando ella leía en voz alta un pasaje particularmente complicado con el que estaba luchando.

Adelia miró sus papeles, rebuscó entre las páginas y, volviendo al principio, cogió su bolígrafo. En la parte superior de la primera página, escribió:

«Dedicado a lady Sophía Burnley, sin la cual la vida de esta escritora no habría cambiado para bien. Ella me trajo el mayor amor de mi vida, y tocó el corazón de muchos».

Adelia decidió que no se lo enseñaría a Owen hasta que el libro estuviera publicado. Era la simple verdad: la vida de su hermana no había sido en vano ni desperdiciada. Lord Vengativo había sido desterrado junto con una tonta alhelí que había estado evitando su futuro como había desperdiciado su pasado, demasiado temerosa de lo que pensaban los demás, personas que no importaban realmente.

—Lord Burnley —dijo ella.

Él levantó la cabeza y le dirigió una mirada interrogativa.

—¿Sí, lady Burnley?

Y ella abrió la boca para volver a decirle lo mucho que lo amaba, solo porque podía hacerlo.

Nota de la autora

La demolición de la Bolsa del Carbón de Londres de 1849 tuvo lugar en 1962, cuando el miope objetivo de la ampliación de la carretera destruyó uno de los edificios de hierro y cristal más emblemáticos de la época victoriana. Fue diseñado por James Bunstone Bunning (6 de octubre de 1802, 2 de noviembre de 1863), que ocupó el cargo de arquitecto de la ciudad de Londres desde 1843 hasta su muerte. Se le recuerda sobre todo por este notable proyecto.

La Bolsa del Carbón resistió más de un siglo y dos guerras mundiales, pero no pudo resistir la bola de demolición. Como amante de la historia, la pérdida de este monumento me resulta desgarradora, junto con otros monumentos destruidos en Londres, como la Adelphi Terrace de 1768 —el primer proyecto de edificio neoclásico de Londres—, derribada en 1936 y el Euston Arch de 1837, una entrada de estilo italiano a la estación de tren de Euston, arrasada en 1961.

No puedo dar una descripción lo bastante precisa de la Bolsa del Carbón en las páginas de una novela, sino unas pocas palabras para dar una idea de su magnificencia. Por suerte, todavía se pueden ver imágenes en Internet, y les insto a que echen un vistazo a esta fabulosa estructura que era realmente una obra de arte. Muchas personas buenas hicieron lo posible por salvar este edificio, pero fue en vano. Destrucciones similares se produjeron en las zonas históricas de la gran ciudad más cercana a mí, Boston, Massachusetts.

Animo a los lectores amantes de las novelas históricas y de la historia en general, a que vigilen los edificios antiguos de su propio barrio y a que hablen en su favor si están en peligro. Una vez que desaparecen, lo hacen para siempre.

Más libros de la autora

Una propuesta intrigante

Un chantaje insidioso, la amenaza de una ejecución hipotecaria y un compromiso falso, ¡todo en una semana!

Elise Malloy hará cualquier cosa para proteger a su bien educada familia de Boston, ¡incluso casarse con un extraño! Frente a una deuda abrumadora y amenazada por el hombre en el que confiaba, ella lucha para salvar su casa de la ruina y a su querido hermano de la desgracia.

¡Qué desastre!

Hace tiempo el banquero Michael Bradley hizo lo impensable. Humilló a la mujer que admiraba. Ahora, él solo quiere hacer las paces ayudándola a salir de una situación difícil y contarle las verdaderas intenciones de su corazón.

Una vieja venganza que saldar.

Cuando Michael ve que un hombre sin escrúpulos quiere destruir a la familia Malloy, y atrapar a Elise en un matrimonio sin amor, hace lo impensable para ayudarles.

Pero, ¿puede Michael convencer a Elise de que acepte su propia Propuesta intrigante?

PARTE I: SERIE CORAZONES DESAFIANTES

Una situación inapropiada

Una situación inadecuadate transporta al emocionante, y a veces peligroso, Beacon Hill. El corazón del brillante Boston victoriano.

Una misión con un final que no esperaban.
Cuando el abogado de Boston Reed Malloy, viajó en tren para llegar a una ciudad polvorienta de Colorado, no pensó con encontrarse con el rechazo de la señorita Charlotte Sanborn. Una mujer que usa su independencia como una armadura, oculta su identidad detrás de su seudónimo y se niega rotundamente a criar a sus primos huérfanos.

¿Cómo se atreve este hombre a entrar a su casa y esperar que reorganice su vida?

Charlotte no arriesgará más su corazón, no después de tener que criar sola a su hermano y verlo marchar. Entonces, ¿por qué estos niños y este apuesto hombre despiertan un anhelo por algo más en su minuciosa vida?

Algo lo cambia todo...
Tras descubrir que su corazón puede llegar a mar, Charlotte decide arriesgarse y entregarse a ese hombre. Hasta que una noche ante ellos aparece una mujer que lo cambiará todo.

Secretos y mentiras saldrán a la luz, sin que Reed y Charlotte puedan escapar de una situación inadecuada.

PARTE II: SERIE CORAZONES DESAFIANTES

Una tentación irresistible

Sophie Malloy, huye de un problema para meterse en otro devastadoramente sexy.
Tras verse obligada a dejar Boston, se encuentra cubierta de tierra y tendida a los pies de un hombre con una sonrisa que la exaspera y la llena de deseo. Aún así, no está dispuesta a olvidar su sueño de llegar a la bulliciosa y brillante bahía de San Francisco.

Riley Dalcourt se sorprende ante la atracción que siente ante esta desconocida.

Una belleza de temperamento dulce que llega a su vida de forma inesperada, trastocándolo todo. Pero su vida ya está planificada hasta el más mínimo detalle. Incluso ya ha elegido a la mujer con la que se supone que debe casarse.

¿Es este un verdadero amor por el que vale la pena luchar o simplemente una tentación irresistible?

PARTE III: SERIE CORAZONES DESAFIANTES

Una atracción ineludible

De todos los vagones, ¡tenía que estar en este!

Thaddeus Sanborn siempre ha amado a Eliza hasta el momento en que aceptó casarse con su mejor amigo y le destrozó el corazón. Él se dirigía al oeste para reclamar su fortuna y ella era la última persona que espera encontrar en el tren, huyendo de un jugador que pretendía matarla.

Ella jugó con el hombre equivocado.

Después de un año vagando sin rumbo para intentar olvidar sus abrasadores besos, Eliza Prentice, con cara de ángel y lengua afilada, se topó con algo que no esperaba. Una jugada de póquer hizo que su vida corriera peligro, y el destino quiso que volvieran a encontrarse.

Todo o nada, demasiado en juego!
Trenes de vapor, caballos veloces e incluso un elegante barco fluvial mantienen a esta pareja en movimiento, mientras intentan evadir a hombres peligrosos y mujeres sin remordimientos.

Toda una aventura para Eliza y Thaddeus que además tendrán que luchar en contra de sus sentimientos y de un pasado que cada vez parece más cercano.

PARTE IV: SERIE CORAZONES DESAFIANTES

Un engaño inconcebible

Ella lo había amado y lo había perdido, ¿o no?
Tras casarse en secreto, el destino quiso que perdiera de forma repentina al hombre de sus sueños. Ahora, la alegre chica de la sociedad bostoniana Rose Malloy, promete no volver a amar. Sumida en la tristeza y la soledad, conocerá a un hombre especial dispuesto a capturar su frágil corazón.

¿Qué puede hacer él para hacerla sonreír de nuevo?

William Woodsom fue testigo de cómo la brillante mujer que había deslumbrado a la élite de Boston se retiró de la vida pública, y como la luz se apagó de sus ojos. Decidido a volver a hacerla sonreír, estará dispuesto a todo, menos a ocupar el segundo lugar en su corazón.

Una bendición o una maldición…
Cuando el pasado resurge, trayendo mentiras, conspiración y asesinato, Rose descubre que su mundo se desmorona por segunda vez en su joven vida. Guardar secretos ya no es un juego.

¿Puede Rose evitar más angustias, no solo para ella sino para el hombre que ama, o su futuro será destruido por un engaño inconcebible?

PARTE V: SERIE CORAZONES DESAFIANTES

Una redención apasionada

Una mujer hecha a sí misma, Josephine Holland no responde ante nadie.
Como propietaria de un exitoso salón y burdel, Jo mantiene a las mujeres fuera de las calles. A diferencia de sus chicas, ella no necesita ni quiere ningún hombre. Es decir, hasta

que conoce a Jameson Carter, perversamente atractivo e intrigante.

Jameson Carter juega para ganar.
Desde lo alto de su bullicioso barco fluvial, Jameson gobierna lo que ve, y tiene la vista puesta en una dama deliciosa. Sus probabilidades de ganar el afecto de Jo van en su contra, hasta que una sucesión de eventos pone en peligro, no solo a su corazón, sino sus vidas.

Un enemigo desconocido lleno de rencor y con un gatillo fácil.
Con sus vidas en peligro, Jameson espera superar las abservidades y conseguir el premio. ¿Puede Jo interpretar a Lady Luck y salvarlos a ambos o el destino ha lanzado los dados contra ellos? *Descúbrelo en Una Redención Apasionada.*

Información sobre la autora

Autora de éxitos de ventas en *USA Today* Sydney Jane Baily escribe novelas románticas históricas ambientadas en la Inglaterra victoriana y de la Regencia. Ella cree en historias de felices para siempre con personajes atractivos y atención a los detalles de la época.

Nacida y criada en California, ahora vive en Nueva Inglaterra con su familia.

En su sitio web, SydneyJaneBaily.com, puede obtener más información sobre sus libros, leer su blog, suscribirse a su boletín (y obtener un libro gratis) y ponerse en contacto con ella. Le encanta escuchar a sus lectores.